Siegfried N. Dennery

# DER RÄUBER
# MIT DER
# SANFTEN HAND

Siegfried N. Dennery

# DER RÄUBER MIT DER SANFTEN HAND

Roman

rosenheimer

Taschenbuchausgabe
© 2008 Rosenheimer Verlagshaus GmbH & Co. KG,
Rosenheim

Titelfoto: THE IMAGE BANK, München
Foto auf dem Rückendeckel: Klaus G. Förg, Rosenheim
Druck und Bindung: CPI Moravia Books, Pohořelice
Printed in Czech Republic

ISBN 978-3-475-53914-5

Gewidmet meinen Söhnen
Udo und Oliver,
die ich mehr liebe
als mein Leben;
und gewidmet
den liebenswerten Menschen
auf der Karibikinsel
Saint Lucia,
meiner zweiten Heimat.

*Richtet nicht, damit ihr nicht
gerichtet werdet. Denn mit dem
Urteil, mit dem ihr richtet,
werdet ihr gerichtet werden,
und mit dem Maß, mit dem ihr
messet, wird euch gemessen
werden...*

    MATTHÄUS, KAPITEL 7 – VERS 1–2

Und weiter spricht der Herr...

*Seht auf die Vögel des Himmels!
Sie säen nicht, sie ernten nicht,
sie sammeln nicht in die Scheunen,
und euer himmlischer Vater ernährt
sie...*

    MATTHÄUS, KAPITEL 6 – VERS 26

# VORWORT

Zum ersten Mal begegnete ich Siegfried N. Dennery im Jahre 1989 in der Justizvollzugsanstalt Lingen I. Diesen Kontakt stellte der dortige Gefängnispastor Conzbruch, ein ehemaliger Missionar, her. Er erzählte mir von einem ungewöhnlichen Menschen, der seit Jahren versuchte, seine Persönlichkeit trotz der Haftstrafe von 14 Jahren zu bewahren. Damals kämpfte Herr Dennery vehement um Vollzugslockerungen, um den Kontakt und die sozialen Beziehungen zu seinen beiden kleinen Söhnen Udo und Oliver aufrecht zu erhalten; er kämpfte, um an den Seminartagen für sein Universitätsstudium teilnehmen zu dürfen; er kämpfte für eine ordentliche zahnärztliche Versorgung, für eine vorzeitige Haftentlassung; er kämpfte vor allem darum, menschenwürdig behandelt zu werden. Völlig unverständlich war es für mich, daß die Vollzugsbehörden gerade diesem Mann, der sich offensichtlich um eine erfolgreiche Weiterentwicklung seiner Persönlichkeit bemühte, so viele Hindernisse in den Weg legten. Erst mit Hilfe der Justiz, insbesondere eines mutigen Lingener Richters, gelang es, die Situation für Herrn Dennery zu verbessern.

Der Mann, der mir an jenem Tag in dem kleinen Besuchszimmer in der JVA gegenübersaß, war ein Mann mit ungebrochenem Lebenswillen, trotz der vielen Jahre, die er bereits einsaß. Trotz der vielen Demütigungen und Einschränkungen, die eine bereits verbüßte sechsjährige Haftstrafe hinterließen, war er nicht bereit, sich aufzugeben. Seine trockene, unverblümte und präzise Ausdrucksweise war mir sofort sympathisch. Er sprach aus, was er dachte, und versuchte gar nicht erst, sein Gegenüber durch falsche Freundlichkeit und Unterwürfigkeit zu gewinnen. Er wußte genau, was er wollte, und ging direkt auf seine Ziele zu. So hatte er es auch geschafft, sich trotz der langen Haftzeit durch tägliches Krafttraining einen austrainierten und sportlichen Körper zu erhalten. Durch sein tägliches Schreiben und Lesen waren auch keinerlei intellektuelle und psychische Beeinträchtigungen aufgetreten. Im Gegenteil, machte Herr Dennery auf mich den Eindruck eines hochintelligenten, geradlinigen und verläßlichen Menschen, und es bereitete mir Freude, ihn in seinen Bestrebungen zu unterstützen.

Sein mitunter unnahbar hart wirkender Gesichtsausdruck erhellte sich sofort, wenn er auf seine Söhne zu sprechen kam, denn diese liebte er über alles. „Meine Söhne sind mein Leben", erklärte er immer. Auch in den psychologischen Gutachten zur Vorbereitung des Strafprozesses stellte der Gutachter fest: „Herr Dennery ist nicht nur hochintelligent (IQ 156), geradlinig, direkt und verläßlich, sondern auch ein äußerst kinderlieber Mann, der nach ihm eigenen ethischen Grundsätzen lebt und aus ethischen Erwägungen heraus speziell auf Frauen und Kinder vermehrt Rücksicht nimmt."

Im Laufe der Jahre nahm unsere Beziehung zunehmend freundschaftliche Formen an. Er selbst war von der Art seines Schreibens immer überzeugt, und auch ich unterstützte ihn dabei, denn was ich zu lesen bekam, gefiel mir; seine Geschichten machten nie einen konstruierten Eindruck, ich merkte jederzeit, daß hier die Wirklichkeit beschrieben wurde.

Herr Dennery selbst sagte immer: „Es gibt keinen deutschsprachigen Schriftsteller, der so schreibt wie ich und der mit derlei vielschichtigen authentischen Stoffen aufwarten kann; mein abenteuerliches Leben ist mein Kapital."

Als wir dann gemeinsam den Vertrag für die Filmrechte seines Romans unterzeichneten, wußte ich, daß Dennery seinen Weg gehen würde.

Ich wünsche dem Leser dieses Buches, daß er beim Lesen ebensoviel Vergnügen findet wie ich, und Herrn Dennery, daß seine Romane und Drehbücher so viele Leser und Zuschauer finden, wie er sich immer gewünscht hat.

Otto Lieber,
Rechtsanwalt und Strafverteidiger,
Meppen/Ems

# Prolog

Schreiben ist eine meiner Leidenschaften, eine Leidenschaft, die mich in ihren Bann gezogen hat, wie eine schöne und begehrenswerte Frau einen Mann in ihren Bann zieht. Schon immer habe ich geschrieben, früher, in meiner Kindheit, Lausbubengeschichten, und dann später Episoden aus meiner Ministrantenzeit und was ich so als Skilehrer erlebt habe. So richtig habe ich damit begonnen, als *Madame Justicia*, die alte Schlampe, mich zu einem langjährigen Zwangsaufenthalt auf Staatskosten verdonnerte. Und so genieße ich seit annähernd 9 Jahren das einmalige Privileg, auf Staatskosten schreiben zu dürfen. Ist das nicht toll?

Und, Gott verdammt noch mal, seit jenen 9 gottverdammten Jahren schreibe ich wie ein Besessener. Habe ja viel zu erzählen, zumal ich ein von Abenteuern und Schicksalsschlägen geprägtes Leben führte, wie es unter einer Million Männern nur wenigen bestimmt ist.

„Herr Dennery! Lassen Sie mich doch einmal eines Ihrer Manuskripte lesen", hatte er zu mir gesagt, mein Rechtsanwalt Otto Lieber. Er vertritt mich in Vollzugsangelegenheiten und wohnt irgendwo an der holländischen Grenze im emsländischen Meppen. So kam die Sache ins Rollen.

Und dann, eines Tages, machte ich die Bekanntschaft mit einer Münchner Literaturkritikerin. Darunter hatte ich mir eine ältere, verschrullte und verstaubte Dame vorgestellt, mit einem dezenten Anflug von Vergilbtheit und jener konservativen Versnobtheit, wie sie die Engländer noch größtenteils an den Tag legen – so als hätte sie eine Anstandsfibel verschluckt. Aber was mich da erwartete, an jenem regnerischen Oktobertag, war alles andere als alt und verschrullt und verstaubt. Und dann gab sie mir einen Rat mit auf den Weg, jene hübsche und intelligente Frau:

Ich soll das, was hinter meinen *Karibischen Erzählungen* wie selbstverständlich und bekannt hervorscheint, als Roman erzählen, nämlich meine Karriere als Bankräuber und mein Leben in der Karibik, das Gejagtwerden von Interpol und sogenannten Kopfgeldjägern und die Probleme mit Frau und Kind, die politischen Kontakte, die ich mit Saint Lucias Government und den Ministern pflegte. Darauf wären die Leser neugierig, meinte sie, das sei eine Rarität und ein origineller Aufhänger für jeden Verleger. Ich sei ja kein alltäglicher Fall.

Dann habe ich mich wie ein Besessener daran gemacht, den Roman zu schreiben, in meiner kleinen Gefängniszelle.

Man nennt mich Siegfried N. Dennery, ein Strafgefangener, dessen Straftaten die internationale Presse in den Jahren 1981 bis 1984 mit folgenden Schlagzeilen aufmachte:

„Deutschlands erfolgreichster Bankräuber vor Gericht"
„Schillernde Figur der Kriminalszene"
„Der Räuber mit der sanften Hand"
„Der Einzelgänger"
„Der Fuchs" . . . „Das Phantom"!

Ich kann allzu sensationslüsterne Presseberichte über meine Person eigentlich nicht gutheißen, aber ich stimme in gewisser Hinsicht den Medien zu: Ich bin ein Einzelgänger und eine Kämpfernatur. Das war ich schon immer gewesen, von Geburt an. Seitdem ich denken kann, habe ich mich wehren und kämpfen müssen. Doch ein unstillbarer Drang ist in mir, eine Familie haben zu wollen, eine einfühlsame Frau, die ich lieben, sie in die Arme nehmen und ihr mit den Fingern durchs Haar fahren darf; das berauschende Gefühl, geliebt und gebraucht zu werden, hat mich zum Familienvater werden lassen.

Ich hasse und verabscheue jene sogenannten gesellschaftlichen Veranstaltungen, jenes protzige „Sich-zur-Schaustellen" in den oftmals degenerierten „Schickimicki-Kreisen", in denen die Frau nur einen Zweck zu erfüllen hat, dem Mann als Lustobjekt zu dienen.

Und dann verabscheue ich noch jene Menschen, die einem bei derlei Anlässen freundlich ins Gesicht lächeln und einen mit Höflichkeiten und Schmeicheleien überhäufen, um sich hinterher gegenseitig in den Dreck zu ziehen und sich darüber auszulassen, wer's gerade mit wem treibt. Das kotzt mich an.

Jene degenerierte Lebensweise unserer so ehrenwerten Gesellschaft bestärkte mich im Laufe der Jahre in meinem Entschluß, das zu bleiben, was ich immer gewesen war: ein Einzelgänger!

Ich bin ein Mann der Tat und verachte Schwätzer, Menschen, die nur reden, um im Mittelpunkt zu stehen, ohne ihre Worte in ihrer ganzen Großspurigkeit jemals in die Tat umzusetzen.

Die Kripo sagt mir nach, ich habe Nerven aus Stahl. Das stimmt! Ich habe gute Nerven, und dafür danke ich dem Herrgott.

Dieses Buch habe ich hinter vergitterten Fenstern geschrieben, geschrieben mit meinem Herzblut und mit dem zerrütteten Herzen und der zerrissenen und vernarbten Seele eines Mannes, der verurteilt ist, hinter einem Bollwerk von Gefängnismauern sein Leben fristen zu müssen. Zwar ist mein Körper eingekerkert, doch mein Geist und meine Gedanken und meine Seele sind frei, wenn sie auch unter dem Druck belastender und schmerzlicher Einflüsse stehen, sind sie doch frei. Und so schließe ich die Augen und lasse jene Personen zu neuem Leben erstehen, die mein abenteuerliches Leben begleitet haben und die von mir niedergeschriebene Lebensgeschichte prägten. Jedes Wort stammt aus meiner Feder.

Der Roman spielt in den Ländern Deutschland, Frankreich und Florida, USA, den paradiesischen Karibikinseln Saint Lucia und Martinique sowie dem südamerikanischen Staat Guyana, ehemals Britisch-Guayana.

Aus persönlichen und sicherheitsrechtlichen Gründen sehe ich mich veranlaßt, Namen und Daten, so erforderlich, geringfügig zu verändern. Diese Änderungen nehmen jedoch auf den Ablauf der Geschehnisse sowie deren Wahrheitsgehalt keinerlei Einfluß.

## Vorgeschichte, kurz skizziert

Der Tag meiner Geburt war kein besonderer Tag gewesen, eher ein Scheißtag. Wie sie halt mal sind, die Märztage; mal Regen, mal Sonnenschein. Die Bomber der Alliierten Streitkräfte hatten die wunderschöne Stadt Rosenheim im beschaulichen Bayernland mit einem verheerenden Bombenteppich heimgesucht. Ruine neben Ruine, selbst noch in den fünfziger Jahren, als ich geboren wurde.

Ich war ein wirklich netter Bub. Aber das ist schon lange her. Hätten all die Leutchen gewußt, daß jener liebe und stramme Bub da in dem kleinen Bettchen einmal Kriminalgeschichte schreiben und in den Medien zu Deutschlands meistgesuchtem Bankräuber avancieren würde, was hätten sie da bloß gesagt? Na, was wohl? Wahrscheinlich das gleiche, was sie heute über mich sagen. Aber ich mach' mir nichts draus, was sie über mich sagen, die vermeintlich ehrenwerten Bürger und ehemaligen Freunde. Ich scheiß drauf.

Meine liebe und gute Mutter, die ich bis zum heutigen Tage verehre und achte, hätte damals gut daran getan, mich unmittelbar nach jener schicksalhaften Geburt zu ertränken. Aber welche liebende Mutter ertränkt schon ihr Baby? Nur Rabenmütter! Und meine Mutter ist alles andere als eine Rabenmutter. Sie ist eine herzensgute Frau, die es nicht immer leicht hatte im Leben. Georgine Angela heißt sie, meine Mutter. Kontoristin war sie gewesen, bei den Rosenheimer Klepperwerken, und die Mutter meiner Mutter, meine geliebte Oma, hatte mich liebevoll versorgt und mir jene Liebe und Hingabe zuteil werden lassen, die ich so mochte, wenn ihre Tochter zur Arbeit gewesen war.

Ich habe mich Frauen gegenüber stets höflich und zuvorkommend benommen. Ich liebe und verehre Frauen, nicht nur ausschließlich ihrer besonderen Anatomie wegen, sondern ich liebe Frauen, weil sie Frauen sind.

Eigentlich wurden mir die besten Voraussetzungen für ein geordnetes und gutbürgerliches Leben in die Wiege gelegt, anstatt von Interpol gejagt zu werden, um letztendlich hinter Gittern zu landen. Verdammt noch mal! Was habe ich nur aus meinem Leben gemacht? Ich hab's mit Füßen getreten, mein Leben, und den Namen meiner Familie und meiner beiden Söhne in den Dreck gezogen. Das habe ich getan, weil ich ein Scheißkerl bin.

Die so ehrenwerte Gesellschaft ist grausam. Sie malträtiert meine Söhne, gleichwohl sie für die Verbrechen ihres Vaters nichts können. Es geht doch nichts über christliche Nächstenliebe!

Mein Adoptivvater schickte mich in eine Klosterschule. Es war die schlimmste Zeit meiner Kindheit gewesen. Nein, das war keine Kindheit, es war ein Martyrium gewesen, jene Zeit bei den katholischen Ordensschwestern.

Und dann das quälende Bronchialasthma, das mich stets nachts befiel und in jenen luftraubenden Zustand versetzte, als wären meine kleinen Lungenflügel zwischen Strahlpressen geraten. Mein Vater war ein zwar strenger, aber gerechter und gottesfürchtiger Mann gewesen, ein Mann, der im Kloster Gars am Inn bei den Redemptoristen zur Schule gegangen war. Der Rußlandfeldzug hatte seine Gesundheit ruiniert. Mit gefrorenen Füßen und einem schwelenden Leiden war er aus dem Krieg nach Hause gekommen, ein Leiden, das meinen Vater Jahre später zur Pistole hat greifen lassen. Er hat sich eine Kugel in den Kopf geschossen, um seiner unheilbaren Krankheit und einem von Schmerz geprägtem Leben ein Ende zu setzen. Bei seiner Beerdigung habe ich geweint, ausgerechnet ich, wo ich doch immer glaubte, nicht weinen zu können.

Die Jahre bis zu meiner Karriere als „Deutschlands erfolgreichster Bankräuber", wie die Presse mich nannte, sind schnell erzählt. Ich war der jüngste Generalagent einer großen Versicherungsgruppe. Der Tod meines Vaters hatte mich frühzeitig in jene Position gebracht.

Dann kam die Militärzeit, eine Zeit, die mich prägte. Ich wurde an einer Vielzahl Waffen und im Nahkampf, Mann gegen Mann, wie bei den amerikanischen Ledernacken, ausgebildet. Jahre später sollten sowohl die Kripo als auch Interpol wenig Freude an jener erstklassigen Ausbildung haben.

Mehr als zehn Jahre hatte ich mich der Leichtathletik, vornehmlich dem Mehrkampf, verschrieben. Und dann war da noch der Skisport. Ich liebe Schnee. In meiner Kinder- und Jugendzeit galt meine Begeisterung hauptsächlich der nordischen Kombination – Skilanglauf und Skispringen –, später dann dem alpinen Skisport.

Meine Vorliebe galt stets den Kindern; ich liebe halt mal Kinder und fühle mich in ihrer Gesellschaft am wohlsten. „Unser Skilehrer, der Siegfried, ist ein lustiger und hilfsbereiter Bursche", hatten sie gesagt, die Kinder, und die Eltern jener Kinder überhäuften mich alljährlich mit überschwenglichen Dankesworten.

Die gleichen Eltern und die gleichen Kinder, die mich seinerzeit allesamt für so „toll" empfunden haben, werfen nun Steine in Form gehässiger Worte auf meine Kinder und mich. „Bankräuberbua und asozial" beschimpfen sie meinen Sohn Udo. Und nicht nur die Eltern, sondern auch einige Lehrer. Das wollen Pädagogen sein! Dabei ist er alles andere als asozial, zumal seine Mutter, eine Lehrerin, bemüht ist, den Buben zu einem anständigen Menschen zu erziehen.

Und dann wäre da fast noch eine wichtige Tatsache in Vergessenheit geraten: zehn lange Jahre habe ich als Ministrant gedient, eine Zeit, die mich hinter die Kulissen unserer so ehrenwerten katholischen Kirche hat blicken lassen. Manche Leute waren immer der Meinung gewesen, ich solle Priester werden. Ich könne so wunderschön reden und aus der Bibel vorlesen. Das stimmt. Aber mit meiner persönlichen Einstellung hätte ich der konservativen Priesterschaft nicht zur Ehre gereicht. Und dann war da noch ein Hinderungsgrund gewesen: Das verflixte Zölibat des Priesters, der leiblichen Liebe und Zärtlichkeit abzuschwören, ein Eunuche Gottes zu sein. Doch Gottes Wege sind vielfältig und erfüllt von Güte. Er hat mich nicht vergessen. Er drückte mir das Eunuchentum und das Zölibat des Gefangenen auf, ohne Frau leben zu dürfen, hinter Gittern eingesperrt zu sein.

Wie Sie sehen, komme ich aus einem gutbürgerlichen und streng katholischen Elternhaus, hatte eine wohlbehütete, wenn auch nicht immer leichte Kindheit und absolvierte eine hervorragende Schul- und Berufsausbildung. Trotzdem geriet ich in die Mühlen der Justiz. Ich wurde zum Schwerverbrecher, und mein Name verzierte sämtliche Fahndungslisten und war weltweit auf sämtlichen Flughäfen verzeichnet. Oftmals ist über Straftäter in der Presse zu lesen, dem Kerl da sei die kriminelle Energie bereits mit in die Wiege gelegt worden. Alles Unsinn! Eine von Geburt an atttestierte kriminelle Energie gibt es nicht. Die Umwelt, Mitmenschen und Krankheiten und die Unwägbarkeiten des Lebens prägen einen Menschen. Ich bin das beste Beispiel dafür! Wie konnte es so weit kommen? Hier ist sie, meine Geschichte.

#  1. TEIL

# 1

Frühsommer 1981. Rosenheim/Freistaat Bayern.

Eine mörderische, von Erstickungsanfällen geschwängerte Nacht liegt hinter mir. „Das Asthma bringt dich noch um, Siegfried", hatte sie gestern abend beim Zubettgehen gesagt, meine Frau Gaby. „Morgen gehst du zum Doktor. Hab mich erkundigt. Dr. Bötz soll sehr gut sein. Er ist Lungenfacharzt in der Salinstraße."

Ein wundervoller Sommertag. Es ist angenehm warm. Ich sitze im Wartezimmer. Außer mir warten noch vier Leute. Es ist ein trostloses Warten. Ich hasse das. Neben mir sitzt eine ältere Frau. Sie kotzt sich fast die Lunge aus dem Leib. Ihr Atem geht rasselnd. Gott sei Dank befällt mich das gottverdammte Asthma nur nachts, denke ich. Tagsüber habe ich wenigstens meine Ruhe. Ein kleines Mädchen lächelt mich an. Es kommt auf mich zu und blickt zu mir hoch.

„Du, Onkel", sagt ihr helles Stimmchen, „ich hab Asthma. Hast du auch Asthma?"

Die Kleine ist sehr lieb.

„Susi! Laß das! Komm her!" ruft eine junge Frau. Sie sitzt mir gegenüber. „Sei nicht so neugierig."

„Ach, lassen Sie nur", sage ich beschwichtigend. „Das macht mir nichts aus." Und zu der Kleinen: „Also, du bist die Susi? Ja, ich hab auch Asthma. Wie alt bist du denn? Willst du's mir sagen?"

Verlegen druckst das Mädchen herum. Mit der linken Hand zupft es an ihren blonden Haarzöpfchen. Hilfesuchend blickt es zu ihrer Mutter. Die Mutter lächelt mich an. „Sie ist vier", sagt sie freundlich. Plötzlich öffnet sich die Tür zum Sprechzimmer. Eine junge Frau im weißen Kittel ruft mit fragender Stimme: „Herr Dennery?"

„Also, Susi", sage ich, „ich bin dran. Kopf hoch. Wünsch dir gute Besserung mit deinem Asthma. Es wird schon werden."

Dr. Bötz ist ein freundlicher und einfühlsamer älterer Herr. Das ergraute Haar verleiht ihm etwas Väterliches. Auf Anhieb ist er mir sympathisch. Wir sitzen uns gegenüber.

„So, Herr Dennery! Jetzt erzählen Sie mal, aber von Anfang an", fordert er mich auf. „Beginnen Sie mit Ihrer Kindheit. Und nichts vergessen, ja? Jede Kleinigkeit kann von Bedeutung sein. So kann ich den Auslöser Ihrer asthmatischen Erkrankung besser diagnostizieren." Und so erzähle ich ihm von meiner Kindheit. Seit meinem siebten Lebensjahr leide ich an Asthma. Die Asthmaanfälle sind erstmals 1961 im September beim Spielen im abgefallenen Kastanienlaub aufgetreten. Oftmals ist es so schlimm gewesen, daß ich glaubte, ersticken zu müssen, vornehmlich nachts. Eine Allergiediagnose sei damals nicht durchgeführt worden. War damals nicht üblich und zu kostspielig. Bei Erstickungsanfällen mußte ich ein Pulver einnehmen, das ich immer in Wasser auflöste.

Dr. Bötz unterbricht mich. Er fragt: „Wissen Sie noch, welches Medikament das war?"

„Selbstverständlich, Herr Doktor", erwidere ich. „Puraeton E heißt das Zeug. Es schmeckte scheußlich bitter."

Dr. Bötz macht sich einige Notizen. „Fahren Sie fort, Herr Dennery", fordert er mich auf.

„Und dann, im Frühjahr 1969", erzähle ich mit ruhiger Stimme weiter, „ist das Asthma schlagartig verschwunden. Einfach so. Ich war völlig beschwerdefrei. Hab all die Jahre intensiven Leistungssport getrieben. Das riet mir ein Doktor. Vorwiegend Leichtathletik. Trainierte oftmals täglich bis zu sechs Stunden, und dann trat etwas ein, mit dem ich nicht gerechnet hatte. Genauso plötzlich wie das Asthma verschwunden war, damals 1969, genauso schlagartig kam

es wieder zurück. Über Nacht. Ich dachte, ich werd' verrückt."
„Wann war das?"
„1978, Herr Doktor. Im Herbst. Und seitdem quält es mich, das verflixte Asthma. Es wird immer schlimmer. Seit drei Wochen ist's unerträglich. Manchmal glaube ich zu ersticken."
„Welchen Beruf üben Sie aus, Herr Dennery?"
„Bin Wirt. Ich hab zwei Tanzlokale in Rosenheim. Das „Gatsby" und das „After Eight". Aber gelernt hab ich Versicherungskaufmann, bei der Allianz in München."
Der Gesichtsausdruck des Arztes wird nachdenklich. „Also, das mit Ihren Tanzlokalen ist für Ihr Asthma ja wirklich nicht gerade ideal. Zuviel Rauch. Rauchen Sie, Herr Dennery?"
„Nein! Um Gottes willen! Das hätt' noch gefehlt. Darum ist's ja oft so schlimm, wenn ich nach Lokalschluß nach Hause komme. Es wird immer vier. Der verdammte Qualm im Geschäft bringt mich noch um. Regelmäßig krieg' ich einen Asthmaanfall. Deshalb geht ja hauptsächlich meine Frau ins Geschäft. Ich mach die Buchführung, die Lohnabrechnungen, den Wareneinkauf und was halt so anfällt. Die Kinder versorge ich auch noch."
Dr. Bötz lächelt. „Und wie klappt das so?"
„Na ja, Herr Doktor", erwidere ich mit nachdenklicher Stimme. „Soweit ganz gut. Ich mach's ja gern, das mit den Kindern. Mein Kleiner, der Oliver, ist ein lieber Bub. Er ist zwei. Aber meine Frau hat Alkoholprobleme – ist halt immer in den Lokalen. Auf Dauer ist das keine Lösung."

Trotz größter Bemühungen gelingt es Dr. Bötz nicht eindeutig, den Auslöser meiner asthmatischen Erkrankung zu lokalisieren. Am 31. August 1981 werde ich in die Lungenklinik Gauting eingewiesen. Das Klinikum liegt an einem idyllischen Fleckchen Erde, umgeben von Wäldern. Trotzdem, mein erster Eindruck ist niederschmetternd. Auf meiner Station, der Abteilung für Asthmakranke, werde ich erstmals in meinem Leben mit Asthmatikern im „Endstadium" konfrontiert. Diese bedauernswerten und unheilbar kranken Menschen schieben, um nicht zu ersticken, fahrbare Transfusionen neben sich her, immer und überall.

Da ist Frau Huber; sie ist ein wandelndes Skelett; nur noch Haut und Knochen mit einem Totenkopfgesicht.

„Ach wissen Sie, Siegfried", sagt sie schwer atmend zu mir, „ich mach's nicht mehr lange. Das ist kein Leben, ständig an so ein Ding gefesselt zu sein. Aber irgendwann muß jeder mal abkratzen."

Und dann geht sie schweren und schlurfenden Schrittes den Flur hinab, die fahrbare Transfusion neben sich herschiebend. Ein Anblick, der mich zutiefst erschüttert, und, ohne daß ich es ahne, eine Reaktion in meinem Gehirn auslösen wird, deren Folgen ich noch nicht erahnen kann – Folgen, die mich zum Kriminellen werden lassen.

Die Ärzte, vornehmlich Stationsarzt Dr. Ruppert, sowie Laborantinnen und Krankenschwestern, geben sich mit mir die allergrößte Mühe. Sie sind freundlich und gewissenhaft und zuvorkommend. Ich lasse insgesamt sage und schreibe 185 Bluttests, sogenannte Hauttests, über mich ergehen. Keine angenehme Sache!

An einem Sonntag erhalte ich überraschenden Besuch. Die Tür zu meinem Krankenzimmer öffnet sich. „Herr Dennery", sagt die junge Krankenschwester, „Sie haben Besuch." Von weitem schon kann ich sie erkennen, meine geschiedene Frau Ingrid und Udo, meinen sechsjährigen Buben. Mit Ingrids Auto fahren wir nach München zu den Ruder-Weltmeisterschaften. Der Titel im Einer geht an den Deutschen Peter-Michael Kolbe.

Udo ist begeistert. Ich fühle mich so richtig wohl, für Stunden der demoralisierenden Umgebung von Asthmatikern entflohen zu sein. Udo geht nicht mehr von meiner Seite. Kein Wunder! Er hat ja nicht viel von mir, abgesehen von jenen Tagen, an denen ich mein Besuchsrecht ausübe. Udo und ich sind glücklich, daß wir heute beisammen sein können. Es tut mir gut. Die schönen und erholsamen Stunden vergehen wie im Fluge.

Nach meiner Rückkehr ins Klinikum erhalte ich eine wenig erfreuliche Nachricht.

„Aber Herr Dennery, wo waren Sie denn?" empfängt mich die Stationsschwester mit vorwurfsvoller Stimme. „Ihre Frau und Ihr kleiner Sohn wollten Sie besuchen. Aber Sie waren nicht da."

Es ist dunkel draußen. Der fahle Mondschein fällt durch das Fenster meines Krankenzimmers. Unruhig wälze ich mich in meinem Bett hin und her. An Schlaf ist mal wieder nicht zu denken. Das Asthma quält mich. Und dann läßt mich der Gedanke nicht los, warum Gaby mich nicht rechtzeitig verständigt hat, daß sie mich mit Oliver besuchen will. Warum hat sie nicht angerufen? frage ich mich immer wieder.

Nachdenklich blicke ich zu meinem Zimmerkollegen Hans. Wir sind Leidensgenossen. Hans liegt auf dem Rücken, die Bettdecke bis zu den Knien geschoben, und schläft. Sein Atem geht rasselnd. Hans ist 38 Jahre alt und Pollenasthmatiker. Er hat bereits acht Erstickungsanfälle hinter sich. Vorsichtig, um Hans nicht zu wecken, schlage ich die Bettdecke zurück und steige aus dem Bett. Lautlos schlüpfe ich in meine Hausschuhe und ziehe mir den Bademantel über. Und während ich in den Bademantel schlüpfe, fällt mein Blick auf das Foto meiner kleinen Söhne, Udo und Oliver, das auf dem Nachtkästchen steht. Gott sei Dank habe ich meine Söhne, denke ich, denn meine Söhne geben mir meine Kraft und Stärke.

So mit meinen Gedanken beschäftigt, wendet sich mein

Blick ab vom Foto meiner Söhne und wandert hinab an meinem Körper. Welch traurige Gestalt, sage ich mir. Unter dem weiß-schwarz gestreiften, knielangen Bademantel kommt eine blaue, zerknautschte Schlafanzughose zum Vorschein, und meine nackten Füße stecken in schwarzen Hausschuhen aus Leder. Ich sehe genauso traurig und zerknautscht aus wie ich mich fühle. Lautlos husche ich aus dem Zimmer und trete auf den Flur. Leise ziehe ich die Türe hinter mir zu. Schlurfende Schritte erwecken meine Aufmerksamkeit. Am Ende des langen Flurs geht eine schwarzhaarige Frau auf und ab. Ihr Atem geht schwer und rasselnd. Ansonsten ist es still. Und immer wieder gepreßtes Husten, das aus den Zimmern dringt.

Wir haben uns vor Tagen angefreundet, die völlig abgemagerte Frau am Ende des Flurs und ich. Auf leisen Sohlen gehe ich auf Frau Huber zu, die plötzlich in ihrer Bewegung verharrt und sich mir zuwendet. Als sie mich erkennt, huscht ein schwaches Lächeln über ihr eingefallenes Gesicht. Der rechte Ärmel ihres geblümten Morgenmantels ist hochgekrempelt. In der Vene steckt der Katheder der „fahrbaren Transfusion", die sie neben sich herschiebt. Wortlos blicken wir uns an. Und dann, nach Sekunden des Schweigens, sage ich zurückhaltend: „Na, Frau Huber! ... Können Sie mal wieder nicht schlafen?"

„Ach, Siegfried! ... Wissen Sie", erwidert sie schwer atmend, „heut' ist's besonders schlimm, das verflixte Asthma." Für einen Moment hält sie inne und ringt nach Luft.

Ich bin besorgt. „Soll ich die Nachtschwester rufen? Hmm, Frau Huber?"

„Nein, Siegfried, ... lassen Sie nur, ... für was denn? Ich mach's ja eh' nicht mehr lang."

Ich bin zutiefst erschüttert. „Aber Frau Huber! So was sollten Sie nie sagen. 's wird schon wieder. Kopf hoch!"

Sie lacht heiser und gepreßt, ein trauriges Lachen, und

während sie lacht, überfällt sie ein Hustenanfall. Hilflos stehe ich ihr gegenüber. Meine Hilflosigkeit macht mich verlegen. Und dann, nachdem sich der Hustenanfall gelegt hat, blickt sie mir ins Gesicht: „Ich hab nicht mehr viel Zeit, Siegfried. Die Ärzte geben mir noch sechs Monate, . . . ja, . . . sechs Monate, höchstens."
Erneut ringt sie nach Luft, räuspert sich. „'s ist besser so. 's ist ein Martyrium, Tag und Nacht an so ein fahrbares Monster gefesselt zu sein." Mühsam hebt sie ihre linke Hand und legt sie mir auf die Schulter. Lange und wortlos blickt sie mir in die Augen. „Siegfried, glauben Sie mir, . . . ich dank' dem Herrgott, wenn ich abkratzen kann." Tränen schießen ihr in die Augen, und mit weinerlicher Stimme fügt sie hinzu: „'s ist kein Leben mehr. . . . 's ist kein Leben mehr. Schaun Sie mich doch an, Siegfried . . . Bin nicht mal fünfzig und wie schau ich aus? . . . Wie hundert. Schaun Sie zu, daß Sie gesund werden . . . daß Sie in die Karibik kommen, wie Sie 's mir erzählt haben. Sie sind noch ein junger Kerl . . . Das ganze Leben haben Sie noch vor sich."
„Da will ich auch hin, in die Karibik. Wenn das liebe Geld nicht wär'."
„Dann besorgen Sie sich's, Siegfried."
„Aber wie, Frau Huber. Das ist nicht so einfach. Muß erst mal meine Diskos verkaufen."
„Ach was, Siegfried! Besorgen Sie sich das Geld. Egal wie. Alle Wege führen nach Rom."
„Versteh' Sie nicht, Frau Huber. Wie meinen Sie das?"
„So wie ich's gesagt hab', Siegfried. Oder woll'n Sie so verrecken wie ich? . . . Woll'n Sie das, Siegfried?"
Wortlos schüttle ich den Kopf. Meine Augen schimmern feucht. Zutiefst erschüttert nehme ich Frau Huber in die Arme. Sie weint. So stehen wir da, wortlos, überwältigt von unseren Gefühlen, und umarmen uns. Es ist ein beruhigendes Gefühl, seinen Emotionen freien Lauf zu lassen.

Behutsam löst Frau Huber sich aus meiner Umarmung und wendet sich wortlos ab. Schweren Schrittes schlurft sie den Flur hoch, neben sich die fahrbare Transfusion schiebend. Wie gelähmt stehe ich da und blicke ihr nach, bis sie in ihrem Zimmer verschwindet. Ich kämpfe mit mir und meinen Tränen. Wie hat sie das nur gemeint? frage ich mich. Ich soll mir das Geld besorgen. Egal wie?

Meine aufgescheuchten Gedanken schlagen Saltos.

Tags darauf werde ich zu Dr. Ruppert gerufen. Unser zweites Therapiegespräch findet statt. Dr. Ruppert ist ein junger Stationsarzt. Ich kann ihn gut leiden. Seine Nähe ist mir angenehm und wirkt beruhigend auf meinen momentan labilen Seelenzustand. Mit Fortdauer der Unterhaltung berichte ich ihm von meinem Vorhaben, samt Familie in die Karibik auszuwandern.

Ein befreundeter Arzt – wir spielten viele Jahre gemeinsam Tennis – gab mir zu verstehen, es bestünde eventuell eine Chance, mein Asthma auszuheilen, und zwar auf Höhen ab 1700 m oder in den Tropen.

Ich sage: „War mit meiner Frau bereits zweimal auf der Karibikinsel St. Lucia. Eine wundervolle Insel. Sie werden's nicht glauben, Herr Doktor, aber nach drei Tagen war mein Asthma völlig verschwunden. Wie weggeblasen. War so gut drauf wie selten zuvor. Meine Medikamente und das Inhaliergerät hätte ich genausogut ins Meer werfen können. Mir ging's fabelhaft. Kurzerhand haben wir beschlossen, uns dort niederzulassen. Deshalb haben wir auch etwas Grund gekauft."

Und dann erzähle ich noch, daß wir für unsere Lokale bereits einige Kaufinteressenten hätten. Aber die Verkaufsverhandlungen ziehen sich eben doch in die Länge. Das macht mich nervös.

Dr. Ruppert ist ein aufmerksamer Zuhörer. Plötzlich spielt ein verschmitzter Zug um seinen Mund. Amüsiert meint er: „Ja, ja, die Karibik. Ein sehr gesundes Klima. Da zieht's viele hin. Weshalb Sie dort kein Asthma haben, ist leicht zu erklären."

„Ja, Herr Doktor, dann sagen Sie's schon", werfe ich ungeduldig dazwischen. Ich bin erregt.

„Eine erste Auswertung der Labortests hat ergeben, das Sie überwiegend auf Hausstaub und die Hausstaubmilbe allergisch reagieren." Der Arzt hält kurz inne – er scheint nach der richtigen Wahl seiner Worte zu suchen. Schließlich fügt er mit sorgenvoller Miene hinzu, daß ihm mein Blutauswurf beim Husten weit mehr Kopfzerbrechen als die Stauballergie bereitet. Dies ist für einen Asthmatiker sehr, sehr ungewöhnlich. Ein ähnlich gelagerter Fall ist ihm noch niemals zuvor begegnet. Solche Krankheitssymptome sind typisch für Lungenkrebs oder Lungentuberkulose. Vom medizinischen Standpunkt aus gesehen, hat er für den rötlich gefärbten Sekretauswurf nur eine Erklärung, die in den sehr stark entzündeten und besorgniserregend angegriffenen Bronchien liege. Dann will er aber noch einige Tests vornehmen. Darüber hinaus besteht der Verdacht auf ein Lungenemphysem, eine im Anfangsstudium befindliche Lungenblähung.

Dr. Ruppert hat aber auch eine gute Nachricht für mich: „Die Hausstaubmilbe ist in den Tropen nicht resistent. Deshalb haben Sie dort auch kein Asthma."

„Meinen Sie vielleicht damit, Herr Doktor, die Hausstaubmilbe gibt es dort nicht?"

„Ja, Herr Dennery. Das meine ich."

Mir fällt ein Stein vom Herzen. Ich bin erleichtert. Am liebsten würde ich dem Doktor um den Hals fallen.

Am 16. September werde ich aus der Klinik entlassen.

Die Diagnose lautet: *Perenniales allergisches Asthma Bronchiale und perenniale allergische Rhinitis.*

Nach meinem Medikamentenplan bin ich dazu angehalten, täglich sieben verschiedene Arzneien einzunehmen.

Es stimmt mich nachdenklich, all dieses chemische Teufelszeugs einnehmen zu müssen. Ich frage mich: Kann das auf Dauer gesund sein? Aber ich habe keine andere Wahl. Nehme ich's nicht ein, ersticke ich.

Mein Entschluß, sobald wie möglich in die Karibik auszuwandern, hat sich verfestigt. Nein, der Entschluß ist endgültig und unumstößlich geworden. Mein schweres Asthma zwingt mich dazu, will ich nicht so enden, wie jene bemitleidenswerte Frau Huber mit ihrer fahrbaren Transfusion. Seit kurzem weiß ich, ich bin ein todgeweihter Mann.

Vier Tage nach meiner Entlassung aus der Lungenklinik saß ich meinem Hausarzt gegenüber.

Mehrmals hatte ich ihn gedrängt, mir die Wahrheit über meinen Gesundheitszustand zu sagen.

„Verdammt noch mal, Herr Doktor! Jetzt rücken Sie schon raus, mit der Wahrheit. Wenn ich huste, kommt immer Blut. Glauben Sie, ich bin blöd, Herr Doktor. Sie brauchen mich nicht zu schonen. Raus mit der Sprache!"

„Na ja, Herr Dennery. Sehen Sie mal. Es ist nicht so schlimm, wie ..."

Mir platzte der Kragen. „Verdammt und zugenäht! Im Klartext, Herr Doktor. Wann kneif' ich den Arsch zusammen? Wann?"

Der Arzt erhob sich vom Schreibtisch und blickte aus dem Fenster. Seine Stimme wirkte ruhig und beherrscht. „Wenn wir den Blutauswurf beim Husten nicht in den Griff bekommen", sagte er und drehte sich mir zu – dabei blickte er mir direkt in die Augen, ich wagte kaum zu atmen –, „dann haben Sie noch eine Lebenserwartung von etwa zwei oder drei Jahren. Es tut mir leid, Herr Dennery."

Ich wußte schon, daß es um meine angeschlagene Lunge nicht sonderlich gut bestellt war, aber diese Hiobsbotschaft traf mich mit unvermittelter Wucht. Ich saß da wie gelähmt, bewegungslos. Ich wollte mich vom Stuhl erheben, doch die Beine versagten mir ihren Dienst. Mein Gott, schoß es mir durch den Kopf, noch zwei oder drei Jahre. Wie sag ich's bloß Gaby. Und dann, nachdem ich meine konfusen Sinne wieder im Griff hatte, sagte ich leise: „Herr Doktor! Ich bitte Sie nur um eins: Sagen Sie nichts meiner Frau. Ich werd's ihr schonend beibringen, wenn die Zeit dafür reif ist."

Ende September 1981. Ein lauer, sonnendurchfluteter Herbsttag. Ich liebe diese Septembertage, erfüllt von jenen herbstlichen Gerüchen, die meinem angeschlagenen Gesundheitszustand so gut tun. Mit meinem Jeep sind wir von Rosenheim in das nahe Samerberggebiet gefahren. Hier sind wir oft, denn hier fühle ich mich wohl, in der Nähe der Bergdörfer Grainbach und Törwang, die mich an meine Kindheit erinnern. Auf der Berghütte meines Onkels verbrachte ich alljährlich die Schulferien. Es war die schönste Zeit meiner Kindheit gewesen. Doch das ist lange her.

An einem beschaulichen Waldrand steht eine Holzbank. Ein angenehmes Fleckchen Erde, um sich wohl zu fühlen. Gaby und ich sitzen auf der Bank. Trotz des wunderschönen Tages sind wir bedrückt. Gedankenversunken blickt Gaby zum Berggipfel der Hochries hoch. Mein kleiner Sohn Oliver jagt auf der Waldwiese hinter einem Schmetterling her. Der Bub jauchzt vor Freude. Ich liebe es, meinem Sohn zuzuschauen, wie er in seiner kindlich unbekümmerten Art herumtollt und sich an der Natur erfreut. Er ist ein liebes Bürschchen, mein kleiner Bub.

Dann wende ich meinen Blick ab von Oliver, und ohne meine Frau anzuschauen, sage ich mit emotionsloser Stimme: „Es wird höchste Zeit, Gaby, daß wir in die Karibik kommen. Und zwar bald. Ich muß mir das Geld besorgen. Scheißegal wie. Verdammt will ich sein, wenn ich's nicht schaffe."

Gaby blickt mich von der Seite an. Unsicherheit

schwingt in ihrer Stimme. „Aber Siegfried, wo willst du denn das Geld so schnell hernehmen, wenn nicht stehlen?"

„Na und, Gaby!"

„Ja, Siegfried! Bist du von allen guten Geistern verlassen", sagt sie überrascht. „Das kannst dir gleich aus dem Kopf schlagen. Das gibt's doch nicht! Du hast vielleicht Ideen. Willst du im Gefängnis landen?... Hmm, Siegfried, willst du das? Was wird dann aus Oliver und mir?"

Ich mache Anstalten zu antworten, doch ich komme nicht mehr dazu. Ein plötzlicher Hustenanfall lähmt meine Stimme. Schnell ziehe ich ein weißes Taschentuch aus meiner schwarzen Jeans und presse es vor meinen Mund. Es ist ein heftiger Hustenanfall.

„Kann ich dir helfen, Siegfried?" sagt Gaby. Sie ist besorgt. Wortlos schüttle ich den Kopf. Langsam beruhigt sich der Husten. Ich nehme das Taschentuch vom Mund. Es ist rötlich gefärbt. Ohne Gaby anzublicken, halte ich ihr das Taschentuch hin. „Deshalb werde ich mir das Geld besorgen, Gaby", sage ich gepreßt. „'s ist höchste Eisenbahn. Hab nicht mehr viel Zeit. Will nicht verrecken wie 'n Hund."

Gaby greift nach meiner Hand. „Um Gottes willen, Siegfried!" ruft sie entsetzt. „Aber, ... aber, der Doktor sagte mir doch..."

„Weil ich ihn darum gebeten habe, dir nicht die volle Wahrheit zu sagen... deshalb."

Ich atme mehrmals tief durch und blicke in Gabys sorgenvolles Gesicht. Ruhig, fast gleichgültig, kommt meine Stimme: „Hab noch ungefähr zwei oder drei Jahre, Gaby. Das Asthma frißt meine Lunge auf... langsam... von innen her. Verstehst Du mich jetzt? Ich bin ein todkranker Mann. Saint Lucia ist meine letzte Chance."

„Du meine Güte, Siegfried!... Ich wußte doch nicht."

Tränen rinnen über Gabys Gesicht. Wortlos nimmt sie mich in ihre Arme, und während sie mich liebevoll an ihre

Brust drückt, sagt sie mit tränenerfüllter Stimme: „Was willst denn jetzt tun, Siegfried? Was machen wir denn jetzt?"

„Laß mich nur machen, Gaby. Ich schaff das schon", sage ich beherrscht und löse mich behutsam aus ihren Armen. Ich fühle mich ausgebrannt und leer. Dann erhebe ich mich von der Bank und blicke zu Oliver. Noch immer jagt er hinter einem Zitronenfalter her. Langsam gehe ich auf meinen Sohn zu. Oliver bemerkt mich. Übermütig lachend kommt er auf mich zugelaufen, mit seinen stämmigen Beinchen, und dann fliegt er in meine ausgebreiteten Arme. Tränen schießen mir in die Augen. Verlegen, ohne daß Oliver es bemerkt, wische ich mit dem Handrücken über meine feuchten Augen.

„Du Papilein! Mir ist schrecklich heiß", lacht Oliver und schaut mir ins Gesicht. „Ist dir auch so schrecklich heiß? Hmmm, Papilein, weil du so rote Augen hast?"

„Ja, Oliver. Mir ist auch heiß." Ich versuche zu lächeln.

## 2

Zwei Wochen später.

Mein Asthma ist unerträglich geworden. Nun kenne ich zwar den Auslöser meiner Krankheit, aber was hilft das schon. Selbst tagsüber quält es mich nun, dieses gottverdammte Asthma, obwohl ich mich streng an die Anweisungen meines Arztes halte. Verzweiflung und Niedergeschlagenheit befallen mich.

Meine Frau hat sämtliche Staubfänger wie Teppiche, unnötige Vorhänge und Regale, Wandbehänge und Pelze aus der Wohnung entfernt. Und doch ist mein Asthma schlimmer denn je, weit schlimmer als vor dem Klinikaufenthalt.

Und dann der sich ständig verschlimmernde Blutauswurf beim Husten. Das Asthma frißt meine Lunge auf.

Auch die Nachrichten, die ich aus Saint Lucia erhalte, beginnen mich zu belasten. Dabei fing alles so einfach und schön an.

Kennengelernt habe ich Jan-Heinrich Struckenberg im November 1980 bei meinem ersten Besuch auf der Karibikinsel Saint Lucia. Gaby und ich wohnten im „Saint Lucian Hotel". Es war ein lauer Abend, und ich fühlte mich unendlich befreit, momentan jedenfalls befreit von der Geisel meines Asthmaleidens. Den Tag über hatten wir an der Beach verbracht... Schwimmen, Faulenzen, Sich-Erholen. Abends beschlossen wir in die Open Air Disco zu gehen. Und als wir so an der Bar saßen, einen Drink zu uns nahmen und den rhythmischen Klängen karibischer Reggaemusik lauschten, trat unverhofft ein etwa sechzigjähriger Mann neben uns und stellte sich vor: Konsul Jan-Heinrich Struckenberg, ein deutscher Architekt und Bauingenieur und vor vielen Jahren „ausgestiegen". Er lebe hier auf Saint Lucia. So nebenbei erkundigt er sich, ob wir nicht daran denken, uns hier niederzulassen oder ein Ferienhaus zu bauen. Hier kann man leben. Er würde uns in vielerlei Hinsicht behilflich sein. Gaby sah mich fragend an, und ohne den Blick von meiner Frau zu nehmen, sagte ich spontan: „Verflixt und zugenäht! Warum eigentlich nicht?"

Am nächsten Morgen, wir saßen gerade beim Frühstück, suchte uns Herr Struckenberg in unserem Hotelzimmer auf. Schlitzohrig meinte er, er habe da ein wundervolles Grundstück an der Beach ausfindig gemacht. Und so fuhren wir bald schon erwartungsvoll los, das Grundstück zu besichtigen. Und bei Gott! Es war ein paradiesisches Fleckchen Erde. Struckenberg meinte, es sei ideal für eine kleine Hotelanlage mit Privatbungalow.

Der Grund gehörte der englischen Immobilienfirma Rodney Bay Ltd. Noch am gleichen Tag verhandelten wir mit dieser Firma. Um's kurz zu machen: Wir entschlossen uns, unsere Lokale in Rosenheim zu verkaufen und mit Sack und Pack nach Saint Lucia auszuwandern.

Wieder einen Tag später stellte uns Herr Struckenberg dem Justizminister des Inselstaates, Sir Kenneth Augustin Webster, vor. Auf Anhieb waren wir uns sympathisch. Die Unterredung fand in freundschaftlicher Atmosphäre statt.

Das war vor zehn Monaten gewesen!

Und nun drängt mein Architekt, Jan-Heinrich Struckenberg aus Saint Lucia, auf eine höhere Abschlagszahlung seiner Honorare für die erstellten Baupläne. Noch bei unserem letzten Aufenthalt auf St. Lucia im März dieses Jahres versicherte er mir, daß eine Abschlagszahlung erst nach Verkauf unserer Tanzlokale fällig sei. Jetzt schreibt er:

*„Abgesehen meiner Honorare, drängt die Immobilienfirma Rodney Bay Ltd., auf Anzahlung des Deposits, um die Sicherstellung des Baugeländes für die Hotelanlage, die Ihre Familie gedenkt auf St. Lucia zu errichten, gewährleisten zu können. Ferner läßt die Regierung von St. Lucia anfragen, wann und wie Sie gedenken, die Gelder für den Bau des Hotels nach St. Lucia zu transferieren. Sie sollten nicht länger zuwarten, um das gesamte Bauprojekt nicht zu gefährden. Kenneth läßt Sie herzlichst grüßen. Er würde Sie gerne mal in Deutschland besuchen kommen."*

Gaby versucht mich aufzumuntern: „Nimm's nicht so tragisch, Siegfried. Wahrscheinlich ist der Struckenberg in einer Zwangslage. Wenn wir mal die Lokale verkauft haben, dann sind wir aus allem raus." Mit einem spöttischen Lachen sage ich: „Ja wenn! Aber wann wird das sein? Die Bastarde wollen mich doch alle im Preis drücken, seitdem sie von meinem Gesundheitszustand Wind gekriegt haben. Hast du was verraten, Gaby?"

„Bin doch nicht verrückt!" wehrt Gaby ab. Und ruhiger

im Ton: „Versuch's doch mal bei unserer Hausbank, der Hypo. Vielleicht bekommst du da ein kurzfristiges Darlehen, bis wir die Lokale verkauft haben?"

Ich befolge Gabys Rat mit wenig Erfolg. Der Direktor der Hypobank Rosenheim gibt mir zu verstehen, daß meine Tanzlokale keine ausreichende Sicherheit sind. Der Tenor der Rosenheimer Sparkasse ist ebenso abschlägig. „Weshalb versuchen Sie's nicht bei Ihrer Hausbank, Herr Dennery?" sagt der Sachbearbeiter der Kreditabteilung und lächelt mich süßsauer an. „Haben Sie nicht schon 1974 ein Darlehen bei unserem Geldinstitut beantragt . . . zur Gründung Ihrer gastronomischen Betriebe?"

Ich nicke. „Hab's aber nicht gekriegt, obwohl ich Ihnen damals mein Elternhaus als Sicherheit angeboten hatte. Wann geben Sie überhaupt mal ein Darlehen?" frage ich. Wut kommt in mir auf. Kurzerhand nehme ich meine Unterlagen und verlasse das Büro. Komme mir vor wie ein Bettler, wie einer, dem man am Boden liegend noch einen Fußtritt versetzt und ihn verspottet.

„Dem hochnäsigen Scheißkerl müßte man die Knarre unter die Nase halten und sich selbst bedienen", raune ich vor mich hin, ohne mir unnötige Gedanken über meine Worte zu machen.

# 3

Eine weitere Woche ist verstrichen. Ein ungemütlicher Oktobertag – es ist Samstag. Regen klatscht gegen die Fensterscheiben. Draußen ist es dunkel. Ich sitze im Wohnzimmer auf der Couch und schaue fern. Soeben beginnt der Sport.
Bereits vor drei Stunden, um 19.00 Uhr, war Gaby ins

Geschäft gefahren. „Komm nach Lokalschluß bitte gleich heim", habe ich gesagt, und dann habe ich sie in den Arm genommen und geküßt. Ich liebe meine Frau. Sie wäre mir die beste Ehefrau, wenn sie nicht trinken würde. Aber sie trinkt halt mal, und dann macht sie Sachen, die sie normalerweise niemals tun würde. Zwei Autos hat sie schon zu Schrott gefahren. Gutes Zureden hilft da nichts. Manchmal komm ich mir vor, wie der Prediger in der Wüste. Was habe ich nicht schon alles versucht! Vergeblich! Ein Teufelskreis. Durch mein Asthma bin ich nicht mehr in der Lage, abends ins Geschäft zu gehen, und Gaby ist nicht stark genug, den alkoholischen Versuchungen zu widerstehen, denen sie im Lokal ausgesetzt ist. Was soll ich nur machen?

Ich bin nicht allein zu Haus. Christian, Gabys elfjähriger Sohn aus erster Ehe, ist vor fünf Minuten zu Bett gegangen. Und dann ist da noch Oliver, mein kleiner Sohn. Zufrieden liegt er neben mir auf der Couch und schläft in seiner roten Strampelhose. Er ist ein braver Bub. Ich bin froh, daß sich die beiden, Christian und Oliver, so gut vertragen. Wenn Oliver bei mir sein kann, verhält er sich meist ruhig, und daß er mich oft mit einer Flut von Fragen „löchert", entspringt seinem kindlichen Wissensdrang. Olivers zweieinhalbjähriges Gesichtchen ist so richtig lieb. Lautlos beuge ich mich über ihn und küsse seine Stirn. Ich liebe es sehr, sein Gesicht zu küssen. Seit annähernd zwei Stunden liegt er nun schon so da und schläft friedlich vor sich hin. Der rechte Zeigefinger liegt auf seinem kleinen und scheinbar schmollenden Mund, so als wollte er sagen: „Pssst, Papa! Sei leise und weck mich ja nicht auf."

Zärtlich streiche ich über sein weiches braunes Haar. Kaum merkbar beginnen seine langen dichten Wimpern zu zucken. Er hat wunderschöne lange Wimpern, Wimpern, um die ihn sicherlich jede Frau beneiden würde. Vor dem Abendessen sind wir zusammen in der Badewanne gesessen und haben herumgealbert. Ich mag das. Der gesamte

Fußboden im Bad ist unter Wasser gestanden. Die reinste Sintflut! Wir hatten Tauchen gespielt. Eigentlich spielen wir immer Tauchen, da in der Badewanne, weil's Oliver soviel Spaß macht.

„Schau mal, Papa, wie lang ich tauchen kann", hatte er gesagt, und dann hat er sich die Nase zugehalten und den Kopf unter Wasser gesteckt. Oliver kann die Luft überraschend lange anhalten. Prustend und mit zusammengezwickten Augen war er dann wieder aufgetaucht. Flink und mit einer drolligen Handbewegung hatte er sich das Haar aus dem Gesicht gestrichen und die Augen weit aufgerissen. Und dann, nachdem er wieder zu Luft gekommen war, hatte er lächelnd gesagt: „Du, Papa! Wie war's? Hab ich jetzt länger unter Wasser getaucht wie du? Hmmm, Papa?"

„Ja, freilich, Oliver", antworte ich amüsiert. „Genau zehn Sekunden länger als ich. Du bist der größte Taucher, den ich kenne." Dann hatte er gelächelt, mein Sohn, so wie er immer lächelt, wenn ich ihn lobe und ihm versichere, wie toll er das mal wieder gemacht hat.

„Du, Papa! Wir gehen doch in die Karibik? Hmmm?"

„Ja freilich, Oliver. Bald schon."

„Du, Papa! Tauchen wir da auch, weil du doch gesagt hast, daß es in der Karibik ein ganz großes und blaues Wasser gibt mit vielen Kuscheln drin? Hmmm?"

„Muscheln! Oliver! Das heißt Muscheln und nicht Kuscheln."

„Ach ja! Gell, Papa, ich bin doch ein Dummer, weil ich immer Kuscheln sag'? Tauchen wir nach Muscheln, Papa? Hmmm?"

„Das werden wir, Oliver, und wie wir das werden!"

„Papa! Darf ich dich noch was fragen, weil ich doch immer soviel fragen tu'?"

„Frag nur, Oliver. Dafür bin ich ja da."

„Tut's den Muscheln weh, wenn wir sie fangen? Will ihnen nicht weh tun, den Muscheln."

„Nein, Oliver. Das tut ihnen nicht weh. Wir fangen ja nur leere Muscheln, nur die Gehäuse."

„Dann ist's gut, Papa. Da freu' ich mich schon drauf."

Wie schön wäre es, dachte ich, wenn Udo, mein sechseinhalbjähriger Bub, auch mit könnte in die Karibik. Aber das geht nicht, weil ich von Udos Mutter geschieden bin und den Kampf um das Sorgerecht verloren habe. Ich werde noch viele Kämpfe in meinem Leben verlieren, es werden schmerzliche Niederlagen sein, Niederlagen, die mich stark machen werden, denn ich muß stark sein, um das ertragen zu können, was meine Bestimmung zu sein scheint.

Eine Menge Gaudi hatten wir gehabt, beim Tauchen in der Badewanne, und wie wir gelacht hatten. Mein Gott! Aber das viele Lachen ist mir nicht sonderlich gut bekommen. Meinen Bronchien, die verstehen keinen Spaß! Und nun spüre ich es, wie es sich langsam heranschleicht und mich mit stählernen Schlingen umklammert, dieses gottverfluchte Asthma, das mich so quält. Und wie sich da in meiner Lunge die Bronchien verkrampfen und zusammenziehen und mit Sekret füllen, denke ich voller Verwunderung. Verflixt! Was ist heute bloß los. Es ist erst 22.00 Uhr. Heute kommt's ungewöhnlich früh, über eine Stunde früher als gewöhnlich, dieses verfluchte Scheißasthma.

Oliver schläft noch immer. Seit einer dreiviertel Stunde kämpfe ich nun schon mit meinem Asthma. Ein Kampf, den ich auf Dauer verlieren werde, das ist mir längst schon bewußt geworden. Ich halt's nicht mehr aus. Eine unsichtbare Last scheint auf meinem Brustkorb zu liegen, droht mich zu erdrücken.

„Du mußt inhalieren, Siegfried!" fordert eine innere Stimme mich auf.

„Quäl dich nicht länger."

Stets versuche ich, das Inhalieren möglichst lange hinauszuschieben, um nicht zu sehr von dem Medikament abhängig zu werden, das die Bronchien entkrampft und mir kurzweilige Erleichterung verschafft. Ohne Inhalation würde ich ersticken. Mein Atem geht schwer und rasselnd. Das Ausatmen wird zur Tortur. Nur mit äußerster Kraftanstrengung und eiserner Disziplin gelingt es mir, die angestaute und verbrauchte Luft aus der Lunge zu pressen und ruhig zu bleiben, um nicht in Panik zu verfallen. Schweiß perlt auf meiner Stirn. Meine Augen brennen. Bedächtig, nochmals einen prüfenden Blick auf meinen schlafenden Sohn Oliver werfend, trete ich aus dem Wohnzimmer und steige die Treppen zum ersten Stockwerk hoch. Dort befindet sich das Bad. Jeder Schritt schmerzt und raubt mir den Atem.

Endlich geschafft! Ich stehe vor dem Wandspiegel im Bad. Ein kantiges Gesicht mit harten Zügen starrt mir entgegen. Der mörderische Kampf um Luft steht mir ins Gesicht geschrieben. Eine ungeheuere Anstrengung. Die Stirnadern treten weit hervor. In meinem Kopf beginnt es zu pochen. Ich glaube, mir platzt der Schädel. Verzweifelt ringe ich nach Luft. Mit zittrigen Fingern ziehe ich aus dem Spiegelschrank ein schmales Schubfach heraus. Da liegt mein kleines Inhaliergerät. Unter größter Anstrengung atme ich mehrmals tief durch. Meine asthmatische Lunge bläst wie ein löchriger Blasebalg. Ich presse die Luft aus der Lunge. Dann nehme ich das Inhaliergerät zwischen die Lippen und inhaliere mehrmals. Eine Prozedur, die sich täglich wiederholt. Nun heißt es warten, warten, bis das Spray wirkt und meine Lungen von diesem atemberaubenden Druck befreit, der mein gesamtes Ich zu lähmen droht und meinem Körper jegliche Vitalität und Kraft raubt.

Umständlich ziehe ich das total verschwitzte T-Shirt über den Kopf und werfe es achtlos in den Wäschekorb. Im Spiegel betrachte ich meinen schweißbedeckten Körper. Trotz meiner Krankheit verfüge ich noch immer über überdurchschnittliche Körperkräfte. Mein Oberkörper ist muskulös und austrainiert – breite Schultern und die stark ausgeprägte Muskulatur der Oberarme lassen erkennen, daß ich immer viel Sport getrieben habe. Dennoch! In diesem scheinbar so austrainierten und muskulösen Körper atmet eine Lunge, die krank ist, eine todkranke Lunge.

Plötzlich steht Oliver, mein lieber, kleiner Oliver neben mir. Die Haare stehen ihm wirr zu Berge, und sein weiches Gesichtchen schaut ganz verschlafen und traurig aus.

„Papilein! Hast du wieder Schmerzen, wegen deinem bösen Asthma da in der Lunge? Hmmm?"

Olivers Stimmchen klingt besorgt und traurig, genauso traurig, wie er im Moment dreinschaut.

„Ja, Oliver. Aber du sollst doch schlafen. Mach dir keine Sorgen wegen dem blöden Asthma. 's ist nicht so schlimm."

Das Sprechen strengt mich an. Ich ringe nach Luft.

„Aber, Papa", sagt der Bub mit weinerlicher Stimme. Er kämpft mit den Tränen, wie er stets mit den Tränen kämpft, wenn er mich so elendiglich sieht. „Weiß doch, daß du Schmerzen hast, wenn du so auf dem Hocker sitzt, da im Bad, da hast du doch immer Schmerzen, weil du keine Luft nie nicht kriegst. Die Mama sagt's auch. Ich hab Angst, Papa. Du darfst nicht ersticken, weil du dann nie nicht mehr mit mir tauchen kannst, da in der Karibik. Du bist doch mein Lieblingspapa."

Und als der Kleine die Worte „mein Lieblingspapa" ausspricht, versagt ihm die Stimme. Er weint. Dicke Tränen rinnen über sein weiches Gesichtchen, das ich so gerne küsse. Schluchzend läuft er auf mich zu, mit seinen kurzen und stämmigen Beinchen, und wirft sich in meine Arme. Er ist ein liebes und sensibles Bürschchen. Oliver fühlt mit mir. Wenn ich lache, so lacht auch er, und wenn ich traurig bin, so ist auch er traurig?

Fest halte ich Olivers kleinen und schluchzenden und bebenden Körper in meinen kräftigen Armen, die zittern. Obwohl ich schwer atme und nach Luft ringe, verdränge ich jenes Gefühl der Atemlosigkeit. Oliver weint, nur das zählt für mich. Mein lieber, kleiner Sohn weint um mich, und das tut mir weh. Ganz weit drinnen in meiner Seele tut's weh, denn ich bin es nicht wert, daß mein Oliver um mich weint und sich vor Schmerz verzehrt. Oft schon hatte Oliver mich hier aufgesucht, hier oben im Bad, meinem Zufluchtsort, wenn das Asthma mich quälte. Diese Qual möchte ich mit niemandem teilen, denn Kranksein ist eine Bürde für jene Menschen, die einem lieb und teuer sind. Und Oliver ist mir lieb und teuer. Mehr noch! Er ist mein Leben!

„Du, Papa, was ist eigentlich Asthma?" hatte Oliver mich schon vor Monaten gefragt. Ich werde es nie vergessen können, wie er mich angeblickt hatte und wie er mit seinen kleinen und patschigen Händchen mein Gesicht gestreichelt hatte, damals im Wohnzimmer. Der Bub wollte es einfach wissen. Und da er mich mit seinen Fragen buchstäblich bombardiert hatte, habe ich mich zu ihm hingesetzt und es ihm erklärt.

Und wie ich nun meinen weinenden Sohn in den Armen halte, wird mir die Auswegslosigkeit der Lage bewußt, eine Situation, die mich zusehends dazu zwingt, einen Weg zu gehen, den ich nicht gehen möchte, nicht gehen darf, denn ich habe Verantwortung zu tragen, vor allem für Udo und Oliver, meine Söhne.

Vor Tagen hatte ich einen letzten und verzweifelten Versuch unternommen, bei den Banken ein kurzfristiges Darlehen zu bekommen. Erneut hatte mein Architekt aus St. Lucia auf Zahlung gedrängt, ohne zu vergessen, darauf hinzuweisen, mein chronisches Asthmaleiden sei nur auf St. Lucia ohne Medikamente in den Griff zu bekommen und auszuheilen. Und immer wieder sehe ich Frau Huber vor mir, in der Lungenklinik, mit der fahrbaren Transfusion.

Nachdem mich die Sparkassen und Banken abermals mit

all ihrer Arroganz haben abblitzen lassen, fasse ich einen Entschluß, der seit langem schon wie ein unheilverkündendes Geschwür in meinem Kopf heranreifte: ich werde mir das Geld mit der Knarre in der Hand beschaffen. Wie einen Hund habt ihr mich behandelt, wie einen Aussätzigen, mit jener eiskalten und geschäftsmäßigen Höflichkeit, die diese „Geldsäcke" stets dann an den Tag legen, wenn es gilt, einen unliebsamen Kunden auf die „Sanfte" hinauszukomplimentieren.

Angefleht habe ich sie, die Banker, auf mein Asthmaleiden hingewiesen und wie wichtig es deshalb sei, das Darlehen jetzt zu bekommen.

„Länger als drei oder vier Monate brauche ich das Geld nicht", hatte ich gesagt. „100 000,- DM. Mehr bräuchte ich nicht. Was sind für Sie schon 100 000,- DM, meine Herren? Meine Lokale sind das x-fache wert, und das wissen Sie auch."

Und lustig hatten sie sich über mich gemacht. Einer hatte gesagt:

„Herr Dennery! Sie sind doch krankenversichert, oder?"

„Sicher! Aber ich versteh' Ihre Frage nicht?"

„Dann versuchen Sie's doch mal bei Ihrer Krankenkasse. Vielleicht kriegen Sie's da, das Darlehen?"

Den hochnäsigen und zynischen Kerl werde ich mein Leben lang nicht vergessen können.

Noch immer halte ich meinen weinenden Sohn Oliver in den Armen. Und dann, ganz plötzlich, habe ich Tränen in den Augen. Warum? Ich weiß es nicht! Vielleicht aus Mitgefühl zu Oliver oder vielleicht deshalb, weil ich vorhabe, etwas zu tun, das ich im Grunde meines Herzens nicht tun will. Ich bin mit einer Vorahnung auf jene schicksalhaften Ereignisse belastet, die mich Jahre später wie eine Dampfwalze überrollen werden. Oder ist es ein Impuls, eines Tages meinen nun weinenden Sohn verlieren zu können? Ich kann's nicht sagen. Bei Gott! Ich kann's nicht.

Ohne daß Oliver es bemerkt, wische ich mir die Tränen aus dem Gesicht. Der Bub blickt zu mir hoch. Sein Gesichtchen ist ganz rot und verweint.

„Du, Papa", flüstert der Bub. Er wirkt unsicher. „Soll ich dir den Rücken reiben, damit du wieder Luft kriegst? Hmmm? Das tut bestimmt gut, Papa." Mit fragenden Augen schaut er mich an. Ich lächle. „Ja, Oliver", sage ich mit gepreßter Stimme. „Mach's nur. Das tut mir bestimmt gut. Mach's nur, Oliver, wie du's immer machst."

Liebevoll streiche ich ihm übers Haar. „Bist ein braver Bub."

„Du, Papa! Streichelst du mir gern die Haare? Hmmm? Warum machst du's denn?"

„Weil ich dich sehr lieb hab, Oliver. Deshalb mach ich's."

„Ich hab dich auch sehr lieb, Papa, weil du mein Lieblingspapa bist. Bussi, Papa!"

Oliver spitzt seine Lippen und schließt die Augen. So macht er's immer, wenn er „Bussi" sagt. Er ist ein richtiger Schmusekater. Ich beuge mich vor und dann küsse ich meinen Sohn, wie sich Vater und Sohn küssen. Es ist ein reiner, ein sauberer Kuß, ein Liebesbeweis, der aus dem Herzen kommt, nicht wie jene oftmals mit Begierde erfüllten Küsse zwischen Mann und Frau.

Oliver öffnet die Augen. Seine großen, runden Augen glänzen. „Du, Papa! Ich mag's gern, wenn du mir ein Bussi gibst. Weil's so schön kitzelt da mit deinem Bart. Bei der Mama kitzelt's nie so schön, Papa."

Das Fichtennadelwasser riecht nach Wald und fühlt sich auf meinem Rücken angenehm kühl an. Und dann fühle ich Olivers kleinen und weichen und patschigen Händchen auf meinem Rücken und wie er die kühlende

Flüssigkeit verreibt. Ein prickelndes Gefühl überkommt mich.
„Papa! Ist's so richtig? Hmmm?"
„Du machst das hervorragend, Oliver. Niemand kann's besser."
„Wirklich, Papa?"
„Wirklich, Oliver."
Hingebungsvoll und mit einer bewundernswerten Ausdauer gleiten Olivers Händchen in kreisenden Bewegungen über meinen Rücken. Es entspannt mich. Zunehmend spüre ich Erleichterung. Der Druck in der Lunge läßt nach, das Gefühl, eine Schlinge um den Hals zu haben. Mein Atem wird gleichmäßiger.
„Ist's dir so angenehm, Papa?"
„Sehr angenehm, Oliver." Ich schmunzle vor mich hin. Wo mag der Lauser nur das Wort „angenehm" aufgeschnappt haben? frage ich mich.


## 4

Mein Entschluß steht fest: Ich werde mir das „Darlehen", das mir die Banken verweigerten, durch einen Bankraub verschaffen. Es war kein leichter Entschluß. Tagelang habe ich mit meinem Gewissen gekämpft. Und an manchen Tagen, wenn ich vor dem Bettchen meines schlafenden Sohnes gestanden habe, war es besonders schlimm. Bei Gott! Ich habe es mir nicht leicht gemacht. Und dann beschäftigt mich noch ein Gedanke.

Wie sag' ich's bloß meiner Frau. Sie hat ein Anrecht darauf, es zu erfahren. Und ich werde es ihr auch gar nicht verheimlichen können.

21 Uhr. Ich bringe Oliver zu Bett. Gaby ist in der Küche beschäftigt. Behutsam lege ich Oliver in sein Bettchen und decke ihn zu. Oliver faltet die Hände zum Gebet. „Du, Papa! Sprichst du mit mir noch das Nachtgebet?
„Freilich, Oliver. Das weißt du doch."
Oliver beginnt zu beten.
„Bevor ich mich zur Ruh' begeb',
zu dir, o Gott, mein Herz ich heb'.
Mein Herz ist klein, kann niemand hinein,
als du mein liebes Jesulein.
Amen."
Dann beuge ich mich über Oliver und bekreuzige ihn. Oliver kuschelt sich ins Kissen. „Papa, Bussi."
Zärtlich streiche ich meinem Kleinen durch sein weiches Haar und küsse seine Stirn, die Wangen, den Mund.
„So, Oliver. Und jetzt schlaf schön", sage ich im Flüsterton und verlasse auf leisen Sohlen das Kinderzimmer.
Gaby sitzt auf der Couch und blättert in einem Modejournal. Als sie mich bemerkt, blickt sie auf zu mir und lächelt: „Schläft Oliver?"
Wortlos nicke ich und setze mich neben Gaby auf die Couch. Ich bin unsicher. Jetzt oder nie, sage ich mir und fasse all meinen Mut zusammen. Gaby blickt mich an und als würde sie meine Unsicherheit spüren, ergreift sie das Wort: „Hast du was auf dem Herzen, Siegfried? Seit Tagen schon bist du so unruhig. Ich kenn' dich doch. Willst du's mir nicht sagen?"
Ich hole tief Luft. Mit Bedacht und Fingerspitzengefühl erkläre ich Gaby mein Vorhaben, eine Bank auszurauben. Und je ausführlicher ich Gaby meinen Plan darlege, um so überraschter werde ich. Gaby sitzt nur da und lauscht meinem Plan. Das gibt's doch nicht! Ich habe mit einer heftigen Reaktion gerechnet, mit Vorwürfen und ablehnenden Worten. Nichts von alledem! Gaby schaut mir ins Gesicht, ruhig und gelassen. Und genauso ruhig und gefaßt meint sie

lapidar: „So was Ähnliches habe ich mir schon gedacht, Siegfried. Oder glaubst du, ich hab' sie vergessen, deine Andeutung da in Törwang, als wir auf der Bank saßen? Hab' mir auch so meine Gedanken gemacht. Seit Tagen schon. Wir sitzen doch in einem Boot."

„Willst du damit vielleicht sagen", stammle ich fassungslos, „du bist damit einverstanden, daß..."

„Ja, das will ich damit sagen", fällt Gaby mir ins Wort. „Ich werde dir helfen, Siegfried."

„Wie, helfen?"

„Na, wie schon? Die Bank ausspionieren und so."

Ich bin überwältigt. Da habe ich immer geglaubt, meine Frau zu kennen, und dann das. Dann erklärt Gaby mir, daß es viel zu riskant sei, wenn ich mich vor dem Coup in der Bank sehen lassen würde. Und dann, nach weiteren Überlegungen, kommen Gaby doch Bedenken. „Was dann, Siegfried, wenn die Sache doch schiefgeht, wenn sie dich schnappen?"

„Wenn wir sauber arbeiten, werden die Bullen mich nicht kriegen. Daran darfst du gar nicht denken, Gaby. Nicht mal im Traum."

„Trotzdem, Siegfried. Es kann doch was schiefgehen. Was machen wir dann?"

„Verdammt, Gaby! Es wird nichts passieren."

Gaby läßt nicht locker, und ich sichere ihr zu, daß ich sie aus allem heraushalten werde. Sicher ist sicher. „Für den Fall, daß die Bullen mich am Arsch kriegen, Gaby, wirst du auf mich warten, bis ich aus dem Knast komm'? Und wie bringst du's Oliver bei?"

Gaby legt ihre Hände auf meine Schultern. „Siegfried! Du bist die Liebe meines Lebens. Ich würde dich niemals im Stich lassen. Niemals! Wir haben doch Oliver. Egal wie's kommt, Siegfried. Ich werde vor Oliver nie schlecht über dich reden. Ich weiß doch, wie du an Oliver hängst. Der Bub und du, ihr seit doch ein Herz und eine Seele."

„Versprochen, Gaby?"

„Versprochen, Siegfried! Bei meinem Leben." Tränen schießen Gaby in die Augen. Dann schlingt sie ihre Arme um meinen Nacken. Ich halte Gaby fest an meine Brust gedrückt. Und während wir uns umarmen, sage ich mit leiser Stimme: „Mach dir keine unnötigen Gedanken, Gaby. Es wird alles gut werden. Es wird alles gut."

Und weiter denke ich mir, es ist besser, eine Bank zu berauben, als in dem Wissen zu leben, in zwei oder drei Jahren ein toter Mann zu sein, aufgefressen von seiner blutspuckenden Lunge.

Für den Coup wähle ich die Bankfiliale Riedering der Sparkasse Rosenheim aus. Noch immer spuken mir die spöttischen Worte des Bankangestellten in den Ohren, als er gesagt hatte: „Dann versuchen Sie's doch mal bei Ihrer Krankenkasse. Vielleicht kriegen Sie's da, das Darlehen!"

Durch meine beiden Diskotheken verfüge ich über vielschichtige Kontakte. So kann ich leicht in Erfahrung bringen, daß im Tresor der Riederinger Filiale meist so um die 200 000,- DM gebunkert sind. Jeden Donnerstag kommt der Geldbote von der Rosenheimer Zentrale und füllt den Tresor auf, für die Freitagsauszahlungen. Ich beschließe, den Überfall an einem Donnerstag, kurz vor Schalterschluß, durchzuführen. Die Bank macht um 18.00 Uhr zu.

Um diese Zeit herrscht bereits Dunkelheit. Ein großer Vorteil, um ungesehen davonzukommen.

Ich brauche einen Komplizen. Jürgen Meister kommt dafür in Frage. Wir sind weitschichtig zueinander verwandt. Er ist arbeitslos und leidet an chronischem Geldmangel. Überreden muß ich ihn nicht erst, er ist sofort Feuer und Flamme.

Jürgens Pläne, nach Australien auszuwandern, sind gescheitert, und so mache ich ihm das Angebot, mit mir in die Karibik zu gehen. Er ist einverstanden. Wir kommen überein, daß er sich mit seinem Anteil an meinem Bauvorhaben auf St. Lucia beteiligt. Unter anderem habe ich vor, ein kleines Betonwerk zum Pressen von Betonsteinen, sogenannten Blocks, zu errichten.

„Bevor es zur Sache geht, Jürgen", sage ich, „möchte ich gleich eins klarstellen. Gemacht wird's nach meiner Methode. Die Waffen besorge ich. Wir nehmen keine scharfen! Ist das klar!"

Jürgen protestiert. „Warum nicht? Das ist doch Wahnsinn! Was tun wir, wenn die Sache schiefgeht? Die Bullen könnten uns ja auch in die Quere kommen?"

„Willst du vielleicht 'nen Bullen umnieten? Du hast vielleicht Nerven! Für 'nen toten Bullen kriegst du Himmelblau. Die sperren dich ein und schmeißen die Schlüssel weg."

„Nein, das nicht!" begehrt Jürgen auf. „Aber..."

„Aber, wie gesagt", falle ich ihm mit eisiger Stimme ins Wort, „ich besorge die Kanonen, und du kümmerst dich um ein paar vernünftige Kennzeichen. Am besten klaust du die Dinger in München, in einem Parkhaus, und in Zukunft überläßt du das Denken mir. Klar?"

Wir trennen uns. Auf dem Nachhauseweg, den ich zu Fuß zurücklege, geht mir Jürgens Einwand über die Waffen nicht mehr aus dem Kopf. Bevor wir das Ding drehen, denke ich, werde ich Jürgen abchecken. Nicht, daß der Bursche ohne mein Wissen mit einer scharfen Kanone auftaucht und wie ein Wilder rumballert. Die heutige Jugend denkt ja nur noch ans Rumballern. Mit 30 zählt man da schon zu den Gruftis. Ich halte nichts vom Rumballern. Halte viel mehr von einer sauberen und wohldurchdachten Arbeit: Auftauchen – einsacken – spurlos verschwinden!

Mit einem Bankraub kann ich leben; einen Mord jedoch könnte ich nicht mit meinem Gewissen vereinbaren. Aber andererseits hat Jürgen schon recht. Es ist ein Risiko, ohne scharfe Waffe eine Bank zu stürmen. Aber was ist bei unserem Himmelfahrtskommando schon kein Risiko?

Heute ist ein besonderer Tag – Gabys Tag. Zu dritt, Gaby, Oliver und ich, machen wir einen kleinen „Familienausflug", um die Sparkasse Riedering auszuspionieren. Langsam, um nicht aufzufallen, fahre ich mit unserem Jeep an der Sparkasse vorbei. In einer Seitenstraße, von der man die Bank sehen kann, halte ich an. Gaby wirkt nervös. In der Hand hält sie eine Geldtasche, wie sie bei Bankeinzahlungen üblich ist. Damit ich mir ein Bild von den Räumlichkeiten der Bank sowie den darin Beschäftigten machen kann, wird Gaby am Bankschalter die fällige Feuerversicherung für unsere Diskos per Bareinzahlung überweisen – ein völlig unauffälliger und alltäglicher Vorgang.

Auf dem Rücksitz sitzt Oliver in seinem Kindersitz: „Du, Papa, warum halten wir da an? Hmmm, Papa?"

Ich drehe mich um und schaue in Olivers erwartungsvolles Gesicht. „Die Mama muß schnell auf die Bank ... Geld einzahlen", sage ich lächelnd und tätschle Olivers pausbakkiges Gesichtchen.

„Du, Mama, ich will auch mit, bei der Geld Bank einzahlen." Gaby schmunzelt. „Das geht nicht, Oliver. Ich komm ja gleich wieder."

Ich sage grinsend: „Aber, Oliver! Das heißt das *Geld* bei der *Bank* einzahlen und nicht das *Bank* bei der *Geld* einzahlen. Ja, Oliver?"

Oliver lacht spitzbübisch: „Ich bin doch ein Dummer? Hmmm, Papa?"

Zärtlich ergreife ich Gabys linke Hand. Wir blicken uns in die Augen. Gelassen sage ich: „Sei ganz ruhig, Gaby. Du mußt keine Angst haben. Und tu genauso, als wärst du ein stinknormaler Bankkunde, der nur eine Überweisung vornimmt."

Gaby lächelt leicht gequält. „Du hast leicht reden. Ich bin furchtbar aufgeregt. 's ist doch nicht so einfach, wie ich geglaubt hab."

„Du schaffst das schon, Gaby", sage ich aufmunternd. „Und noch eins. Denk dran, was ich dir gesagt hab. Jede Kleinigkeit kann wichtig sein. Auf geht's, Gaby – und viel Glück."

„Viel Glück, Mama", piepst Oliver, ohne zu wissen, daß seine Mutter auf dem Weg ist, ein geplantes Verbrechen vorzubereiten. Wortlos blickt Gaby mich an. Dann verläßt sie das Auto. Ich blicke auf die Uhr am Armaturenbrett: 14.25 Uhr!

Acht Minuten später: Gaby verläßt soeben das Bankgebäude, die Geldtasche in der Rechten. Von weitem schon sehe ich sie kommen.

Oliver ruft aufgeregt: „Du, Papa! Schau mal. Da kommt die Mama." Wild gestikulierend deutet er auf seine Mutter, die geradewegs die Hauptstraße überquert und zielstrebig auf uns zugeht. Gaby öffnet die Türe, und während sie einsteigt, blickt sie mich wortlos an. Ihr Gesicht ist aschfahl. Oliver begrüßt seine Mama euphorisch. Achtlos wirft Gaby die Geldtasche auf den Rücksitz, und ohne mich eines Blickes zu würdigen, sagt sie hart: „Die Sache können wir vergessen, Siegfried. Ein Wahnsinn ist das!"

Ich versuche gefaßt zu bleiben. „Was ist ein Wahnsinn, Gaby? Gibt's Probleme?"

Gaby lacht trocken. „Probleme, Siegfried?" Sie wendet sich mir zu. „Weißt du, wer da drin arbeitet? So ein Mist!"

„Keine Ahnung", erwidere ich cool.

„Die Frau Kotter arbeitet da drin ... an der Kasse. Die Frau vom Dieter, du weißt schon."

Dieter und ich sind gute Bekannte. Er ist Elektroingenieur und wartet die Elektroanlagen unserer Diskos.

„Na und, Gaby", erwiderte ich scheinbar gleichgültig.

Gaby aufgebracht. „Bist du noch zu retten? Na und? ... Ist das alles, was du zu sagen hast? Deine Nerven müßt' ich haben!"

Ich versuche Gaby zu beruhigen. Wenig später erkläre ich ihr, daß Frau Kotter mich zwar vom Sehen her kennt, daß wir jedoch niemals zuvor miteinander gesprochen hätten. Vielleicht ist es sogar ein Vorteil, wenn Dieters Frau in der Bank arbeitet. Eine solche Unverfrorenheit würde uns niemand zutrauen. Kein Mensch würde uns verdächtigen und mit dem Banküberfall in Verbindung bringen.

Gaby lacht hektisch. „Kein Mensch! . . . Aber die Polizei. Verflixt, Siegfried, wir müssen uns 'ne andere Bank suchen." All meine Überzeugungskraft und Redegewandtheit werfe ich in die Waagschale, um meine Frau doch noch zu überzeugen. Und nach fünf Minuten hab ich's geschafft. Gaby berichtet in allen Einzelheiten über ihre Beobachtungen. Ich bin zufrieden. Mehr noch, Gaby scheint fast ein fotografisches Gedächtnis zu haben, so detailgetreu sind ihre Angaben.

„Super, Gaby. Wirklich! Das hast du einfach super hingekriegt", lobe ich sie und küsse sie auf die Wange.

Oliver ruft von hinten: „Papilein, Oliver auch Bussi."

Zu Gaby dann: „Das einzige Problem, das wir haben, ist die Überwachungskamera. Du sagst, das verdammte Ding befindet sich hinter der Panzerglasscheibe, direkt über dem Tresor?"

Gaby nickt wortlos.

„So 'ne verdammte Scheiße!"

Oliver protestiert: „Aber Papa, das sagt man nicht." Ohne auf Olivers Protest einzugehen, murmle ich vor mich hin: „Die verdammte Kamera. Ich muß das Scheißding außer Gefecht setzen."

„Wie denn? Hmm, Siegfried? Willst du vielleicht in die Bank einsteigen?"

Ich starte den Wagen und biege im Schrittempo in die Hauptstraße ein. „Keine schlechte Idee, Gaby. Wirklich! Keine schlechte Idee. Mal sehn."

Gaby kopfschüttelnd. „Du bist verrückt. Wie willst du da ungesehen reinkommen, Siegfried?"
„Laß mich nur machen, mein Wirbelwind."

Erneut finde ich nachts keinen Schlaf. All meine Gedanken drehen sich um den bevorstehenden Banküberfall. Leise, um Gaby nicht zu wecken, husche ich aus dem Schlafzimmer. Mein Atem geht schwer und rasselnd. Im Bad nehme ich zwei Hübe aus meinem Inhaliergerät. Etwa zehn Minuten später läßt der Bronchialkrampf nach – mein Atem geht gleichmäßiger. Ich fühle mich erleichtert.

Leise betrete ich Olivers Zimmer. Wortlos stehe ich an seinem Bettchen und betrachte meinen friedlich schlafenden Sohn. Nachts zieht es mich immer wieder hierher, wenn mich das Gewissen quält, denn für meine Söhne Udo und Oliver habe ich Verantwortung zu tragen. Und in letzter Zeit quält es mich oft, das verdammte Gewissen. Zärtlich streiche ich über Olivers weiches Haar. „Hoffentlich geht nichts schief", flüstere ich vor mich hin.

Plötzlich öffnet Oliver die Augen. Schlaftrunken blickt er mich an. „Papa, was ist schief? Hmmm, Papa!"
„Nichts, Oliver, nichts ist schief. Schlaf jetzt schön. Ja?"

Die kommenden Tage verbringen Gaby und ich überwiegend damit, das Bankgebäude und die drei in der Bank beschäftigten Angestellten zu observieren und die nötigen Vorbereitungen zu treffen. Ich möchte nichts dem Zufall überlassen. Die Fluchtroute, die wir nach dem Banküberfall einschlagen werden, lege ich ebenfalls fest. Zu abendlicher Stunde fahre ich die Strecke ab und stoppe die Zeit. Die Strecke liegt abseits der Hauptstraße, die die Bullen nach dem Alarm befahren und mit absoluter Sicherheit absperren werden.

Sicherheitshalber, wie mit Gaby besprochen, müßte ich

mir mal die Bank von innen ansehen! Aber wie, ohne gesehen zu werden?

Da mache ich eine Entdeckung! Die Räumlichkeiten der Sparkasse befinden sich im Erdgeschoß eines Wohnblocks. In der Nähe des Eingangs, der zu den Wohnungen führt, gibt es ein kleines Fenster. Es befindet sich in einer Höhe von gut zwei Metern.

„Wo warst du denn so lange, Siegfried?" empfängt meine Frau mich. „Seit 'ner halben Stunde warte ich schon. Das Essen ist schon fertig. Es ist höchste Zeit. Muß doch ins Geschäft."

„Entschuldige bitte, Gaby. Aber ich mußte noch etwas erledigen. Etwas Wichtiges, du weißt schon." Wortlos blickt Gaby mich an. Ich gehe ins Eßzimmer.

„Hallo, Papilein", begrüßt mich Oliver euphorisch. „Bussi!" Der Kleine sitzt in seinem Kinderstuhl am Tisch und verdrückt Weißwürste. Die ißt er besonders gerne.

„Grüß dich, Oliver, du Lauser du."

Noch immer spitzt der Bub den Mund. Ich gebe ihm sein Bussi und setze mich zum Essen an den Tisch. Gaby steckt den Kopf bei der Türe rein. „Ich fahr' dann. Ruf' dich später mal an."

Nachdem Gaby gegangen ist, redet Oliver ununterbrochen auf mich ein. Wie ein Maschinengewehr. Ich höre gar nicht mehr hin, so beschäftigt mich der Gedanke, in die Bank einsteigen zu müssen. Heute noch! Jetzt gleich!

21.00 Uhr. Riedering.

Durch ein Seitenfenster steige ich in die Bank ein. Aufmerksam und mit äußerster Vorsicht spähe ich die Bankräumlichkeiten aus, achte auf Alarmauslöser und mache mich an der Kamera zu schaffen. Plötzlich ist da ein Geräusch. Ich wage kaum noch zu atmen. Verdammt, was ist das nur? ... Schritte! ... Verdammt, das sind Schritte!

Dann das helle Lachen einer Frau. Blitzschnell knipse ich die Taschenlampe aus. Ich halte die Luft an. Das Blut scheint in meinen Adern zu gefrieren. Die Schritte werden lauter, kommen näher, bleiben stehen! Lautlos husche ich durch die Dielentür. Ich stehe in einem großen Raum mit einem großen Fenster. Die Jalousien sind heruntergelassen. Wahrscheinlich das Besprechungszimmer? schießt es mir durch den Kopf. Angestrengt lausche ich in die Dunkelheit hinein. Gedämpfte Stimmen!

„Hans, laß doch! Nicht hier!" sagt eine Frauenstimme.

„Sei doch nicht so prüde, Rosie", sagt eine Männerstimme.

„Hör auf, mich friert", sagt sie. „Du liebst mich gar nicht. Du willst mich nur rumkriegen."

Ich schmunzle. Ein Liebespärchen, denke ich erleichtert. Dann höre ich sich entfernende Schritte.

Wenig später befinde ich mich bereits auf dem Heimweg. Ich bin zufrieden. „Das wird schöne Bilder geben", murmle ich vor mich hin. „Die Bullen werden Augen machen!"


## 5

Donnerstag, 5. November 1981.

Es ist frostig kalt. Zusehends legt sich die Dunkelheit über die winterliche Landschaft. Da steht ein Auto auf einem Parkplatz. Der Parkplatz befindet sich in der Nähe der Stadt Prien am Chiemsee. Der Ort ist mir bestens vertraut.

In der Nähe ist eine Frauenklinik. Wiesen und Wälder rahmen die Klinik ein. Ein ruhiger und beschaulicher Ort. Hier, in dieser Frauenklinik, wurde vor zweieinhalb Jahren mein Sohn Oliver geboren. Und nun stehe ich hier, um ein

Verbrechen zu begehen. Meine Hände sind klamm vor Kälte. Soeben habe ich dem Wagen neue Kennzeichen verpaßt.

„So eine Saukälte", raune ich vor mich hin und nehme auf dem Fahrersitz Platz. Neben mir sitzt Jürgen, mein Komplize. Er zieht sich gerade um. Und dann, zum wiederholten Male und nun zum letzten Mal, bespreche ich mit Jürgen den Plan.

„Und merk dir eins, Jürgen", sage ich abschließend, „keine brutale Gewalt. Was ich will, ist das Geld, nur das Geld, nicht aber das Leben oder die Gesundheit der Bankangestellten gefährden. Wenn wir sauber und wohlüberlegt arbeiten, ist die öffentliche Meinung nicht gegen uns. Ist das klar?"

„Soweit alles klar! Aber ich scheiß auf die öffentliche Meinung", antwortet Jürgen. Er wirkt angespannt.

„Du vielleicht, aber nicht ich. Vergiß das nicht."

„Hoffentlich klappt's heute", fügt Jürgen hinzu.

Ich nicke wortlos.

Jürgens Bedenken kommen nicht von ungefähr. Bereits zweimal hatten wir in den letzten Wochen den Banküberfall auf die Sparkasse Rosenheim-Riedering verschieben müssen. Mein Perfektionismus und das in mir schwelende Mißtrauen hatten mich daran gehindert, den Coup durchzuziehen.

Ich werfe einen flüchtigen Blick auf meine Armbanduhr: 17.25 Uhr!

„Dann wollen wir mal", sage ich zu Jürgen und starte den Wagen. Die Sparkasse schließt um 18.00 Uhr. Die paar Kilometer bis Riedering lege ich in wenigen Minuten zurück. Mehrere Male war ich die Strecke abgefahren. Der Überfall ist bis ins kleinste Detail geplant. Es kann nichts schiefgehen.

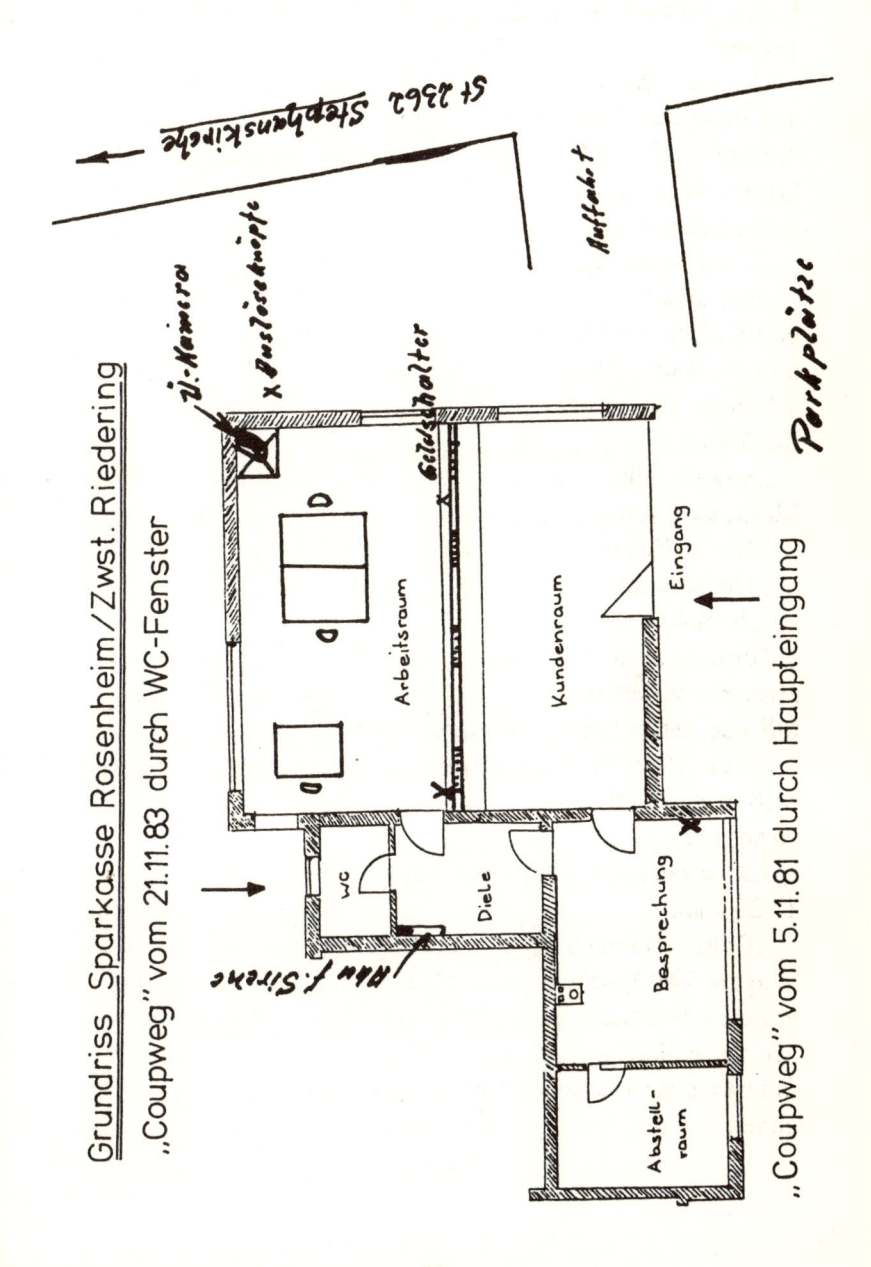

Grundriss Sparkasse Rosenheim/Zwst. Riedering

„Coupweg" vom 21.11.83 durch WC-Fenster

„Coupweg" vom 5.11.81 durch Haupteingang

St 2562 Stephanskirche

Zufahrt

Parkplätze

Ü.-Kamera
X Auslöseknöpfe
Geldschalter
Arbeitsraum
Kundenraum
Eingang
WC
Diele
Hdw.f.Sirene
Besprechung
Abstellraum

Riedering ist erreicht. Sicherheitshalber fahre ich nochmals die nähere Umgebung der Bank ab. Nichts Verdächtiges! Neben einem Geräteschuppen, auf einem abgelegenen Fußweg, stelle ich das Auto ab. Es ist still. Kein Mensch ist zu sehen. Gedämpfte Geräusche dringen aus einem nahen Kuhstall. Die Bauern arbeiten um diese Zeit im Stall. Auf der Hauptstraße, die durch die Ortschaft führt, herrscht normaler Berufsverkehr. Nur wenige Fußgänger sind unterwegs. Kein Wunder, es ist bitterkalt.

Wir ziehen unsere Masken mit den Sehschlitzen über den Kopf und rollen sie wieder bis zur Stirn hoch. Jetzt sehen die Masken wie Seemannsmützen aus.

„Vergiß die Handschuhe nicht, Jürgen." Den Revolver stecke ich in den Schulterhalfter. Anschließend falte ich die zwei reißfesten Geldtaschen zusammen und stecke sie in die linke Tasche meiner schwarzen, knielangen Windbluse.

Wenig später: Dicht an die Hausmauer gedrängt, Jürgen neben mir, blicken wir auf die hellerleuchtete Bank. Wir sind keine zehn Meter davon entfernt. Hinter dem Bankschalter mache ich drei Angestellte aus, zwei Frauen und ein Mann. Wie immer! Sofort erkenne ich die dunkelhaarige Frau wieder. Es ist die Kassiererin. Den Filialleiter schätze ich auf gute Fünfzig. Er heißt Kessler. Habe Erkundigungen über ihn eingezogen. Ein gewissenhafter und pflichtbewußter Mann – ein Mann, der weder Kunden noch seine Angestellten durch unüberlegte Handlungen gefährden würde. Das ist wichtig zu wissen.

Zwei Kunden stehen vor dem Bankschalter, ein Mann und eine Frau. Ich blicke Jürgen an. „Hoffentlich verschwinden die beiden bald." Jürgen nickt. Es ist zehn Minuten vor sechs. Abermals gleitet mein Blick in den Schalterraum. Der Schalterraum ist vom Kundenraum durch eine kugelsichere und bis zur Decke reichende Panzerglasscheibe abgetrennt.

Um 18.00 Uhr wird die blonde Angestellte den verschlossenen Schalterraum verlassen und die Eingangstüre der Bank abschließen. Das ist der Zeitpunkt, zu dem wir die Bank stürmen werden und die junge Frau in unsere Gewalt bringen. So ist es geplant.

Meine Nerven sind zum Zerreißen gespannt. Ich habe einen Druck im Schädel wie ein Hochofen kurz vorm Knall. „Verdammt noch mal", flüstere ich Jürgen zu, „was ist heute bloß los. Die beiden da drin quatschen sich noch zu Tode."

Es ist kurz nach 18.00 Uhr! Blitzschnell fasse ich einen Entschluß – ich ändere den Plan: „Wir packen's jetzt gleich, Jürgen", sage ich. „In zehn Minuten kommt wieder der Alte mit seinem Dackel vorbei. Der kommt uns sonst in die Quere. Ich nehm den Mann, du die Frau. O. K., Jürgen?"

„Alles klar."

Wir ziehen die Masken übers Gesicht. Mit der Rechten greife ich in die halbgeöffnete Windbluse. Aus dem Schulterhalfter ziehe ich den Revolver und überprüfe die Trommel. Mit einer kurzen Bewegung aus dem Handgelenk heraus lasse ich die Trommel einrasten. Der Revolver fühlt sich kalt an, trotz der Handschuhe, die ich trage, aber die Knarre wirkt beruhigend. Jürgen hält die großkalibrige Pistole in der Rechten. Plötzlich im Schnee knirschende Schritte! Blitzschnell packe ich Jürgen bei der Schulter und ziehe ihn nach unten. Wir gehen in Deckung. Dann das heisere Bellen eines Hundes. Ein Langhaardackel läuft auf dem schmalen Gehweg vorbei, keine zehn Meter von uns entfernt.

„Scheiße! Der Alte mit dem Dackel", zische ich gepreßt zu Jürgen. „Viel zu früh!"

Ich glaube, nicht richtig zu sehen. Hinter der Thujenhecke, die den Gehweg von der Sparkasse abtrennt, taucht plötzlich der Dackel auf und läuft geradewegs auf mich zu. Lustig wedelnd bleibt er vor mir stehen und bellt mich an.

„Verdammt, Waldi!" sage ich halblaut. „Halt die Schnauze! Hau schon ab!... Verpiß dich."

Waldi rührt sich nicht vom Fleck. Er scheint zu riechen, daß ich Hunde gerne mag.

Jürgen verliert die Geduld: „Hau schon ab, verdammter Sauköter", schimpft er aggressiv. Gleichzeitig hebt er die Rechte und macht Anstalten, Waldi mit dem Revolver eine über den Schädel zu hauen.

„Laß das!" zische ich Jürgen an. „Spinnst du!"

Jürgen grinst: „Gemütsmensch?... Was, Siegfried?"

„Keine Namen!... Verdammt und zugenäht!... Keine Namen!" Dann erneut knirschende Schritte, Schritte, die unaufhaltsam näherkommen. Ich wage kaum zu atmen. Mein Puls schlägt Purzelbäume. Dann die kräftige Stimme eines alten Mannes: „Waldi... Waldi... Wo treibst dich wieder rum? Malafitz numoinei!... Komm schon, Waldi!... Zaklzement! Braver Waldi."

Sekunden später taucht hinter der Hecke eine schemenhafte Gestalt auf. Der alte Mann bleibt stehen und blickt sich suchend um.

„Das auch noch!" raune ich. Behende stecke ich den Revolver in den Schulterhalfter zurück. Mit beiden Händen packe ich Waldi am Hinterteil und schiebe ihn an. Und während ich schiebe, wedelt Waldi unablässig – es scheint ihm Spaß zu machen!

Ich flüstere: „Verdammt, Waldi!... Jetzt hau' schon ab, Herrchen ruft!... Du bringst mich noch in Teufels Küche."

Gott sei Dank! Waldi watschelt langsam davon und verschwindet wedelnd zwischen der Thuje. Sekunden der Stille. Atemlose Stille. Dann die euphorische Stimme des alten Mannes: „Ja, Waldi!... Da bist du ja, du alter Streuner, du. Warst wieder hinter den Weibchen her, du alter Schürzenjäger, du. Schäm dich."

Dann das freudige Bellen Waldis und Schritte, die sich entfernen. Erleichtert atme ich auf und blicke zu Jürgen.

„Dann los!" brummt Jürgen. Ich werfe einen Blick zur Sparkasse. Alles in Ordnung. Auf Kommando rennen wir los, reißen die Eingangstüre zur Bank auf und stürmen in den Kundenraum. Es geht alles blitzschnell. Mit einem festen Griff packe ich den vor dem Schalter stehenden Mann, drücke ihm den Revolver in den Rücken und presse sein Gesicht auf den Banktresen.

„Zahltag, meine Herrschaften!" brülle ich. „Ende der Vorstellung."

Jürgen hält die Kundin, die vor dem Kassenschalter steht, mit der Pistole in Schach. In der rechten Hand hält sie noch einige Geldscheine. „Du großer Gott!" ruft sie ängstlich. „Ich hab' doch nix, außer dem Geld da. Nehmen Sie's, ... aber tun Sie mir nix. Bitte!"

Jürgen emotionslos: „Stecken Sie Ihr Geld ein. Wir sind keine Strauchdiebe ... bestehlen keine armen Leute! Und halten Sie den Mund, dann passiert Ihnen nichts! ... Mama mia!" Die beiden Bankangestellten stehen wie gelähmt hinter dem Panzerglas.

Ich blicke zum Filialleiter. Mit eisiger Stimme sage ich: „Und jetzt machen Sie die Tür da auf." Mit einer Kopfbewegung deute ich auf die Tür, die ins Bankinnere führt.

„Seid ihr verrückt!" schreit der Filialleiter. „Macht, daß ihr verschwindet, Verbrecherpack! Ihr kriegt kein Geld."

Der Kerl ist furchtbar nervös. Der Schreck steht ihm ins Gesicht geschrieben. Jürgen packt die Frau am Mantelkragen und schiebt sie bis zu der Tür, die unbedingt geöffnet werden muß. Mit voller Wucht tritt Jürgen gegen die Tür, dabei blickt er zum Filialleiter und brüllt: „Mann! ... Machen Sie schon auf! ... Sonst passiert was!"

Der Filialleiter ist unschlüssig und tritt nervös von einem Fuß auf den anderen.

„Wenn Sie nicht sofort die verdammte Tür aufmachen", sage ich drohend, „schieß ich dem Kerl da ein Loch in seinen Wanst! Los, aufmachen!"

„Haut schon ab!... Ihr kriegt kein Geld!... Haut ab!"
Der Filialleiter rauft sich die Haare. Sein Gesicht ist aschfahl.
„Wie Sie wollen!... Ich zähl' bis drei", sage ich ruhig und spanne den Hahn des Revolvers. Das metallische Klikken des gespannten Hahns hört sich „mörderisch" an.
„Mein Gott, Herr Kessler!" fleht der Mann. „Machen Sie schon auf!... Bitte!... Der erschießt mich sonst!"
„Mein Gott!... Mein Gott! Was soll ich bloß machen?" ruft der Filialleiter und blickt hilfesuchend zu seinen zwei Angestellten. Und während der Filialleiter mit sich und seinem Gewissen kämpft, zerreißt meine eisige Stimme die knisternde Stille.
„Eins... Zwei...!" Ich drücke dem Mann meine ungeladene Waffe ins Genick.
„Um Gottes willen!" schreit der Filialleiter außer sich.
„Aufhören!... Ich mach' ja schon auf."
Hurtig verschwindet er hinter der Panzerglasscheibe und öffnet die Tür. Alles geht dann blitzschnell und läuft ab wie ein militärisches Unternehmen.

Wenig später sitzen wir im Auto. Ich starte den Wagen, und während ich den Gang einlege, ziehe ich mir die Maske vom Gesicht. Jürgen grinst. „Das ging ja wie geschmiert", stellt er fest. „Hätt's mir schwieriger vorgestellt."
„Noch sind wir nicht in Sicherheit, Jürgen", erwidere ich.
Jürgen: „Hast du die prallen Titten von der Blondhaarigen gesehen? Die hat vielleicht Dinger."
„Aber sonst hast du keine Sorgen, was? Mensch, Jürgen! Du hast vielleicht Nerven!"
Ich bin zufrieden. Fehlerlose Arbeit! Trotz der anfänglichen Schwierigkeiten dauerte der Überfall nicht länger als zweieinhalb Minuten. Besser kann man es nicht machen. Saubere Arbeit!
Mit bedächtigem Tempo, damit wir nicht auffallen,

steuere ich den Wagen auf einen ungeteerten Feldweg und schlage die vorgesehene Fluchtroute ein. Vorerst sind wir in Sicherheit.

Es ist dunkel draußen. Niemand spricht ein Wort, und in diese vorherrschende Stille hinein sage ich:

„Jürgen! Du hast dich nicht an unsere Abmachung gehalten."

Verstohlen blickt er mich von der Seite an: „Welche Abmachung? Hat doch alles bestens geklappt. Oder etwa nicht?"

„Ja, schon! Aber den Schlag auf den Kopf des Filialleiters hätt's nicht gebraucht. Mußte das sein, verdammt noch mal?"

„Hab gedacht..."

„Was hast du gedacht, Jürgen? Das war 'ne Sauerei. Hast du nicht gemerkt, daß der Kerl so nervös war, daß er gar nicht hätte gefährlich werden können. Und du haust ihm einfach die Pistole über den Schädel. Ein gefundenes Fressen für die Presse. Verdammt noch mal!"

„Tut mir leid, Siegfried", entschuldigt sich Jürgen. „Das wollte ich wirklich nicht. 's ging ja alles so schnell."

„Schon gut", sage ich. „Schalt mal Bayern 3 ein. Mal hör'n, was die Nachrichten so bringen."

Unbehelligt erreichen wir unseren Schlupfwinkel. Überall Wald – es herrscht völlige Stille. Ich bin total entspannt. Nichts an mir läßt vermuten, daß ich vor wenigen Minuten eine Sparkasse ausgeraubt habe. Auch mein Asthma macht mir im Moment keine Schwierigkeiten. Ich habe mit Inhalationen vorgesorgt. Flink entledigen wir uns der Kleidung, die wir beim Überfall getragen hatten.

Ich stecke die Kleider und die Schuhe in den bereitgelegten Müllsack. Morgen, nach Tagesanbruch, werde ich alles verbrennen. Eine unerläßliche Vorsichtsmaßnahme!

Sorgfältig packe ich das Geld um und stecke die gesamte Beute in eine wasserdichte Tasche. Fasziniert blickt Jürgen auf die Geldbündel.

„Wieviel wird's wohl sein, Siegfried? Schaut nicht schlecht aus?"

„Keine Ahnung", sage ich kurz angebunden. Mit der Tasche und dem Müllsack in Händen verschwinde ich im Wald. Habe da ein gutes Versteck ausfindig gemacht. In der Zwischenzeit montiert Jürgen die Kennzeichen um. Die gestohlenen Kennzeichen werde ich später vernichten und verschwinden lassen.

Mein oberstes Gebot: Keine Spuren hinterlassen und alle Gegenstände, die uns mit dem Banküberfall in Verbindung bringen, vernichten.

Aus dem Radio kommt Unterhaltungsmusik. Plötzlich Stille! Die Stimme der Nachrichtensprecherin ertönt. Sie sagt: „Wir unterbrechen die Sendung für eine Fahndungsdurchsage." Automatisch blicken wir uns an. „Mach lauter, Jürgen!" sage ich barsch und fordernd. Jürgen dreht lauter. Dann...

*„Gegen 18.00 Uhr wurde auf die Filiale Riedering der Sparkasse Rosenheim ein bewaffneter Raubüberfall verübt. Die beiden maskierten Täter konnten unerkannt entkommen. Bei den Tätern handelt es sich offensichtlich um Italiener oder Jugoslawen. Sie sprechen gebrochen Deutsch. Nach ersten Erkenntnissen dürften die beiden Männer etwa 25 Jahre alt sein. Die Polizei warnt zur Vorsicht: Die Täter sind bewaffnet.*

*Über die Höhe der Beute können noch keine verbindlichen Angaben gemacht werden. Weitere Mitteilungen im Laufe der Sendung.*

*Die Kriminalpolizei bittet die Bevölkerung um Mithilfe. Sachdienliche Hinweise nimmt die Kripo Rosenheim und jede Polizeidienststelle entgegen."*

Von einer Ringfahndung ist weit und breit nichts zu sehen. Die Bullen sind halt auch nur Menschen, die nachts lieber zu Hause bleiben, als bei der Saukälte hinter Bankräubern herzujagen und sich die Eier abzufrieren.

Gaby und Oliver sitzen derweil in einem Rosenheimer Lokal und warten ungeduldig auf meine Rückkehr. Der Pächter ist Türke und mit einer Deutschen verheiratet. In früheren Jahren gehörte er im Boxen zur europäischen Spitzenklasse. Wir sind seit Jahren miteinander befreundet. Die Wirtsleute haben keine Ahnung von dem, was ich heute so treibe.

Es gehört zu meinem Plan, daß Gaby und Oliver sich in dem Lokal aufhalten, um ein Alibi für die Tatzeit zu haben, wenn wider Erwarten die „Sache" in die Hose geht. Ich möchte schließlich meine Frau in nichts hineinziehen. Gaby ist nervös. Unruhig blickt sie auf ihre Armbanduhr. 18.10 Uhr!

Oliver rutscht unruhig auf seinem Platz hin und her.

„Du, Mama! Wann kommt denn der Papa? Mir ist so langweilig. Muß der Papa noch lange arbeiten, Mama?"

Gitti, die Chefin, setzt sich zu Gaby und Oliver an den Tisch. Lächelnd meint sie, zu Oliver gewandt: „Der Papa kommt sicher bald. Er muß halt noch in der Disko die Tische reparieren." Und dann zu Gaby: „Ruf halt mal im ‚Gatsby' an."

Gaby erwidert, daß Sie das sowieso tun wollte. Sie erhebt sich vom Stuhl, geht zum Telefon an der Theke und wählt. Sekunden verstreichen. Dann: „Na endlich, Siegfried. Wie lange brauchst denn noch? ... Ah, ja! ... Noch 'ne gute halbe Stunde! ... Alles klar, Siegfried. Wir sind bei der Gitti und warten auf dich. Ich liebe dich!"

Gaby legt auf, ohne mit mir gesprochen zu haben. Das „Scheingespräch" gehört ebenfalls zum Plan, damit ich selbst ein Alibi habe.

„Wann kommt der Papa, hmmm, Mama?"

Gitti lächelnd: „Hast nicht gehört, was die Mama gesagt hat, Oliver? Der Papa kommt in 'ner halben Stunde."

18.55 Uhr. Ich betrete das Lokal. Mehrere Stammgäste sitzen an der Theke und unterhalten sich mit Gitti. Nach einem kurzen Gruß sehe ich mich im Lokal um, und bevor ich Oliver sehe, höre ich schon sein Stimmchen rufen: „Papa... Papa... Da sind wir!"

Völlig entspannt gehe ich auf den Tisch zu. Wortlos blickt Gaby mir ins Gesicht. Jener hintergründige Ausdruck in ihrem Gesicht ist mir bestens vertraut, ein Ausdruck, geprägt von innerer Anspannung und zugleich befreiender Erleichterung. Ich beuge mich zu meiner Frau und küsse sie zärtlich auf den Mund, und mit leiser Stimme hauche ich: „Alles klar, Liebling."

„Gott sei Dank, Siegfried!" Gaby atmet erleichtert auf. „Ich dachte schon, ich werd' verrückt vor Angst."

„Papa! Mir ist furchtbar langweilig. Fahren wir jetzt nach Hause, Papilein?"

In den frühen Morgenstunden fahre ich gemeinsam mit Gaby zurück in das Waldstück bei Törwang und hole die Beute aus dem Versteck. Oliver sitzt friedlich schlafend in seinem Kindersitz. Neben Oliver, auf dem Rücksitz, liegt ein geschecktes Stoffpferd, ein Indianerpony. Für mich ist es das Trojanische Pferd. Vorsichtig öffne ich am Bauch des Ponys den Reißverschluß und packe die Geldbündel hinein. Dann lege ich das Pony wieder neben den schlafenden Oliver auf den Rücksitz. Den Müllsack mit der beim Überfall getragenen Kleidung verbrenne ich in einer Kiesgrube.

Zu Hause angekommen, schließe ich mich mit Gaby und dem Trojanischen Pferd unterm Arm im Schlafzimmer ein und zähle die Beute. Die mit einer Büroklammer versehenen und offensichtlich registrierten Geldscheine sowie sämtliche Geldbanderolen, lege ich beiseite und verbrenne sie wenig später in der Kloschüssel. Die Beute beträgt insgesamt 209 000,- DM. Gaby kriegt ganz große Augen. „Nicht schlecht für 'nen Anfänger", meint sie grinsend und küßt mich. Das Münzgeld von nahezu DM 20 000,- wechselt Gaby in verschiedenen Rosenheimer Geldinstituten in Geldscheine um.

Auf der Gartenterrasse unseres Hauses stehen zwei schöngewachsene Tannen, die ich in zwei selbstgezimmerte Holzbehälter gepflanzt habe. Unter dem Wurzelstock einer Tanne „vergrabe" ich einen Teil der Beute. Ein todsicheres Versteck, wie sich noch zeigen sollte.

# 6

Samstag, 7. November 1981. Seit dem Banküberfall sind zwei Tage verstrichen. Der Coup sorgt unter Rosenheims Bevölkerung für großes Aufsehen. Tagesgespräch! Vornehmlich in Diskotheken und einschlägigen Lokalen rätselt man darüber, wer die Täter sein könnten. Ungeahnte Vermutungen und Spekulationen schießen ins Kraut. „Das waren Profis", ist der einhellige Tenor. „Die Bullen haben nicht den geringsten Anhaltspunkt." Das beruhigt mich ungemein. Niemand verdächtigt mich, und das ist gut so.

10.30 Uhr. Gaby schläft noch. In den frühen Morgenstunden war sie erst aus dem Geschäft nach Hause gekommen. In den Lokalen war eine Menge los.

„Du, Papa", sagt Oliver mit halblauter Stimme, „die Mama ist schon eine richtige Langschläferin. Ich glaub, ich weck die Mama-Langschläferin mal auf, weil sie solange schläft?! Hmmm?"

*Das OBERBAYERISCHE VOLKSBLATT macht seinen Sensationsbericht vom 7. November 1981 unter folgender Schlagzeile auf:*

# ROSENHEIM · BAD AIBLING

Samstag/Sonntag, 7./8. November 1981     Kath.: Willibrord     Eva

## Noch keine heiße Spur von den Bankräubern

**Riedering (es)** — Noch keinerlei konkrete Spuren hat die Rosenheimer Kriminalpolizei im Zusammenhang mit dem Riederinger Bankraub, bei dem zwei Täter am Donnerstag fast 200 000 Mark erbeuteten (wir berichteten).

Kurz vor Schalterschluß betraten die beiden maskierten jungen Männer den Schalterraum der Kreissparkasse. In der Hand hielten sie großkalibrige Pistolen, mit denen sie die beiden Kunden, einen 24jährigen Bezirksleiter und eine 32jährige Hausfrau, in Schach hielten. Die beiden mußten sich in dem angrenzenden Besprechungszimmer auf den Boden legen, ebenso wie die beiden weiblichen Bankangestellten.

Der Zweigstellenleiter wurde von einem der Bankräuber gezwungen, den Tresor zu öffnen. Um dieser Forderung Nachdruck zu verleihen, schlug der Räuber dem Bankbeamten die Pistole auf den Kopf und verletzte ihn dabei leicht. Der Bankbeamte händigte dem Maskierten fast 200 000 Mark aus, der das Geld in einer Tragetasche verstaute. Anschließend mußte sich der Zweigstellenleiter ebenfalls auf den Boden legen.

Die beiden Täter flüchteten zu Fuß, jedoch ist nicht bekannt in welche Richtung. Ob die beiden noch einen Komplizen hatten, der mit einem Fluchtfahrzeug wartete, steht ebenfalls nicht fest. Bei den Bankräubern soll es sich um Ausländer gehandelt haben, vermutlich Italiener oder Jugoslawen. Einer der Täter war vermutlich Brillenträger.

Die Rosenheimer Kriminalpolizei hat in diesem Zusammenhang drei Fragen an die Bevölkerung, die für die Aufklärung dieses spektakulären Überfalls von Wichtigkeit sind:

● Wer hat vor der Tat verdächtige Personen in Riedering oder der weiteren Umgebung beobachtet?

● Wem ist eventuell ein fremdes Fahrzeug mit zwei oder drei Männern (Südländern) aufgefallen?

● In welcher Gaststätte oder Pension haben Personen übernachtet, die wie Südländer aussahen?

Hinweise erbittet die Kriminalpolizei Rosenheim.

## Lokales heute

### Verkehrszeichen für Skifahrer
ROSENHEIM: Bald einheitliche Ordnung im Pisten-Schilderwald? Mustertafeln für alle Alpenländer entworfen.

### Keine heiße Spur von Bankräubern
RIEDERING: Kriminalpolizei sucht zwei verdächtige Ausländer. Die Täter entkamen zu Fuß.

### Asylbewerber nicht nach Prien
LANDKREIS: Wirbel um geplantes Wohnheim in der Marktgemeinde hat sich gelegt. Jetzt ist Brannenburg im Gespräch.

## fernseh-magazin

Das Programm vom 7. bis 13. November

„Wer den Schaden hat ..." heißt der ZDF-Zweiteiler, in dem sich Hannelore Elsner und Jörg Pleva am Samstag und Dienstag mit einer ganzen Reihe von Problemen herumschlagen müssen. (ZDF, 20.15 und 19.30 Uhr.)

"Nein, Oliver! Laß die Mama noch schlafen. Sie braucht den Schlaf."
"Ja, Papa."
Leise öffne ich die Schlafzimmertür und trete ein. Oliver hängt an meinem Rockzipfel. Vorsichtig beuge ich mich über Gabys Gesicht und küsse zärtlich und behutsam ihre Stirn. Sie sieht blaß aus, denke ich. Das verdammte Nachtgeschäft ist nicht gut für sie. Die karibische Sonne wird ihr guttun. In zwei Wochen geht's nach Saint Lucia. Auf einen kleinen Zettel schreibe ich:

*"Wollte Dich nicht wecken. Bin mit Oliver nach Rosenheim gefahren. Kaufe auch gleich fürs Wochenende ein. Gegen 13.00 Uhr zurück!*
*Bussi! Siegfried!"*

Den Zettel schiebe ich unter die Nachttischlampe. Muß für ein paar Stunden raus hier. Letzte Nacht war das Asthma besonders schlimm gewesen. Es wird von Tag zu Tag unerträglicher und der Blutauswurf beim Husten versetzt mich oftmals in tiefste Depression und läßt mich am Leben zweifeln, ... wenn da nicht meine Söhne Udo und Oliver wären.

Das Café „Schickeria" ist ein beliebter Rosenheimer Treffpunkt. Es liegt im Herzen der Stadt. Dort trifft sich alles von Rang und Namen, und auch jene überspannten Möchtegerne und Partylöwen und leichtlebigen Flittchen, die meinen, zur Rosenheimer High Society zu gehören. Schüler und Studenten und Mädchen aller Altersstufen geben sich die Klinke in die Hand, und nicht minder Rosenheims Halb- und Unterwelt, die sich gelegentlich in friedlicher Eintracht neben einem Gesetzeshüter wiederfindet, um sich in gemütlicher Atmosphäre bei Schweinshaxen mit Semmelknödeln zu stärken und sich vom Streß des Tages zu erholen oder ein Flitscherl aufzureißen. Und dann sind da noch die Damen vom horizontalen Gewerbe, gern gesehene und umsatzträchtige Gäste. Und so mancher Stadtrat, Politiker oder hochrangige Beamte, süßsauer lächelnd neben seiner holden Gattin sitzend, wirft verstohlene Blicke den Liebesmädchen zu. Kein Wunder! Soll ja schon mal vorgekommen sein, daß sich einer jener gestreßten Kommunalpolitiker in jenes stadtbekannte Etablissement an der Innbrücke verirrt hatte, um sich von der Last politischer Bürde zu entspannen.

Ich betrete das Lokal, Oliver an der Hand. Am Stammtisch, wo ich gelegentlich sitze, sind noch einige Plätze frei. Das Lokal ist gut besucht.

„Servus bei'nander", grüße ich.

„Servus bei'nander", piepst Oliver. Er schaut zu mir hoch. „Papa", sagt er, „hab ich das richtig gesagt? Hmmm?"

Ich schmunzle. „Besser kann man's nicht sagen, Oliver."

Die am Tisch Sitzenden erwidern den Gruß.

„Hallo boy, my little friend", grinst Jamie Masters meinen Kleinen an. Wir kennen uns sehr gut. Jamie ist Kanadier und spielt in der Eishockey-Bundesligamannschaft des Sportbund Rosenheim. Vor zwei Jahren war er von der nordamerikanischen *National Hockey League* nach Rosenheim gekommen. Er war Profi bei den *Toronto Marple Leafs* gewesen. Jamie ist ein freundlicher Bursche und ein knallharter Verteidiger. Mir gegenüber sitzt Gertschie, ein ehemaliger Eishockeyspieler. Ich kann ihn gut leiden, den Gertschie. Seit Jahren ist er Stammgast in meinen Lokalen. Er liest Zeitung. Kurz blickt er auf.

„Servus, Maikäfer", sagt er zu mir. Dann versenkt er seinen Blick wieder in der Zeitung. Gertschie begrüßt alle seine Freunde mit „Maikäfer". Das ist so seine Art.

Oliver beugt sich zu mir und flüstert mir ins Ohr: „Du, Papa! Warum hat der Mann da ‚Maikäfer' gesagt? Du bist doch gar kein Maikäfer nie nicht. Und im Winter gibt's doch gar keine Maikäfer nie nicht, weil's so kalt ist. Die gibt's doch erst im Mai, die Maikäfer, hmmm? Das hat Christian gesagt."

Ich erkläre Oliver, weshalb Gertschie zu vielen Leuten „Maikäfer" sagt. Die Bedienung tritt an den Tisch. „Na, ihr zwei", lächelt sie, „heute schon unterwegs? Was darf ich euch denn bringen?"

„Für mich eine Portion Kaffee und Rühreier!" bestelle ich.

„Und für Oliver?" fragt die Bedienung.

„Wart, Papa! Muß noch überlegen." Der Bub zieht die Stirn in Falten, und dann, nachdem er zweimal tief durchgeatmet hat, sagt er: „Ich möcht auch gerührte Eier und einen ganz großen und heißen Kakao mit viel Zucker. Hmmm!" Und zu mir gewandt: „Du, Papa! Hab ich das auch richtig gesagt, das mit den gerührten Eier und dem Kakao?"

Plötzlich blickt Gertschie von der Zeitung hoch. „Du, Maikäfer!" ruft er mir zu. „Hast du's schon gelesen?"

„Was soll ich gelesen haben, Gertschie?"

„Na, das vom Banküberfall da, auf die Sparkasse."

Ich halte die Luft an und gebe mich gänzlich ahnungslos, obwohl ich den Zeitungsbericht so oft gelesen habe, daß jedes gedruckte Wort über den Banküberfall in meinem Schädel wie mit einem glühenden Eisen eingebrannt zu sein scheint.

„Was? Auf die Sparkasse, ein Banküberfall?" sage ich überrascht. „Nein! Da habe ich noch nichts gelesen. Zeig mal her, Gertschie."

Ich tue ganz verwundert. Gertschie schiebt mir die Zeitung über den Tisch. Ich lese.

„Nicht schlecht", sage ich und lege die Zeitung auf den Tisch. „Die haben ja ganz schön abkassiert. Die Moneten könnt' ich auch gut gebrauchen."

Dann sitzt da noch ein Polizist am Tisch. Ich kenne ihn

gut. Er heißt Horst – ein Eishockeyfan. Er ist oft Gast in meinen Lokalen, vor allem dann, wenn die Eishockeymannschaft nach Heimspielen zu mir ins Lokal kommt.

Horst sagt: „Ein dicker Hund! Die Kerle werden immer dreister. Soviel wurde noch nie bei einem Überfall auf eine Rosenheimer Bank erbeutet. Möcht' bloß wissen, wie sich die abgesetzt haben. Wir haben keine Spur, nicht die geringste. Bestimmt Profis."

Ein anderer, Schorsch glaube ich, sagt: „Der Bank tut's nicht weh. 's war 'ne saubere Arbeit. Niemand wurde ernstlich verletzt. Die Knaben müssen Nerven wie Drahtseile haben."

Ich nicke anerkennend: „So 'n Ding könnt' ich nie drehen. Hätt' nicht die Nerven dazu. Da muß man schon ein eiskalter Hund sein. Würd mir vor Nervosität in die Hosen scheißen."

„Aber Papa!" protestiert Oliver. „Das sagt man nicht!"

Ich bin konsterniert. „Was sagt man nicht, Oliver?"

Oliver ziert sich. Ich begreife und lache.

„Da hast du schon recht, Oliver, das sagt man nicht."

Liebevoll streiche ich Oliver über das Haar.

Unser Essen kommt. Mit Heißhunger machen wir uns darüber her. Ich habe einen richtigen Kohldampf. Während wir essen, platzt es plötzlich aus Oliver heraus: „Du, Papa", sagt er mit halbvollem Mund, „was ist ein Banküberfall?"

Verflixt, denke ich, das auch noch! Die anderen am Tisch grinsen. Nachdem ich Oliver über den „Banküberfall" aufgeklärt habe, sagt er mit ernster und gewichtiger Miene: „Du, Papa! Das sind aber böse Männer, die so was machen. Den Popo müßte man den Bösen da verhauen. Hmmm?"

Die Unterhaltung am Tisch dreht sich überwiegend um den Banküberfall. Wenn die wüßten, denke ich und beteilige mich lediglich dann am Gespräch, wenn ich direkt darauf angesprochen werde. Ich halte mich da weitgehend heraus. Ist besser so. „Du, Gertschie!" sage ich. „Paß du mal 'nen Moment auf Oliver auf. Muß schnell was besorgen. Bin gleich wieder da."

Gut 20 Minuten später komme ich wieder ins Lokal zurück. Als ich auf den Stammtisch zugehe, höre ich plötzlich Olivers Stimmchen rufen. Ich blicke mich um. Wo ist er bloß wieder, der Lauser? Oliver winkt mir zu. „Du, Papa!" ruft er, gut aufgelegt. „Schau mal, wo ich bin! Das da ist meine Freundin."

Oliver sitzt in der Nähe des Fischaquariums an einem Tisch und verdrückt genußvoll ein Stück Apfelkuchen mit Sahne. Eine junge und bildhübsche Frau sitzt neben ihm. Birgit heißt sie. Im Sommer habe ich sie zum erstenmal gesehen, da am Happinger See beim Baden. Sie hat eine Superfigur, einen wohlgeformten Busen, und wenn sie mit ihrem kleinen und knackigen Po durch Rosenheims Prachtstraßen stolziert, kriegen die Männer Stielaugen und geschwollene Hosen.

Birgit ist Prostituierte und arbeitet auf eigene Rechnung im Herz As, Rosenheims führendem Bordell. Das Herz As ist ein sauberes und vorbildlich geführtes Haus, ein Edelbordell mit sauberen Mädchen und ausgesprochen vernünftigen Preisen.

Habe Birgit mal geholfen, als Bob, der Zuhälter, ein brutaler Schläger, sie mit Gewalt zwingen wollte, für ihn auf den Strich zu gehen. Das hat sie mir nie vergessen. Im Grunde genommen habe ich nichts gegen Zuhälter. Das ist ein Job wie jeder andere auch, halt nach eigenen Gesetzen. Kenne da einige näher. Habe mit ihnen keine Schwierigkeiten. Habe nur was dagegen, wenn manche Loddels ihre Mädels grün und blau schlagen. Habe generell was dagegen, wenn Frauen geschlagen werden. Das tut man nicht.

Ich trete an den Tisch. „Servus, Birgit", sage ich grinsend. „Gut schaust aus. Lang nicht mehr g'sehn."

„Grüß dich, Siegfried. Wie du siehst, leistet mir der Oliver schon Gesellschaft. Willst dich nicht setzen?" Ich setze mich. Oliver futtert seinen Kuchen. Sein Mund und die Nasenspitze sind voller Sahne.

„Der Kuchen da schmeckt furchtbar fein", mampft Oliver. „Den hat mir die Birgit verehrt. Hmmm! Sie ist meine Freundin."

Gertschie schreit zu mir herüber. „Hey, Maikäfer! Übernimm dich fei net. Die will dich vernaschen." Der gesamte Stammtisch wiehert vor Lachen. Ich unterhalte mich noch ein wenig mit Birgit. Dann fahren wir nach Hause, Oliver und ich.

# 7

Gut eine Woche später treten Gaby und ich unseren Urlaub an. Wir fliegen nach Saint Lucia, den karibischen Inselstaat, der unsere zweite Heimat werden soll. Gabys Eltern, die in Esslingen wohnen, kommen auf meine Einladung hin nach Rosenheim, hüten das Haus und versorgen die Kinder.

In Saint Lucia angekommen, steigen wir im „Saint Lucian Hotel", dem ehemaligen „Holliday Inn", ab. Da ist die Hölle los. Es tagt die OAS, die Organisation Amerikanischer Staaten.

Wo ich nur hinschaue, uniformierte Polizisten mit MPs im Anschlag. Es wimmelt nur so von Politikern. Alle möglichen Nationalitäten sind hier vertreten und saufen und fressen sich durch den Tag.

Der dritte Tag auf der Insel ist für mich in zweierlei Hinsicht ein ereignisreicher Tag. Zum einen verspüre ich kein

Asthma mehr. Fühle mich pudelwohl und könnte meine Medikamente ins Meer werfen, so gut geht es mir.

Dann aber die Hiobsbotschaft! Unverblümt gibt die Hotelleitung mir zu verstehen, ich habe das Appartement Nummer 210 unverzüglich zu räumen. Es sei für irgendeinen südamerikanischen Wirtschaftsattaché vorgesehen. In Wirklichkeit will der Kerl von einem Wirtschaftsattaché in unserem Appartement seine Nutte einquartieren, die er neben seiner holden Gattin, einer entsetzlichen Schreckschraube, zum Kongreß mitgeschleppt hat.

„Sir!" sagt der Hotelboy. „Sie und Ihre Gattin werden in ein anderes Hotel umquartiert."

„Mein Junge", erwidere ich gelassen, „sag deinem Boß, niemand wird umquartiert. Er kann mich mal. Hast du verstanden? He can kiss my backside!"

Der Boy lacht. „O.K., Sir! Boss can kiss your backside! Right?"

„Right, my friend", grinse ich und drücke dem dunkelhäutigen Burschen fünf Dollar in die Hand. Anschließend klemme ich mich ans Telefon. Ich interveniere bei meinem Rechtsbeistand, Mister Kenneth Augustin Webster. Kenneth ist ein sehr gewichtiger Mann des Inselstaates. Er bekleidet das Amt des Justizministers und Attorney Generals.

Zwei Stunden später werde ich zur Hotelrezeption gerufen. Von weitem schon kann ich ihn erkennen, den Justizminister, wie er leibt und lebt.

„Sir! Ein Mißverständnis!" empfängt er mich mit überschwenglichen Gesten. „Selbstverständlich behalten Sie und Ihre Gattin das Appartement."

Er beugt sich etwas vor und flüstert mir ins Ohr: „Alles Dummköpfe hier." Und lauter: „Sie sind für unser Land ein wichtiger Mann. Sie wollen investieren und schaffen Arbeitsplätze. Übrigens, für einen der nächsten Tage habe ich bei Premierminister Cenac ein Appointment anberaumt. Heute abend sind Sie und Ihre entzückende Gattin meine Gäste. Hoffentlich ist sie wohlauf?"

„Sir", sage ich, „danke der Nachfrage. Wir nehmen die Einladung sehr gerne an. Und grüßen Sie Ihre Frau recht herzlich."

Über Kenneth' schwarzes Gesicht huscht ein verschmitztes Lächeln. Er sagt: „Welche denn?"

„Selbstverständlich alle drei, Sir", sage ich grinsend.

Kenneth hat drei sympathische Frauen, und wenn ich noch auf dem laufenden bin, 23 hübsche Kinder – vor allem die Mädchen sind sehr entzückend.

Täglich treffe ich mit meinem Architekten, Jan-Heinrich Struckenberg, zusammen. Seine Pläne für die Hotelanlage sind einfach super. Aber gelegentlich kommt es zwischen Strucki und mir doch zu Meinungsverschiedenheiten. Die Hotelplanung erscheint mir insgesamt als zu aufwendig.

Gaby fühlt sich richtig wohl. Sie liegt jeden Tag am Strand. Das Meer ist wunderbar, aber nur rumliegen und faulenzen kann ich nicht. Ich gehe viel an der Beach spazieren und erfrische mich in der Karibischen See. Es geht mir gut, doch ich sehne mich nach Oliver, meinen kleinen Sohn. Wir werden ein schönes Leben hier haben, denke ich, Oliver, Gaby und ich.

Und dann ist da noch Udo, mein sechsjähriger Bub aus erster Ehe, den ich nicht weniger lieb habe. Was wird aus Udo werden, wenn ich Deutschland den Rücken kehre und mich hier auf St. Lucia niederlasse? Wird seine Mutter ihn mit mir gehen lassen?

Dann kommt endlich der Tag, dem ich mit soviel Ungeduld entgegenfieberte: Mein Treffen mit St. Lucias Premierminister Cenac. Wie vereinbart, erwartet Kenneth meine Frau und mich zu Hause in „Home one", wie er es nennt.

„Zum Government Building", befiehlt er dann seinem Chauffeur.

Die Fahrt dauert nur wenige Minuten. Der Hauptsitz der Regierung befindet sich in Castries in der Laborie Street. Es ist ein mächtiges, im viktorianischen Kolonialstil errichtetes Bauwerk.

Strucki wartet bereits am Hauptportal, bedrängt von einigen Einheimischen, die ihn um einen Job bitten. Es ist bereits durchgesickert, daß an der Reduit Beach, in der Nähe des Fischerdorfes Cros Islet, ein Hotel gebaut werden soll.

Unterm Arm trägt Strucki zwei Kartonrollen. Darin befinden sich die Baupläne für unser Hotel. Er hat einen feuerroten Kopf und wirkt nervös. Wir begrüßen uns.

„Wo bleiben Sie nur solange?" sagt er mißgelaunt. „Wenn ich noch länger hier rumstehe, werde ich wahnsinnig – diese Sauhitze!"

Kenneth, meine Frau und ich werfen uns amüsierte Blicke zu. Wenig später sitzen wir in einem altertümlich gehaltenen Konferenzraum dem Premierminister von St. Lucia gegenüber. Kenneth stellt uns vor. Höflichkeitsfloskeln werden ausgetauscht.

Mister Cenac ist ein Farbiger. Ich schätze den Mann so um die Fünfundfünfzig. Ein ausgebuffter Politiker, der in England Rechtswissenschaften studiert hat. Mit einer höflichen Geste wendet er sich an uns und bietet uns eine kleine Erfrischung an. Wir lehnen dankend ab, selbst Strucki, der für gewöhnlich säuft wie ein Loch.

Mr. Cenac zeigt ein süßsaures Lächeln: „Aber ich darf doch, meine Herrschaften?"

Strucki erwidert: „Aber Sir, selbstverständlich, wie können Sie nur fragen?"

Strucki überschlägt sich frömlich vor Höflichkeit. Und Kenneth, der neben mir Platz genommen hat, flüstert mir ins Ohr: „Sir, ich begrüße es sehr, wenn der ehrenwerte

Prime Minister einen kleinen Drink zu sich nimmt. Das steigert seine Entschlußfreudigkeit."

Dann geht es zur Sache. Die Verhandlungen drehen sich ausschließlich um den Bau der Hotelanlage und um die Übereignung des alten und längst ausgedienten, aus der Kolonialzeit stammenden Friedhofs an der Reduit Beach. Das Gelingen des gesamten Bauprojekts hängt von jenem nutzlosen und gänzlich verwilderten, mit Buschwerk bestandenen Gelände ab, das sich inmitten des Baugrundstückes befindet, das ich erwerben will.

Bereits vor einem Jahr, im November 1980, hatte ich die ersten Gespräche mit dem Manager der Gesellschaft, einem gewissen Mr. Hayward, geführt und mich nach den Modalitäten für den Erwerb des gesamten Baugeländes – einschließlich Kolonialfriedhof – erkundigt.

Für beide Seiten verlaufen die Gespräche zufriedenstellend. Der gute Jan-Heinrich ist in seinem Element. Vor sich auf dem Tisch hat er die Hotelbaupläne ausgebreitet. Sowohl der Premierminister als auch dessen Stellvertreter und Justizminister, Kenneth Augustin Webster, sind von den Plänen begeistert. Mehr noch, der Premierminister stellt die alles entscheidende Frage an Strucki: „Wie viele Arbeitsplätze werden geschaffen?"

Strucki setzt ein weltmännisches Lächeln auf und mit geschäftsmäßig betonter Stimme sagt er: „Sir, meine Honoration! Wie ich bereits ausführte, wird die gesamte Hotelanlage in drei Bauphasen errichtet. Nach Fertigstellung des Gesamtkomplexes werden hier etwa 300 Menschen Arbeit und Brot finden."

Mr. Cenac nimmt Struckis Exposé entgegen. Er scheint sehr angetan zu sein. „Mr. Dennery! Wir werden Sie unterstützen, wo wir nur können. Selbstverständlich erhalten Sie als Investor des Landes alle nur erdenklichen Vergünstigungen, die unter die *Hotel Aid Ordinance* fallen."

**THE OFFICE OF THE PRIME MINISTER**
PERSONNEL DIVISION.
GOVERNMENT BUILDINGS
CASTRIES,
SAINT LUCIA, WEST INDIES.

*Communications on this subject should be addressed to :—*
*THE PERMANENT SECRETARY*
*and the following Number quoted :*

11 December, 1981.

Dear Sir,

                Re: Bavarian Beach Company Limited

      I refer to my letter dated 8th December, 1981, informing you of Cabinet's decision re your proposed project.

      I am directed by the Honourable Prime Minister to confirm that the Government agrees in principle to grant the following if your company fulfills the conditions laid down by Cabinet.

    i. Permanent Residence for Mr. and Mrs. and their children.

    ii. Licences to hold shares as Directors of your Company.

    iii. All concessions under the Hotel Aids Ordinance. (V12 waiver of Customs Duties and Income Tax Concessions)

    iv. That your Company be declared an Alien Development Company.

      I am further to inform you that it is the understanding that funds deposited with the N.C.B. by your Company will be for the purpose of financing your project.

                                          Yours faithfully,

                                          Secretary to the Cabinet

Mr. Siefried

CASTRIES.

*Mit Schreiben vom 11. Dezember 1981 bestätigt die Regierung von St. Lucia ihre Zustimmung zu dem Hotelprojekt und den vorgeschlagenen Modalitäten.*

Dann, nachdem der ehrenwerte Mr. Cenac einen Drink zu sich genommen hat, stellt er kurz und bündig an mich die Frage: „Wieviel ist Ihnen das alte Friedhofsgelände denn wert, Sir?"

Wir einigen uns auf 12000 Dollar. Mr. Cenac versichert mir, den Betrag für wohltätige Zwecke zu verwenden. Mir ist das recht.

Einige Tage nach jener Besprechung im Regierungsgebäude und nachdem ich Kenneth über den Kaufpreis von 12000 East Caribian Dollar einen Scheck ausgehändigt hatte, ruft Premierminister Cenac eine außerordentliche Kabinettssitzung ein. Mit nur einer Gegenstimme faßt das Kabinett den Beschluß, der *Bavarian Beach Company Ltd.* den Bau der Hotelanlage samt Entertainment Hall und Betriebsräumen zu genehmigen. Das wichtigste aber ist die Übereignung des alten Friedhofs auf meine Gesellschaft. Verbindlich wird mir zugesagt, daß in den nächsten Wochen das alte Friedhofsgelände in das Grundbuch eingetragen wird.

Am 11. Dezember bestätigt mir das Büro des Premierministers den Kabinettsbeschluß schriftlich. Das Geschäft ist perfekt. Die *Bavarian Beach Company Ltd.* ist nun Eigentümer des alten Kolonialfriedhofs.

Ein wesentlicher Umstand jedoch ist bisher unerwähnt geblieben. Da wir uns auf St. Lucia sehr wohl fühlen, stellt sich die Frage, St. Lucias Staatsangehörigkeit anzunehmen. Premierminister Cenac persönlich ist es, der uns zu verstehen gibt, dies sei kein Problem: „Selbst Ausländern, die irgendwann einmal mit dem Gesetz in Konflikt gekommen waren, wurde St. Lucias Staatsangehörigkeit gewährt. Das ist aber kein Freibrief. Wird ein Ausländer hier auf St. Lucia straffällig, muß er mit seiner Ausweisung rechnen.

Wesentliche Voraussetzung, um St. Lucias Staatsangehörigkeit zu erlangen, ist ein fester Wohnsitz für Sie, Ihre

Gattin und die Kinder. Und dann sollten Sie umgehend für die Bezahlung des Deposits bei der *Rodney Bay Ltd.* sorgen. Alles andere ergibt sich von selbst."

Die Verhandlungen mit der *Rodney Bay Ltd.* verlaufen ebenfalls zu unserer vollen Zufriedenheit. Die *Bavarian Beach Company Ltd.* muß bis Ende Februar 1982 das erforderliche Deposit von 40000 US-Dollar auf das Konto bei der *National Commercial Bank of Saint Lucia* überweisen.

„Bis zu diesem Zeitpunkt halten wir für Sie das Grundstück zurück", versichert uns Mr. Wood, ein spindeldürrer Engländer von annähernd zwei Metern Körpergröße. Auf meinen Einwand hin, was mit den 40000 US-Dollar geschehen würde, sollte es aus einem unerfindlichen Grund heraus nicht zum Bau des Hotels kommen, erklärt Mister Wood: „Selbstverständlich bekommen Sie dann die 40000 US-Dollar zurück. Das ist doch keine Frage, Mister Dennery. Wir sind doch keine Piraten!"

## 8

Wir sind wieder zu Hause in Rosenheim. Oliver ist sehr glücklich, daß ich wieder da bin – mir geht es genauso. „Da bin ich aber froh, Papa, daß du wieder da bist. Der Christian hat mich immer geärgert, der Freche, der."

Die Zeit der Muße ist vorbei. Nun gilt es, die Tanzlokale an den Mann zu bringen. Die Verhandlungen ziehen sich mehr als schleppend hin. Eine Menge Interessenten melden sich, aber den meisten fehlt das erforderliche Kapital.

An einem Dienstag nehme ich mein Besuchs- und Umgangsrecht wahr und hole Udo bei seiner Mutter ab. Udo ist jetzt sechseinhalb Jahre alt.

„Die sind aber schön bunt, Papa", sagt Udo lachend, als ich ihm zwei T-Shirts aus St. Lucia mitbringe. Dann aber wird er ernst: „Du, Papa", sagt Udo und schaut schüchtern zu Boden, „was wird denn aus mir, wenn du in die Karibik gehst? Die Mama hat gesagt, daß sie mich nicht mitläßt, mit dir und Oliver und deiner Barfrau."

Wenn Udo von meiner Frau spricht, gebraucht er stets das Wort „Barfrau". Er weiß es nicht anders. Mir ist nicht wohl in der Haut. Ich habe ein schlechtes Gewissen. Also gehe ich vor Udo in die Hocke und lege ihm behutsam meine Hände auf die Schultern: „Udo, ich würde dich ja liebend gerne mitnehmen, da in die Karibik, denn ich hab dich sehr, sehr lieb", sage ich. „Aber ich darf nicht, weil's die Mama nicht zuläßt. Aber eines verspreche ich dir, ich werd' nochmals mit der Mama reden, ja?"

„Ja, Papa." Udo blickt zu mir auf. Es ist einer jener kindlichen Blicke, die mir stets ans Herz greifen. Warum sind bei Scheidungen stets die Kinder die Leidtragenden? Gleichzeitig verfluche ich mich, daß ich Udos Mutter kein besserer Ehemann war. Aber dann gäbe es auch Oliver nicht, sage ich mir. Ich bin nicht glücklich bei dem Gedanken, einen meiner Söhne vernachlässigen zu müssen.

„Verdammt noch mal!" raune ich vor mich hin. „So ein beschissenes Leben." Was würde ich nicht alles tun, um meiner Söhne willen?! Aber was kann ich tun?

Gemeinsam fahren wir nach Rosenheim. Dort steigen Gaby und Oliver zu. Christian bleibt lieber zu Hause, als mit uns in die Berge zu fahren. Dort, am Samerberg, habe ich als Kind die Ferien auf der Hütte meines Onkels verbracht.

Es hat geschneit. In der Nähe der Ortschaft Törwang gehen wir spazieren. Ich liebe es, im winterlichen Wald spazierenzugehen. Oliver sitzt auf seinem Schlitten. Udo zieht ihn.

„Hüh ... Hott! Udo, schneller", ruft Oliver. Dick vermummt, wie ein Pascha, sitzt er auf dem Schlitten und feuert seinen Bruder an, ihn schneller zu ziehen.

„Du bist vielleicht ein fauler Kerl, Oliver", sage ich. „Läßt dich einfach von Udo ziehen."

„Das macht nichts, Papa", lacht Udo. „Der Oliver ist doch noch viel kleiner als ich."

„Ich bin nicht kleiner!" protestiert Oliver. „Du bist ein ganz ein Frecher. Und wenn du das noch mal sagst, bist du nie nicht mehr mein Bruder. Und in die Karibik nehmen wir dich dann auch nicht mit, du Böser, du."

Schlagartig bleibt Udo stehen. Achtlos und traurig läßt er die Zugleine des Schlittens in den Schnee fallen.

„Aber Oliver!" rufe ich. „Warum sagst du so was? Udo zieht dich und du sagst so böse Sachen. Das ist nicht schön von dir."

Gaby sagt nichts. Sie hält sich bei den Streitereien der beiden Buben stets heraus; will nicht den Eindruck erwecken, einen zu bevorzugen. Das habe ich mit Gaby so besprochen.

Ich gehe auf Udo zu. „Oliver meint das nicht so, Udo", sage ich. „Sei ihm nicht bös. Er ist noch zu klein, um das zu verstehen."

Udo blickt mich an. Seine Augen sind traurig und tränenerfüllt. Mit weinerlicher Stimme sagt er: „Papa! Ich bin dem Oliver nicht bös. Er ist doch mein kleiner Bruder."

Und dann weint er. Schreien könnte ich vor Schmerz, meinen Udo weinen zu sehen.

Oliver sagt mit leiser Stimme: „Du, Papa! Warum weint denn der Udo? Hab ich was Falsches gesagt, Papa?"

„Ja, Oliver! Das hast du. Ich bin dein Papa und genauso Udos Papa. Ich hab euch beide sehr lieb. Und das mit der Karibik sollst du nicht sagen. Ich will so was nie mehr hören! Ist das klar, Oliver?"

„Ich sag's nie nicht mehr, Papa, das mit der Karibik", erwidert Oliver kleinlaut. Schwerfällig steigt er vom Schlitten und geht auf Udo zu. Vorsichtig zieht er seinen Bruder an der Hose und schaut zu ihm hoch. „Du, Udo", piepst Oliver. „Ich werd' nie nicht mehr so was zu dir sagen, weil du doch mein Bruder bist. Und wenn du willst, zieh' ich dich mit dem Schlitten."

Seit der Rückkehr aus St. Lucia hat mich das Asthma wieder voll im Griff. Während unseres zweiwöchigen Aufenthalts in der Karibik war ich von einem befreienden Gefühl erfüllt gewesen, als ob ich niemals zuvor von der Geißel jener atemraubenden Krankheit befallen gewesen sei. Ich war ein anderer Mensch gewesen, auf St. Lucia.

Wir haben bereits Februar 1982, und noch immer sind die beiden Tanzlokale nicht verkauft. Die Zeit läuft mir davon. Ich werde unruhig.
„Was mach' ich nur, Gaby?" sage ich zu meiner Frau. „In diesem Monat sind die 40 000 US-Dollar für das Baugelände fällig. Wenn ich nicht fristgemäß zahle, sind all unsere bisherigen Zahlungen für die Katz' gewesen. Verdammt noch mal! Was mach' ich nur, Gaby?"
Gaby nimmt meine Hand und drückt sie an ihre Brust. „Dann mach' halt noch 'ne Bank, Siegfried", sagt sie mit emotionsloser Stimme, und sie sagt es genau so, als würde sie mich zum Einkaufen in den Supermarkt schicken.
Ich bin perplex. Ach was! Ich bin fassungslos. Entgeistert schaue ich sie an. „Was hast du gesagt?"
„Dann mach' halt noch 'ne Bank, hab ich gesagt." Sie lächelt. „Hat doch prima geklappt, das mit Riedering. Ich helf' dir wieder."
„Verdammt, Gaby! Das ist kein Kinderspiel! ... Der Krug geht solange zum Brunnen, bis er bricht."
Gaby schmunzelt. Liebevoll streicht sie mir übers Haar.

„Noch nie was von Bonnie and Clyde gehört, Siegfried?"
„Ja! ... Aber die wurden erschossen ... von den Texas Rangers. Nein, danke, Gaby."

Oliver kommt ins Wohnzimmer gestürmt. Der Bub steht vor mir. Mit seinen treuherzigen Kinderaugen blickt er zu mir auf. „Du, Papa! Was ist Bondie und Kleid?"

Gemeinsam spionieren wir mehrere Filialen der Sparkasse Rosenheim aus. Ich entscheide mich für Frasdorf. Diese Filiale ist geradezu prädestiniert für einen Banküberfall. Die nächstgelegenen Polizeidienststellen, Aschau, Prien oder Rosenheim, sind weit genug entfernt, damit wir in aller Ruhe flüchten können. Außerdem ist das Versteck, das ich im Fall Riedering benutzte, über eine wenig befahrene Nebenstraße unauffällig zu erreichen, vor allem, weil die Dunkelheit unser bester Verbündeter sein wird. Von größter Bedeutung jedoch ist: Frasdorf liegt unmittelbar an der Autobahn München–Salzburg. Die Bullen werden vornehmlich diese Fluchtroute ins Auge fassen.

Ein wundervoller Wintertag. Die Sonne scheint. Gemeinsam mit Christian und Oliver fahren wir in die nahen Berge zum Skilanglauf. „Ist bestimmt gut für Ihre Lunge", hatte der Arzt gemeint. Oliver ist ein begeisterter Langläufer, aber mehr passiver Art. Wie ein Pascha sitzt er in einer Art „Rucksack", den ich auf den Rücken geschnallt trage, und feuert mich unablässig an: „Schneller, Papa! Schneller!" ruft er euphorisch. „Wir sind die schnellsten Skirenner. Hüüü-hot, Papa!"

Wenig später, noch vor Einbruch der Dunkelheit, fahren wir nach Frasdorf. Den Wagen stelle ich in einer Seitenstraße ab. Gaby drücke ich zwei Hundertmarkscheine in die Hand, die sie in der Bank in Markstücke umwechseln wird. Wer würde denn schon eine Frau in roter Skikleidung mit einer roten Skimütze auf dem Kopf mit einem Bankraub in Verbindung bringen, der einige Wochen später ausgeführt werden wird?

Zu Hause angekommen, berichtet Gaby mir, was sie in der Sparkasse ausspionieren konnte. Gabys Beobachtungsgabe erstaunt mich immer wieder aufs neue. Ein absoluter Profi! Christian und Oliver spielen in ihrem Zimmer. Den eigentlichen Grund, weshalb ihre Mutter in der Bank gewesen war, haben sie nicht mitbekommen. Und das ist auch gut so.

Fast jede Nacht werde ich von Erstickungsanfällen geplagt. Der einzige Mensch, der mir in diesen Tagen die Kraft gibt, nicht alles hinzuschmeißen, ist mein kleiner Bub Oliver.

Am 2. Februar erhalte ich Post aus St. Lucia. Jan-Heinrich Struckenberg, mein Architekt, erinnert mich an unseren Zahlungstermin. Ein einheimischer Hotelier hat ebenfalls Interesse an dem Baugelände bekundet. Strucki kündigt an, uns im März in der Bundesrepublik aufzusuchen. Bei dieser Gelegenheit will er eine weitere Abschlagszahlung von 20000,– DM.


9


Frasdorf. Donnerstag, 11. Februar 1982, 17.30 Uhr. In der Nähe von Rosenheim liegt die Gemeinde Frasdorf. Es ist empfindlich kalt. Schneetreiben! Ein typischer Wintertag. Die Hauptstraße des Ortes ist menschenleer. Zusammen mit einem Komplizen, den ich nicht identifizieren möchte, habe ich vor, die Filiale Frasdorf der Sparkasse Rosenheim auszurauben. Ich werde die spöttischen Worte und das gemeine Lachen des Bankbeamten nie aus meinem Schädel verdrängen können, der sich über meine ausweglose Situation und meine Krankheit lustig gemacht hatte: „Versuchen Sie's doch bei Ihrer Krankenkasse, Herr Dennery! Vielleicht kriegen Sie es da, das Darlehen?"

Dieser gottverdammte Schweinehund! Der Teufel soll ihn holen.

Der Zeitpunkt ist günstig. Im Moment sind in der Sparkasse lediglich zwei weibliche Angestellte. Der Filialleiter ist beim Zahnarzt – ein Sachverhalt, den meine Frau auf ungewöhnliche Weise in Erfahrung brachte.

Direkt neben einer öffentlichen Telefonzelle stellen wir den Wagen ab. Zu Fuß nähern wir uns der Bank. Es ist bereits dunkel. Aus sicherer Entfernung, in der Nähe eines Friseursalons, beobachten wir das beleuchtete Bankgebäude. Vor dem Haus parken einige Autos, darunter ein alter Citroën, ein sogenannter Katzenbuckel. Ein junger Mann geht auf das Bankgebäude zu und verschwindet im Seiteneingang. Es ist der Sohn des Filialleiters, der im ersten Stock, über den Bankräumlichkeiten, wohnt. Ich kenne ihn, den Jungen. So oft habe ich die Bank observiert.

Ungesehen überqueren wir die Hauptstraße und verstecken uns in der Nähe des Seiteneingangs der Bank. Über der Tür brennt eine Laterne. Mein Komplize steigt in meine Hände und lockert die Glühbirne – Dunkelheit!

„So ist's besser", raune ich vor mich hin. Ich bin völlig ruhig. Keine Spur von Nervosität.

18.10 Uhr! ... Licht flammt im Hausflur auf. Schritte und dann Stimmen. Die Tür öffnet sich. Ahnungslos treten die zwei Angestellten heraus. Blitzschnell springen wir vor und bringen die beiden in unsere Gewalt. Mit vorgehaltener Waffe schieben wir die beiden total überraschten Angestellten in die Räume der Bank zurück. Niemand wird verletzt. Dann lasse ich mir den Tresor öffnen. Zum Schluß fesseln wir die beiden. Der Coup ist bis ins Detail geplant. Saubere Arbeit – wir können unerkannt entkommen.

Knapp 1 Stunde später. Das Sparkassengebäude ist hermetisch von der Polizei abgesperrt. Zwei Streifenwagen mit blinkendem Blaulicht und ein Zivilfahrzeug der Kripo parken vor der Bank. Überall stehen Schaulustige umher. Durch die hellerleuchteten Fenster der Bank kann man zahlreiche Personen, darunter einige uniformierte Polizisten, erkennen.

In der neugierig gaffenden Menge steht ein dick vermummter Mann mit einer schwarzen Seefahrermütze auf dem Kopf. Auf dem Arm trägt er einen kleinen, ebenfalls dick vermummten Buben. Der Mann benimmt sich völlig unauffällig und stellt keine Fragen. Scheinbar unbeteiligt nimmt er die Kommentare und Mutmaßungen der Umstehenden wahr, aber nichts entgeht seinem wachsamen Auge. Vor dem Bankeingang stehen zwei Kripobeamte und unterhalten sich mit vermeintlichen Zeugen. Plötzlich taucht in der gaffenden Menge ein uniformierter Polizist auf und tritt neben den Mann mit dem Buben.

„Servus, Siegfried! ... Was machst denn du hier?" sagt der Polizist zu mir.

„Servus, Horst. Na, was schon?" erwidere ich gelassen. „Ist ja 'ne Menge los hier. Und? ... Wie schaut's aus? Habt ihr die Kerle schon?"

Horst ist begeisterter Eishockeyfan und oft Gast in meinen Lokalen. Oliver flüstert mir ins Ohr: „Du, Papa! ... Ist das ein böser Bullizist? ... Hmm, Papa?"

Horst grinst. „Ich bin kein böser Bullizist. Dein Papa und ich sind gute Bekannte. Ich bin öfter mal im Gatsby."

Horst tätschelt Olivers Wangen. Der Bub lacht. Dann nimmt Horst die verschneite Uniformmütze ab, schlägt sie kurz gegen den rechten Oberschenkel und setzt sie wieder auf. „Wie geht's dir eigentlich mit dem Asthma, Siegfried? Man sieht dich ja gar nicht mehr."

„Na ja, Horst ... es geht schon. Muß ja", wiegle ich ab. Horst macht ein ernstes Gesicht. „Den Kollegen von der

Kripo rauchen die Köpfe. Der Bimmer meint, da wär ein Zusammenhang mit dem Riederinger Banküberfall. Wir haben uns doch mal unterhalten, damals im Cafe Schickeria, weißt noch, Siegfried?"

„Ja, freilich, Horst", antworte ich gleichgültig. „Hab aber im Moment andere Sorgen. Für so 'nen Banküberfall mußt schon ein eiskalter Hund sein. Ich hätt' die Nerven nicht."

„Wenn das wieder die gleichen Kerle waren wie im Riederinger Fall . . . dann gute Nacht", sagt Horst erregt. Dann beugt er sich vor und raunt mir geheimnisvoll ins Ohr: „Die Kripo hat nicht die geringste Spur. Gar nichts. Solltest mal den Schweier hör'n. Kennst du den Schweier, hmm, Siegfried?"

„Nein! . . . Hab mit der Kripo nichts am Hut."

„Der springt schon im Kreis, der Herr Hauptkommissar. Neulich haben sie zwei Italiener festgehalten, da an der Kiefersfeldner Grenze. Wieder Fehlanzeige!" Horst lacht belustigt. „Der Schweier würd' sich am liebsten in den Arsch beißen." Und mit ernstem Tonfall in der Stimme setzt er fort: „Der Bimmer nimmt das schon gelassener hin. Dürft's eigentlich gar nicht sagen, aber der Bimmer ist der zuständige Sachbearbeiter – ein ausgekochter Fuchs. Sehr sportlich. Aber weißt, was der größte Hammer ist, Siegfried?" Horst schaut mich fragend an. Ich schüttle wortlos den Kopf. „Als die beiden Kerle die Bank ausraubten, war der Filialleiter beim Zahnarzt. Die müssen das gewußt haben, das mit dem Zahnarzt. Das meint auch der Bimmer. So gerissene Kerle."

Ich grinse amüsiert vor mich hin. Dann sucht mal schön, denke ich belustigt. Plötzlich deutet Horst zum Bankeingang. „Das da, das ist der Bimmer." Ein Mann in Zivil kommt aus der Bank. Aufmerksam beobachte ich jede seiner Bewegungen. Das ist also der Bulle, der mich schnappen will, denke ich. Für 'nen Bullen gar nicht mal unsympathisch. Irgendwie gefällt mir der Bursche. Sportlicher Typ, austrainiert, ca. 1,83 m groß, dezent ergrautes Haar, so um die Vierzig. Ein Typ, auf den die Weiber fliegen. Wir stehen keine zwanzig Meter voneinander entfernt. Eingehend mustere ich sein Gesicht. Verdammt, das Gesicht hab' ich schon mal geseh'n. Aber wo?... Wo nur?... Dann fällt der Groschen. Im Rosenheimer Eisstadion war's, während eines Eishockeyspiels.

„So, Siegfried! Muß wieder los", reißt Horst mich aus meinen Gedanken. „Vielleicht seh'n wir uns morgen beim Eishockey? Ob's gewinnen, die Rosenheimer? Hmm, Siegfried?"

„Sowieso, Horst", erwidere ich grinsend. „Dieses Jahr werdens' Deutscher Meister. Der Friesen Karl macht das schon. Also dann! Servus, Horst."

Der Polizist hebt grüßend die rechte Hand und verschwindet in der Menge.

Wenig später befinde ich mich mit Oliver auf dem Nachhauseweg. Was ich sehen wollte, habe ich gesehen. Zu Hause angekommen, stürmt Oliver voraus ins Wohnzimmer. „Du, Mama!" ruft er aufgeregt. „Ich hab 'nen Bankräuberüberfall gesehen."

Wortlos schließe ich Gaby in die Arme und halte sie lange fest. „Ist dir jetzt wohler, Siegfried?" flüstert sie und schaut mir kopfschüttelnd in die Augen. „Deine Nerven müßt' ich haben. Da noch mal hinzufahr'n!" Und dann küßt sie mich auf den Mund.

Genau wie im „Fall Riedering" vor drei Monaten tappt auch nun die Kripo Rosenheim im dunkeln. Sie hat nicht die geringsten Anhaltspunkte, die uns mit dem Banküberfall in Verbindung bringen könnten. Abermals hat sich meine generalstabsmäßige Planung bewährt. Unsere Beute beträgt annähernd 200 000,– DM!

Die Kripo Rosenheim wird nun sowohl von der Presse als auch von der Öffentlichkeit unter Druck gesetzt. Unmuts-

**Kreis- und
Stadtsparkasse
Rosenheim**

---

Postanschrift: Sparkasse, Postfach 320, 8200 Rosenheim

Bayerische Landespolizei
Kriminalpolizei-Inspektion
Rosenheim
Ellmaierstr. 3

8200 Rosenheim

Kufsteiner Straße 1
8200 Rosenheim
Telefon: (08031) 18 21
Telex: 05-25848

Bankleitzahl 711 500 00
für Kontoverbindung
Bayer. Landesbank München
SWIFT-Adresse: BYLA DE MM
Landeszentralbank Rosenheim
Postscheckamt München
(BLZ 700 100 80) Kto.-Nr. 80 77-801

---

| Ihr Zeichen | Ihre Nachricht | Unser Zeichen | Telefondurchwahl | Datum |
|---|---|---|---|---|
| | | Pu | (08031) 182 452 | 15.2.82 |

Raubüberfall auf unsere Zweigstelle Frasdorf am 11.2.82
hier: Aussetzung einer Belohnung in Höhe von DM 10.000,-
 für die Ergreifung der Täter

---

Sehr geehrte Damen und Herren,

auf die telefonische Unterredung wegen obiger Angelegenheit mit Ihrem
sehr geehrten Herrn Hupf dürfen wir Bezug nehmen.

Gerne bestätigen wir Ihnen hiermit, daß wir für die Ergreifung der Täter
eine Belohnung in Höhe von DM 10.000,- aussetzen.

Mit freundlichen Grüßen
Kreis- und Stadtsparkasse Rosenheim

---

*Mit Schreiben vom 15. Februar 1982 wendet sich die Direktion der Kreis- und Stadtsparkasse Rosenheim an die Kripo Rosenheim: Für die Ergreifung der Täter setzt die Sparkasse eine Belohnung in Höhe von 10 000,– DM aus.*

bezeugungen werden laut. Die Bevölkerung spricht von Unfähigkeit und Fahndungspannen der Polizei.

Mit Schreiben vom 15. Februar 1982 wendet sich die Direktion der „Kreis- und Stadtsparkasse Rosenheim" an die Kripo Rosenheim: Für die Ergreifung der Täter setzt die Sparkasse eine Belohnung in Höhe von 10 000,- DM aus. Bereits im Fall Riedering hatte die Direktion der Sparkasse Rosenheim eine Belohnung in Höhe von 10 000,- DM ausgesetzt.

Die Höhe der ausgesetzten Belohnungen dürfte im Vergleich zum entstandenen Schaden einmalig sein. Im allgemeinen ist es nicht üblich, daß Banken zur Ergreifung der Täter so ungewöhnlich hohe Belohnungen aussetzen, wenn überhaupt. Die Landeskriminalämter setzen je Bankraub lediglich eine Belohnung von einheitlich 2000,- DM zur Ergreifung der Täter aus.

Am 12. Februar 1982, einen Tag nach dem Banküberfall, betrete ich die Rosenheimer „Vereinsbank". Am Schalter für ausländische Devisen kaufe ich einen Verrechnungsscheck über 40 000 US-Dollar. Zu diesem Zeitpunkt entspricht dies einem Wert von 100 000,- DM. Der Verrechnungsscheck ist auf ein Geldinstitut in New York bezogen.

Wenig später werde ich in den verschlossenen Kassenraum gerufen. Dort zahle ich die 100 000,- DM für den Scheck ein. Das Geld stammt aus der Beute vom gestrigen Banküberfall auf die Riederinger Sparkasse. Mir wird ganz schwindelig, was ich da sehe. Heiliges Kanonenrohr, denke ich. Da liegen Millionen rum.

Ende Februar 1982 reicht unsere Grundstücksfirma auf St. Lucia den Verrechnungsscheck über 40 000 US-Dollar bei ihrer Bank ein. Jetzt ist mir wohler. Der erste Schritt wäre geschafft. Nun kann ich mich mit Gelassenheit dem Verkauf meiner Lokale widmen.

Die kommenden Wochen vergehen wie im Fluge.

Wie angekündigt, kommt im März der gute alte Strucki auf Besuch. Er steigt im Parkhotel ab. Meine Frau ist dabei, als ich Strucki in seinem Hotelzimmer 20000,– DM in bar aushändige, für fällig gewordene Honorare.

Strucki berichtet, daß in St. Lucia alles nach Plan läuft. Sowohl die Regierung als auch Mister Wood, der Manager der Rodney Bay Ltd., seien zufrieden. Ich bin ein verläßlicher Vertragspartner.

Ich bin es leid geworden, mich fortwährend mit Kaufinteressenten herumzuschlagen, die in keinster Weise in der Lage sind, den von mir geforderten Preis für die Lokale zu bezahlen. Nach langem Überlegen komme ich mit meiner Frau überein, die Lokale zu verpachten. Dieser Entschluß wirft unsere gesamten Finanzierungspläne durcheinander, doch wir sehen keine andere Möglichkeit mehr. Wir wollen einfach nicht unsere Lokale zu einem indiskutablen Spottpreis verschleudern, zumal wir bei unserer Hausbank einige Verbindlichkeiten abtragen müssen.

## 10

Zwei Banken habe ich bereits ausgeraubt. Ich befinde mich in einem Teufelskreis, der mich nicht mehr losläßt. Jeden Tag habe ich das demoralisierende Bild der Asthmaklinik vor Augen – Frau Huber, die nachts auf dem Gang ihre Transfusion neben sich herschiebt. Ein Bild, das mich verfolgt und gefangenhält. So will ich nicht enden, und während ich diesen trübsinnigen Gedanken nachhänge, kommen mir die Tage auf St. Lucia in den Sinn. Ein Leben ohne Erstickungsanfälle!

So fasse ich einen Entschluß, der alles andere in den

Schatten stellen würde. Ich plane einen ganz großen Coup, ein Ding, das mir auf einen Schlag annähernd drei Millionen Mark einbringen wird. Ich habe im „Oberbayerischen Volksblatt" einen Bericht gelesen, über den Vorstandsvorsitzenden der Kreis- und Stadtsparkasse Rosenheim. Ein gewisser Herr Mühle wird für seine Verdienste um die Stadt Rosenheim geehrt. Das ist es, schießt es mir durch den Kopf. Ich werde Mühle in seinem Wohnhaus in meine Gewalt bringen, um dann tags darauf in aller Herrgottsfrühe und vor Öffnung der Rosenheimer Sparkassenzentrale den gesamten Tresorinhalt an mich zu bringen.

Die kommenden Wochen verbringen Gaby und ich überwiegend mit Observationen und damit, den Plan in allen Details auszuarbeiten sowie Zeitabläufe und Beobachtungen schriftlich festzulegen.
 Im Schutz der Dunkelheit dringe ich in Mühles Grundstück ein. Gaby steht Schmiere. Das ist ja ein richtiger Wald, denke ich, und pirsche mich vorsichtig von Baum zu Baum zum Wohnhaus vor. Es liegt am Ende des großflächigen, von hohen Fichten, Laubbäumen und Buschwerk bestandenen Grundstücks und grenzt unmittelbar an ein Wiesen- und Ackergelände. Auf der Rückseite des Hauses entdecke ich ein kleines, vergittertes Fenster.
 „Hier steigen wir ein", brumme ich vor mich hin. Das Eisengitter mit einer hydraulischen Winde oder einem Wagenheber aus der Verankerung zu brechen, wird mir keine Schwierigkeiten bereiten. Werde die Mühles beim Fernsehen überraschen!
 Dann kommt eine Woche, die mich bereits in aller Herrgottsfrühe aus dem Bett treibt. So gegen sechs Uhr geht's los. Trotz der frühlingshaften Jahreszeit ist es unangenehm kühl. Um mir nicht die Eier abzufrieren, sitze ich in Gabys Auto, einem Mazda 323 – ein bequemes Auto. Ein unfreiwilliges Geschenk der Sparkasse Frasdorf.

Aus sicherer Entfernung beobachte ich Mühles Garageneinfahrt. Unbemerkt gelingt es mir, die Fahrtroute des Bankdirektors auszukundschaften, die er täglich von seiner Wohnung aus in die Sparkassenzentrale zurücklegt. Mehr noch! Mit unendlicher Geduld und stoischer Gelassenheit kann ich Mühles Gewohnheiten in Erfahrung bringen.

Schritt für Schritt nehme ich mir das Hauptgebäude der Sparkassenzentrale in der Kufsteiner Straße vor. Mit einem Nachschlüssel kann ich unbehelligt in die Tiefgarage eindringen. Da steht auch schon Mühles gelber Mercedes. Von der Tiefgarage aus führt ein direkter Weg hinauf in die Bank. Dann mache ich mich daran, die Chefetage auszukundschaften. Um nicht aufzufallen, erkundige ich mich am Devisenschalter nach dem Dollarkurs. Da Gaby einen Arzttermin hat, nehme ich meinen kleinen Sohn mit. Oliver auf dem Arm, steige ich die von der Schalterhalle zum ersten Stockwerk führende Treppe hoch und betrete die Chefetage. Da ist ein langer Flur mit vielen Türen und Treppen. Ich stoße auf keinerlei Schwierigkeiten. In aller Seelenruhe kann ich mich umsehen.

„Du, Papa", schmollt Oliver, „da gefällt's mir aber nie nicht... und warm ist mir auch."

Ich grinse. Kein Wunder, daß dem Bub warm ist, mit seinem dicken Anorak und der Pudelmütze auf dem Kopf. Seine Pausbäckchen leuchten wie Granatäpfel. Plötzlich wird Oliver unruhig.

„Was hast denn, Oliver? Mußt vielleicht mal?"

„Ja, Papa. Oliver muß Pipi machen", sagt er und verzieht das Gesicht, als würde es jeden Moment in die Hose gehen. Zurück in der Schalterhalle, erkundige ich mich nach einer Toilette. Die Toilette grenzt unmittelbar an einen der Kassenräume an. Mit den Augen des coolen Beobachters, sehe ich eine weitere Möglichkeit die Toiletten zu nutzen. Sollten trotz exakter Planung bei dem

Banküberfall Probleme auftreten, eignet sich der kleine Raum vortrefflich, die Angestellten einzuschließen.
Wenig später verlasse ich zufrieden die Bankzentrale. Oliver lutscht genüßlich an einem Lutscher, den er von der freundlichen Bankangestellten bekommen hat, die uns den Weg zur Toilette zeigte.

Möchte nichts dem Zufall überlassen, denn „Kommissar Zufall" ist ein unangenehmer Zeitgenosse. Er löst weit mehr Straftaten als die oftmals stümperhafte Fahndungsarbeit der Polizei. Um keine unliebsamen Überraschungen zu erleben, mache ich mich mit den Gewohnheiten der jeweiligen „Schlüsselträger" des Banktresors vertraut. Es ist mit die schwierigste Arbeit und erfordert all meine Raffinesse und Kaltblütigkeit.
  Da ich die Eheleute Mühle für rechtschaffene und brave Zeitgenossen halte, richte ich meine Planung dahingehend aus, ihnen kein Haar krümmen zu müssen. Das erfordert zusätzliche Vorsichtsmaßnahmen.
  Die wohl schwierigste Entscheidung, die ich zu treffen habe, ist die Wahl der Waffen. Lange kämpfe ich mit mir, bei dem Coup Maschinenpistolen zu verwenden, die ich über einen Mittelsmann beziehen könnte. Nach langen Überlegungen entscheide ich mich, den Überfall mit unscharfen Waffen durchzuziehen. Ein Novum für einen Coup dieser Größenordnung.

Zwei Tage vor dem Tag X erkläre ich Jürgen den Plan. Jede Einzelheit hämmere ich ihm ein. Mehrmals fahren wir die Routen ab, die wir sowohl vor dem Coup als auch danach einschlagen werden, und dann mache ich Jürgen noch mit jenem Platz vertraut, an dem wir uns später treffen würden. Jürgen hat begriffen. Er ist ruhig und stellt keine unnötigen Fragen.

Rosenheim, 6. Mai 1982, 21.30 Uhr. Der Tag X! Eine laue Mainacht. Seit einer halben Stunde sitzen wir im Auto und warten. Den Wagen hat Jürgen besorgt. Ein älterer Opel, die Kennzeichen sind gefälscht. Wir stehen in einer Seitenstraße, unweit von Mühles Anwesen entfernt.

„Gottverfluchtes Asthma!" raune ich vor mich hin. Ich nehme das kleine Inhaliergerät zur Hand und nehme zwei Hübe. Nach einigen Minuten läßt die Atemnot nach.

Es ist stockdunkle Nacht. Unbeobachtet nähern wir uns dem Grundstück. Ohne große Mühe klettern wir über den Gartenzaun und durchqueren den Park. Gebückt schleichen wir vorwärts. Es ist unheimlich still. Dann, das Kläffen eines Hundes. Jürgen schreckt hoch. Unsicher blickt er sich um.

„Ruhig bleiben", raune ich ihm zu. „Kein Grund zur Nervosität!" Geschafft! Dicht an den Stamm einer mächtigen Fichte gepreßt, stehen wir da. Mein Atem geht flach. Keine 30 Meter von uns entfernt liegt das Wohnhaus, als wäre es unbewohnt. Kein Lichtschein dringt nach draußen. Ein Waldkauz schreit. Ein lauer Wind fährt durch die Baumwipfel. Gebannt starre ich zum Haus hinüber. Nichts rührt sich. Eine gespenstische Stille.

Plötzlich Fahrzeuggeräusche, dann das Knirschen von Kieselsteinen. Schlagartig blicken wir zur Garageneinfahrt. Lichter von Autoscheinwerfern.

„Los, hinlegen!" stoße ich mit gepreßter Stimme hervor. Blitzschnell gehen wir in Deckung. Flach auf den Boden gepreßt, starren wir auf die Garageneinfahrt. Sekunden später das Schlagen von Autotüren. Ein junger Mann und eine ältere Frau stehen vor dem Garagentor. Stimmen dringen zu uns herüber.

„Verdammte Scheiße", brumme ich Jürgen zu. „Die haben uns gerade noch gefehlt."

Die beiden Leute überqueren den Hof und treten auf die Haustüre zu. Die Türbeleuchtung flammt auf. Schemenhaft erkenne ich die Gestalt der alten Frau.

„Wahrscheinlich die Untermieterin", flüstere ich Jürgen zu.

Jürgen, mit aufgeregter Stimme: „Los, Siegfried, die schnappen wir uns, dann sind wir schon im Haus."

„Spinnst du! Der Kerl da wohnt nicht bei den Mühles. Was, wenn er 'ne Frau oder sonst jemand hat, die zu Hause auf ihn warten? Stell dir vor, der Kerl kommt nicht heim und die Angehörigen rufen die Polizei? Dann haben wir am Schluß noch die Bullen auf dem Hals."

Fünf Minuten später! Vorsichtig pirschen wir uns an das Haus heran. Mit dem Rücken lehnen wir an der Wand des Nebengebäudes. Ich bin gänzlich ruhig, obwohl meine Nerven zum Zerreißen angespannt sind. Plötzlich löst sich Jürgen von der Hauswand und geht völlig deckungslos auf die Haustüre zu. Für Sekunden bin ich wie gelähmt.

„Hey! Bist du wahnsinnig!" rufe ich gedämpft. „Komm sofort zurück! Verdammt noch mal! Komm sofort her. Du bringst uns noch in Teufels Küche!"

Jürgen scheint nicht zu hören. Unbeirrt geht er auf das Haus zu. Und was er dann macht, ist so idiotisch und für mich dermaßen unbegreiflich, daß ich es nicht fertig bringe, darüber zu berichten. Schlagartig wird mir eines bewußt: Jürgen hat mit seinem völlig kopflosen Vorgehen den Plan zum Scheitern gebracht. Ich rufe noch: „Los! Hau ab, bevor es zu spät ist!" Dann mache ich mich blitzschnell aus dem Staub. Jürgen hetzt hinter mir her. Das Haus ist hell erleuchtet. Hinter uns höre ich aufgeregte Stimmen. Minuten später sitzen wir im Auto. Ich bin außer mir vor Wut und fahre nach Hause. Meine gesamte Planung ist über den Haufen geworfen. St. Lucia ist in weite Ferne gerückt. Verdammt noch mal, was mache ich nur!

Noch am selben Abend wird Jürgen verhaftet und in die Strafanstalt Traunstein eingeliefert. Einem Streifenwagen, der zufällig des Weges kam, waren Jürgens gefälschte Autokennzeichen aufgefallen. „Kommissar Zufall" hatte zugeschlagen. Doch noch weiß die Kripo nicht, wer ihnen da ins Netz gegangen ist.

Später dann erzähle ich Gaby, was geschehen ist, auch davon, daß Jürgen verhaftet wurde. Sie wird ganz blaß.
Dann, nachdem sie sich gefaßt hat, beginnt ihr Verstand rational zu arbeiten. Sie sagt: „Siegfried, du mußt verschwinden. Am besten nach St. Lucia. Was, wenn dein Kumpel nicht dichthält? Du mußt auch an uns denken. Wenn du jetzt in den Knast wanderst, das hältst du mit deinem Asthma nicht durch. Das bringt dich um. Und was wird dann aus uns?"
Ich habe keine andere Wahl. Nach dem heutigen Vorfall ist mein Vertrauen zu Jürgen auf den Nullpunkt gesunken. Wenn die Bullen ihn so richtig in die Mangel nehmen, wird er umkippen und mich ans Messer liefern, um seinen Kopf zu retten. Nur knallharte und gestandene Männer werden nicht zu Verrätern.
Dann packen wir das Nötigste zusammen und wecken die Kinder. Christian und Oliver sind noch so verschlafen, daß sie gar nicht begreifen, was um sie herum vorgeht. Schwer setzt mir zu, daß ich mich nicht mehr von meinem Sohn Udo verabschieden kann. Irgendwie werde ich schon noch eine Lösung finden, sage ich mir, später dann, wenn ich erst mal in Sicherheit bin.
Um 3.00 Uhr morgens verlassen wir die Wohnung. Noch einmal blicke ich zurück. Eins wird mir erst jetzt so richtig bewußt: Hierher werde ich niemals mehr zurückkehren können. Nun bin ich also ein gesuchter Verbrecher.
Ich könnte Jürgen in der Luft zerreißen vor Wut und Enttäuschung. Andererseits läßt mich der Gedanke nicht los, für Jürgen etwas zu tun. Ich werde was für ihn tun, sage ich mir, aber nur dann, wenn er mich nicht an die Polizei

verrät. Doch ich brauche nicht mehr an Jürgen zu denken: Etwa eine Woche später wird er mich verraten.

„Siegfried! Ich würde dich niemals an die Bullen verraten", hatte er noch vor wenigen Wochen zu mir gesagt. „Ich würd's schon nicht tun wegen deiner Kinder. Nur ein mieses Schwein verrät seinen Komplizen."

Mit Gabys Auto fahren wir nach Esslingen zu ihren Eltern. Meinen Schwiegereltern erkläre ich, die Polizei säße mir wegen Steuerhinterziehung im Genick. Um einer Verhaftung zu entgehen, muß ich mich nach St. Lucia absetzen. Dort bin ich sicher.

Meine Schwiegereltern verhalten sich großartig. Sie stecken mir noch 5000,- DM zu. Inge, Gabys Mutter, sagt zu mir: „Das mit der Rückzahlung regle ich später mit Gaby. Ist's so recht, Siegfried?"

Und Gustl, mein Schwiegervater, sagt: „Was du da getan hast, kann ich nicht gutheißen. Aber du bist der Mann meiner Tochter. Deshalb helfe ich dir. Auch wenn wir öfters mal unsere Meinungsverschiedenheiten haben, wir sind eine Familie. Und die muß zusammenhalten, wenn's einem dreckig geht."

Ich bin beschämt. Ehrlich! Was soll ich da noch sagen? Das hätte ich den beiden alten Leuten niemals zugetraut. Sie verhalten sich einfach super!

## 11

Zwei Tage nach dem gescheiterten Überfall befinde ich mich bereits in der Schweiz. Gemeinsam fahren wir zum Züricher Flughafen.

Nun heißt es Abschied nehmen. Ich hasse es, Abschied

nehmen zu müssen. Von Christian und Inge, meiner Schwiegermutter, habe ich mich bereits verabschiedet. Fest drücke ich meinen kleinen Oliver an die Brust. Ich habe Tränen in den Augen. Selten zuvor in meinem bisherigen Leben ist mir ein Abschied so schwergefallen wie an diesem Tag, von meinem kleinen Sohn und meiner Frau.

„Du, Papa", sagt Oliver. Sein Stimmchen hört sich traurig an. „Warum nimmst du mich nicht mit? Will auch mal fliegen mit so 'nem großen Flieger da! Hmmm?"

„Das geht jetzt nicht, Oliver", sage ich schweren Herzens. „Aber du und die Mama kommen ja später nach... mit dem großen Flieger da."

„Ja, Papa! Da freu' ich mich aber. Wie oft muß ich noch schlafen, bis die Mama und ich mit dem großen Flieger da fliegen, Papa? Hmmm?"

Oliver sprudelt förmlich über vor Fragen. Sein Wissensdurst scheint unersättlich zu sein. Und je mehr Fragen er an mich richtet, um so schwerer fällt es mir, mich von meinem Sohn zu trennen. Und so frage ich mich: Ist das der Preis, den ich für meine Verbrechen bezahlen muß?

Gaby begleitet mich zum Flughafen. Ich trage zwei Koffer. Vor der Abflughalle bleibe ich nochmals stehen und drehe mich um. Da steht Oliver vor der geöffneten Fahrertür des Autos.

„Papa... Papa", ruft er, und während er immer wieder nach mir ruft, winkt er wie wild mit seinen kleinen patschigen Händchen – Händchen, die mich immer gestreichelt haben, wenn mich des Nachts das Asthma gequält hat. Er wird mir sehr fehlen, der Bub. Ich bin deprimiert und niedergeschlagen.

Ronald Biggs, der englische Posträuber, kommt mir in den Sinn. Wie mag es ihm wohl ergangen sein, damals, als es hieß Abschied zu nehmen, auf der Flucht vor Interpol

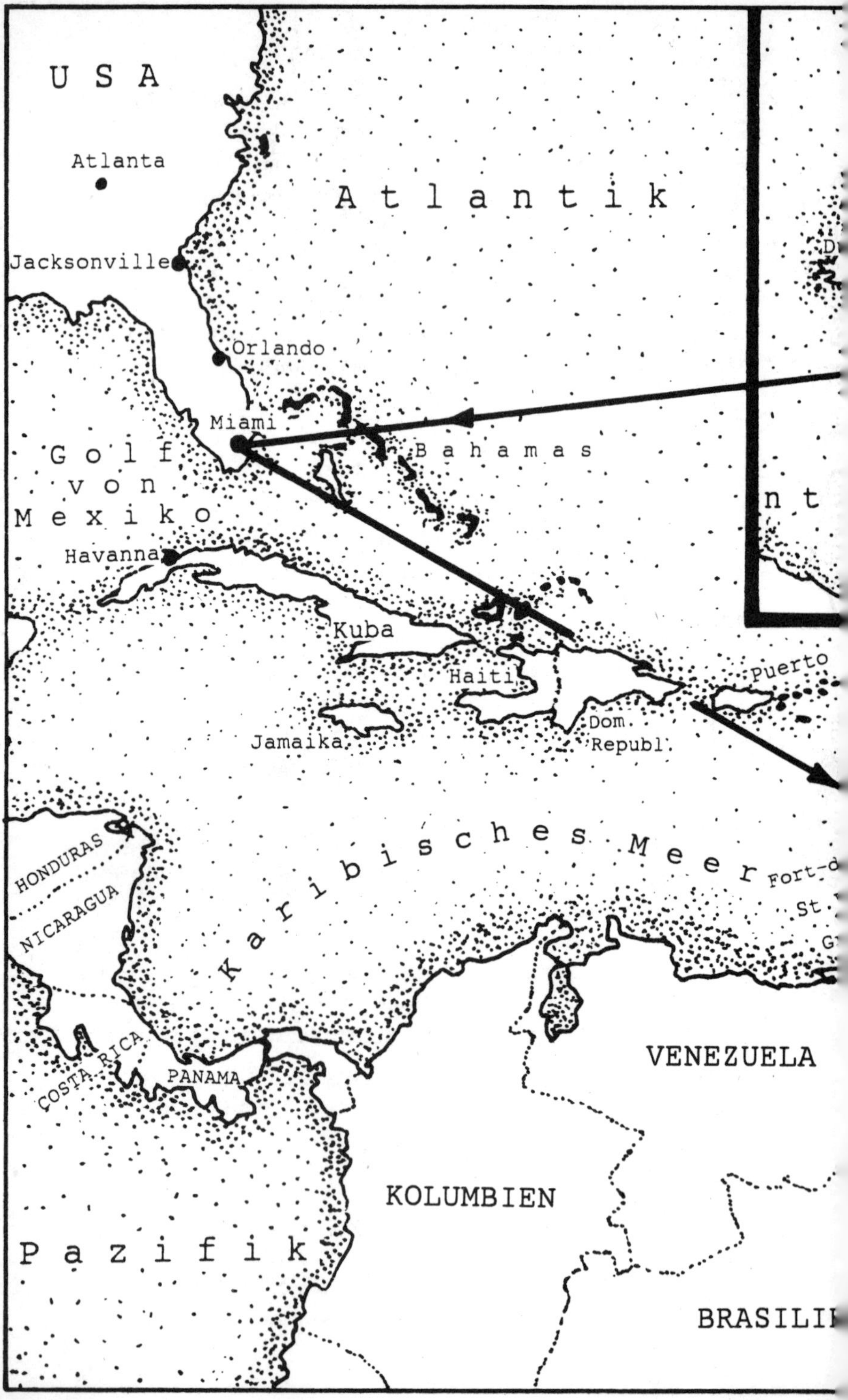
U S A
Atlanta
Atlantik
Jacksonville
Orlando
Miami
Bahamas
Golf von Mexiko
Havanna
Kuba
Haiti
Puerto
Jamaika
Dom. Republ
Karibisches Meer
Fort-d
St
HONDURAS
NICARAGUA
COSTA RICA
PANAMA
VENEZUELA
KOLUMBIEN
Pazifik
BRASILI

# Fluchtroute 1982

BRD – SCHWEIZ (Zürich) – TÜRKEI (Izmir) –
ENGLAND (London) – FLORIDA (Miami) –
BARBADOS – SAINT LUCIA –
GUYANA (Georgetown) – SAINT LUCIA

und Scotland Yard? Brasilien ist zu seiner neuen Heimat geworden.

Dann ist es soweit. Ich halte Gaby in den Armen. Ich halte sie lange und fest in meinen Armen. Sie hat Tränen in den Augen. Liebevoll nehme ich ihr schmales Gesichtchen in meine Hände, und dann küssen wir uns. Es ist ein zärtlicher, ein kurzer Kuß, ein Kuß, wie ich ihn niemals zuvor geküßt habe, denn niemals zuvor in meinem Leben habe ich mich in einer derartigen Situation befunden.

Wortlos löse ich mich aus den Armen meiner Frau. Wenig später, ohne mich nochmals umzublicken, verschwinde ich im Bauch einer Boeing 737 der SwissAir mit Ziel Izmir.

In der Türkei habe ich Bekannte. Es sind gastfreundliche und hilfsbereite Menschen. Da werde ich für einige Tage untertauchen und mir das Einreisevisum für die USA besorgen.

# 2. TEIL

## 12

St. Lucia, West Indies, 16. Mai 1982.

Das Haus steht auf einer Anhöhe. Es ist ein großes, ein unpersönliches Haus mit vielen Fenstern, einem Balkon, einer Garage, mit Waschküche und einem riesigen Garten. Etwas abseits vom Wohnhaus gelegen, umgeben von großgewachsenen Bananenstauden, wird ein kleines und helles Gebäude sichtbar. Das ist Struckis Büro, der Ort seines architektonischen Schaffens. Und dann existiert da noch ein Keller. Die gewaltigen Gewölbe und Gänge befinden sich unter einer mit Buschwerk und Bäumen bestandenen Rasenfläche. Im 18. Jahrhundert dienten sie abwechselnd mal den Engländern und dann wieder den Franzosen als Munitionsdepot und Waffenarsenal. Die gesamte Anhöhe wird *Morne Fortune* genannt und liegt in der Nähe von Castries, St. Lucias Hauptstadt.

Ich bin beeindruckt von der alten Befestigungsanlage und von der *Four Apostles Battery* mit ihren Kanonen aus dem Jahre 1866. Vor 200 Jahren hättest du leben müssen, denke ich. Sicherlich wärst du als Piratenkapitän in die Geschichte eingegangen.

Ob der gute Strucki dieses Haus hier, dessen Besitzer ein englischer Hummerfrack ist, wohl deshalb gemietet hat, um sich gegen seine Gläubiger besser verteidigen zu können? Soviel ist mir zwischenzeitlich klargeworden: Der Herr „Konsul" hat mehr Schulden als Haare auf dem Kopf.

Seit gestern bin ich nun hier. Und dann die Hiobsbotschaft! Lapidar meinte der Taxifahrer, ein grobschlächtiger Kerl mit einer Kartoffelnase, St. Lucias Government und Premierminister Cenac seien nicht mehr an der Macht. Neuwahlen haben stattgefunden, und nun hat die *United Worker Party (UWP)* das Sagen.

Verdammter Mist, denke ich, das auch noch. Ich muß mit der neuen Regierung in Kontakt treten – mein Hotelbau.

Trotzdem bin ich froh, endlich hier auf St. Lucia zu sein. Habe die letzten 10 Tage eine kleine Weltreise hinter mich gebracht und Interpol ein Schnippchen geschlagen. Meine Odyssee führte mich von der Bundesrepublik Deutschland über die Schweiz in die Türkei und dann nach England. Von London Heathrow aus bin ich dann mit den British Airways nach Miami geflogen und mit der Eastern Airline über Barbados nach St. Lucia.

Als die Kripo im Mai eine Großfahndung nach mir gestartet hatte und in verschiedenen Städten Deutschlands um 7.00 Uhr morgens meine nichtsahnende Verwandtschaft aus den Betten trommelte, befand ich mich bereits in Florida.

Zu diesem Zeitpunkt saß ich bereits in Miami in einem feudalen Steakhouse und verdrückte genüßlich ein tellergroßes T-Bone-Steak. Ich hatte vielleicht einen Kohldampf gehabt. Das Steak war so richtig zart und saftig und zerging wie Butter auf der Zunge. Und dann erst der grüne Salat! Er war frisch und knackig und vortrefflich zubereitet und knirschte zwischen meinen Zähnen, wie er knirschen muß, wenn er frisch ist. Das Wasser läuft mir im Mund zusammen, wenn ich an den Wein denke. Eine wahre Gaumenfreude, ein Rotwein, vorzüglich temperiert mit einem Bukett, einfach himmlisch. Bei Gott! Das war vielleicht ein Weinlein gewesen. Und genauso himmlisch war die Bedienung gewesen. Eine zierliche, junge und freundliche Puertorikanerin. Maria heißt sie. Die meisten Puertorikanerinnen heißen Maria und sind zierlich, freundlich und schwarzhaarig, mit einem kleinen, süßen Po, kleinen, spitzen Brüsten und einem feurigen Temperament. Ich liebe temperamentvolle Frauen, und wenn sie mit ihren kleinen und süßen Pos so dahinwackeln, denke ich mir immer, ob die süßen Pos bei jeder Gelegenheit so wackeln. Frauen können schon wundervolle Geschöpfe sein und nicht nur wegen besagter Wackelei.

Von der Türkei aus hatte ich bereits Jan-Heinrich Strukkenberg angerufen und ihm mein Kommen angekündigt.
„Ja, kommen Sie nur. Das paßt gut", hat er zu mir am Telefon gesagt. „Sie können auch bei mir wohnen. Wir teilen uns die Kosten. Meine Alte, die frigide Kuh, ist nämlich ausgezogen. Die spinnt mal wieder, die alte Schreckschraube. Und bringen Sie Geld mit."
Die Frage nach Geld hat mich nachdenklich gestimmt. Was ich nicht wissen konnte, war, daß Frau „Konsul" sämtliche Bankkonten vor dem Zugriff ihres holden Gatten hatte sperren lassen. Belustigt denke ich, daß Strucki auf dem Trockenen sitzt und von den anstehenden Kosten wie Miete, Strom, Gas und Steuern in die Enge getrieben wird.

## 13

Es ist verdammt schwül. Ich sitze hinter dem Haus unter einem mächtigen Mangobaum in einem Korbsessel und schwitze. Der Schweiß rinnt von meiner Stirn. Überall Schweiß! Schweiß auf meinem Rücken und auf der Brust, und meine Baumwollunterhose ist so pitschnaß, als hätte ich in die Hose gepinkelt. Meine Pobacken brennen und das Flechtwerk des Sessels schneidet in mein Fleisch.
An den knorrigen Mangobaum gelehnt, lasse ich den

Blick über das nahe Meer und die zum *Vigie Airport* führende Flugschneise schweifen. Gedrosselte Motorengeräusche erwecken meine Aufmerksamkeit. Meerseits kommt ein orangefarbenes und gelb-schwarzes Flugzeug hereingeschwebt. Mit ausgefahrenen Landeklappen setzt das Ding zur Landung an. Es ist eine zweimotorige DC 3 der Liat Airline. Die vorsintflutlichen Maschinen sind äußerst zuverlässig und Überbleibsel der US Airforce aus dem zweiten Weltkrieg. Schon oft bin ich in diesen Dingern mitgeflogen. Ein wirkliches Erlebnis. Da schnellt der Puls auf 300 hoch. Ich werde ungeduldig. „Wo bleibt er denn bloß wieder?" brumme ich mißmutig vor mich hin. Gott sei Dank hat das Brennen und lästige Jucken meiner Pobakken ein wenig nachgelassen.

Ein Blick auf meine Armbanduhr. 12.00 Uhr – Mittagszeit! Mein Magen knurrt. Ich lechze nach einem kühlen Bier. In meiner Phantasie male ich mir aus, wie so ein kühles Bierchen vor mir auf dem Tisch steht, mit einer flockigen und schäumenden Blume drauf, und wie es perlt, das kühle und erquickende Naß, und das Glas ist beschlagen, weil das Bierchen so kalt und so frisch ist. Und dann zischt und prickelt es in meiner Kehle, und das Bier ist so richtig eisgekühlt und süffig. Ich schlucke. Aber da ist kein Zischen und kein Prickeln. Der Adamsapfel steckt in meiner Kehle wie ein festgefahrener Fahrstuhl, und alles brennt.

„Herr Struckenberg, hier sind 100 Dollar", habe ich vor annähernd drei Stunden gesagt. „Ganz klar, daß ich mich an den Unkosten für die Lebensmittel beteilige."

„Flink hatte er den Hunderter eingesteckt, und dann ist er nach Castries losgefahren, um Einkäufe zu tätigen und Trinkbares zu besorgen. Sicherlich sitzt der alte Lustmolch wieder im *Rain* und schlägt sich auf meine Kosten den Bauch voll – jagt sich auf die Schnelle noch einige Bierchen hinter die Binde und verfolgt die kaffeebraunen Mädels mit seinen wäßrigen und geilen Stielaugen.

Das *Rain* ist ein Restaurant in Castries an der *Brazil Street*. Ich kenne den Besitzer. Er ist Engländer und schwul. Das weiß ich von Strucki.

Motorengeräusche nähern sich – dann das Knirschen von Kieselsteinen.

„Das muß er sein!" raune ich vor mich hin und laufe schnurstracks auf die andere Seite des Hauses. Ich blicke zur Hofauffahrt. Da ist ein weißer Datsun. Strucki sitzt am Steuer. Er hält vor der Garage und steigt mit krebsrotem Gesicht aus.

„Dachte schon, Sie kommen überhaupt nicht mehr!" rufe ich. Strucki dreht sich um. Auf jedem Arm trägt er eine Einkaufstüte. Er wirkt gestreßt und aggressiv. „Sie haben gut reden", sagt er erbost. Mit dem Fuß knallt er die Autotüre zu.

„Überall anstehen und warten. Und dann die Bullenhitze. Kommen Sie schon, trinken wir ein Bierchen zusammen, bevor es wieder warm wird."

Das lasse ich mir nicht zweimal sagen. Und dann, als wir die Treppen zum Balkon hochsteigen, sagt er zu mir: „Meine Alte, das geldgierige Miststück, müßte man erschießen."

„Wieso erschießen?" frage ich und grinse. Strucki erzählt mir die Geschichte von den gesperrten Bankkonten. Die hat ihn schön reingelegt, sage ich mir und schmunzle belustigt vor mich hin.

Wenig später sitzen wir auf dem Balkon, jeder ein kühles Bierchen vor sich auf dem Tisch. Nebenbei verdrücke ich noch zwei Thunfisch-Sandwiches und geröstete Kokosnußchips. Jetzt ist mir wohler.

Strucki holt tief Luft, nimmt einen kräftigen Schluck und zündet sich eine Zigarette an. Während Strucki den Rauch vor sich hinbläßt, sagt er: „Herr Dennery! Sie müssen mir helfen!"

Nach einigem Hin und Her erkläre ich mich einverstanden, für die längst überfällige Miete aufzukommen. „Aber das Geld müssen wir morgen früh einzahlen", sagt Strucki mit Nachdruck, „sonst stehen wir auf der Straße." Nicht nur das! Strucki hat Gelder von Baukunden unterschlagen und obendrein noch versucht, Sachwerte und Baumaschinen von Kunden rechtswidrig zu veräußern. Außerdem hat Struckis Ehefrau in St. Lucias Tageszeitung veröffentlichen lassen, daß sie in Zukunft nicht mehr für die Schulden ihres Mannes aufkommen würde.

Strucki erhebt sich. Er sagt: „Bin wie erschlagen. Die verdammte Hitze. Werd' mich ein wenig hinlegen. Bevor ich's noch vergesse, habe Kenneth in der Stadt getroffen. Sagte ihm, daß Sie hier sind und bei mir wohnen. Habe ihn auch gebeten, bei der Regierung anzurufen, bei Minister Mallet. Das ist der Tourismus- und Handelsminister. Übermorgen haben wir einen Termin: 11.00 Uhr. Kenneth läßt Sie grüßen, Sie sollen ihn mal im Büro aufsuchen."

Der Konsul wirkt müde und abgespannt. Mit schweren Schritten überquert er den Balkon. An der Schlafzimmertür angelangt, dreht er sich nochmals um und ruft: „Herr Dennery! Sie können den Wagen da in der Garage nehmen; den gelben Honda. Aber er hat einen Platten, hinten links, glaube ich. Das Reserverad liegt im Kofferraum. Der Schlüssel steckt."

Das Reifenwechseln ist eine Riesenschinderei. Drei der vier Radmuttern sind stark verschlissen und fast rund. Jedesmal, wenn ich den Kreuzschlüssel ansetze, rutsche ich damit ab. Aber letztendlich schaffe ich es doch. Meine Hände brennen. Es ist schon zum Kotzen, jeden Augenblick brennt was anderes. Zuerst der Hintern, dann die Hände.

Ich gehe unter die Dusche. Das tut gut. Wenig später rufe ich bei Kenneth im Büro an.

„Hello, Sir! Wieder im Lande?" höre ich die Stimme der

Sekretärin durchs Telefon. „Mister Webster wollen Sie sprechen? Gegen halb vier kommt er ins Büro. Soll ich Sie vormerken?"

„Ja, ich bitte darum." Ich schmunzle. Ich sehe die Sekretärin buchstäblich vor mir stehen. Das dunkelhäutige Mädchen hat so einen hintergründigen Blick, irgendwie männermordend.

14.00 Uhr! Strucki schläft noch immer. Ich setze mich ins Auto und versuche den Wagen zu starten. Vergeblich. „Verflixte Scheiße! Das auch noch", schimpfe ich und steige aus. Mit Wut im Bauch öffne ich die Motorhaube. Kein Wunder, daß die verdammte Karre nicht anspringt! Die beiden Pole der Batterie und die Zündkabel sind restlos oxidiert. Ich reinige alles und streiche die Anschlußstellen mit Staufferfett ein. Dann setze ich mich in den Wagen und starte. Der Motor gurgelt ein paarmal und springt an. Ich könnte schreien vor Glück.

Dann fahre ich in die Stadt. Heiland – das ist vielleicht ein Auto. Alles scheppert. Die Seitenfenster scheppern im Rahmen, und das Steuerrad vibriert, als hätten meine Hände Schüttelfrost. Und dann sind da noch Geräusche, die ich nicht zu deuten vermag. Mit dem Linksverkehr komme ich überraschend gut zurecht. Ich kurble das Fenster an der Fahrerseite runter. Der erfrischende Fahrtwind tut mir gut. Und dann muß ich plötzlich rechts abbiegen. Vergeblich suche ich nach dem Blinkerhebel. Aber da ist keiner, nur ein abgebrochener Stummel. Reaktionsschnell strecke ich die rechte Hand beim Fenster raus. Beim Linksabbiegen wird's schon schwieriger, denke ich amüsiert, und bin heilfroh, Castries unbeschadet zu erreichen.

Kenneth' Office befindet sich in der Nähe des Hafens. Bis zur Manoel Street ist es nur ein Katzensprung. Kurzentschlossen betrete ich das Anwaltsgebäude und steige eine steile Treppe hoch. Es ist ein altes Gebäude. Renovieren könnte auch nicht schaden. Dann stehe ich vor einer Tür mit dem Namensschild:

> KENNETH AUGUSTIN WEBSTER
> BARRISTER AT LAW

Ich trete ein. Der Raum ist klein und hat zur Flußseite hin zwei Lamellenfenster. Auf einer Holzbank sitzen zwei Einheimische. Ich habe Glück, denn normalerweise ist der Warterraum brechendvoll. Die Sekretärin steht vor einem Aktenschrank. Als sie mich erkennt, huscht ein freundliches Lächeln über ihr kaffeebraunes Gesicht.
Ich sage: „Hello! Toll, wie Sie heute wieder aussehen. Ist Mr. Webster schon im Hause?"
Sie lächelt. Wortlos geht sie auf die rückwärtige Tür zu, die sie öffnet. „Mr. Webster!" ruft sie ins Zimmer hinein. „Mr. Siegfried ist hier."
Stille! . . . Dann vernehme ich das Kratzen und Schieben eines Stuhls. Kenneth taucht in der Tür auf.
„Hello, Sir!" ruft er euphorisch. „I'm glad to see you."
„Hey, Kenneth, me too."
Kenneth ist ein großer Mann mit einer kompakten Figur, Schnauzer und Hornbrille, und sein schwarzes Kraushaar, das schon etwas licht wirkt, trägt er gescheitelt zur Seite gekämmt. Gekleidet ist er gemäß der Position, die er innehat: Dunkle Hose und weißes Hemd, mit Krawatte, die er stets trägt, selbst bei der mörderischen Hitze. Ich vermute, daß Kenneth so um die Fünfzig ist.
Die Büroräume sind vom Warteraum durch eine hüfthohe Pendeltür getrennt. Geschwind drücke ich die Tür auf und gehe auf St. Lucias ehemaligen Justizminister zu. Wir schütteln uns die Hände, kräftig und lange. Kenneth ist hocherfreut, mich zu sehen. Er strahlt übers ganze Gesicht.
„Kommen Sie rein, Sir", fordert er mich auf. Ich betrete sein Heiligtum. Das Büro ist hoffnungslos mit Akten über-

füllt. Überall Akten! Akten auf dem Fußboden, auf den Regalen, und der Schreibtisch quillt über vor Schreibkram und Schriftstücken; ein richtiges Durcheinander. Kenneth setzt sich hinter seinen Schreibtisch. Da steht ein alter, schwerer Mahagonistuhl. Ich nehme Platz.

„Oh, entschuldigen Sie, Sir", sagt Kenneth. „Darf ich Ihnen eine kleine Erfrischung anbieten?"

„Nein, danke, Kenneth."

Auf seine Frage hin, weshalb ich schon jetzt nach St. Lucia gekommen sei, berichte ich ihm von den Geschehnissen in Deutschland und den Schwierigkeiten, in denen ich mich befinde. Aufmerksam lauscht er meinen Worten.

Dann komme ich zum eigentlichen Thema. „Während meiner Abwesenheit hat sich hier eine Menge verändert", sage ich und blicke Kenneth unvermittelt ins Gesicht. „Mit Bestürzung hab ich gehört, daß Sie und Ihre *Labour Party* nicht mehr an der Macht sind. Man sagte mir, daß Neuwahlen stattgefunden haben. Wie konnte das nur passieren? Wenn ich mich recht entsinne, wären Wahlen doch erst in zwei Jahren fällig gewesen?"

Kenneth wirkt nachdenklich. Aber dann erzählt er mir, wie es dazu kam. Es ist eine unerfreuliche Geschichte.

Gegen Ende der Unterhaltung stelle ich ihm die Frage, ob ich hier auf St. Lucia Schwierigkeiten bekommen werde.

„Schwierigkeiten, Sir? Ich verstehe Ihre Frage nicht!"

„Na ja, Kenneth! Wegen der verdammten Sache da in Deutschland."

Kenneth lacht. „Darüber machen Sie sich mal keine Gedanken, Sir. Hier sind Sie sicher und willkommen. Sie sind ja kein Mörder. Wer schlachtet denn schon sein bestes Pferd im Stall? Nur Vollidioten! Sie schaffen Arbeitsplätze, und Arbeit heißt Brot und Wohlstand. Nein, nein, Sir! Hier interessiert sich niemand dafür, ob Sie in Deutschland mit dem Gesetz in Konflikt gekommen sind. Wir haben weit schwerwiegendere Probleme zu lösen. Zerbrechen Sie sich darüber nicht den Kopf." Ich bin wie von einer Zentnerlast befreit.

## 14

18. Mai 1982. Es ist verdammt heiß. Ich schwitze, wie jeden Tag. Vor 20 Minuten haben wir, der Konsul und ich, die Miete fürs Haus an den englischen Besitzer eingezahlt.

Nun stehe ich in der *Brazil Street* vor einem Holzhaus mit Balkon und warte auf Strucki. Er ist drei Häuser weiter und läßt Fotokopien anfertigen. Auf der Straße ein Gehupe und Geknattere und Gekreische. Hier mußt du ständig auf der Hut sein, daß sie dir den Allerwertesten nicht wegfahren. Die Einheimischen fahren wie die Verrückten – zumindest teilweise.

Unter dem Arm trage ich eine lange Rolle aus Preßkarton. Darin befinden sich die gesamten Baupläne für die Hotelanlage. Noch immer halte ich an dem Plan fest, das Bauprojekt durchzuziehen, doch der Regierungswechsel hat einige Probleme aufgeworfen. Aber mit denen werde ich auch noch fertig, sage ich mir. Ich bin zuversichtlich. Das Gebäude, vor dem ich stehe und warte, ist ein sogenanntes Regierungsgebäude. Kein Mensch würde hinter der buntbemalten und etwas ärmlich aussehenden Holzfassade ein Ministerium vermuten, wenn da nicht eine Holztafel an der Balkonbrüstung befestigt wäre, mit der Aufschrift:

MINISTRY OF TRADE, TOURISM AND FOREIGN AFFAIRS

Plötzlich ist auf der Straße die Hölle los. Reifengequietsche, dann ein dumpfer Knall und das Splittern von Holz.

Schweinegequieke – mein Kopf fliegt herum. Ein heilloses Durcheinander, Menschengegröle und herzerfrischendes Gelächter!

Mitten auf der *Bazil Street*, direkt vor dem *Rain*, liegt ein geborstener Holzverschlag. Er ist von der Ladefläche eines schrottreifen Mitsubishi gefallen. Zwischen den Holztrümmern bewegt sich was. Verdammt noch mal, was ist das? Ich grinse. Eine Muttersau mit 1, 2, 3, 4, 5, 6 Frischlingen. Die Sau ist noch ganz benommen, im Gegensatz zu ihren sechs Kleinen, die lustig drauflos quieken. Dann ein dumpfes und aggressives Gegrunze. Wie von Furien gehetzt, springt die Muttersau auf und rennt quer über die Straße, im Schlepptau die Frischlinge. Zielstrebig und ohne sich aufhalten zu lassen, saust die entflohene Schweinefamilie auf Castries' Stadtpark, den geschichtsträchtigen *Columbus Square* zu, und schon jagen sie vergnügt über die grüne Rasenfläche und mitten durch blühende Gartenbeete.

Lauthals fluchend und wild gestikulierend jagd ein Neger hinter den grunzenden und quiekenden Vierbeinern her. Unverhofft taucht Hilfe auf. Halb Castries und zwei diensteifrige Polizisten befinden sich auf Schweinejagd.

*That's Caribian Way of Life!* Ich liebe und genieße dieses unbeschwerte, von Abwechslungen und Überraschungen angereicherte Leben hier. Wann erlebt man denn schon in Deutschland, daß eine Muttersau samt Nachwuchs über den Stachus flitzt und halb München samt Polizeigefolge hinterher?

Eine Stimme reißt mich aus meinen Betrachtungen. „So, das hätten wir", sagt Strucki und schaut mich an.

„Sehen Sie mal, die Schweine da."

Strucki sagt: „Vergessen Sie die Schweine für 'nen Augenblick. 's gibt Wichtigeres." Und weiter: „Dann wollen wir mal. Und noch eins, Herr Dennery! Wir müssen den Mallet unbedingt von unserem Bauprojekt überzeugen.

Der Mann ist nämlich neu im Amt. Wie's aussieht, hat die Regierung unter Cenac den Mallet von unserem Vorhaben nicht informiert."

Gemeinsam betreten wir das Gebäude. Über die Schulter hinweg werfe ich einen flüchtigen Blick zurück. Noch immer jagen die Schweinchen über den *Columbus Square*, gefolgt von einer riesigen Menschenmenge. Der schmale Hausflur geht in ein Treppenhaus über. Dann ist da ein Quergang und eine Tür. Ohne anzuklopfen, treten wir ein, Strucki voran. Er ist genau in seinem Element. Ganz Konsul und Architekt, eine Respektsperson und *Gentleman par excellence*, zumindest was sein Auftreten und äußeres Erscheinungsbild betrifft. Aber auch da sind einige Abstriche vorzunehmen. Seine graublaue Anzughose schreit förmlich nach einem Bügeleisen und ist dermaßen zerknittert, als hätte Herr Konsul darin genächtigt.

Eine hüfthohe Holzbalustrade teilt den Raum ab. Vor uns, an einem Schreibtisch, sitzt ein Negermädchen und knallt munter auf einer vorsintflutlichen Schreibmaschine rum. Als Strucki das Mädchen sieht, kriegt er ganz wäßrige und glänzende Augen: „Schönes Fräulein", sagt er. „Wir sind für 11.00 Uhr bestellt. Minister Mallet erwartet uns."

Ich schaue auf meine Armbanduhr. 10.55 Uhr! Stimmen werden laut. Plötzlich öffnet sich die Tür zu Minister Mallets Büro. Zwei Männer stehen in der Tür und schütteln sich die Hände. Der hellhäutige Mann ist Mr. Stewart. Er ist Kanadier und Generalmanager des Saint Lucian Hotels.

Der Minister bemerkt uns. „Ah, meine Herren", ruft er. „Sie sind schon da? Entschuldigen Sie bitte, daß Sie warten mußten, aber die leidigen Geschäfte!"

Mit einer einladenden Geste bittet er uns in sein Büro. Zu seiner Sekretärin sagt er: „Ich will jetzt nicht gestört werden."

Wir schütteln uns die Hände und wechseln ein paar belanglose Worte, Höflichkeitsfloskeln, wie sie bei derlei Anlässen üblich sind. Er hat einen festen Händedruck, denke ich. Mit aller Macht unterdrücke ich ein Grinsen. Strucki ist der Anlaß. Jedesmal, wenn er sich oder mich vorstellt, kneift er wie ein altgedienter Soldat die Arschbacken zusammen.

Plötzlich klopft es an der Tür, und das kaffeebraune Gesichtchen der Sekretärin kommt zum Vorschein. Sie lächelt: „Entschuldigen Sie die Störung, meine Herren. Soeben ist Mr. Webster eingetroffen." Die Tür schwingt auf, und Kenneth Websters imposante Erscheinung betritt den Raum. Die Krawatte um seinen Hals ist so fest geschnürt, als hätte er vor, sich zu strangulieren.

„Entschuldigen Sie die Verspätung, meine Herren", sagte er mit jovialer Stimme, und mit einem weltmännischen Lächeln im Gesicht tritt er auf den Minister zu, den er mit überschwenglichen Gesten und Worten begrüßt, als seien sie die besten Parteifreunde und sich in brüderlicher Nächstenliebe zugetan.

Minister Mallet ist ein aufmerksamer und geduldiger Zuhörer. Gelegentlich streut er einige Zwischenfragen ein, die Strucki stets zu seiner Zufriedenheit beantwortet. Der Minister macht auf mich einen sympathischen und aufgeschlossenen Eindruck. Er ist ein einfacher Mann – ein Mann des Volkes, und das macht ihn so sympathisch.

12.30 Uhr. Die Unterredung ist beendet. Der Minister sagt: „Meine Herren, ich bin beeindruckt." Er schmunzelt, und mit einem flüchtigen Seitenblick auf Strucki gerichtet, fügt er noch hinzu: „Das Lesen und Verstehen von Bauplänen dieser Größenordnung ist eine Wissenschaft für sich. Sehr interessant, wirklich! Ich habe Ihnen zu danken, meine Herren."

Zu mir gewandt sagt er: „Herr Dennery. Im Interesse unseres Landes kann ich nur hoffen, daß der Baubeginn sich nicht allzusehr verzögert. Sie wissen ja, der leidige Verwaltungsweg."

„An mir soll's nicht liegen, Sir", erwidere ich. „Dann auf gute Zusammenarbeit."

Wir verabschieden uns. Bevor wir das Büro verlassen, gibt der Minister uns zu verstehen, daß er die erforderlichen Schritte einleiten werde. In der nächsten Zeit ist er jedoch nicht zu erreichen. Er reist für eine Woche nach Nordamerika – geschäftlich, wie er uns versichert, um St. Lucias Tourismus anzukurbeln.

„Also dann, meine Herren", sagt der Minister. „Sie hören von mir." Dann schließt er hinter sich die Tür. Gemeinsam verlassen wir das Ministerium und treten auf die Straße. Ich bin zufrieden.

## 15

Ein wunderschöner Morgen. Ich stehe auf der Rückseite des Hauses auf der Terrasse und blicke aufs nahe Meer. Tarzan, Struckis Schäferhund, liegt neben mir, die Schnauze auf die Vorderpfoten gelegt. So liegt er gerne. Die Steine der überdachten Terrasse sind angenehm kühl. Hund müßte man sein, denke ich. Plötzlich vernehme ich Schritte. Sie kommen aus dem Wohnzimmer. Ich drehe mich um. Da steht Pamela, das Hausmädchen. Seitdem ich hier wohne, komme ich für ihren Lohn auf. Strucki ist vollkommen pleite.

„Sir! Soll ich Ihnen Ihr Frühstück bringen?"

Pamela ist meist ein wenig zurückhaltend, aber sehr freundlich.

„Mr. Struckenberg hat schon gefrühstückt. Er ist in die Stadt gefahren, soll ich Ihnen ausrichten."

Ich werfe einen flüchtigen Blick auf meine Armbanduhr.
„Ja, Pamela. Bringen Sie mir bitte das Frühstück."
Pamela lächelt: „Selbstverständlich, Sir! Sofort bin ich mit dem Frühstück da."

Ich bin unruhig und innerlich aufgewühlt. Vier Tage bin ich nun schon hier, ohne auf meiner Baustelle im Cap Estate nach dem Rechten gesehen zu haben. Lange bevor ich straffällig wurde, habe ich im Auftrag meiner Familie ein Grundstück mit einer Brandruine erworben. Jedesmal wenn ich in den vergangenen Tagen versucht hatte, Strucki zu bewegen, gemeinsam mit mir die Baustelle aufzusuchen, hatte er eine flüchtige Ausrede parat. Das hat mich nachdenklich gestimmt und in meinem Kopf ein Alarmglöckchen ausgelöst.

Nach dem Frühstück mache ich mich auf den Weg zur Baustelle. Großzügigerweise hat Strucki mir wieder den Honda überlassen. Doch Struckis angebliche Großzügigkeit beruht auf purem Eigennutz, wie sich Wochen später herausstellen wird. Die Miete für den Leihwagen ist nämlich nicht bezahlt, seit Monaten schon nicht. Strucki ist schlichtweg zu feige, das Auto zurückzugeben, mit dem ich nun unwissend durch die Gegend kutschiere.

Von weitem schon kann ich die Baustelle ausmachen. Das gesamte Grundstück ist von blühenden Sträuchern, Bäumen und Palmen bestanden. Ein richtiger Dschungel, den ich noch kultivieren lassen will. Ein eigenartiges Gefühl befällt mich, ein Gefühl der Erwartung, des Sichüberraschenlassens und der Ungewißheit. Die Schotterstraße zum Grundstück befindet sich in einem erbärmlichen Zustand.

Unmittelbar auf Höhe der Baustelle bringe ich das Auto zum Stehen. Ich schwitze. Alles an mir schwitzt, und der Hosenboden der Bermuda-Shorts klebt schweißnaß an meinem Hintern wie eine zweite Haut. Trotzdem, es ist ein gutes Gefühl, hier zu stehen, hier oben an diesem vertrauten Platz. Mein Blick schweift über die Landschaft bis hin zur brandenden See. Doch dann, nach Minuten der Freude, des Glücks und der Entspannung, befällt mich eine unbändige Wut. Vor mir sehe ich eine unfertige, aus Natursteinen, Boldern, errichtete Grundstücksbegrenzungsmauer. In seinem letzten Baubericht hatte mir Strucki mitgeteilt, die Mauer sei fertiggestellt. „Dieser gottverdammte Hurensohn!" raune ich vor mich hin. „Nichts ist fertig. Verdammt! Was hat der Kerl nur mit unserem Geld gemacht?"

Ich bin außer mir vor Wut. Impulsiv beschließe ich, bei der Bank nach dem Rechten zu sehen. Wenn ich mich beeile, sage ich mir, schaffe ich es noch, vor Schalterschluß in die Bank zu kommen. Geschwind verlasse ich die Baustelle und brause mit dem Auto nach Castries.

## 16

Die Canadian Imperial Bank of Commerce befindet sich am *William Peter Boulevard*. Mehrmals fahre ich um den Häuserblock, auf der Suche nach einem Parkplatz. „Verflixt und zugenäht", schimpfe ich vor mich hin, und während ich meinen Frust ablasse, erspähe ich eine Parklücke. Gott sei Dank!

Kurz vor Schalterschluß betrete ich die Bank. Nur wenige Kunden halten sich in den Schalterräumen auf. Bei meinem letzten Aufenthalt auf St. Lucia hatte ich ein Bankkonto eingerichtet und Konsul Struckenberg Zeichnungsvollmacht erteilt. Dies schien mir erforderlich, um einen reibungslosen Ablauf des Bauvorhabens gewährleisten zu können. Ich stehe vor dem Bankschalter.

„Can I help you, Sir?" fragt die Bankangestellte und lächelt mich freundlich an.

Wenig später halte ich meine Kundenkarteikarte in der Hand. Sämtliche Bankbewegungen sind ordnungsgemäß verbucht. Je länger ich den Kontoauszug in meiner Hand halte und studiere, um so ärgerlicher werde ich. Und dann treibt es mir die Zornesröte ins Gesicht. Das Konto ist gänzlich abgeräumt.

„Dieser Bastard!" brumme ich vor mich hin.

Bereits einen Tag nach meiner Abreise hatte sich der ehrenwerte Herr Konsul bedient und 15 000 Dollar abgehoben. Auf Struckis Kostenabrechnungen, die er mir monatlich zusandte, war ein derartig hoher Betrag niemals verbucht worden. Daran erinnere ich mich genau, denn ich besitze für Zahlen ein computerähnliches Gedächtnis.

Die wohl größte Unverfrorenheit jedoch ist, daß Strucki innerhalb weniger Wochen alle von mir einbezahlten 40 000 Dollar abgehoben hat. Schlagartig wird mir eines klar: Anstatt mit den Geldern meinen Hausbau voranzutreiben, wie vereinbart, hat der alte Halsabschneider seine Schulden beglichen und sich ein schönes Leben gemacht.

Ich bedanke mich bei der zuvorkommenden Bankangestellten und verlasse die Bank. Ich nehme mir vor, die Sache einstweilen auf sich beruhen zu lassen. Mal abwarten, wie sich die Angelegenheit entwickelt. Ich habe Zeit und die Geduld eines Elefanten.

Die kommenden Tage vergehen wie im Flug. Täglich tauchen bei dem ehrenwerten Herrn Konsul Gläubiger auf, die auf Bezahlung seiner Verbindlichkeiten drängen. Sogar Handwerker sind darunter, denen Strucki noch Lohn schuldet. Ihm gegenüber erwecke ich den Anschein, als hätte ich von den Vorgängen nicht die geringste Ahnung. Da der alte Halsabschneider viel außer Haus ist, kann ich so einiges in Erfahrung bringen.

Letzte Nacht ist der Herr Konsul sehr spät nach Hause gekommen. Er war betrunken. Ich konnte nicht schlafen, da ich vergeblich auf einen Anruf meiner Frau aus Deutschland wartete. Seit Tagen schon sitze ich wie auf Kohlen. Vielleicht wird sie von der Kripo beschattet?

## 17

In aller Herrgottsfrühe schrillt das Telefon. Schlagartig bin ich hellwach. Das kann nur für mich sein, sage ich mir und springe aus dem Bett. Auf dem Kleiderstuhl liegt meine Turnhose. Flink greif ich sie mir und schlüpfe hinein. Barfuß laufe ich über den Balkon. Bin schrecklich aufgeregt – das muß Gaby sein! Das Herz schlägt mir bis zum Hals.

„Hier bei Struckenberg", rufe ich in den Hörer. Nichts rührt sich. Da ist lediglich ein Knistern und Rauschen in der Leitung. „Hier bei Struckenberg", rufe ich ungeduldig.

Dann eine weibliche Stimme.

„Ja, Christel!?" sage ich überrascht. Meine Schwester – wir haben ein sehr gutes Verhältnis zueinander und haben uns immer gegenseitig geholfen. Gaby traut sich nicht anzurufen, da sie befürchtet, von der Rosenheimer Kripo beschattet zu werden. Die Polizei spielt total verrückt. Gaby wird fast täglich von der Kripo vernommen. Aber sie weiß von nichts!

Die Rosenheimer Sparkasse hat bisher 20 000,– DM zu meiner Ergreifung ausgesetzt. Hartnäckig hält sich auch das Gerücht, daß mir bereits Kopfgeldjäger auf den Fersen sind. Nach und nach erfahre ich Einzelheiten und Wissenswertes über den Stand der Ermittlungen gegen mich. Die Presse hat sich wie eine gierige Hyäne auf meinen Fall gestürzt, sagt meine Schwester.

„Die Rosenheimer schreiben nicht gut über dich, Siegfried. Da steckt sicherlich dieser Schweier von der Kripo dahinter. Und erst der Jürgen, dein feiner Komplize. Der hat dich ganz schön belastet. Legte gleich ein Lebensgeständnis ab, der Feigling.

Eines kann ich nicht verstehen, Siegfried. Wie konntest du dich nur mit dem Jürgen einlassen?" Christel bestellt mir noch Grüße von Gaby und gibt mir ein Bussi von Oliver. Dann ist die Leitung wieder tot.

Das Telefonat mit meiner Schwester geht mir nicht aus dem Kopf. An Schlaf ist nicht mehr zu denken. Ruhelos wälze ich mich im Bett hin und her. Ich bin deprimiert. Oliver fehlt mir sehr und Gaby auch. Das macht mich unglücklich. Was gäbe ich nur dafür, wenn ich meine Frau und die Kinder um mich haben könnte? Und dann denke ich mir, hoffentlich läßt Gaby sich von der Kripo nicht über den Tisch ziehen.

6.00 Uhr. Strucki, der besoffene Kerl, schläft noch. Ich wälze mich aus dem Bett. Ohne zu frühstücken, fahre ich nach *Smugglers Village*. Dort verbringe ich viele Stunden meiner Freizeit. Ich schwimme im Pool und lerne Englisch-Vokabeln. Mein Schulenglisch ist zwar nicht schlecht, aber bei weitem noch nicht perfekt. Mit der Umgangssprache komme ich überraschend gut zurecht, aber wenn sich die Einheimischen in *Patois*, dem kreolisch-französisch angehauchten Dialekt, unterhalten, stehe ich da wie der Ochs vorm Berg.

*Smugglers Village* ist ein schmuckes Bungalow-Dorf. Es liegt an der Nordspitze St. Lucias im Gebiet des Cap Estates und besitzt einen eigenen Sandstrand. Der hat jedoch so seine Tücken. Ich vermeide es, den Sandstrand barfuß zu betreten oder im offenen Meer zu schwimmen. Die vom Atlantik heranrollende Brandung ist äußerst stürmisch und unberechenbar, und dann sind da noch jene stachligen Tierchen, denen ich aus dem Weg gehe, denn es ist alles andere als ein Vergnügen, barfuß auf einen Seeigel zu treten.

Das alles hat zwar bei Gott nichts mit *Smugglers Village* zu tun, obwohl Architekt Struckenberg es gewesen war, der für das schmucke und ruhig daliegende Bungalow-Dorf die Baupläne gefertigt hatte. Weshalb er dann letztendlich aus seinem Vertrag gefeuert wurde, vermag ich nicht mit hundertprozentiger Sicherheit zu sagen. Ist mir ja egal, wenn mir auch zu Ohren gekommen ist, daß es zwischen dem ehrenwerten Herrn Konsul Struckenberg und dem Manager des Cap Estates zu schwerwiegenden Unstimmigkeiten gekommen sei.

Ich für meine Person jedenfalls fahre gerne hierher und sitze auf der vor Hitze und Regen geschützten Terrasse und trinke meinen Kaffee, genieße den herrlichen Ausblick aufs brandende Meer, und wenn die hochstehende Sonne droht, mein Blut zum Kochen zu bringen, steige ich die wenigen Stufen zum Pool hinab und stürze mich kopfüber ins wohltuende Naß, denn da gibt es keine Seeigel.

## 18

Anfang Juli 1982. Es ist verdammt heiß. Das Thermometer am Swimmingpool des „St. Lucian Hotels" zeigt 91° Fahrenheit an. Das entspricht etwa 33° C. Sanft rollt die See gegen die Beach und leckt mit gierigen Zungen den schneeweißen Sandstrand. Die Sonne steht hoch am Himmel.

An eine Kokospalme gelehnt, sitze ich auf einem weißblau-gestreiften Handtuch und gebe mich der Erinnerung hin. Seit eineinhalb Monaten bin ich nun schon hier auf St. Lucia. Jürgen, mein vermeintlicher Freund, hat mich an die Kripo verraten und Interpol auf meine Fährte gesetzt.

Bei Strucki war es unerträglich geworden. Ich hab's nicht mehr ausgehalten. Eines Tages war er mit einer schrecklich aufgedonnerten Lady aufgetaucht. Sie ist mit einem schottischen Juwelier verheiratet, und ihr lüsterner Blick war nicht zu übersehen. Jeden Tag haben sie es miteinander getrieben, der ehrenwerte Herr Konsul und besagte Juweliersgattin, daß ich glaubte, das Haus stürze ein. Und wie das Bett gequietscht und geknarzt hat. Das war selbst für Tarzan, Struckis Hund, zuviel gewesen. Fluchtartig hatte er das Weite gesucht und war jedesmal winselnd unter die Wohnzimmercouch gekrochen. Er hat mir so richtig leid getan, der Tarzan. Tage später hatte das mannstolle und unersättliche Flitscherl auf der Terrasse gesessen und auf den Herrn Konsul gewartet. Ich stand in der Küche vor der Anrichte und belegte ein Sandwich. Plötzlich greift mir eine Hand zwischen die Beine und packt mich von hinten an den Eiern. Da bin ich vielleicht erschrocken. Und dann hat sie mir mit ihrer heiseren Stimme ins Ohr geflüstert: „Na, du starker Bayer, du, willst du mich nicht vögeln? Jetzt gleich? Hier in der Küche!?"

Und dann hatte sie mir ihre Zunge ins Ohr gesteckt. Einfach widerlich. Sie war angesoffen gewesen und hatte furchtbar nach Whiskey gestunken. Angesoffene Weiber fick' ich nicht. Nicht mal eine stinkreiche Juweliersgattin. Kann es nämlich nicht leiden, wenn Frauen nach Alkohol riechen.

Und dann der Ärger mit Strucki. Habe ihn wegen der Unterschlagung der Baugelder zur Rede gestellt. Ganz empört hatte er getan und alles abgestritten. Mir blieb nichts anderes übrig, als ihn fristlos zu feuern. Geld hatte er auch keines mehr. Nicht mal mehr für Zigaretten. Strom und Telefon waren bereits vor Tagen gesperrt worden.

„Wenn Sie jünger wären, Sie gottverdammter Halsabschneider", hatte ich zu ihm gesagt, „würd' ich Sie verdreschen, daß Ihnen Hören und Sehen vergeht. Aber an so einem alten Knacker wie Sie vergreif' ich mich nicht."

Noch am selben Tag hatte er mir seinen wahren Charakter gezeigt. Reumütig und wie ein geprügelter Hund ist er zu seiner holden Gattin zurückgekrochen. Jetzt führen Herr und Frau Konsul wieder einen gemeinsamen Haushalt. Die alte Beißzange wohnt bei Strucki und hält den guten Jan mit der bereits in früheren Jahren praktizierten Scheckbuchdiplomatie bei Laune.

In der Nähe des Highways habe ich ein kleines Häuschen gemietet. Nichts Besonderes, aber ich bin zufrieden. Ich fühle mich unglücklich. Meine Frau ist der Grund. Irgend etwas stimmt da nicht. Jedesmal, wenn ich sie bei ihrer Freundin, einer ehemaligen Angestellten von mir, anrufe, überhäuft sie mich mit Vorwürfen. Und auf die Frage, wann sie denn endlich mit Oliver kommt, versucht sie mich mit Ausreden hinzuhalten. Es gäbe noch eine Menge zu erledigen, sagte sie gestern am Telefon. Aber das ist gelogen – das fühle ich. Und als ich mich nach meinem Oliver erkundigte, meinte sie lapidar, daß er bei ihren Eltern in Esslingen sei. Dort ginge es ihm gut.

„Verdammt noch mal, Gaby!" hatte ich in den Hörer gebrüllt. „Schau zu, daß du mit Oliver rüberkommst. Wie lange, glaubst du, macht die Kripo das Spielchen noch mit? Was, wenn sie dich unter einem fadenscheinigen Vorwand in Beugehaft nehmen, um mich unter Druck zu setzen? Was dann? Und denk doch mal an Oliver, verflixt und zugenäht!"

„Das wird die Kripo nicht wagen", hatte sie unsicher geantwortet.

„Bist du so naiv oder tust du nur so?" Ich war wie vor den Kopf gestoßen. Dann knackte es in der Leitung, und das Gespräch war unterbrochen.

Ich schwitze, wie in der Sauna. Und wie ich so vor mich hinschwitze, kommt seewärts eine laue Brise auf und verschafft mir kurzweilige Erleichterung. Rascheln über mir. Ich schaue nach oben. Da hängen eine Menge grüner Ko-

kosnüsse, und die weit ausladenden Palmwedel schlagen aneinander und spenden etwas Schatten. Trotzdem ist mir nicht wohl in der Haut. Denke da an den Touristen, der ebenfalls unter einer kokosnußbeladenen Palme Zuflucht vor der Sonne gesucht hatte. Jetzt liegt er im Krankenhaus – Schädelbruch!

„So 'ne verdammte Hitze", raune ich vor mich hin. Neben mir im Sand steht meine Badetasche. Ich greife hinein. In der Hand halte ich eine Mango. Das Wasser läuft mir im Mund zusammen. Flink schäle ich sie, und dann beiße ich hinein, in das gelbliche und vollmundig süß schmeckende Fruchtfleisch. Mangos esse ich für mein Leben gern. Sehr gesund und vitaminreich. Indes ich mir die süßliche Tropenfrucht schmecken lasse, schweift mein Blick über die Karibische See. *Offshore* zähle ich fünf Segeljachten. Sie liegen vor Anker und dümpeln im Rhythmus wechselseitiger Dünung. Welch majestätischer Anblick! Ein Anblick, der mich jedesmal aufs neue fesselt.

„Fucking heat", flucht da eine krächzende Stimme, die mich aus meinen Gedanken reißt und die ich zu kennen glaube. Neugierig geworden blicke ich mich um. Dann sehe ich Henry. Er hat es sich auf einem Liegestuhl bequem gemacht. Angewidert schiebt er den Palmblättersonnenhut aus der Stirn und richtet den massigen und krebsrot leuchtenden Oberkörper auf.

„Fucking heat", flucht er abermals.

„Hallo, Henry", rufe ich zu ihm rüber. „Warum schimpfen Sie so? Zu heiß, heute?"

Henry schaut zu mir herüber. Er macht ein furchtbar gestreßtes Gesicht.

„Sieht man das nicht?" brüllte er gereizt. „Explodiere bald. Schwitze wie ein Verrückter."

Mit einer fahrigen Handbewegung wischt er sich den Schweiß aus dem geröteten Gesicht.

„Hier, Henry, fangen Sie", lache ich amüsiert und werfe ihm eine Mango zu. „Die wird Ihnen schmecken."

„Devil, was ist das für 'n Ding?" ruft er überrascht und macht tolpatschige Anstalten, die Mango in den Griff zu bekommen. „Oh, Jesus!" brüllt er. Henry grinst übers ganze Gesicht. „Eine Mango! Ich liebe Manogs!" und ehe ich mich versehe, beißt er hinein und zieht mit den Zähnen die zähe Schale ab.

Henry ist Texaner. Ein sympathischer Bursche. Kennengelernt habe ich ihn vor einigen Tagen in *Pats Pub* zur Happyhour. Das *Pats Pub* ist ein beliebtes Restaurant und liegt an der *Rodney Bay*. Gemeinsam waren wir vor der Hitze des Tages geflüchtet und hatten einige kühle Bierchen gezischt.

Plötzlich ertönt eine Frauenstimme. „Oh... Hey... Mister Bavarian! Nice to see you."

Heiland, durchfährt es mich wie der Blitz. Das auch noch! Hinter Henrys massiger Gestalt taucht ein lächelndes Gesicht auf, mit schrecklich grellfarbigen Lockenwicklern auf dem Kopf. Das ist Henrys Angetraute. Sie sieht aus wie ein bunt gesprenkelter Blumenkohl. Seitdem ich ihr erzählt habe, daß ich in Bayern geboren bin, nennt sie mich stets *Mister Bavarian*.

„Hey, Heather!" begrüße ich sie. „How are you?" Sie schenkt mir ihr mütterliches Lächeln, und dann haucht sie ein jungfräuliches keusches: „Fine, Mister Bavarian."

Heather ist alles andere als jungfräulich und keusch. Sie säuft gelegentlich wie ein Loch, und wenn sie einmal so richtig angesoffen ist, wird sie zu einer liebeshungrigen Hyäne, und dann quetscht sie mich jedesmal an ihre melonengroßen Brüste.

Im *Luzifers*, das ist die Disko im „St. Lucian Hotel", haben wir mal zusammen Tango getanzt. Heather ist eine leidenschaftliche Tangotänzerin. Da hat sie mich in den

Clinch genommen und mich so fest an ihren Superbusen gedrückt, daß mir ganz schwindlig geworden ist.

Obschon Heather gelegentlich mal ein Gläschen über den Durst trinkt, ist sie eine liebenswerte, hübsche und freundliche amerikanische Lady in den besten Jahren, mit der Neigung, wie ein Wasserfall zu reden. Um einer langwierigen und nervenraubenden Diskussion zu entgehen, springe ich flink auf und stecke das weiß-blau gestreifte Handtuch in meine weiß-blau-gestreifte Badetasche und schlüpfe in meine weiß-blau-gestreiften Gummilatschen.

„Have a nice day", verabschiede ich mich und hebe die Hand zum Gruß. Fluchtartig mache ich mich davon.

Meine Kehle ist ausgetrocknet wie nach einem Sandsturm. Ich lasse die Beach hinter mir und überquere, ein bestimmtes Ziel im Auge, den Rasen der Hotelanlage.

Geschafft! Erleichtert lehne ich an der Pool-Bar, die Arme auf den Tresen gelegt. Mein Durst ist fürchterlich.

„Hello, Jill!" rufe ich der Bedienung zu. „Coke on the rocks, please." Jill steht am Ende des Tresens. Über die Schulter hinweg blickt sie mich an, mit ihrem kaffeebraunen Gesichtchen, und als sie mich erkennt, schenkt sie mir ihr frisches Lächeln. Sie lächelt mich immer an, wenn sie mich sieht. Nicht, weil ich ein sonderlich gutaussehender Mann bin. Bei Gott nicht! Ich bin alles andere als ein schöner Mann, mit meinen hart wirkenden und kantig geschnittenen Gesichtszügen und den stechend blauen Augen. Habe mal gehört, schöne Männer seien meist langweilige Typen. Nein, Jill lächelt mich stets an, da ich ihr mal beigestanden bin, als drei angetrunkene Engländer versucht hatten, sie in die Büsche zu ziehen. Das hat sie mir nicht vergessen. Seitdem sind wir befreundet. Geschlafen habe ich mit Jill noch nicht. Aber man kann ja auch miteinander befreundet sein, ohne gleich ans Bumsen zu denken. Wir verstehen uns auch so recht gut.

„Enjoy the coke, Siegfried", sagt Jill und stellt den Drink vor mir auf den Tresen. Sie beugt sich vor. Der Ansatz ihrer kokosnußgroßen Brüste sticht mir ins Auge. Nicht nur das. Der animalisch aufreizende Duft ihres Körpers steigt mir in die Nase und benebelt meine Sinne. Heiliges Kanonenrohr, Siegfried, denke ich. Du wirst ja ganz verlegen. Und bei Gott, ich bin verlegen! In meiner Verlegenheit greife ich das vor mir stehende Glas und leere es in langsamen Zügen.

„Puuh", raune ich erleichtert, „das hat gutgetan. Jetzt ist mir wohler."

„One more, my dear?" fragt Jill. Sie blickt mich an, ohne zu lächeln. Mir wird ganz mulmig zumute. Bewegungslos stehe ich da, wie am Boden festgenagelt. So stehe ich immer da, wenn mich der Blick ihrer großen, schwarzen und feuersprühenden Augen trifft. Schon längst ist mir bewußt geworden, daß Jill mich sehr mag. Ausgerechnet mich, einen von Interpol gejagten Ganoven, knapp 30 Jahre alt. Und sie weiß es, das mit dem Ganoven und den knapp 30 Jahren. Die meisten Bewohner hier auf der Insel wissen es, ohne sich daran zu stören.

„Warum nicht, Jill?" grinse ich.

Während Jill das langhalsige Softdrinkglas mit Eiswürfeln füllt und nachschenkt, unterziehe ich sie eingehender Betrachtung. Sie ist schon ein verteufelt bildhübsches Ding. Schlank ist sie, groß gewachsen, und ihr blauschwarzes Haar ist leicht gewellt, ein Haar, das sie bei der Arbeit hochgesteckt trägt. Doch was mir am besten an Jill gefällt, sind ihre ebenmäßigen Gesichtszüge. Und dann ist da jener samtbraune Teint ihrer Haut, um den ich sie beneide. Lieb sieht sie aus, in ihrer karibischen Tracht, mit dem kariertgeblümten Rock, der ausgeschnittenen weißen Bluse und dem lustig aussehenden Hütchen auf dem schwarzen Haar. Das Mädchen ist wunderhübsch anzusehen und wäre ich nicht schon verheiratet, wer weiß . . .?

Mit einem Zug kippe ich den Drink hinunter. Dann krame ich in meiner Badetasche und frage: „Wieviel macht's denn, Jill?"

„Nichts, Siegfried", und etwas leiser fügt sie noch hinzu: „Hast du keine Zeit mehr? Was machst du denn jetzt?"

Jills Augen funkeln angriffslustig: „Doch kein Mädchen, oder?"

Ich biege den Kopf zurück und lache. Dann küsse ich ihr kleines Näschen und sage: „Aber Jill! Kein Vertrauen zu mir? Nein? Ich geh' zu Ewald rüber. Mit seinem Boot liegt er in der Rodney Bay vor Anker."

„Was? Du gehst zu Ewald? Zu dem Wüstling!" schimpft sie. Jill mag ihn nicht. „Der ist schlecht. Wechselt die Mädchen schneller als andere ihre Unterhose. Der bringt dich nur auf dumme Gedanken."

Ich lache lauthals über Jills Protest, und während ich ihr Gesicht in meine Hände nehme, sage ich beschwichtigend: „Du bist ja ein richtiges Teufelchen. Brauchst dir um mich keine Sorgen zu machen. Hab doch nur dich lieb, Jill."

Jill schmollt. Sie blickt mich an; so richtig zum Liebhaben. Plötzlich sagt sie: „Siegfried, soll ich heute abend bei dir vorbeikommen? Ich koch' dir was Feines. Soll ich?"

„Ja freilich, Jill. Komm nur!" sage ich mit fassungsloser Stimme. „Ich freu mich riesig, wenn du kommst. Gegen sieben bin ich daheim."

„Also dann, Siegfried, bis sieben."

Die Verwunderung steht mir ins Gesicht geschrieben. Noch kann ich es nicht glauben. Jill bei mir daheim. Seit Tagen hatte ich vergeblich versucht, sie zu mir nach Hause einzuladen. Jill gab mir jedesmal einen Korb. Sie sei kein billiges Flittchen, das jedem Weißen nachrennt, meinte sie, damals vor ... Wer weiß vor wieviel Tagen. Zu oft hatte sie mich abblitzen lassen, und jetzt auf einmal? Da versteh noch einer die Frauen.

Kurz darauf verabschiede ich mich von Jill. Über einen

Seitenweg verlasse ich die Pool-Bar. Hinter dem Hotelkomplex befindet sich ein Parkplatz. Da steht mein Auto, im Schatten von Palmen. Noch immer fahre ich den „Honda Civic", den mir seinerzeit Strucki überlassen hat. Natürlich komme ich für die Mietgebühren auf.

Die Karre ist wirklich nichts Besonderes. Ein Auto für Lebensmüde. Letzte Woche, auf der Fahrt nach *Soufriere* zu den Schwefelquellen, wäre es fast um mich geschehen. Hätte nicht viel gefehlt, und ich wäre in eine Schlucht gestürzt. Das linke Vorderrad war abgebrochen. Einfach so, ohne Vorwarnung. Ein Teufelsgerät!

Kurzerhand verstaue ich die Badetasche im Kofferraum. Die wenigen Meter bis zu Ewalds Ankerplatz lege ich zu Fuß zurück. Vorsichtig, den Blick auf den Boden gerichtet, um nicht in den Bau eines Mungos zu treten, durchquere ich ein von Buschwerk und kniehohem Steppengras bestandenes Gelände. Mungos sind mir äußerst sympathisch. Sie fressen Schlangen, und ich hasse Schlangen. Von weitem schon erkenne ich Ewalds Boot. Keine 20 Meter vom buschbestandenen Ufer entfernt, liegt es vor Anker. Es ist eine sloopgetakelte Stahljacht, 29 Fuß lang und überholungsbedürftig, das sieht selbst ein Blinder. Das Schiffchen schreit förmlich nach einem neuen Anstrich. Ich blicke mich um. Von Ewald ist nichts zu sehen.

„Hey, Ewald!" rufe ich. Stille. Nichts rührt sich an Deck. Ich werde ungeduldig.

„Hey, Ewald! Wo bist du? Ich bin's, Siegfried!" brülle ich in Richtung Boot. Sekunden des Schweigens. Na endlich! Im Niedergang taucht ein Kopf auf; blondes, schütteres Haar, Stirnglatze, Vollbart, braungebranntes und rundliches Gesicht – das ist Ewald. Er blickt zum Ufer. Als er mich erkennt, huscht ein Lächeln über sein wettergegerbtes Gesicht.

„Hallo, Siegfried", ruft er. „Das ist 'ne Überraschung. Hätt' nicht geglaubt, daß du dich doch noch blicken läßt!"

„Ein Mann, ein Wort, Ewald", erwidere ich grinsend. „Wenn ich sage, ich komm', dann komm' ich auch."

Schwerfällig kämpft Ewald sich den Niedergang hoch. Könnte Henrys Bruder sein, denke ich amüsiert, den Blick auf Ewalds gewaltigen Bierbauch gerichtet.

„Komm' gleich rüber, Siegfried!" schreit Ewald, und dann macht er sich an einem seltsam aussehenden Ding zu schaffen, das an Steuerbord vor sich hindümpelt. Es ist das marodeste und verkommenste Beiboot, das mir je zu Gesicht gekommen ist. Das Wrack von einem Dingi besteht aus Styropor, ist brüchig und über der Wasserlinie so löchrig wie ein Nudelsieb – ein richtiger Seelenverkäufer. Ewald rudert ans Ufer. Ich halte die Luft an. Das Dingi hängt so schief im Wasser, daß ich glaube, Ewald würde jeden Moment kentern. Gott sei Dank! Er hat's geschafft. Schwerfällig springt er an Land. Wir schütteln uns die Hände. Ewald entschuldigt sich für den schlechten Zustand des Beiboots, und im gleichen Atemzug versichert er mir, demnächst Keules Dingi zu kaufen.

„Wer ist Keule, Ewald?" frage ich nichtsahnend.

„Was? Du kennst Keule nicht?" Ewald ist verwundert. „Den kennt doch jeder hier."

„Na und? Ich kenn' ihn aber nicht. Ist das so schlimm?"

„Nein, das nicht, Siegfried. Aber du wirst ihn noch kennenlernen, den Keule. Ein richtiges Original. Fremdenlegionär. Hat 'ne schnittige Segeljacht. 15 Meter, aus Stahl."

Minuten später. Das Beiboot legt an Steuerbord an. Ein Stein fällt mir vom Herzen – ich lebe noch. Mit neuem Lebensmut klettere ich über die Reling und springe an Bord. Während Ewald das Dingi am Heck vertäut, werfe ich einen flüchtigen Blick ins Innere des Bootes. Aufräumen könnte auch nicht schaden. Unter Deck sitzt ein Mädchen. Die Kleine ist schwarz wie die Nacht und schält Kartoffeln, eine mit Wasser gefüllte Schüssel auf dem Schoß. Sie ist blutjung, hat große Brüste, und bis auf einen weißen Schlüpfer, der unter der Wasserschüssel hervorspitzt, ist sie splitternackt.

Wortlos blickt das Mädchen zu mir hoch, irgendwie herausfordernd, frech. Die Kleine ist sich ihrer weiblichen Reize bewußt. Aus dem Hintergrund ertönt plötzlich Ewalds Stimme: „Meine Haushälterin! Na, was sagst du, Siegfried?"

Ich sage gar nichts und wende mich Ewald zu.

Der grinst mich an: „Nicht schlecht, was?"

Ich nicke. Ihr Name sei Anne, versichert Ewald mir, und sie koche und wasche für ihn. Ich schmunzle. Ohne Ewald anzublicken, sage ich: „Und wer bumst sie? Du etwa nicht?"

Ewald ist empört. „Aber nein, wo denkst du hin. Anne ist doch erst 15."

Eindringlich blicke ich ihm ins Gesicht. „Du Pharisäer", sage ich trocken. „Du scheinheiliger Pharisäer. Du treibst es doch mit Dreizehnjährigen. Wenn nur die Hälfte von dem stimmt, was man sich so über dich erzählt, dann gute Nacht."

Ewald errötet. Er wirkt verlegen.

„Geb dir 'nen guten Rat, Ewald. Laß die Finger von den minderjährigen Mädchen. Laufen doch genügend andere rum. Wenn die Einwanderungsbehörde Wind davon kriegt, was du so treibst, dann möchte ich nicht in deiner Haut stecken. Die reißen dir den Arsch bis zum Stehkragen auf."

Der Schrei einer Stimme schreckt uns hoch. Wie auf Kommando blicken wir zum nahen Ufer. Da steht ein barfüßiger Mann, schlank, braungebrannt, graumeliertes Haar, ausgewaschene blaue Bermudashorts.

„Das ist Keule!" ruft Ewald, und er ruft es fast ehrfurchtsvoll. Mit einer Behendigkeit, die ich dem schwergewichtigen Ewald niemals zugetraut hätte, steigt er ins Dingi und rudert ans Ufer. Wenig später kommt Ewald zurück. Der barfüßige Mann schwingt sich an Deck.

„Ich bin der Keule", begrüßt er mich mit unbewegter Miene.

„Siegfried", sage ich kurz angebunden und schlage in seine dargebotene Hand ein. Keule hat einen festen Händedruck, und trotz der tropischen Hitze wirkt sein Gesicht wie eingefroren – ein männliches Gesicht, durchzogen von einer Vielzahl dünner Fältchen. Ich habe einen Blick für Kämpfernaturen, und der Kerl da vor mir ist eine Kämpfernatur, ein knallharter Typ, schwer einzuschätzen, sicherlich ein Mann mit vielen Gesichtern. Wir lassen uns in der Plicht nieder, Keule mit Blick zum Niedergang. Er hat Anne in der Kajüte ausgemacht. Keule spricht kein Wort. Unruhig wandert sein Blick zwischen Ewald und dem Mädchen hin und her. Ich spüre förmlich die Spannung, die zwischen den beiden Männern liegt.

Dann aber entwickelt sich ein angeregtes Gespräch. Etwa eine halbe Stunde später verabschiede ich mich.

Keule sagt: „Du, Bayer! Wenn du Lust hat, kannst ja mal bei mir vorbeischauen. Kennst du die A-Frame?"

Ich nicke.

„Da liege ich am Steg", sagt Keule. „Kannst mich gar nicht verfehlen."

Die A-Frame ist eine aus drei A-förmigen Bungalows bestehende Wohnanlage. Sie liegt an der Rodney Bay in unmittelbarer Nähe des Highways.

„Alles klar, Keule", sage ich. „Wenn's dir recht ist, komm ich gleich morgen früh vorbei. Wann paßt's dir denn?"

„Egal! Bis 11.00 bin ich sicher da!"

„Also dann, bis morgen."

Wenig später rudert Ewald mich ans nahe Ufer. Erleichtert springe ich an Land. Ich bin unendlich froh, wieder festen Boden unter den Füßen zu haben. Allein der Gedanke an Ewalds selbstmörderisches Dingi läßt mir die Nackenhaare zu Berge stehen. Ich mache mich auf den Weg zu meinem Auto. Will noch zur Baustelle hoch.

## 19

Roter Staub wirbelt auf. Die Straßen im Cap Estate sind holprig und in einem bemitleidenswerten Zustand. Auf Höhe meiner Baustelle bringe ich den Honda zum Stehen. Das Wohngebiet hier oben an der Nordspitze St. Lucias ist noch dünn besiedelt. Es herrscht eine beruhigende Stille, und nichts ist zu spüren von jener Hektik, die ich von Deutschland her gewohnt bin.

Und dann sitze ich auf der massiven Grundstücksmauer. Die bunten Natursteine fühlen sich warm an. Hier werde ich eines Tages leben, sage ich mir, mit meinen Söhnen und meiner Frau, so Gott will.

Längst ist mir eines klargeworden: Meine Frau ist der größte Unsicherheitsfaktor in meinem Leben. Sie ist oftmals leichtlebig, unzuverlässig und hat diese verfluchte Neigung zum Trinken. Um meiner Sicherheit willen müßte ich sie verlassen. Aber ich kann sie nicht alleinelassen, ich liebe sie. Was werden sie jetzt gerade tun, in Deutschland, meine Frau und meine Söhne Oliver und Udo? Wann werde ich sie wiedersehen, hier auf St. Lucia in die Arme schließen dürfen? Der Gedanke treibt mir das Wasser in die Augen. Ich hänge sehr an meinen Söhnen, mehr noch als an meiner Frau. Meine Söhne sind mein Leben. Um Udo, meinem Erstgeborenen, mache ich mir momentan weniger Sorgen. Auf seine Mutter, eine Lehrerin, ist Verlaß. Der Bub ist in guten Händen. Seit fünf Jahren bin ich nun schon geschieden. War es ein Fehler gewesen, frage ich mich. Plötzlich schwebt Olivers dreijähriges Gesichtchen vor meinen Augen, wie eine Fata Morgana – jenes weiche und liebe Gesichtchen mit den großen und dunklen Kinderaugen und dem verschmitzten Lächeln auf den Lippen. Ein Gefühl der Einsamkeit befällt mich. Mehr noch, ich fühle mich hundeelend, verlassen und gejagt. Ich fühle mich so, wie sich ein Mann fühlt, der das Liebste hat zurücklassen müssen: seine Familie.

„Verdammt, verdammt noch mal", raune ich und lasse den Blick in die Ferne schweifen, ein Paradies vor meinen Augen. Da ist die Karibische See und da sind im Winde sich wiegende Kokospalmen, und die vollen Blüten der Büsche und Sträucher wetteifern mit dem satten Grün der Wiesen. Dann ist da noch in weiter Ferne die Rodney Bay. Wie eine gigantische Zunge bohrt sie sich in die buschbestandene Landschaft. Wie winzige Farbkleckse liegen Segeljachten vor Anker. Zu meiner Rechten mache ich St. Lucias Nationalpark aus, bekannt unter dem Namen *Pigeon Island*, die Taubeninsel. Ganz weit droben, auf dem höchsten Punkt der Insel, erheben sich die geschichtsträchtigen Ruinen von *Fort Rodney* in den abendlichen Himmel. Ich bin umgeben von der Schönheit tropischer Natur und der Weite der See, vom betörenden Duft bunt blühender Blumen, und die vom Meer heraufwehende Brise, lau und angenehm, spielt in meinem Haar. Trotz alledem fühle ich mich nicht glücklich. Ich bin bedrückt. Und jedesmal wenn mich jene bedrückende Gemütsverfassung in den Würgegriff bekommt und meine Seele zu erdrücken droht, überkommt mich diese unbändige Wut und Verachtung gegenüber einem vermeintlichen Freund, der mich verraten hat und dem ich durch sein stümperhaftes Vorgehen zu verdanken habe, daß ich nun hier sitze, verlassen und alleingelassen, getrennt von Frau und Kind. Wie ein glutroter Feuerball versinkt die Sonne in den Fluten der Karibischen See. Dann fällt die Dunkelheit herein, plötzlich und schwarz, und der aufziehende Mond spendet spärliches Licht.

Noch immer verweile ich auf der Mauer, und noch immer fühlt sie sich warm an. Ein angenehmes Gefühl. Doch ein weit angenehmeres Gefühl, als hier zu sitzen, ist, kein Asthma mehr zu verspüren. Ein unbeschreibliches Gefühl, endlich mal wieder frei von Beklemmungen atmen zu können, nicht mehr die Geisel seiner Krankheit zu sein. Welch ein Gefühl! Als Preis dafür habe ich jedoch meine uneingeschränkte Freiheit verloren, die Freiheit, mich frei von Ängsten bewegen zu dürfen, ohne von der Polizei wie ein Schwerverbrecher gejagt zu werden. Welch ein Preis!

Erschreckt fahre ich hoch. Ich werfe einen hastigen Blick auf meine Armbanduhr. „'s wird Zeit, Siegfried", raune ich vor mich hin. Immer wenn ich hier oben bin, scheint es für mich keine Zeit zu geben, denn ich liebe es, hier oben zu sein und die Zeit verstreichen zu lassen und in längst Vergangenem zu schwelgen. Doch das Gefühl der Einsamkeit und des Verlassenseins läßt mich nicht los; ein verdammtes, ein aushöhlendes Gefühl. Alleinsein in einem fremden Land unter fremden Menschen ist nicht gut, nicht mal für einen Einzelgänger wie mich.

Jill kommt mir in den Sinn. Freue mich so richtig auf sie. Schon längst habe ich das Gefühl vergessen, eine Frau in den Armen zu halten, nur festzuhalten, ohne gleich mit ihr schlafen zu wollen, ihren anschmiegsamen Körper zu fühlen in dem Wissen, geliebt oder zumindest gebraucht zu werden. Behende klettere ich von der Mauer und durchquere das verwilderte Grundstück. Dann starte ich den Wagen und fahre zur Rodney Bay.

Vor dem Büro von *Stevens Yacht*, weltweit bekannt für Boots-Charter, halte ich an. Kurzerhand betrete ich das Holzgebäude. Ich bin nervös. Da ist der Sammelpostkasten. Wieder nichts für mich! Unter P.O. Box 928 wird die aus aller Welt eingehende Post, vornehmlich für Skipper, aufbewahrt. Sicherheitshalber begebe ich mich zum Schalter und frage nach Post.

„Alles, was wir an Post haben, liegt in den Fächern", sagt die Mulattin.

Warum schreibt Gaby nicht, frage ich mich. Verdammt noch mal, was ist bloß los? Nachdenklich geworden, verlasse ich das Büro. Unvermittelt fällt mein Blick auf den Bootssteg von *Stevens Jacht*. Zu beiden Seiten des Stegs liegen sieben stattliche Segeljachten. Vom Mond beschienen, machen die Boote auf mich einen beruhigenden und majestätischen Eindruck.

### 20

Das neue Haus, in dem ich wohne, seitdem ich bei Strucki ausgezogen bin, steht auf einer Anhöhe, etwa eine Meile von der Rodney Bay entfernt. Meine Nachbarn sind Einheimische, Farbige, wie mein Vermieter. Ich kenne ihn aber nicht. Seit zwei Wochen wohne ich nun schon hier. Marco hat mir das Haus vermittelt. Er ist ein guter Bekannter und Animateur im „St. Lucian Hotel". Zudem ist er ein polyglotter Zeitgenosse, stets freundlich und entgegenkommend, Südtiroler, und mit einem Mädchen aus St. Lucia befreundet. Geräusche vom Highway dringen zu mir herauf. Der Highway ist St. Lucias einzige Hauptverkehrsstraße, die die wichtigsten Ortschaften der Insel miteinander verbindet.

Ich stehe in der Küche und jage hinter Fröschen her.

„Mistviecher, gottverdammte", schimpfe ich. „Haut schon ab."

Aus dem Spülbecken springt mir ein Frosch genau vor

die Füße. Der Ochsenfrosch ist so groß wie eine Männerfaust. Blitzschnell greife ich mir einen Eimer und stülpe ihn über den Frosch. Eklige Viecher, denke ich. Es ist mir ein Rätsel, wie die faustgroßen Frösche es schaffen, sich durch jenes kleine Loch in der Haustüre zu zwängen. Wo ich nur hinschaue, Frösche. Überall Frösche. Frösche auf dem Fußboden, dem Fensterbrett, im Spülbecken und Frösche auf den Küchenregalen. Ich raufe mir die Haare – es ist zum Verzweifeln. Seit zwei Tagen nichts als Frösche. Wie wild jage ich hinter einem Superexemplar von Frosch her.

Es ist schwül und ich schwitze. Der Puls hämmert hinter meinen Schläfen wie ein Dampfhammer. Kein Wunder, seit annähernd 20 Minuten jage ich schon hinter den verflixten Viechern her. Nachdem ich es endlich geschafft habe, die Frösche aus dem Haus zu scheuchen, nagle ich das Loch in der Haustüre zu.

„So, das war's wohl", stöhne ich und entspanne meinen schwitzenden Körper. Tief ziehe ich die laue Abendluft in meine Lunge. Es tut gut. Das Schlagen einer Autotür schreckt mich hoch. Dann Schritte. Schritte, die aufs Haus zukommen.

Blitzschnell trete ich aus dem Lichtkegel der Haustüre und schalte das Licht aus. Meine Nerven sind zum Zerreißen angespannt. Ruhig bleiben, Siegfried, rede ich mir zu. Ein flüchtiger Blick auf meine Armbanduhr. Kurz nach 6.00 Uhr. Jill kann's noch nicht sein! Ausgemacht war 7.00 Uhr! Verdammt, wer ist es dann? Kopfgeldjäger? Auf meinen Kopf ist eine stattliche Belohnung ausgesetzt!

Geräuschlos ziehe ich die unterste Küchenschublade heraus. Das Eisen in der Hand fühlt sich gut an und gibt mir Sicherheit, wirkt beruhigend. Lautlos entsichere ich den Revolver und spanne den Hahn. Knirschen von Kieselsteinen. Das Brechen eines Holzstücks. Dann Stimmen und sich nähernde Schritte. Frauenstimmen? Zweifelsfrei, das sind Frauenstimmen! Ich glaube, Jills Stimme zu erkennen.

„Jill! Bist du's?" rufe ich in die Dunkelheit hinein.

„Ja, Siegfried, ich bin's, und Mary. Mach doch bitte mal Licht."

Befreit von einer Zentnerlast, knipse ich das Licht an. Den Revolver lasse ich geschwind in der Schublade verschwinden. Verdammt noch mal, überlege ich, wer ist eigentlich Mary? Und dann stehen sie vor mir, Jill und Mary.

„Hallo, ihr zwei!" begrüße ich sie lachend.

„Good evening, Sir", piepst Marys Stimmchen. Sie ist ein liebes kleines Mädchen, ein neckisches Ding.

„Das ist Mary, meine Schwester." Jill lächelt und küßt mich auf den Mund. Ich bin verwirrt. Jill hat mir nie erzählt, daß sie eine kleine Schwester hat. In meiner Verwirrung wende ich mich erneut an Mary. „Du bist aber eine Hübsche", sage ich. Schmunzelnd bücke ich mich zu der Kleinen hinab und nehme sie auf den Arm. „Wie alt bist du denn, Mary?"

Mary ist verlegen. Schüchtern, mit einem Seitenblick zu ihrer großen Schwester, sagt sie: „Drei Jahre, Sir."

Wie mein Oliver, denke ich. Wir gehen ins Haus. Ich schenke der Kleinen eine Tafel Schokolade. Marys schwarze Augen leuchten vor Freude. Es ist ein gutes Gefühl, Kindern eine Freude machen zu dürfen. Noch immer hält Jill die Einkaufstasche in der Hand. Kurzerhand nehme ich sie ihr ab und stellte die mit Lebensmitteln gefüllte Tasche auf die Anrichte.

Verwundert blickt Jill sich um. „Ja, um Himmels willen, Siegfried! Wie schaut's denn hier aus?"

Ohne lange Umschweife erzähle ich Jill die Geschichte von den Fröschen. Jill und Mary lachen vergnügt. Mit geübter Hand sorgt Jill für Ordnung. Dann packt sie die Lebensmittel aus und macht sich ans Kochen. Auf meine Frage hin, was es denn Gutes zum Essen gäbe, erwidert Jill: „Sei nicht so neugierig, Siegfried. Laß dich einfach mal überraschen."

Mary steht auf einem Hocker vor dem Spülbecken und plantscht im Wasser. Sie wäscht grünen Salat. Ich bin zur Untätigkeit verurteilt. Es ist mir peinlich, wie ein Nichtstuer rumzustehen, und so frage ich Jill, ob ich mich beim Kochen nicht nützlich machen kann. Die Frage hätte ich mir sparen können. Jill maßregelt mich und meint, Kochen sei Frauenarbeit. Ich würde nur stören und soll zusehen, daß ich schleunigst aus der Küche verschwinde. Unmißverständlich gibt sie mir zu verstehen, was sie davon hält, wenn Frauen Männerarbeit und Männer Frauenarbeit verrichten, wie im zivilisierten Deutschland. Und so gebe ich mich dem Nichtstun hin. Angelehnt an den Türrahmen und außer Jills Reichweite, betrachte ich die beiden Schwestern. Die beiden sind hübsch anzusehen, und bei Gott, sie sind karibische Schönheiten, jede auf ihre Art.

Mary, kindlich lieb und unschuldig, trägt das lange, schwarze Haar zu Zöpfchen geflochten. Zusammengehalten werden die Zöpfchen durch zwei Gummibänder, die mit bunten Glasperlen verziert sind. Das kaffeebraune Gesichtchen ist weich und mädchenhaft, einfach zum Liebhaben und Knuddeln. Und dann Jill, mein Gott, Jill. Mir wird ganz heiß, wie sie da vor dem Gasherd steht. Die weiße Jeans schmiegt sich wie eine zweite Haut an ihren Unterleib und betont die unverschämt aufregenden Rundungen ihres kleinen und knackigen Pos. Dann trägt sie noch eine weit ausgeschnittene und geblümte Bluse, die mein Blut zum Wallen bringt. Darf gar nicht daran denken, welche erotischen Herrlichkeiten sich darunter verbergen. Das schulterlange Haar hat Jill zu einem Pferdeschwanz gerafft. Im Lichtschein glänzt es wie schwarzer Samt.

Jill ist eine Schönheit. Manchmal glaube ich, sie ist sich ihrer erotischen Ausstrahlung gar nicht bewußt, die sie auf Männer ausübt. Jills Anblick, ihr biegsamer Körper und ihre jugendliche Frische treiben mir die Hitze ins Gesicht. Ich bin völlig wehrlos, und angetrieben von einer unsichtbaren Macht trete ich hinter Jill. Zärtlich lege ich meine Arme um ihre grazile Taille, und während ich meinen Körper gegen den ihren presse, küsse ich Jills schlanken Hals. Jill erschaudert. Ihr kleiner und fester Po drängt sich gegen meine Lenden.

Ein helles Stimmchen reißt mich aus allen Wolken: „Du Jill, was macht der Onkel da?" Die Kleine blickt uns mit tadelnder Miene an. „Ich will nicht, daß er das macht." Mary schmollt. „Das sage ich der Mama."

Vergnügt sage ich: „Aber Mary! Ich habe deine Schwester sehr lieb."

Mary hebt ihr Gesicht. Mit ernster Miene sagt sie: „Hast du mich dann auch lieb, Onkel, weil doch Jill meine große Schwester ist?"

Ich lache: „Ja freilich, Mary. Ich hab dich auch lieb." Ich bücke mich und küsse die Kleine auf die Wange.

„Das kitzelt aber", kichert die Kleine, und dann berührt sie ihre Wange genau an jener Stelle, wo ich sie soeben geküßt habe.

Jill blickt mich an. Sie spricht kein Wort. Ist auch nicht nötig. Ihr leidenschaftlicher Blick spricht Bände. Erneut dränge ich mich an Jills Körper. Mein Mund ist ganz nah an ihrem Ohr. „Jill, ich will dich", füstere ich. „Ich will mit dir schlafen. Willst du, Jill?"

Noch immer spricht Jill kein Wort. Sie blickt mich nur an. Kein Muskel zuckt in ihrem hübschen Gesicht. Das Blut schießt in meine Lenden. Blitzschnell wende ich mich ab von Jill und gehe vor die Tür. Teilnahmslos blicke ich zum nächtlichen Himmel. Jetzt brauche ich frische Luft. Marys Stimmchen dringt nach draußen. „Du, Jill, warum geht der Onkel vor die Tür? Hast du das Böses gesagt? Du sollst nichts Böses sagen, weil er mir dann keine Schokolade mehr schenkt."

Marys kindlich unschuldigen Worte belustigen mich. Ich schmunzle. Kinder sind doch überall gleich lieb, sage ich mir, und dann bin ich mit meinen Gedanken plötzlich bei meinen Söhnen.

Das Essen schmeckt vorzüglich. Das Beste, was ich seit langem vorgesetzt bekommen habe: Kreolischer Fleischtopf, scharf gewürzt, mit schmackhaftem Gemüse, grüner Salat, und zum Nachtisch serviert Jill eine Art Sahnepudding mit Rosinen und Wasser- und Honigmelone.
Satt und zufrieden lehne ich mich im Stuhl zurück. Ich lobe Jill über alle Maßen und versichere ihr, nicht nur bildhübsch, sondern obendrein noch eine Superköchin zu sein. Jill strahlt übers ganze Gesicht.
„Du Schmeichler", haucht sie und drückt meine Hand.
Die beiden Mädels besorgen den Abwasch – ich darf ja nicht. Wenig später sitzen wir um den Tisch, jeder einen Drink vor sich. Es entwickelt sich eine fröhliche und ungezwungene Unterhaltung. Wir lachen über dies und das und erzählen Geschichten. Mary wird immer stiller. Sie reibt sich die Augen. Die Kleine wirkt schläfrig. Und dann sagt sie: „Du, Jill! Ich bin müde. Möchte ins Bett gehen."
Jill schaut mich fragend an.
„Kein Problem", grinse ich. „Im Gästezimmer steht ein großes Bett."
Während Jill ihre kleine Schwester zu Bett bringt, gehe ich unter die Dusche. Das kalte Wasser wirkt belebend und prickelt wie Nadelstiche auf der Haut. Welch eine Wohltat, sich nach der Hitze des Tages den Schweiß vom Körper waschen zu können. Fühle mich wie neu geboren. Plötzlich wird der Duschvorhang zurückgezogen. Eine weibliche Gestalt huscht herein.
„Duuu, Jill?" stoße ich ungläubig hervor. Das Mädchen ist nackt, wie Gott es schuf. Ihr Körper ist noch atemberaubender, als ich es mir hätte erträumen lassen. Wie hypnotisiert ergötze ich mich an Jills Nacktheit, dem schlanken und biegsamen Körper, dem flachen Bauch, dem dichten Haar

ihrer Scham und an jenen festen und runden und wundervollen Brüsten, die mich so faszinieren.

„Was schaust du mich so entgeistert an, Siegfried? Ich bin's, Jill", lächelt sie. „Noch nie 'ne nackte Frau unter der Dusche gesehen, my dear?"

Jills Blick wandert meinen Körper hinab. Ihr Gesicht wirkt wie in Bronze gegossen. Ihre Augen leuchten. Wie zu einer Salzsäule erstarrt stehe ich da. Der Druck in meinen Lenden wird unerträglich. Jills Hände umfassen meinen Hintern, und dann preßt sie ihren Unterleib gegen meinen Phallus und verfällt in rhythmisch kreisende Bewegungen, Bewegungen, die mich zum Wahnsinn treiben. Unentwegt prasselt das Wasser auf unsere Körper . . .

Mitternacht. In Gedanken versunken steuere ich mein Auto heimwärts. Das Fenster auf der Fahrerseite ist weit geöffnet. Die laue Nachtluft tut mir gut. Sie ist erfüllt vom Quaken der Frösche und Zirpen der Grillen, dem Donnern der Meeresbrandung und den geheimnisvollen Geräuschen des Busches, der sich zu beiden Seiten des Highways hinzieht. Der schönste Abend seit meiner Flucht aus Deutschland liegt hinter mir.

Vor wenigen Minuten habe ich Jill und die kleine, verschlafene Mary vor ihrer Haustür abgesetzt. Zusammen mit ihren Eltern bewohnen sie ein schmuckes Häuschen in der Nähe von Castries. Jills Vater ist Regierungsbeamter, die Mutter versorgt den Haushalt und ist, obwohl sie katholisch ist, glühende Anhängerin des Voodoo-Kults. Keine Seltenheit in der Karibik.

Ich bin müde, schlapp und ausgelaugt. Mit aller Gewalt versuche ich, die Augen offenzuhalten, nicht einzuschlafen. Verdammt noch mal, was ist das? Schlagartig bin ich hellwach. Ich grinse erleichtert. Eine Kolonie verwilderter Hausschweine trabt grunzend über den Highway, vier Frischlinge im Schlepptau. Die Viecher sind auf dem Weg zu den Tümpeln an der nahegelegenen Beach, um sich zu suhlen.

Wenig später liege ich in meinem Bett, auf dem Rücken, die Hände im Nacken verschränkt. An Schlaf ist nicht zu denken. Die Moskitos sind heute besonders wild. Ich ziehe das Bettuch über den Kopf. Auf See wäre es weit angenehmer, denke ich. Ein Gedankensprung! Kaum vernehmbar flüstere ich die Namen meiner Söhne vor mich hin. Mit den Gedanken bei Udo und Oliver, schlafe ich ein, irgendwann in den Morgenstunden.

## 21

9.15 Uhr. Es ist heiß, trotz morgendlicher Stunde. Ich schwinge mich ins Auto und mache mich auf den Weg zu Keule. Die Hitze im Wageninneren ist bestialisch – wie im Backofen! Ich biege auf den Highway, es herrscht reger Verkehr. Auf Höhe der *A-Frame Bungalows* biege ich links ab. Der schmale Schotterweg endet unmittelbar am Bootssteg. Schwitzend zwänge ich mich aus dem Auto. Der Abend mit Jill steckt mir noch in den Knochen. Unbarmherzig knallt die Sonne auf meinen Kopf. Ich blicke mich um.

„Suchen Sie wen?" fragt mich eine deutsche Stimme. Hinter einem Mandelbaum taucht eine Blondine auf. Ich kenne die Frau. Sie ist Österreicherin und mit dem Eigentümer der *A-Frame* befreundet.

„Ich such den Keule", sage ich.

„Der muß noch auf dem Boot sein."

Ich gehe zum Bootssteg. Da liegen zwei Jachten. Der Eigner der sloop-getakelten „Swan" ist mir bekannt. Horst ist ein dickbauchiger und rundgesichtiger Österreicher. Ein gemütlicher Bursche. Nicht unrecht und der Freund der Blondine von eben. Die Regierung von St. Lucia hat gegen ihn wegen Waffenschmuggels ein Ausweisungsverfahren angestrengt. Genaueres weiß man nicht. Ist mir auch egal. Kümmere mich nicht um die Probleme anderer. Habe selbst mit genügend Schwierigkeiten zu kämpfen.

Die zweite Jacht ist eine blaue Ketch, eine Stahljacht mit schnittigem Bootskörper. Am Spiegel des Hecks steht der Name „Preußen". Das muß Keules Boot sein. Lautstark gebe ich mich zu erkennen. Zweimal rufe ich nach Keule. Ein Negermädchen taucht an Deck auf und springt vom Vorschiff auf den Steg. Unter dem weißen T-Shirt zeichnen sich riesige Brüste ab.

„Morning, Anne", sage ich grinsend.

„Hey, Mister", gurrt das Mädchen.

Anne läßt ihre Hüften kreisen und tänzelt davon. Ihr geiler Po wackelt wie eine wildgewordene Melone. Keule erscheint an Deck. Mit völlig zerzaustem Haar steht er in der Plicht und winkt mir zu.

„Komm rüber, Bayer", ruft er.

Das laß ich mir nicht zweimal sagen. Ein gewagter Sprung bringt mich an Deck. Grinsend schaue ich in Keules Gesicht.

„Meine Fresse, Keule", sage ich, „die muß dich ja richtig rangenommen haben. Du schaust aus, als wärst mit dem Kopf in 'nen Mähdrescher gefallen."

Keule verzieht keine Miene. „Dieses geile Luder", brummt er. „'s war der beste Fick meines Lebens. Die kann ich dir nur empfehlen."

Aber dann erzählt er mir in der für ihn typisch trockenen Art über sein nächtliches Abenteuer und wie es ihm gelungen war, Anne von Ewald loszueisen. Es ist eine amüsante Geschichte, eine Geschichte zum Lachen. Typisch Keule!

Später dann bitte ich Keule, mir die elementarsten Grundkenntnisse der Segelei beizubringen. „Ich hab vom

Segeln soviel Ahnung wie 'ne Kuh vom Sambatanzen", erkläre ich grinsend.

„Nicht so eilig, Bayer", wimmelt Keule ab. „Das hat noch Zeit. Hast du schon gefrühstückt?"

„Nein, hatte keine Zeit."

Keule macht sich in der Pantry zu schaffen. Während er auf dem Spiritusofen Rühreier zubereitet, sehe ich mich beiläufig im Inneren der Jacht um. Sehr gemütlich. Massive Holzbauweise. Die Einrichtung und die Kojen sind im rustikalen Stil gehalten. Keule bemerkt mein Interesse.

„Alles selbst geschreinert", wirft er beiläufig hin.

Beim Frühstücken und auf meine Frage hin, was er denn bisher so alles getrieben habe, erzählt mir Keule aus seinem Leben, von seiner Zeit in der Fremdenlegion, vom Bau seiner Segeljacht und von seiner Bekanntschaft mit dem englischen Posträuber Ronald Biggs.

„Wir sind gute Freunde geworden", versichert er mir. Keule bemerkt meine Skepsis. Wortlos erhebt er sich und geht auf die Steuerbordseite. Aus einem Regalfach zieht er eine rechteckige und bunt verzierte Blechschatulle. Er stellt sie vor mir auf den Tisch. Eine Menge Fotos kommen zum Vorschein. Mit seinen derben und rauhen Seefahrerhänden wühlt er in der Schatulle. Niemand spricht ein Wort. Ich werde ungeduldig. Ich frage: „Mensch, Keule! Was suchst denn da in der Blechkiste?"

Wortlos hält er mir ein großformatiges Schwarzweißfoto vor die Nase. Ich werfe einen flüchtigen Blick darauf.

„Kennst du ihn, Bayer?" Keule blickt mich an.

Ich nicke. „Freilich! Wer kennt ihn nicht. Das ist der Biggs."

Das Foto zeigt Keule zusammen mit Ronald Biggs an Bord von Keules Jacht. Die beiden Männer lehnen vorschiffs an der Reling, Biggs einen Arm um Keules Schulter gelegt.

An Deck ist es mucksmäuschenstill. Der Schrei eines

Fischreihers dringt an mein Ohr, dann das Weinen eines Kleinkindes. In diese Stille hinein fährt plötzlich Keules Stimme: „Ronald und ich hatten eine schöne Zeit zusammen, da in Rio."

Dann, auf einmal, fällt der Name „Kongo-Müller". Keule sagt: „Bin dem Bastard in Brasilien begegnet. Der Kerl ist eine Schande für jeden Deutschen. War Legionär im Kongo. Ein Schlächter. Der tötete aus Spaß am Töten."

Abermals kramt Keule in der Blechschatulle.

„Hier, Bayer", sagt er, „das ist er, der Kongo-Müller, der Fette da."

Interessiert betrachte ich das Foto. Dann, nach einer Weile, sage ich: „Der Kerl ist ein Durchschnittstyp. Rausgefressen wie ein Schwein. Absolut keine auffallende Persönlichkeit."

Ich denke: Aber wer ist schon eine auffallende Persönlichkeit? Eichmann, Mengele und Barbie waren auch unscheinbare Kerle, Allerweltstypen, und doch erregten sie die Aufmerksamkeit der gesamten Welt mit ihren bestialischen Morden am jüdischen Volk, an Männern und Frauen, an unschuldigen Kindern und Babys.

„Mörderpack, verdammtes!" murmle ich angewidert vor mich hin, und dabei kommen mir plötzlich meine beiden Söhne in den Sinn. Wie würde ich wohl reagieren, frage ich mich, wenn jemand daherkäme und meine beiden Söhne ermorden würde, nur weil sie Deutsche sind? Mich fröstelt bei dem Gedanken.

Gegen Mittag gehe ich von Bord. Nun bin ich um einiges gescheiter, reicher an Erfahrung und ein wenig beschlagen in Segelkunde. Und noch eines habe ich dem Besuch zu verdanken. Eine unerklärliche Krankheit hat mich befallen, ein Virus, gegen den ich stets glaubte immun zu sein: Das Segelfieber hat mich gepackt!

## 22

Den Nachmittag verbringe ich am Strand des „St. Lucian Hotels". An der Pool-Bar lösche ich meinen Durst und plaudere ein wenig mit Jill. Seit jener Nacht läßt sie mich nicht mehr aus den Augen. Sie ist so richtig verliebt in mich. Ein wunderbares Gefühl. Wie schön wäre es, frage ich mich, wenn meine Frau mich ebenso lieben würde, wie Jill mich liebt?

Jill beugt sich über den Tresen. „Du, Siegfried", flüstert sie mir zu, „hab heute früher Schluß. Soll ich bei dir auf 'nen Sprung vorbeikommen?"

Ich lache. „Was heißt hier soll, Jill! Du mußt vorbeikommen, mein kleiner Wirbelwind." Jills Gesicht erhellt sich, und dann lacht sie, frisch und jugendlich und glücklich.

Gegen Abend mache ich mich auf den Nachhauseweg. Das Haus liegt im Dunkeln. Es ist still. Doch die Stille in den Tropen ist eine andere als im heimatlichen Deutschland. Es ist eine von Tierlauten und geheimnisvollen Geräuschen erfüllte Stille. Nachdenklich gehe ich auf die Haustüre zu. Vor ein paar Minuten noch habe ich mit Strucki in der Hotelbar des „St. Lucian Hotels" gegessen. Habe ihn zur Rede gestellt.

„Ich habe erfahren, daß Sie für die Rosenheimer Kripo als Spitzel arbeiten", hatte ich ihm an den Kopf geworfen. „Sie sollten das besser bleibenlassen. Kann sehr ungesund werden. Sie sind ja nicht mehr der Jüngste."

„Wollen Sie mir drohen, Herr Dennery?"

Strucki wies all meine Vorwürfe zurück. Und dann hielt er mir vor, ich habe widerrechtlich die Baupläne aus seinem Büro mitgenommen.

„Die Pläne sind mein Eigentum", sagte ich mit eisiger Stimme. „Alles bezahlt. Aber das wissen Sie ja so gut wie ich, Herr Struckenberg."

In Gedanken versunken, schließe ich die Haustüre auf. Ich trete ein und taste nach dem Lichtschalter. Zu spät bemerke ich, daß etwas faul ist. Kräftige Hände packen mich. Und dann verspüre ich einen gewaltigen Schlag auf den Hinterkopf. Wie vom Blitz getroffen sacke ich zusammen. Dann wird es dunkel um mich. Wie lange ich schon so daliege, weiß ich nicht. Ich weiß nur eins: Habe mich wie ein blutiger Anfänger übertölpeln lassen.

Vorsichtig öffne ich die Augen. Was ist bloß los mit mir? Mein Schädel brummt; mein ganzer Körper schmerzt. Dann ein fahler Lichtschein. Auf dem Nachtkästchen brennt eine Kerze. Eisiger Schreck durchfährt mich. Ich kann mich nicht bewegen. Ich bin gefesselt. Mit gespreizten Händen und Beinen liege ich auf einem harten Holzgestell. Es ist mein Bett. Matratze und Kissen sind entfernt. Hände und Füße sind an die vier Beine des schweren Holzbettes gefesselt. Ich bin nackt. Verdammt, wer hat mich bloß ausgezogen? Um Stirn und Hals wurde mir ein breites Band geschnürt und fest verknotet. Ich glaube jedenfalls, daß es Bänder sind. Die Bänder sind feucht und schneiden in mein Fleisch. Es schmerzt. Das Halsband raubt mir die Luft. Stechendes Pochen in meinem Unterleib. Mühevoll hebe ich den Kopf. Der Schreck fährt mir in die Glieder. Penis und Hoden sind mit einem dünnen Lederband zusammengeschnürt. Die Lederschnur fühlt sich ebenfalls feucht an. Das Pochen im Unterleib wird stärker. Mein Penis schmerzt wahnsinnig. Die Hoden sind blutunterlaufen. Gehetzt blicke ich mich um. Das Schlafzimmer sieht aus, als hätte eine Bombe eingeschlagen. Möbel, Kleidung, einfach alles ist kreuz und quer im Zimmer verstreut. Wer war das? Ich bin alleine im Zimmer. Niemand zu sehen. Plötzlich Geräusche aus der angrenzenden Küche. Krachend schlägt die Tür auf. Ein maskierter Kopf taucht im Türrahmen auf.

„Hey, Dennis!" ruft eine Stimme hinter der Maske. „Unser Bankräuber ist aufgewacht."

Zwei vermummte Männer treten zu mir ans Bett. Es sind Farbige. Ihre Arme sind schwarz und muskulös. Der Unterarm des Hellhäutigeren ist mit einer Kobra tätowiert. Der mit Dennis Angesprochene beugt sich über mich.

„Kommen wir gleich zur Sache! Wo hast du das Geld versteckt, Whitey? Haben die ganze Bude auf den Kopf gestellt! Nichts! Wir wissen, du bist ein zäher Bursche. Freiwillig wirst du's Maul nicht aufmachen. Wenn du nicht willst, daß wir dich massakrieren, dann mach's Maul auf. Wir kriegen das Geld, so oder so. Wenn nicht, bist du ein toter Mann. Red', oder willst du, daß wir dir die Eier abschneiden, Whitey?"

Ich schlucke. Das Band um den Hals raubt mir fast die Stimme. Krächzend sage ich: „Hab kein Geld hier . . ."

Dennis lacht. „Pierre, du bist dran."

Hochaufgerichtet steht Pierre neben dem Bett. Er hat Arme wie Dreschflegel. Er beugt sich über mich. Provozierend sagt er: „So, du hast also kein Geld? Glaubst du, wir sind blöd?"

Wie ein Rammpfahl saust seine Faust nieder. Sie trifft mich mitten ins Gesicht. Irgend so leuchtende Dinger tanzen vor meinen Augen. Ich bin benommen. Dann schmecke ich das Blut. Es rinnt mir in den Rachen. Ich schlucke. Es schmeckt süßlich, genauso wie wenn einem ein Zahn gezogen wird. Aber die Bastarde wollen mir keinen Zahn ziehen, die wollen mir ans Leder.

„Noch mal, Whitey", sagt Dennis. Er hat eine tiefe Stimme. „Wo ist das verdammte Geld? Wo hast du die Beute versteckt?"

Dennis lacht. „Ein Bankräuber ohne Geld! Das gibt's doch nicht. Hey, Pierre! Hast du schon mal 'ne Bank ohne Moneten gesehen?"

„Noch nie, Dennis! Der weiße Bastard will uns bloß verarschen."

„Verdammt noch mal", krächze ich, „ich hab's auf der

Bank." Das Sprechen fällt mir schwer. „Ich sag die Wahrheit. Renn doch nicht mit den Piepen durch die Gegend."

„P i e r r e !" brüllt Dennis gereizt. „Der will's nicht anders!" Pierres Dampfhammer trifft mich zweimal ins Gesicht. Und dann schlägt er mir in den Magen. Mir treibt es die Augen aus dem Kopf. Ich ringe nach Luft. Das Blut rinnt mir in den Mund. Ich blute fürchterlich.

„Wo ist das Geld, du gottverdammtes Arschloch? Pierre schlägt dich tot!" Dennis lacht ein grölendes Lachen.

„Ihr könnt mich totschlagen!" stöhne ich. „Ich hab kein Geld, ihr feigen Hurensöhne."

Pierre holt zu einem gewaltigen Schwinger aus. Dennis stoppt ihn.

„Halt, Pierre!" ruft er. „Er wird reden. Das Arschloch wird singen wie ein Vögelchen. Hol mal die lieben Tierchen rein."

Pierre verschwindet. Ich höre seine tapsenden und schweren Schritte. Er kommt zurück. Dennis rückt einen Hocker neben das Bett. „Hier drauf", sagt er.

Pierre stellt einen verschlossenen Bottich und ein bauchiges Glas ab. Brutal packt er meinen Penis und schiebt die Vorhaut zurück. Angst steigt in mir hoch. Ich verspüre ein Würgen in der Kehle. So ein Gefühl habe ich noch nie verspürt.

„Was habt ihr vor?" Ich kann kaum sprechen. Das Lederband um meinen Hals zieht sich immer enger zusammen. Es wird mich langsam und qualvol erdrosseln, je trockener es wird – eine Teufelei.

„Halt's Maul! Gleich wirst du's sehen." Das war Pierre. Er greift sich das Glas und gießt eine dunkle und zähe Flüssigkeit auf meinen Bauch. Mit seinen riesigen Pranken verteilt er das zähe Zeugs auf meinem Unterleib und bis hinab zu den Füßen. Ein süßlicher Geruch steigt mir in die Nase. Mit aller Gewalt versuche ich zu sprechen. Doch ich kann nicht.

„Das ist Zuckerrohrsirup, Whitey. Schmeckt gut aufs Brot. Willst mal probieren?" Pierre klatscht mir eine zähe Masse auf den Mund. Es schmeckt zuckersüß. Es ist wirklich Zuckerrohrsirup. Dann greift er sich den Bottich und nimmt den Deckel ab. Er hebt mir den Eimer so hin, daß ich einen Blick hineinwerfen kann.

Mein Gott! Schießt es mir durch den Kopf. Ich glaube, das Blut gefriert mir in den Adern. Der Eimer ist voll von Termiten und Ameisen und gräßlichem Tierzeugs.

Pierre grinst. „Willst du's Maul noch immer nicht aufmachen? Ich würde dir's Gehirn rausblasen. Aber Dennis mag das nicht. Er mag's nicht, wenn's so rumspritzt."

Ich versuche zu sprechen. Dennis beugt sich über mein Gesicht. Ich spucke ihm meinen blutigen Speichel ins maskierte Gesicht.

Dennis springt auf. Er stößt einen heiseren Wutschrei aus.

„Du Bastard!" zischt er. Er entreißt Pierre den Bottich und schüttet das schreckliche Kriechzeugs auf meinen Unterleib. Entsetzt und völlig hilflos muß ich zusehen, wie sich eine rote und schwarze Masse über mich ergießt. Es wimmelt nur so von kriechenden und krabbelnden Viechern. Wie wild stürzen sie sich auf meine Hoden und meinen Penis mit der entblößten Eichel. Es ekelt mich. Ein gräßlicher, ein entsetzlicher Anblick. Mit aller Gewalt zerre ich an meinen Lederfesseln. Sinnlos! Die dünnen Riemen ziehen sich noch enger zusammen und schneiden mir das Blut ab. Arme und Beine sind schon ganz taub.

„Dann viel Spaß, Whitey", grinst Dennis spöttisch. „Eine Stunde hast du Zeit zum Überlegen. Dann kommen wir wieder. Wollen ja nicht, daß dich die Viecher ganz auffressen."

Er beugt sich über mich. „Damit du nicht schreien kannst", sagt er grinsend. Gewaltsam drückt er meine Kiefer auseinander und zieht mir ein breites Lederband durch den Mund, das er verknotet. Ein schrecklicher Gedanke treibt mir den kalten Schweiß auf die Stirn. Das Lederband um meinen Hals trocknet und trocknet, und je mehr es austrocknet, um so mehr schnürt es mir die Atemluft ab.

Dennis verschwindet aus dem Zimmer.

Pierre ruft: „Hey, Dennis! Soll ich nicht hierbleiben? Wenn Whitey abhaut ..."

„Komm schon, verdammt noch mal! Wie soll sich der weiße Bastard da befreien? Muß was essen!"

Die Tür fällt ins Schloß. Ein Motor heult auf. Die Scheißkerle fahren mit meinem Auto, denke ich. Dann Stille! Es ist eine unheimliche Stille. Verzweifelt versuche ich mich zu befreien. Das Pochen in meinem Schädel wird unerträglich. Das Lederband um meine Stirn zieht sich immer enger zusammen. Langsam hebe ich den Kopf. Gierig machen sich die Termiten über den Sirup her. Und dann, ganz plötzlich, fängt es an zu jucken und zu beißen. Ein Gefühl befällt mich, als würden die Viecher mich auffressen. Ich bäume mich auf, werfe meinen Körper hin und her. Es hilft nichts! Das Beißen und Jucken wird nur noch schlimmer. Mein Penis brennt, als würde er von Abertausenden glühender Minizangen bearbeitet werden. Verzweiflung packt mich. Was, wenn die Kerle nicht rechtzeitig zurückkommen? Aber wenn sie zurückkommen, was werden sie mit mir machen? Ich habe ja kein Geld hier! Nur das, was ich zum Leben brauche! Sie werden mich umbringen. Könnte schreien vor Verzweiflung und Wut, eine Wut, dermaßen blindlings in die Falle gelaufen zu sein. Aber ich kann nicht schreien, ich bin froh, daß ich genügend Luft kriege, um nicht zu ersticken. Bleibe ruhig, Siegfried, rede ich mir zu. Und je ruhiger und beherrschter ich werde, um so klarer werden meine Gedanken. Ich denke an meine Söhne und ich denke an meine Frau, meine Mutter, meine Schwester, und ich denke an Ingrid, meine geschiedene Frau. Werde ich sie jemals wiedersehen, frage ich mich.

Was ist das? ... Ein Geräusch läßt mich aufhorchen. Ich hebe den Kopf. Sind das Schritte? Kraftlos fällt mein Kopf zurück. Mein Gott, Jill! Habe ja Jill ganz vergessen! Heiland, laß es Jill sein! Bitte laß es Jill sein! Angestrengt lausche ich in die Dunkelheit hinein. Schritte? ... Es sind Schritte. Sie kommen näher, werden lauter. Geräusche an der Haustüre. Ein Klopfen und dann ein Ruf: „Hallo, Siegfried! Bist zu zu Hause? Ich bin's, Jill."

Jetzt oder nie! Mit letzter Kraft presse ich die Luft in meine Lunge und dann schreie ich. Es ist ein gurgelnder Schrei, der Schrei eines Ertrinkenden. Krampfhaft versuche ich, das Lederband im Mund durchzubeißen. Vergeblich! ... Stille! ... Abermals horche ich in die Dunkelheit hinein.

„Bist du da, Siegfried?" Jills Stimme klingt besorgt.

Abermals versuche ich zu rufen. Ein gurgelndes Gekrächze kommt über meine Lippen.

„Siegfried! Siegfried! Was ist los? ... Ich komme!"

Gott sei Dank! Jill hat mich gehört.

Rütteln an der Tür. Dann das Klirren einer Fensterscheibe. Geräusche in der Küche. Die Schlafzimmertür wird aufgestoßen. Licht flammt auf. Für Sekunden bin ich wie geblendet. Ein schriller Schrei. Jill steht in der Tür.

„Um Gottes willen, Siegfried!" ruft sie mit atemloser Stimme. Sie läuft in die Küche. Sekunden verstreichen. Mit einem Küchenmesser in der Hand kommt sie zurück. Flink schneidet sie mich los, und während sie mich losschneidet, redet sie in beruhigenden und einfühlsamen Worten auf mich ein.

„Wer war das, Siegfried? Welche Schweine haben das getan?"

Jill beugt sich über mein blutverkrustetes Gesicht und bedeckt es mit Küssen.

Zehn Minuten später. Habe mich eiligst geduscht und schnell was übergezogen. Mein Körper schmerzt. Bin wie gerädert. Mein Unterleib brennt und meine Beine brennen. Es brennt höllisch. Alles ist feuerrot und entzündet. Habe mich mit Butter eingerieben. Das lindert ein wenig den brennenden Schmerz. Um Stirn und Hals ziehen sich dunkle Streifen, wo mich das Leder stranguliert hat. Jill steht neben mir. Sie ist vollkommen ruhig und beherrscht. Und in ihrer ruhigen Art sagt sie: „Wann kommen die beiden Scheißnigger zurück?" Sie blickt mich an. Haß funkelt in ihren schwarzen Augen. Ich bin verwundert. Sie sagte „Scheißnigger", obwohl sie selbst eine Farbige ist.

„Bald schon, denk' ich. Vielleicht in 'ner halben Stunde. Vielleicht auch weniger, Jill."

„Was willst du machen, Siegfried? Verschwinden wir oder willst du auf die Kerle warten?"

Jills Frage überrascht mich ungemein. Sie hat Mut.

„Weiß nicht genau. Zum Kämpfen werd' ich zu schwach sein. Bin ziemlich ausgelaugt. Und abknallen will ich sie nicht."

„Du mußt nicht kämpfen. Wir werden sie überraschen. Die wissen ja nicht, daß ich dich losgeschnitten habe. Die Scheißkerle werden ihr blaues Wunder erleben. Helf' dir."

Jills Blick fällt auf den Baseballschläger. Der Prügel steht angelehnt an der Hauswand neben der Haustür. Mit dem Schläger haben die Bastarde mich niedergeschlagen.

Gemeinsam arbeiten wir einen Plan aus. Jill überrascht mich immer wieder aufs neue. Sie ist ein tapferes, furchtloses Mädchen. Und sie steht vorbehaltlos zu mir. Da könnte sich meine Frau Gaby eine Scheibe abschneiden, denke ich. Liebevoll schließe ich Jill in meine Arme und küsse sie lange und zärtlich auf den Mund.

„So, Jill", murmle ich. „Jetzt gilt's!"

Ich schalte das Licht aus. Wir warten. Jill steht neben mir. Gemeinsam lauschen wir in die Dunkelheit hinein.

Dann kommen sie. Von weitem schon höre ich die vertrauten Motorgeräusche meines Honda. Dann das Schlagen von Autotüren. Schritte und Stimmen. Ein Schlüssel bohrt sich ins Türschloß. Meine Nerven sind zum Zerreißen angespannt. Doch ich bin ganz ruhig. Mit festem Griff umklammere ich den Baseballschläger. Jill steht seitlich hinter mir. Ich werfe ihr einen kurzen Blick zu. Sie lächelt. Mit beiden Händen hält sie meinen Smith & Wesson.

Dann vernehme ich Pierres Stimme: „Mal sehn, ob sich's Whitey überlegt hat? Wenn nicht, machen wir kurzen Prozeß mit ihm. Leg ihn um, den Scheißkerl."

Dennis sagt: „Wir werden sehn. Los, mach schon!"

Die Tür schwingt auf. Eine Gestalt huscht herein. Ich konzentriere mich auf den Schädel des Kerls. Blitzschnell schlage ich zu. Wie ein Mehlsack bricht die Gestalt zusammen. Dann ein heiserer Aufschrei. Ich hole aus und schlage ein zweites Mal mit dem Baseballschläger zu. Dennis starrt mich aus fassungslosen Augen an. Dann fällt er zu Boden. Es ging alles blitzschnell. Pierre ist bewußtlos. Dennis dagegen macht Anstalten, sich am Küchenbuffet hochzuziehen. Er blickt mich an. Blanker Haß schlägt mir entgegen.

Plötzlich ist da Jills Stimme. „Wenn du Hurensohn von einem Nigger nur eine falsche Bewegung machst, schieß ich dir deinen stiernackigen Schädel ab."

Jill springt vor und drückt Dennis den Revolver gegen die Schläfe. Wortlos schiebe ich ihre Hand mit dem Revolver beiseite. Dann schlage ich nochmals zu. Dennis stöhnt und kracht abermals zu Boden.

„Was machen wir jetzt mit den Bastarden da, Siegfried?"

Ich schmunzle. „Mal überlegen? Jedenfalls hat die Sache wunderbar geklappt. Hätt's mir schwieriger vorgestellt."

Jill sagt: „Du mußt sie außer Gefecht setzen. Aber so, daß sie dir niemals mehr was tun können."

„Meinst du umlegen, Jill?" Ich schüttle den Kopf. „Bin kein Killer."

„Nein, Siegfried! Nur kampfunfähig machen. Und zwar für immer."

Ich habe da so eine Idee. Wir fesseln die Kerle an Händen und Füßen. Sie liegen da wie verschnürte Säcke. Jill untersucht die Taschen der beiden. Aus Pierres Gesäßtasche zieht sie einen Paß.

„Hier, schau mal, Siegfried, was ich gefunden hab!"

Ich nehme den Paß aus Jills Hand entgegen. Pierre heißt in Wirklichkeit Jean-Paul. Er ist Franzose und stammt aus Guadeloupe, einer Nachbarinsel St. Lucias.

Dann greife ich mir den Baseballschläger. Die Kerle sind noch immer bewußtlos. Ist auch besser für sie.

„'s tut mir leid, Jungs", brumme ich vor mich hin. „Ihr habt's nicht anders gewollt. Will noch ein bißchen leben."

Kurz hole mit dem Baseballschläger aus und zerschlage einem nach dem anderen die Finger beider Hände und jeweils die Kniescheibe des linken Beins. Was ich tue, ist zwar brutal, aber ich habe keine andere Wahl.

Jill blickt mich an. Sie sagt: „Hau den Bastarden beide Kniescheiben kaputt, Siegfried. Los, tu's schon!"

„Nein, Jill! 's ist genug."

„Die Hurensöhne haben dich gefoltert. Die wollten dich umbringen. Warum machst du's nicht, Siegfried? Die verdienen keine Gnade."

Abweisend sage ich: „Verdammt noch mal, Jill, halt den Mund. 's ist genug. Das wird ihnen eine Lehre sein. Ein für allemal."

„Hoffentlich bereust du's nicht eines Tages, Siegfried?"

Jills Grausamkeit gibt mir zu denken. Aber es ist kein Wunder. Von klein auf hat sie sich wehren und durchsetzen müssen, denn das Leben und Überleben in den Tropen kann grausam hart und unversöhnlich sein, vor allem für die Frauen.

Ich lebe gefährlich. Das weiß ich nun, und mein Leben wird keinen Pfifferling mehr wert sein, wenn ich mich nicht besser in acht nehme. Auge um Auge, Zahn um Zahn, steht in der Bibel geschrieben. Und wie mir scheint, wurde die Bibel auch für die Ganovenwelt verfaßt.

Ich packe die beiden und verfrachte sie auf den Rücksitz des Honda. Wir fahren in Richtung Castries. Unterwegs kommt Pierre zu sich. Er brüllt vor Schmerz und wirft seinen gefesselten Körper hin und her. Wortlos nimmt Jill den Baseballschläger und sorgt für Ruhe. Sie ist schon ein eigenartiges Mädchen, denke ich. Auf der einen Seite sehr einfühlsam, liebesbedürftig und zärtlich, und dann wiederum knallhart und furchtlos, wenn es sein muß.

Jill und ich sind uns näher denn je. Ich verdanke ihr mein Leben.

Castries! In der Nähe der Kreuzung Manoel Street – Hospital Road stoppe ich den Wagen. Kurzerhand befördere ich die beiden auf die Straße und schneide sie von den Fesseln los. Die Kerle stöhnen und winden sich vor Schmerzen. Mich wundert, daß sie mich nicht mit Schimpfworten und Drohungen bombardieren.

„Da vorn ist das Krankenhaus", sage ich.

Dann fahren wir in die Nacht hinein, Jill und ich. Für Momente hatte ich mit dem Gedanken gespielt, die beiden Bastarde auf dem Polizeikommissariat abzuliefern. Aber in meiner Situation hätte das nur zu unnötigen Komplikationen geführt.

Wie ich später in Erfahrung bringe, waren die beiden Kerle, die mir ans Leder wollten, keine Unschuldslämmer. Wegen verschiedener Verbrechen werden sie steckbrieflich gesucht.

# 23

Seit dem Überfall sind zwei Tage verstrichen. Erneut begegne ich Keule. Er steht im *Wicke up* am Tresen. Das *Wicke up* ist eine beschaulich gelegene Bar mit Restaurant, lediglich einen Katzensprung vom *Vigie Airport* entfernt.

Ich grinse. Bin froh, wieder schmerzfrei grinsen zu können, zumal Pierres Faustschläge nicht von Pappe waren. Keule hält sich krampfhaft an einer halbleeren Bierflasche fest.

„Servus, Keule."

„Hallo, Bayer", sagt er mit emotionsloser Stimme. „Was machst denn hier?" Sein Blick haftet einige Sekunden auf meinem Gesicht. Außer einer dezenten Rötung auf Höhe des rechten Wangenknochens sind die Spuren der Mißhandlungen gänzlich aus meinem Gesicht verschwunden. Das verdanke ich Jills fürsorglicher Behandlung.

„Na, was werde ich schon tun, Keule?" schmunzle ich und setze mich kurzerhand an einen der Tische. Alle Tische haben ein Strohdach. „Will mich ein bißchen entspannen, was trinken und Kohldampf hab ich auch. War soeben beim Minister für Tourismus und Handel. Hatte was Geschäftliches."

Die Bedienung tritt zu mir an den Tisch. Ich bestelle ein Omelette Creol, eine Tasse Kaffee und ein Bier on the rocks. Meine Einladung, sich zu mir an den Tisch zu setzen, lehnt Keule dankend ab. Lapidar meint er, wir könnten uns auch so unterhalten. Das Bier schmeckt ihm am besten im Stehen an der Bar.

„Willst du noch immer das verdammte Hotel bauen?" fragt Keule unvermittelt. Verständnislos schüttelt er den Kopf. „Schade um jede Mark."

„Sowieso, Keule!" erwidere ich kurz angebunden.

Was ich jedoch für mich behalte, ist, daß ich mit der Regierung St. Lucias in Verhandlungen stehe, einen Liefervertrag für Zement abzuschließen. Seitdem die Regierung das Monopol für Zementlieferungen an sich gerissen hat, kommt es nicht selten vor, daß wochenlang jegliche Bautätigkeit auf der gesamten Insel zum Erliegen kommt. Infolge mangelnden Managements ist kein einziger Sack Zement im Handel zu bekommen. Eigentlich kein Novum in der Karibik. Irgend etwas fehlt immer.

So mit mir und meinen Gedanken beschäftigt, schweift mein Blick zur nahen Marina. Sofort sticht mir Keules Segeljacht ins Auge. Sie liegt in der nahen Bucht vor Anker. Keule ist meine Beobachtung nicht entgangen. In der für ihn typisch trockenen Art meint er: „Morgen früh segle ich in die *Marigot Bay*. So für einige Tage. Kannst mitkommen, wenn du Lust hast."

„Mensch, Keule, das wär' ja dufte!" rufe ich euphorisch. „Soll ja traumhaft schön sein, die *Marigot Bay*, hab ich mir sagen lassen."

Sofort bin ich Feuer und Flamme. Und dann, nach Sekunden des Überlegens, füge ich noch hinzu: „Du, Keule, wenn's dir recht ist, komme ich für die Lebensmittel und Getränke auf. Du kochst. Hmmm? Man erzählt sich ja wahre Wunderdinge über deine Kochkunst."

Keule fühlt sich geschmeichelt. Er ist mit meinem Vorschlag einverstanden. Ohne lange Umschweife erstellen wir eine Einkaufsliste. Eine Stunde später befinde ich mich bereits auf dem Weg nach Castries, um einzukaufen.

Ein wundervoller Morgen. Die Luft ist noch frisch und unverbraucht und erfüllt vom berauschenden Duft tropischer Blumen und dem würzigen Geruch der nahen See, die das Eiland umgibt. Wie glitzernde Brillanten funkelt der Tau auf Gräsern und Büschen. Und die farbenprächtigen Blüten der Hibiskussträucher leuchten in ihrem sattem Rot, dem grellen Gelb und dem jungfräulichen Weiß. Und ganz weit draußen, in der Hafeneinfahrt zu Castries' Dockanlagen, liegt ein eiserner Riese, ein Frachter unter panamesischer Flagge, auf Reede.

Eine Schiffssirene ertönt. Der Tag erwacht. Keule rudert mich mit dem Dingi zu seiner Segeljacht. Aus verschlafenen Augen blicke ich zurück. Auf dem Parkplatz der Marina steht mein Auto. Nachdenklich blicke ich über die See. Was mich an Keule immer stört, ist, daß er Neger stets herabsetzt und sie als „Nigger" bezeichnet.

Nachdem ich meine Sachen in meiner Koje verstaut habe, lichten wir den Anker – besser gesagt, ich mache Anstalten, den Anker zu lichten. Ein teuflisches Unterfangen! Aus Leibeskräften ziehe ich an der Ankerkette. Mehr noch, ich kämpfe förmlich mit diesem eisernen Monster. Der Anker gibt keinen Millimeter nach, er scheint in den Ankergrund einbetoniert zu sein. Abermals stemme ich mich mit aller Kraft dagegen. Die Anstrengung ist mir ins Gesicht geschrieben. Meine Muskeln zeichnen sich deutlich unter der gebräunten Haut ab. Die Venen treten hervor wie unter Druck stehende Feuerwehrschläuche. Wieder nichts! Meine Handflächen brennen, und der Schweiß rinnt in Strömen den Körper hinab.

„Mensch, Keule!" rufe ich gereizt. „Hilf mir doch mal!"

Unbeeindruckt von meiner Verärgerung, steht Keule am Ruder und grinst mich herausfordernd an.

„Du mußt mehr Knödel essen, Bayer", ruft er mir zu, „sonst wird das nichts." Die Schiffsmaschine, ein von Keule umgebauter Mercedesmotor, verströmt blubbernde Geräusche.

„Hey, Bayer! Geh mal zur Seite!" ruft er und legt den Vorwärtsgang ein.

„Verdammt! Was machst denn da?" schreie ich und springe gerade noch rechtzeitig zur Seite.

„Na, was schon? Ich fahr über den Anker. Schinde mich doch nicht so ab wie du, Bayer. Bin doch nicht blöd."

Und dann fährt er über den Anker, und das teuflische Ding löst sich wie von selbst aus dem Ankergrund. Ich bin wütend.

„Ich reiß mir den Arsch auf, für nichts und wieder nichts." Der Schweiß rinnt mir in die Augen. Sie brennen höllisch.

„Willst du nun ein perfekter Segler werden, Bayer, oder nicht?"

„Verdammt noch mal, freilich will ich das", sage ich verärgert. „Aber nicht auf diese Weise."

Unter Maschinenkraft läuft die Jacht aus der Bucht. Backbord querab liegen Castries' Hafen- und Dockanlagen. Ein befreundeter Broker hat mir mal erzählt, Castries sei der einzige Naturhafen in der Karibik mit einer Wassertiefe von gut 300 Yard.

Keule beordert mich ans Ruder. Es ist ein gutes Gefühl, am Ruder zu stehen, ein weit besseres, als sich beim Ankerlichten den Hintern aufzureißen.

Endlich, die offene See ist erreicht. Es weht eine angenehm frische Brise. Die Jacht läuft unter Fock, Hauptsegel und Besan. Der Fahrtwind spielt in meinem Haar. Ich fühle mich wohl, und unendlich frei. Für Momente sind sie verflogen, die Gedanken, von Interpol gejagt zu werden und die Gedanken an meine Frau, die so gut wie nichts von sich hören läßt und verflogen sind die Gedanken an meine Söhne Udo und Oliver, die mir so oft meine Seele martern. Und dann denke ich an Jill, der ich mein Leben verdanke.

Wir segeln dicht unter der Küste gen Süden. Ein überfallartiger Regenschauer setzt ein. Wenig später verziehen sich die Wolken. Der Himmel reißt auf. Die Sonne brennt mit unverminderter Kraft vom Himmel. Das Regenwasser verdunstet an Deck. Der Wind frischt auf, und mit zunehmendem Wind beginnt das Boot zu krängen. Es schaukelt furchtbar. Ich bin ratlos. Keule bemerkt meinen hilfesuchenden Blick. Wortlos greift er mir ins Ruder.

„Bleib so", sagt er. Bei fast im Wind liegenden Boot fiert er das Großfall, macht sich dann am Großsegel zu schaffen, und Augenblicke später setzt er wieder durch. Erneut begibt er sich zum Großsegel und bindet mit den Reffbändseln das lose Tuch ein.

„Geh wieder auf Kurs, Bayer", sagt er kurz angebunden. Ich befolge Keules Anordnung. Das Boot liegt nun gut im Wasser und nimmt rasch Fahrt auf. Der sanft ansteigende und von dichtem Buschwerk bestandene Küstenstreifen geht zusehends in steil hochragende Klippen über. Wie riesige Schwalbennester sehen sie aus, die Gebäude da oben auf den Klippen, die sich in den Himmel bohren und mir bestens bekannt sind. Das „Lat Toc Hotel" ist eine unter kanadischer Leitung stehende Hotelanlage, luxuriös, mit einem Neun-Loch-Golfplatz und dem entsprechend hohen Preisniveau. Keine Absteige für arme Schlucker. War mal beim Tanztee dort gewesen. Da ist mir Joanne über den Weg gelaufen. Sie ist ein verwöhntes Töchterchen millionenschwerer Eltern – Mutter Kreolin, Vater Kanadier. Ein richtiges Sexpumuckelchen! Sie hat einen geilen Po, geile Brüste und einen geilen Blick. Sie ist einfach geil, und „geil" ist auch ihr Lieblingswort. Wollte mich unbedingt anmachen!

Beim *Candle Light Dinner* war's gewesen. Plötzlich hatte sie die Tischdecke ganz weit zu uns herübergezogen.

„Verflixt, Joanne! Was soll das?" hatte ich gesagt.

„Just a moment, Honey", hatte sie gesagt und mich mit ihrem geilen Lächeln angelächelt. Und dann hatte sie an meiner Hose rumgemacht und mein Ding rausgeholt, und dann war sie plötzlich mit dem Kopf unter der Tischdecke verschwunden, und ich habe ganz große Augen gekriegt. Aber lassen wir das.

In Gedanken versunken blicke ich über die offene See. Und dann sehe ich zum ersten Mal in meinem Leben fliegende Fische. Wie eine Formation silbrigglänzender Starfighter schweben sie über das Meer hin, elegant und quicklebendig anzusehen, und dann berühren sie für den Bruchteil einer Sekunde die Wasseroberfläche, um wie von einem Katapult wieder hochgeschleudert zu werden. Sekunden später sind sie meinen Blicken entschwunden. Die See hat sie wieder.

Eine knappe Viertelstunde später laufen wir in der *Marigot Bay* ein.

Geschafft! Wir liegen vor Anker. Endlich kann ich mich in Ruhe umsehen. Beim Einlaufen in die *Marigot Bay* war ich von Keule dermaßen mit seemännischen Arbeiten in Beschlag genommen worden, daß ich keine Zeit fand, mich an jener märchenhaften Idylle zu ergötzen, von der ich nun umgeben bin.

Ich bin begeistert. Da ist ein kleines Hotel, das „Hurricane Hole". Es ist eigentlich mehr ein Buschhotel, ein Treffpunkt für Segler und Wassersportler, vor allem aber ein Unterschlupf für Verliebte. Im Schatten riesiger Mangobäume und Kokospalmen erblicke ich das weißgetünchte Haupthaus. Und entlang der palmenbestandenen Beach nehme ich holzschindelgedeckte Bungalows wahr. Es sind nicht viele, drei oder vier an der Zahl. Übergangslos fügen sie sich in die Landschaft ein, als wären sie ein natürlicher Bestandteil davon. Vor Tagen noch erzählte mir Marco, mein polyglotter Freund, daß er hier stets mit seiner Freundin die freien Tage verbringt. Hier findet er seine Ruhe. Der richtige Ort zum Kuscheln, sich zu lieben und zu entspannen. Ein wahres Liebesnest.

Kindergeschrei läßt mich aufhorchen. Ich blicke zum Bootssteg des Hotels. Ich schmunzle. Da tollen drei Kinder herum. Zwei farbige Mädchen und ein hellhäutiger Bub. Sie kreischen vor kindlichem Übermut. Wehmut befällt mich. Ich schaue gerne Kindern beim Spielen zu, obschon es mir weh tut. Es schmerzt halt einfach und weckt Erinnerungen in mir. Wie gerne würde ich jetzt mit meinen Söhnen spielen. Doch ich darf nicht, um meiner Freiheit willen. Interpol würde mich sofort verhaften. Das Wasser schießt mir in die Augen. Es ärgert mich.

„Warum bin ich nur so sentimental?" murmle ich vor mich hin. Mit aller Gewalt reiße ich mich vom Anblick der spielenden Kinder los. Schon jetzt weiß ich, welch hoher Preis mir für meine Verbrechen abverlangt wird.

Windgeschützt liegt die Bucht vor meinen Augen. Sie ist ein idealer Zufluchtsort für die Segler vor den Hurrikans der Karibik. Wie beschützende Hände wirken die an drei Seiten steil ansteigenden Hänge. Sie sind dicht bewaldet und undurchdringlich – ein wahrer Dschungel. Grün glänzende Kokosplamen mit ihrem speerähnlichen Wedel kämpfen mit den grellflammenden Blüten der Bougainvilleen und Hibiskussträucher um die Vorherrschaft, und die Mangobäume sind schwer beladen von den leuchtenden, ovalen Früchten. Ein wahres Eldorado für Botaniker. Besondere Aufmerksamkeit schenke ich jenen Bäumen mit den großen und tiefgelappten Blättern, dem Brotfruchtbaum. Die kopfgroßen und runden Früchte erinnern mich an Kanonenkugeln.

Es ist still – über uns der Himmel, unendlich blau und wolkenlos. Schweiß perlt auf meiner Stirn. Pitschnaß klebt das T-Shirt am Körper. Kein Lüftchen regt sich. Im Schein der hochstehenden Sonne glänzt die Wasseroberfläche dunkel und ölig. Zwei junge Negerburschen stehen auf Surfbords. Ich zähle die vor Anker liegenden Segeljachten. Es sind elf an der Zahl.

In diese Stille schreit Keule plötzlich hinein: „Hey, Bayer! Schau mal, mein Freund, der Mecki, ist auch da."

Mit der rechten Hand zeigt er auf einen Trimaran. Er liegt etwas abseits von den übrigen Jachten vor Anker. Die Bootskörper des Mehrrumpfbootes leuchten dunkelrot, und wie ein nasses Handtuch baumelt die Schweizer Flagge am Masttop. Noch immer herrscht Windstille.

Plötzlich hallt eine Stimme über das Wasser. Der Schweizer Akzent ist unverkennbar.

„Hallo, Keule! Hier sind wir. Schau mal rüber."

Wir blicken zum Hotel. Da stehen zwei Männer auf einer erhöhten Terrasse; im Hintergrund ein Swimmingpool. Die beiden winken zu uns rüber.

„Das ist Mecki", grinst Keule. „Der da mit dem Bart."

Kurzentschlossen steigen wir ins Dingi und rudern an Land.

Das Wasser am Swimmingpool schimmert hellblau. Niedrig gehaltene Palmen spenden etwas Schatten. Zwei Männer stehen uns gegenüber. Wir begrüßen uns, und Keule stellt mich vor. Ich gebe mich zurückhaltend. Unauffällig mustere ich die beiden Kerle. Mecki dürfte so um die Vierzig sein, braungebrannt, untersetzt, wohlgenährt, dezentes Bäuchlein und Fidel-Castro-Bart. Ein sympathischer Kerl, wie ich meine. Der andere, Bruno, ist Österreicher, mit dem unüberhörbaren Dialekt des Wieners. Er ist großgewachsen, schlank, blondes Haar und Armtätowierung. Mit Vorsicht zu genießen! Mal sehn! Bevor ich mich versehe, hat Bruno für Keule und mich je eine Sonnenliege organisiert. Wir machen es uns neben den beiden gemütlich.

„Was wollt ihr trinken?" fragt Mecki.

Wir einigen uns allesamt auf Bier. Bruno spielt den Kellner. Wortkarg verfolge ich das Gespräch. Ich beteilige mich lediglich dann an der Unterhaltung, wenn ich gefragt werde. Redseligkeit ist nicht meine Stärke, schon gar nicht gegenüber Fremden. Ist auch besser so. Wie leicht kann sich ein Mann in meiner Situation um Kopf und Kragen reden. Im Laufe des Gesprächs erfahre ich, daß Bruno erst vor kurzem bei Mecki angeheuert hat.

Bruno erzählt, er habe vor der Wiener Polizei Reißaus

nehmen müssen. Wörtlich sagt er: „Die verdammten Scheißkiberer wollten mich in den Häfen stecken. Aber nicht mit mir." Bruno lacht ein kehliges Lachen. „Meine Alte, das geldgierige Weib, hat einen Haftbefehl beantragt. War mit den Unterhaltszahlungen in Rückstand geraten – verdammte Weiber. Hier kann sie mich lange suchen."

Die Geschichte amüsiert mich. Ein kleiner Gauner, denke ich belustigt. Wir plaudern über Gott und die Welt, über die Seefahrerei und über die politischen Verhältnisse in der Karibik. Als Bruno mich fragt, was ich hier so mache, gebe ich nur ausweichende Antworten.

Der Nachmittag verstreicht wie im Flug. Mehrmals erfrische ich mich im Pool, schwimme einige Runden und genehmige mir danach an der Hotelbar ein kühles Bierchen. Keule hat in Bruno einen Sinnesgenossen gefunden. Beide saufen wie die Löcher. Mecki ist darüber verärgert. Kein Wunder, denn er bezahlt Brunos Drinks. Der Kerl hat nicht einen Cent in der Tasche.

Am Spätnachmittag macht Keule einen Vorschlag. Spitzbübisch schmunzelnd meint er: „Na, ihr schlappen Säcke? Wie wär's mit einem kleinen Spaziergang? Kenn da oben ein paar tolle Kneipen." Und so machen wir uns frohgemut auf den Weg. Die Schotterstraße führt steil bergan. Keule läuft wie üblich barfuß. Die spitzesten Steine scheinen ihm nichts anhaben zu können. Es ist verflucht heiß. Wir schwitzen fürchterlich. Zu beiden Seiten der Straße nichts als Dickicht, Palmen, Mangobäume, Papayas und Bananenstauden. Plötzlich bleibt Bruno stehen. Er zieht das linke Hosenbein seiner Boxershorts hoch und pinkelt mitten auf die Straße – ein unmöglicher Kerl! Zwei junge Negermädchen kommen des Weges. Augenscheinlich sind sie verlegen und dann, nachdem sie den ersten Schreck überwunden haben, grinsen sie hinter vorgehaltener Hand. Das kann ja noch heiter werden, sage ich mir.

Minuten später erreichen wir die Anhöhe. Unsere Kehlen sind ausgetrocknet. Mein Atem geht schwer. Bruno und Mecki machen einen erschöpften Eindruck. Wir legen eine kurze Verschnaufpause ein. An eine hochgewachsene Papaya gelehnt, lasse ich meinen Blick über die *Marigot Bay* schweifen, die sich tief unter uns ausbreitet und sich wie ein kleiner See in die Landschaft einfügt. Und dann sind da die Segeljachten, die von hier oben wie winzige Punkte erscheinen. Ein märchenhafter Anblick.

Zu Keule sage ich: „Schau mal, Keule, da unten liegt dein Boot."

„Ich weiß, wo mein Boot liegt", erwidert Keule nüchtern und emotionslos. „Komm schon, Bayer. Wir wollen weiter. Hab 'nen furchtbaren Brand."

Wir nähern uns einer Bretterbude mit Wellblechdach. Ein schiefhängendes Reklameschild aus Blech sticht uns ins Auge. Die Aufschrift ‚Heinecken Beer' wirkt wahre Wunder, vornehmlich auf Keule. Seine Schritte werden zusehends schneller, und ehe wir uns versehen, ist er in der Bretterbude mit dem Reklameschild verschwunden.

Nachdem wir unseren Durst gestillt haben, ziehen wir weiter, aber nicht, wie ich dachte, in Richtung Schiff. Keule und Bruno sind angetrunken und völlig von der Rolle. Eigenmächtig beschließen sie, auch den anderen Kneipen, die auf dem Weg liegen, einen Besuch abzustatten. Es wird ein mörderischer Trip.

In einer der Kneipen stoßen wir auf eine Gruppe Engländer. Zwei Frauen, drei Männer – versnobt bis unter die Haarspitzen. Typische Angeber! Keule pirscht sich an die zwei Ladys heran. Er macht ein paar anzügliche Bemerkungen, und dann stimmt er plötzlich die deutsche Nationalhymne an, und Bruno, durch den übermäßigen Biergenuß melancholisch geworden, fällt in das Lied ein „Sah ein Knab ein Röslein stehn".

Einer der Engländer, groß und schlank, mit dem arroganten Blick des britischen Empires im Gesicht, sagt zu seinen Begleitern: „Die Deutschen haben alle eine Schraube locker. Total blödgesoffen!"

Die Engländer lachen amüsiert, und die Ladys kichern blöd vor sich hin. Bruno hört zu singen auf. Er blickt mich an. Mecki ebenfalls. Ich für meine Person mag's nicht, wenn man sich auf meine Kosten amüsiert. Und blödgesoffen bin ich dreimal nicht. Wir rücken näher zusammen. Unheil liegt in der Luft.

„Habt ihr das gehört?" sagte Keule aggressiv. „Die wollen uns verscheißern!"

Keule schiebt sich neben eine der beiden Ladys. Ihr blödes Gekichere bleibt ihr im Halse stecken. Sie ist bildhübsch, schlank, langes und schwarzes Haar, und feste Brüste hat sie und einen knackigen Po. Wortlos blickt Keule das Mädchen an. Sein Blick ist eisig. Mit der Linken greift er ihr an die Brüste, und mit der Rechten hält er sich am Po der Kleinen fest. Das Mädchen scheint wie zu einer Salzsäule erstarrt.

„Francis!" schreit sie, mit weit aufgerissenen Augen. „Der Kerl da betatscht mich."

Francis, das ist der mit dem Empire-Blick, holt zu einem furchtbaren Schwinger aus. Blitzschnell springe ich für Keule in die Bresche. Kurz und trocken kommt mein Schlag. Buumm! Voll aufs Auge des Engländers. Der hat gesessen. Der Kerl dreht sich einmal um die eigene Achse, und dann donnert er krachend zwischen einen Stapel leerer Bierträger. Sein rechtes Auge ist schrecklich blau und hat gar nichts Empirehaftes mehr an sich.

Allgemeines Durcheinander... Gekreische!... Um weiteres Unheil zu verhüten, packe ich die beiden anderen Engländer am Kragen und schlage sie mit den Köpfen zusammen. Das wäre geschafft – ein Kinderspiel! Händeringend rennt die Wirtin aus der Kneipe und zur Freude aller schreit sie: „Die Deutschen schlagen die Engländer k.o."

Eine Menge Neger laufen zusammen. Das Schauspiel will sich niemand entgehen lassen. Vor der Kneipe geht es zu, wie auf dem Münchner Oktoberfest. Kinder tanzen. Alles, was laufen kann, ist auf den Beinen. Die zweite englische Lady in der Kneipe ist weniger fein. Mit sich überschlagender Stimme schreit sie uns an: „Ihr deutschen Arschlöcher..."

Weiter kommt sie nicht mehr. Die Lady reißt die Augen auf und kreischt herzzerreißend. Sie kämpft mit einem Ochsenfrosch in ihrer Bluse. Bruno lacht schadenfroh.

„Nichts wie raus!" brülle ich. „Nicht, daß uns die Bullen noch auf den Pelz rücken."

Wir stolpern aus der Kneipe. Da steht die Wirtin. Ich drücke ihr 50 Dollar in die Hand.

„Okay?" frage ich.

Sie grinst. „Okay, Sir!"

Eine alte Negerin greift mir in den Arm. Ihr zahnloses Lächeln ist freundlich, und mit jenem zahnlosen Lächeln im Gesicht lispelt sie mir zu: „Denen habt ihr's aber gegeben, den verdammten Engländern. Der Teufel soll sie holen, die verdammten Blutsauger."

Und da bin ich froh, kein Engländer zu sein. Die Einheimischen scheinen es ihren ehemaligen Kolonialherren noch immer nicht verziehen zu haben, versklavt und über Jahrhunderte hinweg ausgebeutet worden zu sein.

So schnell es geht, machen wir uns aus dem Staub. Mecki und ich haben alle Hände voll zu tun, Keule und Bruno, besoffen wie sie sind, auf den Beinen zu halten. Laut schreiend und mit beiden Händen wild gestikulierend, rennt ein kleiner Negerjunge hinter uns her. Es ist der Sohn der Wirtin. Schwer atmend steht er vor mir. „Hier, Sir!" sagt er. In der Hand hält er eine Armbanduhr. Es ist meine Uhr. „Bei der Rauferei haben Sie die Uhr verloren."

„Verdammt! Tatsächlich!" raune ich. „Bei dem Durcheinander hab ich's gar nicht gemerkt." Und dann sage ich noch: „Ich dank dir recht schön", und überrascht, wie ich bin, füge ich hinzu: „Warum hast du die Uhr nicht behalten? Hätt's nicht bemerkt."

Verlegen blickt der Bub zu Boden und mit leiser Stimme sagt er: „Meine Mom hat gesagt, Deutsche, die Engländer verprügeln und k.o. schlagen, bestiehlt man nicht."

Ich grinse übers ganze Gesicht. „Da hat deine Mom schon recht." Aus der Hosentasche ziehe ich einen 5-Dollar-Schein. „Hier nimm, mein Junge. Als Finderlohn."

Die Augen des Buben leuchten. „Ooh, danke, Sir! Vielen, vielen Dank, Sir."

„Und jetzt mach, daß du nach Hause kommst", sage ich grinsend. Dann gebe ich dem Kleinen einen Klaps auf den Hintern, und schon flitzt er davon. Keule schaut mir ins Gesicht. Seine Augen glänzen, und die Gesichtszüge sind die eines Besoffenen. Der ganze Kerl ist besoffen. Und so besoffen wie Keule nun mal ist, lallt er ganze vier Worte: „Der Bayer, ein Gemütsmensch." Dann lacht er ein spöttisches und besoffenes Lachen.

Zwei Tage später segeln Keule und ich wieder zurück. Wir haben verdammtes Pech. Beim Aufkreuzen vor der Beach des „St. Lucian Hotels" reißt das Stahlseil der Ruderanlage. Auf Keules Anweisung hin krieche ich unter Deck und bediene die Notpinne – ein Scheißjob! Es ist höllisch heiß da unten. Der Schweiß rinnt in Strömen. Nicht nur das, zu allem Übel befällt mich die längst überwunden geglaubte Seekrankheit. Mir ist speiübel! Kotze mir fast den Magen aus dem Leib. Das gefällt Keule. Schadenfroh schreit er zu mir runter: „Hey, Bayer! Wie geht's dir denn? Willst ein Bierchen zischen?"

Boshaftes Lachen begleitet seine Worte. Mich würgt es erneut. Ich glaube zu sterben.

Nach gut einer Stunde des Aufkreuzens habe ich's überstanden. Wir gehen an Land.

„Gott sei Dank!" raune ich erleichtert. Schlagartig fühle ich mich wohler. Keule sagt: „Muß ein paar Schrauben besorgen." Dann verschwindet er zwischen den Palmen der Hotelanlage. Ich mache mich auf den Weg zur Pool-Bar. Von weitem schon sehe ich Jill hinter dem Tresen stehen. Habe ein schlechtes Gewissen. Bin mit Keule losgesegelt, ohne Jill Bescheid zu sagen. Das war gottverdammt noch mal nicht richtig gewesen.

„Hello, Jill!" rufe ich kleinlaut. Das schlechte Gewissen würgt mir fast die Stimme ab. Jill zeigt keinerlei Reaktion.

„Hello, meine liebe, kleine Jill", rufe ich abermals. Sie wendet mir ihr Gesicht zu. Da ist kein Lächeln in ihrem Gesicht. „Was willst du?" fragt sie trotzig. „Hast du dich verlaufen, du gemeiner Schuft, du? Hab mir Sorgen gemacht."

Plötzlich sagt da eine fremde Stimme: „Bei der haben Sie kein Glück, Mister. Die Kleine steht auf keine Segelfreaks. Die stinken ihr zu sehr." Ich wende mich der Stimme zu. Da stehen zwei Männer am Tresen. Provozierend blickt der Wortführer mich an. Ich bin gereizt. „Hab ich Sie um Ihre Meinung gefragt?"

Meine Hände zittern, und schlagartig schnellt mein Puls in die Höhe. Ich spüre das Vibrieren meiner Nasenflügel. Ruhig bleiben, Siegfried, rede ich mir zu. Der Schnösel grinst mir frech ins Gesicht. „Nein, das nicht", sagt er, „aber..."

„Dann halten Sie Ihre gottverdammte Klappe. Mischen Sie sich nicht in Dinge ein, die Sie nichts angehen. Ist das klar?"

„Das verbitt' ich mir!" brüllt der Schnösel. „Sie Scheißkerl, Sie!"

„Wie, bitte? Sagen Sie's noch mal!"

„Sie sind ein ganz beschissener und übel stinkender Scheißkerl..."

Meine rechte Hand schnell vor. Ich versetze dem anmaßenden Kerl eine schallende Ohrfeige. Der Typ taumelt zurück und prallt gegen seinen Freund.

„Du Hurensohn", schreit der Geohrfeigte. Flink greift er sich ein Bierglas und schlägt den Rand am Tresen ab. Angriffsbereit steht er da, das abgebrochene Bierglas in der Rechten.

„Ich werd's Ihnen zeigen, Sie stinkender Scheißkerl. Sie deutscher Hurensohn", faucht er mich an.

„Laß das, Jerry!" sagt der Freund. „Der macht dich platt", und er sagt es mit eindringlicher Stimme. Und dann nimmt er seinem Freund Jerry das abgebrochene Bierglas aus der Hand. Ich bin überrascht. Unvermittelt stecken die beiden Freunde die Köpfe zusammen und tuscheln. Wie alte Weiber, denke ich. Unsicher geworden, blickt Jerry mich von der Seite an. Was mag sein Freund ihm wohl über mich erzählt haben? Der Freund wendet sich an mich. „Entschuldigen Sie, Sir, Jerry ist angetrunken. Er meint das nicht so. Er ist halt ein Hitzkopf."

Wortlos legt er einen Geldschein auf den Tresen und genauso wortlos entfernen sich die beiden Männer in Richtung Beach. Offshore liegt eine millionenschwere Motorjacht vor Anker. Ich kenne Jerry, wie man sich halt so kennt, so vom Hörensagen. Soviel ich weiß, stammt der Kerl aus Manchester in England. Er ist der Besitzer der stattlichen Motorjacht da draußen an der Beach. Ein ausgesprochener Jet-Setter, ein verwöhntes Muttersöhnchen, der seine Mitmenschen mit Abneigung und Verachtung straft, vornehmlich Skipper und Weltenbummler. Man munkelt, sein Vater sei ein millionenschwerer Waffenschieber.

Ohne daß ich es bemerke, tritt Jill neben mich. Ihre Stimme schreckt mich auf. „Mußte das sein, das mit Jerry?"

Wir sehen uns ins Gesicht, lange und wortlos. Dann sagt sie: „Wo warst du die ganzen Tage, Siegfried? Warst du bei einer anderen?" Und wie aus heiterem Himmel setzt sie noch hinzu: „Was ist mit deiner Frau? Hast du was von ihr gehört?"

Ich bin überrascht und verneine, und dann versuche ich, Jill zu beschwichtigen. Ich erzähle ihr über meinen Trip in die *Marigot Bay*.

Jill sagt: „Schaust du dir das Fußballfinale nicht an? Da drinnen wird's übertragen. Auf einer großen Videowand." Dann lacht sie ein schadenfrohes Lachen. „Die Deutschen scheinen keinen guten Tag erwischt zu haben! Schaut nicht gut aus für deine Landsleute, Siegfried."

„Oh, verdammt, Jill!" ruf ich aus. „Ist's denn schon so spät? Wir sehen uns später, Jill. Ja?"

Flink verschwinde ich im Saal. Er grenzt unmittelbar an die Pool-Bar an. Deutschland unterliegt im Weltmeisterschaftsfinale Italien mit 3:1 Toren!

## 24

Ende Juli 1982. Nachdenklich sitze ich auf der Terrasse vor dem Haus. Vor ein paar Minuten bin ich mit dem Wäschewaschen fertig geworden. Die Wäsche hängt auf der Leine und flattert im Wind. Gestern abend hatte ich einen wenig erfreulichen Anruf aus Frankreich, genauer gesagt aus Paris, bekommen. Ein guter alter Freund warnte mich. Er hatte mich schon oft gewarnt, wegen verschiedener Dinge. Er ist eigentlich mein einziger Freund. Wir sind wie Brüder zueinander.

„Mensch, Siegfried! Es wird höchste Zeit", hat er gesagt, „daß du deine Frau und Oliver aus Deutschland rausholst. Aus 'ner zuverlässigen Quelle habe ich erfahren, daß die Bullen eventuell deine Frau unter einem fadenscheinigen Vorwand in den Knast stecken wollen. Das gilt dir. Die wollen dich unter Druck setzen. Wenn's dir zu riskant ist, nach Deutschland zu fahren, dann manage ich das mit deiner Frau und Oliver. Bring sie zu dir nach St. Lucia."

Und dann hat er eine kurze Verschnaufpause gemacht und gesagt: „Wollt's dir eigentlich gar nicht sagen, Siegfried. Madeleine macht sich große Sorgen um dich. Du hättest sie damals heiraten sollen. Sie wär' schon die Richtige für dich gewesen. Und sie liebt dich noch immer, auch wenn sie mir gegenüber immer so tut, als wärst du ihr völlig gleichgültig."

Madeleine geht mir nicht aus dem Kopf. Vor vielen Jahren bin ich ihr zum erstenmal begegnet, auf der Heimfahrt von der Bundeswehrkaserne Landsberg. Mit meinem Motorrad war ich unterwegs – Auto hatte ich noch keines. Hätte es mir auch gar nicht leisten können, von den paar Mark Wehrsold.

Von weitem schon hatte ich das verbeulte Auto gesehen. Es lag auf dem Dach in einem Feld. Einige Leute hatten die Unglücksstelle umringt, ohne zu helfen.

Dann war da noch eine schlanke, großgewachsene, blondhaarige Frau gewesen. Alles ging nun blitzschnell. In dem Moment, als ich mein Motorrad auf Höhe der Unglücksstelle abstellte, um nachzusehen, ob ich helfen könne, fing das auf dem Dach liegende Auto zu brennen an. Die blonde Frau war schrecklich verzweifelt.

„Mein Baby! ... Mein Baby!" hatte sie in ihrer Verzweiflung geschrien. Ihr singender Akzent in der Stimme war mir sofort aufgefallen. Wie ein Wilder war ich auf die schreiende Frau losgestürmt und hatte ihr die Worte an den Kopf geschleudert: „Ist da vielleicht noch ein Baby drin, da in dem Auto?"

„Qui, Monsieur! Qui, Monsieur!"

Und da bin ich einfach losgerannt, einfach so, ohne zu denken, und habe mich mit meiner Lederkombi und dem

Sturzhelm auf dem Kopf in die Flammen geschmissen und das Baby rausgeholt. Es war ein liebes Baby mit schwarzen Augen, und es hat furchtbar geschrien. Komisch! Es hat eine kräftige Stimme, hatte ich mir gedacht, damals, ohne an das Feuer und die Gefahr zu denken.

Alle haben die Mutter und das Baby umringt, auch jene, die vorher bloß dumm zugeschaut hatten, ohne zu helfen, und die blonde Frau war so glücklich, daß mich niemand mehr beachtete.

Irgendwie bin ich mir überflüssig vorgekommen. Gänzlich unbeachtet bin ich auf mein Motorrad gestiegen und nach Hause gefahren.

Monate später habe ich einen Brief bekommen. Er kam aus Frankreich. Lange hatte sie sich bemüht, meine Adresse ausfindig zu machen. Das hatte sie geschrieben, die blondhaarige Mutter, und noch vieles mehr.

Die Mutter von dem Baby ist Madeleine. Irgendwann hat sie mir dann zu verstehen gegeben, daß sie mich liebe und mich heiraten möchte. Ausgerechnet mich, ein Nichts, einen, der nichts hat als sich und ein Motorrad und unerfüllte Träume. Aber ich konnte sie nicht heiraten, weil ich sie niemals geliebt habe.

Ich kann sie gut leiden, sehr gut sogar. Aber ich liebe sie nicht, wie man sich lieben soll, um den Bund der Ehe einzugehen. Madeleine ist eine wohlhabende Frau. Sie ist schon immer wohlhabend gewesen. Doch mich von einer reichen Frau aushalten zu lassen, die ich nicht aus ganzem Herzen liebe, geht mir gegen den Strich. In Liebesdingen bin ich schrecklich altmodisch. Das war schon immer so. Und gottverdammt noch mal, wäre ich nur nicht so verdammt altmodisch, dann hätte ich es gewiß besser gehabt, und dann wäre ich sicherlich niemals im Gefängnis gelandet.

Erneut habe ich mich von meinen Emotionen leiten lassen. Schluß damit! Noch immer ist es Juli 1982, und noch immer sitze ich auf der Terrasse vor dem Haus in St. Lucia. Ich habe einen Entschluß gefaßt: Werde meine Frau Gaby und Oliver, meinen nun dreijährigen Sohn, aus Deutschland herausholen. Es wird höchste Zeit!

Uwe, ein Deutscher, der auf St. Lucia mit seiner Freundin eine Disko betreibt, wird mich begleiten. Er versichert mir, in Hannover einen zuverlässigen Typen zu kennen, der mir gefälschte Papiere besorgen kann. Erstklassige Arbeit! Bei dem könne ich alles bekommen – auch Waffen.

Trotz gutgemeinter Ratschläge meines Rechtsanwalts, Kenneth Augustin Webster, setze ich einige Tage später meine Freiheit aufs Spiel und mache mich auf den Weg nach Deutschland. Strucki, meinen gefeuerten Architekten, habe ich nicht vergessen; auch nicht, daß er für die Rosenheimer Kripo als Polizeispitzel tätig ist. Deshalb lasse ich auf St. Lucia das Gerücht verbreiten, daß ich in den Vereinigten Staaten geschäftlich zu tun habe.

In Deutschland angekommen, setze ich mich unverzüglich telefonisch mit einem guten Bekannten in Verbindung. Was ich da zu hören kriege, ist alles andere als erfreulich. Jeden Tag sei meine Frau bis in die frühen Morgenstunden unterwegs.

Mit Uwes Papieren miete ich einen Leihwagen an. In der Nähe von Bad Tölz, etwa 30 Kilometer von Rosenheim entfernt, mieten wir uns in einer kleinen Pension ein. Rosenheim, meine geliebte Heimatstadt, ist für mich zu einem heißen Pflaster geworden. Die Fahndung von Interpol und der Rosenheimer Kripo läuft bereits auf vollen Touren.

Einen Tag nach meiner Ankunft fahre ich abends, nach Einbruch der Dunkelheit, nach Rosenheim und treffe mich mit meiner Frau. Um nicht blindlings in eine Falle zu laufen, habe ich einige Vorsichtsmaßnahmen ergriffen.

Gaby steigt zu mir ins Auto. Sie hat sich verändert. Nicht

nur, daß sie ihr Haar jetzt kürzer trägt. Ich habe das bedrükkende Gefühl, eine Fremde sitzt neben mir. Sie gibt sich keck, doch instinktiv spüre ich die Unsicherheit, die von ihr ausgeht. Nach all den Monaten des Getrenntseins und den damit verbundenen Schwierigkeiten, mit denen wir kämpfen mußten, hatte ich geglaubt, es würde ein Wiedersehen der Freude und des Sichumarmens werden. Nur zu gut ist mir der von Emotionen erfüllte Abschied am Züricher Flughafen in Erinnerung geblieben, damals, vor zwei Monaten, im Mai.

Es ist ein frostiges Wiedersehen. Auf mein Drängen hin, sie müsse Deutschland unverzüglich verlassen, meint sie, das sei ein Ding der Unmöglichkeit. Sie habe noch einige Geschäftsabwicklungen zu tätigen. Schließlich läßt sie durchblicken, daß sie eventuell in Deutschland bleiben will, mit Oliver.

Mir platzt der Kragen. Ungehalten sage ich: „Verdammt noch mal, Gaby! Glaubst du, ich bin total verblödet. Die Sache mit dem Geschäft hättest du schon lange abwickeln können. Was dir im Kopf rumschwirrt, ist höchstens so ein Trottel, mit dem du laufend unterwegs bist. Ich leb' doch nicht auf dem Mond. Hast du's noch immer nicht kapiert? Irgendwann werden dich die Bullen einlochen. Einfach so! Glaubst du, ich schau' da tatenlos zu. Denk doch mal an Oliver. Und wenn du erst in der Kiste sitzt, haben die das beste Druckmittel gegen mich in der Hand, um mich zu kriegen. Willst du das? Du wärst nicht die erste, die in Beugehaft geht. Willst du's soweit kommen lassen, Gaby?"

„Nein, Siegfried! Natürlich nicht", sagt sie kleinlaut. Sie wirkt nervös. Der Schweiß steht ihr auf der Stirn. Sie kommt zur Einsicht. Mir fällt ein Stein vom Herzen.

Und dann erzählt sie mir, mit welch unrechtmäßigen Mitteln sie der Chef einer Rosenheimer Bank über den Tisch gezogen hat. Die Pacht und die ganze Abschlagszahlung aus der Verpachtung der beiden Lokale, mit der sie anstehende Verbindlichkeiten begleichen wollte und von der wir in St. Lucia leben wollten, hat er mit einem Trick einbehalten.

„Der hat mich in den Konkurs getrieben", sagt sie deprimiert. Gabys Hiobsbotschaft trifft mich wie ein Schlag. Das ist unser finanzieller Ruin! Wovon sollen wir auf St. Lucia leben? Ohne die Pacht, ohne die Abschlagszahlung und ohne die Sicherheit, die beiden Lokale eines Tages doch noch zu einem angemessenen Preis verkaufen zu können?

„Dieser Mistkerl!" brumme ich vor mich hin. Ich kenne ihn gut, den Herrn, zumal ich in der Vergangenheit alle geschäftlichen Belange mit ihm besprochen habe. Ein großgewachsener Mann ist er, schlank, mit dem seriösen Erscheinungsbild des Biedermannes. Immer höflich lächelnd und adrett gekleidet. Doch eiskalt, rücksichtslos und ohne menschliche Gefühle, wenn er in Schwierigkeiten zu geraten droht. Und erheblicher Ärger wäre ihm ins Haus gestanden, denn in einem Anflug von eigener Überschätzung und jovialer Großzügigkeit hatte er den Kreditrahmen unseres Geschäftskontos aufgestockt, ohne die Frage nach der erforderlichen Liquidität zu stellen. Dafür hatte er von den Herren der Zentrale einen Rüffel bekommen, erzählte er mir mal im Vertrauen. Und nun hat er sich schadlos gehalten und meine Frau mit rechtswidrigen Machenschaften in den Konkurs getrieben, der ehrenwerte Herr Bankdirektor.

Plötzlich schießt eine Frage durch mein Gehirn, eine Frage, vor deren Beantwortung ich panische Angst habe.

„Du, Gaby", sage ich mit vorsichtiger Stimme. „Hast du beim Konkursverwalter wenigstens das Darlehen von der Mühldorfer Bank an die erste Stelle der Gläubiger setzen lassen?"

Mir wird ganz heiß bei der Frage.

„Was für ein Darlehen, Siegfried?"

„Du meine Güte! Das Darlehen, das ich damals für die

Geschäftsgründung bekommen habe. Es waren 90 000,- DM. Meine Mutter hat mir das Geld geliehen und dafür eine Hypothek auf ihr Haus eintragen lassen. Auch auf das Waldhaus mit dem ganzen Grund. Sag bloß, du hast's vergessen?" Ich wage kaum noch zu atmen. Gaby schaut mich an, lange und wortlos. Ihr Schweigen gibt mir die Antwort. Mein Puls schlägt Saltos.

„Verdammt noch mal, Gaby! Du hast alles vermasselt, was man nur falsch machen kann!"

Es kostet mich eine ungeheure Überwindung, nicht auszuflippen. In den annähernd drei Monaten, die ich nun weg war, hat meine Frau all das zugrunde gerichtet, was wir uns in vielen Jahren erarbeitet hatten. Innerlich koche ich vor Wut und Enttäuschung. Doch ich beherrsche mich und versuche ruhig und gefaßt zu bleiben. Ich wechsle das Thema und erkundige mich nach Oliver. Die Gedanken an meine Söhne tun mir gut und beruhigen mich zusehends. Wenigstens geht es Oliver gut, sage ich mir, und das ist schließlich die Hauptsache.

In dieser Nacht liege ich schlaflos wach. Die „Sache" mit dem Bankdirektor geht mir nicht aus dem Kopf: Treibt eine ahnungslose und gutgläubige Frau in den Konkurs, dieser Schweinehund, dieser gottverdammte! Uwe liegt im Bett neben mir. Er schaut zu mir rüber.

„Was ist los, Siegfried? Kannst du nicht schlafen? Seitdem wir deine Frau abgesetzt haben, bist du nicht wiederzuerkennen. Was ist bloß los mit dir?"

Tags darauf wechseln wir den Standort. Die Nähe von Rosenheim wird mir zu riskant. Wenn mich jemand erkennt, bin ich geliefert. Uwe und ich mieten uns in Weßling ein, einem Ort zwischen Ammersee, Starnberger See und München. Zwei Tage später fährt Uwe mit dem Zug nach Hannover. Er hat die Hosen voll, überhaupt keinen Mumm in den Knochen.

Erneut nehme ich Kontakt mit Gaby auf. Während sie in Rosenheim die Koffer packt, sitze ich in München in der Nobeldisko Eastside und warte auf sie. Gegen 4.00 Uhr früh taucht sie am vereinbarten Treffpunkt auf.

Noch am gleichen Tage gebe ich in München den Leihwagen zurück. Sicherheitshalber entferne ich sämtliche Fingerabdrücke. Mit Gabys Auto begeben wir uns nach Esslingen, um Oliver abzuholen. Hoffentlich spielen die Schwiegereltern nicht verrückt?

Meine Schwiegereltern spielen nicht verrückt. Nachts treffe ich mich mit meiner Schwiegermutter. Sie bringt zwar einige Einwände vor, aber letztendlich stellt sie sich nicht zwischen mich und ihre Tochter. Die Frau ist in Ordnung. Das Wiedersehen mit Oliver wird für mich zum schönsten Erlebnis, seitdem ich wieder deutschen Boden betreten habe.

Stockfinstere Nacht. Gaby ist bei ihren Eltern in Esslingen und packt Olivers Sachen. Aus Sicherheitsgründen betrete ich die Wohnung der Schwiegereltern nicht. Könnte ja sein, daß die Kripo das Haus observieren läßt. Halte mich in einer Seitenstraße auf und beobachte das Haus. Langsam werde ich des Wartens müde. Meine Vorfreude auf Oliver ist grenzenlos. Bald, Siegfried, sage ich mir, bald wirst du ihn bei dir haben. Ich blicke auf meine Armbanduhr. 23.00 Uhr!

„Wie lange braucht sie denn noch?" murmle ich vor mich hin. Ich werde ungeduldig. Unruhig geworden, laufe ich auf und ab. Vermeide es tunlichst, in den Lichtkegel der Straßenbeleuchtung zu geraten. Plötzlich vernehme ich das Brummen eines Motors. Blitzschnell verstecke ich mich hinter einem Strauch. Mit den Händen teile ich das Buschwerk. Angestrengt blicke ich die Straße hinunter. Ich bin so nervös, wie vor meinem ersten Rendezvous. Dann die Lichter der Autoscheinwerfer. Umrisse einer Karosserie.

Im matten Schein der Straßenlaternen erkenne ich sofort das Auto. Es ist ein Mazda 323.

Ich trete hinter dem Busch hervor. Gaby sitzt am Steuer. Der Wagen hält, die Tür der Beifahrerseite schlägt auf. Da ist ein Kindergesicht und ein brauner Haarschopf – Oliver! Er sieht mich am Straßenrand stehen. Sofort erkennt er mich. Für Sekunden des Erkennens blicken wir uns an, wortlos und intensiv ... Dann! ...

„Ja, Papa! ... Papa! ... Papa!" ruft er spontan. Der Bub ist furchtbar aufgeregt. Flink krabbelt er aus dem Auto und dann springt er mir buchstäblich in die Arme.

„Oliver! ... Mein Oliver!" sage ich ganz leise, und dann sage ich nichts mehr. Fest drücke ich meinen Sohn an die Brust. Es ist ein unbeschreibliches Gefühl, meinen Sohn an die Brust drücken zu dürfen, den kleinen, warmen, zarten Körper zu spüren und die vor kindlicher Freude aufgeregt atmende Brust. Wie oft schon habe ich diesen kleinen und zarten Körper in meinen derben Männerhänden gehalten, damals, als er noch kleiner und noch zarter war?

Wenn ich Oliver, das kleine Kerlchen, badete, seine zarte Haut mit Penatenöl einrieb, den süßen Po eincremte und puderte und das vor Übermut kreischende und strampelnde Bürschlein wickelte, mit jenem zahnlos kindlichen Lächeln im Gesichtchen, dann fühlte ich mich wohl, genauso wohl, wie ich mich jetzt fühle in diesem Moment, in dem ich Oliver an meine Brust drücke und all jene Bilder vor Augen habe, die mich glücklich stimmen, glücklich, meinen Oliver zu haben.

Gaby steht neben mir. Sie spricht kein Wort. Ich habe Tränen der Freude in den Augen. Könnte schreien vor Glück. Vergessen sind all jene Schwierigkeiten und Strapazen, die ich in den vergangenen Monaten auf mich nehmen mußte, und vergessen sind die Gefahren, die mich auf Schritt und Tritt verfolgen. Der Augenblick entschädigt mich für alles.

„Du, Papilein", flüstert der Bub, „bleibst du jetzt immer bei mir und gehst du nie nicht mehr fort? . . . Da bin ich immer so traurig, weil ich nie nicht will, daß du mich allein läßt, Papilein?" Mit seinen kleinen und rundlichen Ärmchen drückt der Bub sich ab von meiner Brust und schaut mir mit fragenden Kinderaugen ins Gesicht.

„Ja freilich, Oliver", sage ich. Ich kämpfe mit meiner Stimme, die nicht so recht will. „Jetzt bleiben wir für immer zusammen. Ich laß dich nie mehr allein."

Meine Stimme klingt ungewöhnlich belegt. Olivers Worte gehen mir sehr nahe. Ich könnte heulen. Dann nimmt Oliver mein Gesicht in seine patschigen Händchen, wie er es immer in seine patschigen Händchen genommen hat, und schließt die Augen. „Bussi, Papilein", sagt er, und dann spitzt er den Mund zu einem lustigen Schnütchen, wie er es immer getan hat, und ich gebe meinem Lauser ein Bussi, wie ich es immer getan habe.

Es ist so wie früher, rede ich mir ein. Aber es wird nie mehr so sein wie früher, denn ich habe das Gesetz im Nakken, und gesetzlose Kerle stellen mir ebenso nach, um mir meine Beute abzujagen.

In unsere Wiedersehensfreude hinein fällt Gabys Stimme: "Komm, Siegfried. Wir stehen mitten im Licht. Wir müssen fahren. Ich habe kein gutes Gefühl, wenn ich hier stehe."

Wenig später befinden wir uns auf der Autobahn Stuttgart–München. Und während wir so durch die Nacht fahren, sage ich: „Du, Gaby! Wir sollten alles vergessen, was war. 's wird zwar nicht immer leicht sein. Trotzdem, wir sollten's versuchen. Das mit den Lokalen und die Sache mit der Bank sind nicht mehr zu ändern. Wir müssen vorwärts schaun. Noch ist's für uns nicht zu spät. In jeder Ehe gibt's mal Schwierigkeiten. Wenn wir fest zusammenhalten, kann uns nichts passieren. Sich gegenseitig Vorwürfe zu machen, bringt uns nicht weiter. Na, was meinst du?"

Gaby scheint zu überlegen. „Ja, Siegfried", sagt sie dann. Sie lächelt. „Vielleicht haben wir noch 'ne Chance. An mir soll's nicht liegen."

Oliver piepst vom Rückfahrersitz aus in mein Ohr. Der Bub redet wie ein Wasserfall. Er ist nicht zu bremsen. Zum x-ten Male erzählt er mir, wie traurig er gewesen ist, so allein ohne seinen Lieblingspapa, und in der für Kinder seines Alters typischen Art meint er, daß der Opa manchmal mit ihm geschimpft habe, weil er soviel rede. „Du redest mir noch ein Loch in den Bauch, hat er gesagt, der grantige Opa. Ja, das hat er gesagt. Aber der Opa hat nie nicht kein Loch in den Bauch gekriegt, weil das gar nie nicht geht. Das hat die Oma gesagt!"

Wir lachen! Und dann, wenig später, ist es still im Auto. Nur noch Motorgeräusche. Oliver ist eingeschlafen.

## 25

Weßling hat mich wieder. Quartiere mich mit Gaby und Oliver in jenem Hotel ein, in dem ich bereits vor einigen Tagen mit Uwe abgestiegen bin. Es ist in ruhiges Hotel. Ich verschwende keine unnötige Zeit und mache mich gemeinsam mit Gaby noch am selben Tag daran, eine „ideale" Bank für einen Überfall auszukundschaften. Am zweiten Tag unserer Suche werden wir fündig. Unsere Wahl fällt auf die Sparkasse Feldafing. Feldafing ist ein schmucker und sauberer Fremdenverkehrsort am Starnberger See, unweit von München gelegen.

Unsere Vorbereitungen laufen nach dem selben Schema ab wie bei den vorangegangenen Banküberfällen auch. Lediglich mit einem wesentlichen Unterschied: Ich gehe jetzt noch vorsichtiger zu Werke als bisher. Die Verantwortung, die ich vornehmlich für Oliver zu tragen habe, mahnt mich zur Vorsicht. Ich gehe nicht mehr Risiko ein als unbedingt nötig. Dann beschließen wir, am kommenden Montag die Sparkasse zu berauben.

Heute ist Samstag! Endlich finde ich die Zeit, mich Oliver in Ruhe widmen zu können. Wir spielen zusammen und gehen viel spazieren, zum Leidwesen meiner Frau. Sie ist alles andere als eine begeisterte Spaziergängerin. Da ist ein kleiner See mit Seecafé. Zu dritt machen wir uns auf den Weg und marschieren um den See. Gaby sagt kein Wort – die Wanderei bereitet ihr kein sonderliches Vergnügen. Sie schweigt, um Olivers Freude nicht zu trüben. Der Bub ist ja so glücklich, daß wir endlich wieder zusammen sind. Auf halber Wegstrecke wird Oliver langsam müde.

„Du, Papa", sagt er erschöpft, „ich kann nicht mehr. Die Füße tun mir weh, weil ich da 'ne Wasserblase hab, da hinten. Das brennt vielleicht, Papa."

Wir setzen uns auf einen umgestürzten Baumstamm. Gaby raucht eine Zigarette. Wenig später machen wir uns wieder auf den Weg. Ich trage Oliver auf den Schultern. Die Sonne brennt vom Himmel. Ich schwitze, und Oliver, glücklich, auf meinen Schultern sitzen zu dürfen, ruft euphorisch: „Hüh, Papa, auf geht's, Papa."

Am Sonntag machen wir einen kleinen Ausflug zum nahen Ammersee. In Kloster Andechs essen wir zu Mittag. Oliver ist wie wild auf das dunkle Bier aus, das es hier gibt.

Es ist ein schöner Tag. Gaby taut zunehmend auf und wird immer zugänglicher. Ich fühle mich pudelwohl und entspannt, obwohl ich mich immer öfter dabei ertappe, mit den Gedanken bei dem Banküberfall zu sein, den ich plane. Die Sache belastet mich ungeheuerlich, weit mehr als die bisherigen Raubüberfälle. Der Coup droht mich zu erdrücken. Werde den Banküberfall ohne Gesichtsmaske ausführen. Habe deshalb mein Aussehen verändert.

Abermals bespreche ich mit Gaby den Plan. Sie ist überraschend ruhig. Oliver sitzt auf dem Bett und hört aufmerksam zu. Für ihn ist alles nur ein Spiel. Gott sei Dank kann Oliver in seinem kindlich unschuldigen Gemüt noch nicht begreifen, daß seine Mutter und sein Vater, die er über alle Maßen liebt und verehrt, Verbrecher sind. Gegen 23.00 Uhr gehen wir zu Bett. Oliver schläft sofort ein. Es darf nichts schiefgehen, sage ich mir. Dann versuchen wir zu schlafen.

Weßling, Montag, 2. August 1982. 8.00 Uhr. Unauffällig verlassen wir zu dritt über den Hinterausgang das Hotel. Oliver ist noch ganz verschlafen. Mit dem Auto fahren wir in Richtung Feldafing. In einem Waldstück, einige Kilometer von Feldafing entfernt, tausche ich die Kennzeichen aus, die ich gestern nach Einbruch der Dunkelheit gestohlen hatte. Dann ziehe ich mich um und verändere mein Aussehen. Gaby zieht sich eine blonde Langhaarperücke über. Und nach wenigen Minuten ist auch Oliver nicht mehr wiederzuerkennen. Der Bub sieht aus wie ein blondhaariges Mädchen mit langen Zöpfen. Für alle Fälle, sage ich mir. Ich möchte nichts dem Zufall überlassen.

„Ja, Papa! Wie schaust denn du aus?" sagt Oliver erstaunt und lacht.

„Genauso lustig wie du, du Lauser", schmunzle ich und starte den Wagen. Am Bahnhof von Feldafing parke ich. Der Bahnhof ist zu Fuß etwa drei Minuten von der Gemeindesparkasse Feldafing entfernt.

„Du wartest hier", sage ich zu Gaby. Sie ist nervös. Wortlos umarmen wir uns.

„Du, Papa. Ich will auch mit", sagt Oliver.

Ich löse mich von Gaby und steige aus, und bevor ich die Türe zuschlage, sage ich: „Oliver! Ich bin ja gleich wieder da. Sei schön brav. Ja?"

Dann schlage ich die Türe zu und entferne mich, ohne

mich nochmals umzuschauen. Ich werfe einen flüchtigen Blick auf meine Armbanduhr: 9 Uhr! Zu Fuß nähere ich mich dem Bankgebäude. Es ist ein mehrstöckiges Haus mit mehreren Büros. Im Erdgeschoß befinden sich die Räumlichkeiten der Gemeindesparkasse.

Mehrmals atme ich tief durch. Das beruhigt. Entschlossen betrete ich die Bank. Mein Blutdruck steigt. Hinter den Schläfen pocht es wie wild.

In der Schalterhalle halten sich mehrere Kunden auf, zu viele, wie ich meine. Blitzschnell ändere ich den Plan. Was ich will, ist der gesamte Tresorinhalt, nicht nur das „läppische Wechselgeld", das in der Kasse am Schalter bereitliegt. Am Bankschalter erkundige ich mich nach einem Bausparvertrag. Und während ich mich scheinbar interessiert erkundige, nehme ich die Beschaffenheit der Räumlichkeiten wahr. Wenig später ruft der Filialleiter mich in sein Büro. Er ist sehr höflich. Ahnungslos erklärt er mir die Modalitäten des Bausparvertrages.

„Überlege mir die Sache", sage ich. „Sprech's zu Hause nochmals durch. Wenn's Ihnen recht ist, komme ich im Laufe des Nachmittags vorbei. Es kann aber später werden. Wann schließen Sie denn?"

„Um 16.00 Uhr", sagt der Filialleiter. „Aber kommen Sie nur vorbei. 's würd' mich freuen."

Gaby wartet bereits nervös. Gerade startet sie den Wagen, als ich daherkomme.

Kurz darauf verlassen wir Feldafing. Ausführlich schildere ich ihr die zurückliegenden Ereignisse und wie ich gedenke, den Plan kurz vor Schalterschluß durchzuführen. Sie ist beherrscht, doch irgendwie bedrückt. Auf meine Frage, was sie denn bedrücke, gibt sie mir unmißverständlich zu verstehen, sie werde mit mir in die Bank gehen. Zu zweit sei es sicherer. Wir dürften kein unnötiges Risiko eingehen. Währenddessen blickt sie zu Oliver, der mit seinen Zöpfen spielt.

„Hast du nicht mehr alle?" lehne ich konsequent ab. „Das kommt überhaupt nicht in Frage." Was, wenn die Sache nicht glatt ginge, wenn plötzlich die Bullen vor der Bank auftauchten? Wenn es zu einer Schießerei kommt? Gaby muß sich um Oliver kümmern! Nicht auszudenken, wenn sie uns beide erwischen würden.

Dann, nachdem wir im Wald die Kennzeichen gewechselt haben und wieder aussehen wie „normale" Menschen, fahren wir ins Hotel zurück. Nach dem Mittagessen ruhen wir uns ein wenig aus. Wir finden jedoch keinen Schlaf. Wir sind viel zu aufgekratzt.

15.00 Uhr. Durch den Hinterausgang verlassen wir wieder das Hotel. Niemand bemerkt uns. Offiziell schlafen wir. Mit dem Mazda fahren wir nach Feldafing. Im Wald „rüste" ich wie schon vormittags den Wagen um. Dann verändern wir erneut unser Aussehen, wie gehabt. Gaby und Oliver warten wie abgesprochen am Bahnhof auf meine Rückkehr. Zu Fuß mache ich mich auf den Weg.

15.45 Uhr. In einer Viertelstunde schließt die Bank. Ich betrete die Schalterräume. Das Herz schlägt mir bis zum Hals. Nach außen hin gebe ich mich völlig ruhig und gelassen. Der Filialleiter ruft mich zu sich ins Büro. Ich entschuldige mich wegen der Verspätung. Ohne lange Umschweife versichere ich ihm, den Bausparvertrag abzuschließen. Während er die Formulare ausfüllt, werfe ich einen flüchtigen Blick auf die Uhr. Verdammt! Die Zeit scheint zu stehen. Noch 5 Minuten bis Schalterschluß. Durch scheinbar interessierte Fragen ziehe ich das Gespräch in die Länge. Abermals ein verstohlener Blick auf die Uhr. Noch 2 Minuten. Verflixt und zugenäht, schießt es mir durch den Kopf. Wann schließen die Angestellten endlich den Haupteingang ab? Meine Nerven sind aufs Äußerste gespannt.

16.00 Uhr. Endlich! Der letzte Kunde verläßt die Bank. Dann höre ich jene Geräusche, auf die ich die ganze Zeit über gewartet habe: Das helle Rasseln eines Schlüsselbundes und wenig später das Klicken des Türschlosses.

Der Filialleiter sitzt mir am Schreibtisch gegenüber. Gelassen erhebe ich mich vom Stuhl. Aus meiner Aktentasche ziehe ich den Revolver. Das Ding ist nicht einmal scharf geladen.

„So, Schluß jetzt mit der Vorstellung", sage ich. „Hände hoch! Das ist ein Überfall!"

Der Filialleiter blickt auf. Er starrt genau in das schwarze Loch meiner Knarre. Schlagartig wechselt er die Gesichtsfarbe. Der Kerl ist kreidebleich. Seine Arme schnellen hoch.

„Aufstehen!" sage ich. Meine Stimme ist drohend. Wie von der Tarantel gestochen springt er hoch. Der Bursche hat Angst. Er starrt mich an, als wäre ich ein Gespenst.

„Um Gottes willen", jammert er. „Tun Sie mir nichts! Ich bin verheiratet. Habe Familie, Kinder."

„Jetzt reißen Sie sich mal am Riemen, Mann! Und fangen Sie ja nicht an zu flennen!" sage ich unwirsch. „Sie sind verheiratet?"

„Ja! ... Ja, und Kinder habe ich auch." Er ist völlig verängstigt. Frauen beweisen da oftmals mehr Mut; zeigen mehr Haltung.

„Jetzt machen Sie sich mal nicht in die Hosen. Ich tu' Ihnen nichts. Kinder sollten nicht ohne Vater aufwachsen. Das ist nicht gut. Ich will das Geld, verstanden? Aber das gesamte! Und keine Mätzchen! Verstanden?"

„Ja! Ich mach' alles, was Sie sagen. Aber tun Sie mir nichts."

Dann widme ich mich den drei andern Bankangestellten. Mit verängstigter Stimme ruft der Filialleiter ihnen zu: „Tut alles, was er sagt! Er wird uns nichts tun. Das hat er mir versprochen."

Der Tresorraum mit Panzerschrank befindet sich im Keller. Im Gänsemarsch marschieren wir in den Keller. Dann stehen wir vor einer Gittertür. Dahinter befindet sich eine gewaltige Türe. Absolut einbruch- und schneidbrennsicher. Das sehe ich auf den ersten Blick. Um die zu knacken, bräuchte man eine Panzerfaust. Die Tür führt in das Allerheiligste der Bank – in den Tresorraum.

„Los! Aufschließen!" sage ich fordernd und scharf. Die Kassiererin ist schrecklich nervös. Aufgeregt sagt sie: „Das geht nicht! Ich hab den Schlüsselbund oben an der Kasse liegenlassen."

„Wollen Sie mich verarschen?" Meine Stimme hört sich frostig an.

„Nein! Wirklich nicht." Die Hände der Frau zittern.

Der Filialleiter wird noch blasser im Gesicht. Er fleht die Kassiererin an: „Mein Gott, Frau Ziegler! Machen Sie bitte keine Dummheiten. Stimmt das wirklich?"

„Aber Herr Leutner, es stimmt. Der Schlüssel liegt oben."

Die Frau macht einen verzweifelten Eindruck. Sie hat Angst, aber sie hat sich in der Gewalt. Eine mutige Frau, auch wenn sie Angst hat.

Im Gänsemarsch marschiern wir nach oben und holen den Schlüsselbund. Da sag noch mal einer, so ein Bankraub sei nicht stressig. Das ist Schwerstarbeit!

Im Panzerschrank befinden sich fast 200 000,- DM. Ohne Eile verlasse ich den Tresorraum. Die schwere und luftdichte Tresortüre schlage ich weit auf, damit sie nicht ins Schloß fallen kann. Mit einem Bankraub kann ich leben, nicht jedoch damit, wenn die eingeschlossenen Bankangestellten ersticken würden. Dann verschließe ich die Gittertüre und mache mich davon. Über ein Seitenfenster verlasse ich die Bank.

Und was ich dann sehe, läßt mir buchstäblich das Blut in den Adern gefrieren. Auf dem Parkplatz vor der Bank steht Gabys Auto. Sie sitzt am Steuer, und Oliver schaut aus dem Fenster.

„Juhu, Pa...", ruft Oliver. Blitzschnell hält Gaby Oliver die Hand vor den Mund. Wortlos, mit grimmigem Gesicht, als würde ich sie nicht kennen, marschiere ich an ihnen vorbei, auf dem Weg zum Bahnhof. Ich bin zornig. Wenig später überholt Gaby mich mit dem Auto. Oliver winkt mir aus dem Rückfenster zu.

Parkplatz Bahnhof Feldafing. Wortlos steige ich in Gabys Auto und knalle wütend die Tür zu. „Ja, bist du von allen guten Geistern verlassen, Gaby?" poltere ich drauflos. „So ein bodenloser Leichtsinn!"

„Du, Papa! Die Mama hat mit mir geschimpft."

Gaby resolut: „Halt den Mund, Oliver!"

„Verdammt, Gaby! Willst du uns mit aller Gewalt die Bullen auf den Hals hetzen? Das gibt's doch nicht. Oh, Mann!"

„Ich hab's nicht mehr ausgehalten, Siegfried!" Gabys Stimme schwankt. Ihre Augen schimmern feucht. „Du bist doch mein Mann, Siegfried. Was tät' ich denn ohne dich." Gaby bricht in Tränen aus. Schluchzend wirft sie die Arme um meinen Nacken.

„Ist schon gut, Gaby... ist ja schon gut", versuche ich sie zu trösten. „Wein doch nicht... bitte, Gaby,... nicht weinen."

Plötzlich fängt Oliver an zu schluchzen. Behutsam löse ich mich aus Gabys Umarmung und blicke in Olivers weinendes Gesicht. „Warum weinst du denn, Oliver?"

Oliver schluckt schwer. Verlegen spielt er mit seinen Zöpfen. „Weil die Mama weint, Papa", schluchzt mein Sohn. „Oliver ist traurig."

Ich beuge mich zu Oliver und küsse ihn auf den Mund. Er schmeckt salzig. „Bist ein braver Bub", sage ich gerührt und streiche über sein blondes Perückenhaar. Mit aller Gewalt kämpfe ich gegen Tränen an. „Fahr los, Gaby", sage ich mit vibrierender Stimme. „Wir müssen schaun, daß wir weiterkommen." Und dann schüttle ich den Kopf. „Wir sind schon eine tolle Familie ... direkt die Familie des Jahrhunderts."

Der Coup hat geklappt wie am Schnürchen. Niemand wurde verletzt oder geschlagen. Ich verabscheue brutale Gewalt. Das war saubere Arbeit. So muß es sein. Es reicht schon der Schrecken, den ich den Leuten eingejagt habe. Eine Zentnerlast ist von mir genommen.

Gut ein Stunde nach dem Banküberfall reise ich mit meiner Frau und Oliver aus Weßling ab. Das Geld habe ich im Reservereifen versteckt, der im Kofferraum liegt. Die beim Überfall getragene Kleidung habe ich im Wald verbrannt, ebenso die Perücken von Gaby und Oliver. Auf den Zufahrtsstraßen der näheren Umgebung ist die Hölle los. Alles ist grün – überall Polizisten. Wir passieren mehrere Polizeikontrollen. Dann tue ich etwas, und ich tu's, weil ich nicht anders kann. Ich stecke den Kopf beim Seitenfenster raus und frage einen Polizisten: „Sie, Herr Wachtmeister! Was ist denn los hier?"

Schlagartig weicht meiner Frau jegliche Farbe aus dem Gesicht.

„Fahren Sie schon weiter, Mann!" wiegelt der Grünuniformierte ab. Aber ich lasse nicht locker: „Als anständiger Steuerzahler habe ich ein Recht drauf zu erfahren, was da los ist."

Der Polizist gibt nach. „Eine Bank wurde überfallen. Jetzt fahren Sie schon weiter."

Ich fahre weiter. Gaby ist noch blässer im Gesicht als vorher. Sie raucht eine Zigarette. Ihre Finger zittern.

„Deine Nerven müßte ich haben", sagt sie mit vibrierender Stimme, und dann sagt sie nichts mehr.

Ungeschoren passieren wir sämtliche Polizeisperren. Wer kontrolliert denn schon einen unschuldig aussehenden Familienvater mit Frau und Kind, einen Buben, der mit kindlich piepsender Stimme beim Fenster rausschreit:

„Hallo, Herr Bullizist, wie geht's Ihnen denn? Ich werd' auch mal Bullizist!"

Wir fahren Richtung Norden, nach Hannover. Uwe hat angerufen. Es tut ihm schrecklich leid, hat er gesagt, daß er „Fliege gemacht hat". Die Sache mit den Papieren geht nach wie vor in Ordnung. Ob ich noch Interesse hätte?

Ich habe keine andere Wahl, zumal ich dringendst einen neuen Paß und einen neuen Führerschein benötige.


## 26

In Hannover angekommen, setze ich mich unverzüglich mit Uwe in Verbindung. Wir treffen uns am Maschsee, in der Nähe des Spielkasinos. Seitdem Uwe sich Hals über Kopf von Weßling abgesetzt und mich im Stich gelassen hatte, traue ich ihm nicht mehr so recht über den Weg. Gegenüber vom Maschsee befindet sich ein Parkplatz. Da parke ich das Auto und warte. Gaby und Oliver sind auch dabei. Wortlos sitzen wir im Wagen. Sogar Oliver hält mal ausnahmsweise den Mund. Von hier aus kann ich die gesamte Promenade entlang des Maschsees überblicken, ohne das Auto verlassen zu müssen.

Dann taucht Uwe auf. Von weitem schon erkenne ich sein strohblondes Haar.

„Da ist Uwe", sagt Gaby.

„Hab ihn schon gesehen."

Ich mache keinerlei Anstalten auszusteigen. Gaby ist erstaunt. „Willst du nicht aussteigen, Siegfried?"

„Doch! Aber nicht gleich. Weiß schon was ich tu, Gaby. Laß mich nur machen."

Aufmerksam beobachte ich Uwe und sondiere die nähere Umgebung nach „verdächtigen" Personen. Vorsicht ist besser als Nachsicht. Wenn Uwe von der Belohnung erfährt, die auf meinen Kopf ausgesetzt ist, verrät er mich gnadenlos an die Kripo. Ich warte noch fünf Minuten, dann steige ich aus.

Oliver ruft: „Du, Papa! Will auch mit. Mir ist heiß, und durstig bin ich auch, Papa. Nimmst du mich mit, Papa?"

Olivers Gesicht ist krebsrot. Es ist warm im Auto.

„Später, Oliver, später! Jetzt geht's nicht."

Kurz darauf treffe ich mich mit Uwe. Wir warten. Dann taucht Uwes Mittelsmann auf, jener Kerl also, der mir die Ausweispapiere beschaffen soll. Es bereitet mir einiges Unbehagen, von anderen Menschen abhängig zu sein und mich obendrein noch einem unkalkulierbaren Risiko auszusetzen.

Der Bursche ist Ausländer, zweifelsfrei Türke. Sein Akzent verrät ihn. Er nennt sich Peter. Natürlich ist das nicht sein richtiger Name. Der Kerl ist so um die Dreißig, mittelgroß, schwarzes Haar und Schnauzer, trägt Anzug und Krawatte. Ein Schnösel, nicht mein Fall. Wir verhandeln. Wenig später trennen wir uns.

Im Hotelzimmer sortiere ich die Beute. Mehrere Bündel frischgedruckter Zehn- und Zwanzigmarkscheine im Gesamtwert von 40 000,– DM sind darunter. Sie sind noch in Plastikfolie verschweißt. Ich vermische die Scheine und zerknittere sie ein wenig, damit sie nicht mehr so brandneu aussehen.

Oliver sitzt auf dem Bett und schaut interessiert zu. „Du, Papa! Ich will auch ein bißchen knittern. Darf ich knittern, Papa?" Seine fragenden Kinderaugen blicken mich bittend an. „Also gut, Oliver."

Die kommenden Tage treffe ich mich insgesamt dreimal mit Peter.

Das Geschäft kommt nicht zustande. Der ehrlose Kerl

verschwindet mit der Anzahlung, ohne die Papiere zu liefern. Innerlich koche ich vor Wut. Aus Rücksicht auf Gaby und Oliver verzichte ich darauf, Vergeltung an ihm zu üben. „Der Kerl ist es nicht wert, Siegfried, daß du dir die Finger schmutzig machst", sagt Gaby. Sie hat recht.

Dieser Peter ist kein Ganove von Schrot und Korn. Er ist ein kleiner und ehrloser Wichser. Was ist nur aus der sogenannten Ganovenehre geworden? Wirklich verläßliche Kerle, die zwar nach eigenen Gesetzen leben, denen man jedoch blind vertrauen kann, sind selten geworden in diesem Metier. Zu viele Ratten, wie dieser Peter da, machen sich breit, Bastarde ohne Stolz, ohne Charakter und ohne Ehrgefühl. Mit Türken hab ich bisher nur gute Erfahrungen gemacht. Sie waren mir gegenüber stets hilfsbereit, ehrlich und hundertprozentig verläßlich. Super Kameraden! Wir haben uns gegenseitig respektiert. Dieser Peter aber ist eine Schande für seine türkischen Landsleute, ein Kerl, der sie nur in Verruf bringt und ihnen den Stempel aufdrückt, kein Ehrgefühl im Leib zu haben.

Trotzdem werden meine türkischen Freunde immer meine Freunde bleiben. Würde mich nicht sonderlich verwundern, wenn dieser Peter mal an Bleivergiftung das Zeitliche segnen, oder aber von seinen eigenen Landsleuten aus dem Verkehr gezogen werden würde.

## 27

Zwei Stunden später reisen wir aus Hannover ab. Trotz allem ist Hannover eine schöne Stadt. Da könnte ich leben. Wir fahren nach Karlsruhe.

Als wir dort ankommen, ist es bereits dunkel. Wir steigen im „Parkhotel" ab.

Gegen Mittag des nächsten Tages suche ich eine Großbank auf. Ich kaufe mehrere US-Dollar Verrechnungsschecks und 10000,– US-Dollar cash. Am Nachmittag fahren wir weiter nach Kehl am Rhein, an die deutsch-französische Grenze. Die Fahrt dauert nur wenige Stunden. In unmittelbarer Nähe der Europabrücke, die Deutschland mit Frankreich verbindet, halten wir an. Obwohl ich einen erfolgversprechenden Plan ausgetüftelt habe, illegal nach Frankreich zu gelangen, ist mir nicht wohl in der Haut. Der Grund ist mein Reisepaß, der für mich wertlos geworden ist. Er ist auf meinen Namen ausgestellt. Und mein Name ist in allen internationalen Fahndungslisten registriert und in Fahndungscomputern gespeichert. Abermals befällt mich eine unbändige Wut auf Peter, diesen ehrlosen Kerl.

Ich habe vor, auf illegale Weise die Europabrücke zu überqueren. Den Rhein mit einem Boot zu überqueren, scheint mir zu riskant. Noch immer sitzen wir im Auto.
　Ich sage: „Also Gaby! Jetzt gilt's! Wir machen's wie besprochen. Ich geh jetzt los. Du wartest exakt 30 Minuten. Dann fährst du los!"
　Gaby schaut mich an. Sie versucht, ihre Nervosität zu verbergen, und greift nach meiner Hand. „Sei vorsichtig, Siegfried", sagt sie. „Ich drück' dir die Daumen. Aber was machen wir, wenn..."
　„Sei still, Gaby! Sprich nicht weiter. Ich werd's schaffen. In 30 Minuten drüben. Ja?"
　Zielstrebig gehe ich auf die Europabrücke zu, ohne mich nochmals umzublicken. Was ich vorhabe, ist ein riskantes Spiel, doch ich habe keine andere Wahl. An der Grenze herrscht reger Verkehr. Die Grenzposten sind voll beschäftigt. Besser hätte ich es gar nicht treffen können.
　Die Europabrücke weist eine „Schwachstelle" auf, die ich mir nun zunutze mache. Überquert man die Europabrücke von der deutschen Seite, also von Kehl am Rhein

aus, befindet sich der deutsche Grenzposten auf der linken Seite, während der französische Grenzposten sich am anderen Ende der Brücke auf der gegenüberliegenden, also auf der rechten Seite befindet. Durch die Wölbung der Brücke ist diese auf Höhe der Brückenmitte weder von deutscher noch von französischer Seite aus einzusehen. Bei regem Straßenverkehr wird das ganze noch unübersichtlicher.

Ohne zu zögern, betrete ich den Fußgängerüberweg der Brücke von der rechten Seite her, das heißt von jener Seite, an der kein Grenzposten steht. Zielstrebig nähere ich mich dem höchsten Punkt der Brücke. Mit der Rechten krame ich in meiner Hosentasche. In der Hand halte ich ein 5-Mark-Stück. Nerven und Muskeln sind aufs äußerste angespannt. Mein Herz schlägt so laut, daß ich glaube es zu hören. Voll konzentriert und mit einer ansatzlosen Bewegung aus dem Handgelenk heraus werfe ich das 5-Mark-Stück auf die Fahrbahn der Brücke. Gott sei Dank! Die Münze rollt und rollt. Gleichzeitig laufe ich zwischen den im Schrittempo fahrenden Autos hindurch auf die andere Seite. Ich erwecke den Eindruck, als würde ich hinter dem Geldstück herlaufen. Es hat geklappt. Nur mit Mühe unterdrücke ich einen Freudenschrei. Der „Fünfer" rollt ungehindert über die Fahrbahndecke und bleibt am gegenüberliegenden Straßenrand liegen. Flink bücke ich mich. Geschwind springe ich von der Fahrbahn auf den Gehweg. Von beiden Grenzposten unbemerkt, marschiere ich über die Europabrücke. Geschafft! Mit überhöhtem Puls und wild schlagendem Herzen stehe ich auf französischem Boden. Ich habe es geschafft! Verdammt noch mal, ich habe es wirklich geschafft! Ich könnte schreien vor Glück. Die erste Hürde auf dem Weg nach St. Lucia ist genommen. Die zweite Hürde wird sich in Paris am Flughafen Orly auftun und wird bei weitem schwieriger zu überwinden sein als die heutige.

Wenig später liegen wir uns in den Armen. Wir sind unendlich glücklich, es geschafft zu haben. Gaby hat Tränen in den Augen.

„Gott sei Dank, Siegfried", sagt sie leise. „Ich war furchtbar aufgeregt. Du glaubst nicht, was ich die letzte halbe Stunde ausgestanden habe."

Oliver lacht. „Ich war auch furchtbar aufgeregt, Papa. Bussi!"

Ich gebe Oliver ein Bussi. Er strahlt übers ganze Gesicht. Dann setze ich mich ans Steuer. Wir fahren ins Stadtzentrum von Straßburg. Im „Grande Hotel" steigen wir ab. Den Wagen parke ich in der Tiefgarage unter dem Stadtplatz. Eine Freundin von Gaby wird den Wagen abholen. Den Schlüssel dafür hinterlege ich bei der Hotelrezeption. Für diese Gefälligkeit drücke ich dem Portier 500 Franc in die Hand. Er grinst zufrieden.

„Sie können sich auf mich verlassen, Monsieur", sagt er und läßt den 500-Franc-Schein in der Brusttasche seiner Livree verschwinden.

Am nächsten Morgen fahren wir mit dem Zug nach Paris. Oliver schläft die meiste Zeit. Er ist ziemlich erschöpft. In Paris angekommen, suchen wir in der Nähe des *Gare de l'Est* ein Hotel. Wir haben Glück, denn zur Hauptsaison und dann noch in Bahnhofsnähe ein Hotel zu finden, ist äußerst schwierig.

Der nächste Tag, Mittagszeit. Flughafen Paris Orly. Vor 10 Minuten wurde der Flug nach Fort de France auf Martinique aufgerufen. Gaby, Oliver und ich stehen in einer langen Menschenschlange und warten vor dem Schalter auf die Paßkontrolle. Heute morgen, nach dem Frühstück, haben wir zu dritt den Plan besprochen, um den Zöllner an der Paßkontrolle zu überlisten. Oliver spielt dabei eine wichtige Rolle. Der Bub ist Feuer und Flamme und schrecklich aufgeregt. Noch weiß er ja nicht, wieviel für mich auf dem Spiel steht. Wenn Oliver seine Rolle gut spielt, haben wir es geschafft. Wenn nicht . . .? Nicht auszudenken!

Gaby steht vor mir in der Reihe. In der Hand hält sie unsere Pässe. Wie besprochen, wird sie dem Zöllner die Pässe in der Reihenfolge in die Hand drücken, daß ihr Paß obenauf liegt, der meine zu unterst. Gaby ist nervös. Ich flüstere ihr ins Ohr: „Sei ganz ruhig, Gaby. Wenn wir's machen wie besprochen, kann nichts schiefgehen."

Gaby lächelt ein gequältes Lächeln. Sie sagt: „Wenn wir bloß schon im Flugzeug säßen."

Sie hält die drei Pässe so krampfhaft in der Hand, daß ihre Handknöchel hervortreten und weiß leuchten. Seit geraumer Zeit schon habe ich so einen komischen Druck in der Magengegend. Das sind die Nerven. Dann bücke ich mich und nehme Oliver auf den Arm.

Ich sage leise: „Du, Oliver! Sag mir noch mal, was du machen mußt. Weißt du's noch?" Oliver lächelt. Er hält alles für ein Spiel. Er ist völlig unbefangen, denn noch kann er nicht ermessen, wieviel von seiner Überzeugungskraft abhängt.

„Freilich, Papa, weiß ich's noch. Bin doch kein Dummer nicht. Wenn du mich in den Oberschenkel zwickst", sagt er, „dann schrei ich zweimal ganz laut: ‚Papa, Papa. Ich muß Pippi machen'. Ist's so richtig, Papa?" Ich schmunzle. „Super, Oliver! Ich verlass' mich auf dich. Ja?"

„Ja, Papa! Aber zwick mich nicht zu fest da in den Oberschenkel hinein, weil's mir doch weh tut, Papa!"

Im Gegensatz zum Londoner Flughafen Heathrow verfügt der Flughafen Paris Orly über ein hochmodernes Sicherheitssystem zur Überprüfung der Pässe. Der Paß wird auf eine computergesteuerte Sicherheitsscheibe gelegt. Leuchtet Sekunden später die Kontrolleuchte auf, ist der Paßinhaber „sauber". Wenn nicht, dann gnade ihm Gott! Frankreichs Knäste sind eine einzige Katastrophe.

Aufmerksam beobachte ich den Zöllner. Nur sporadisch unterzieht er die Pässe der computergesteuerten Überprüfung. Meist blättert er nur in den Dokumenten. Wir sind an der Reihe. Mein Atem geht flach. Gaby ist schrecklich blaß im Gesicht. Die letzte Zeit ist sie meistens blaß. Eigentlich kein Wunder! Sie reicht dem Zöllner unsere Pässe. Zuerst schlägt der Franzose Gabys Paß auf, blättert darin, und dann blickt er in Gabys Gesicht. Er lächelt freundlich, drückt den Stempel rein und legt den Paß beiseite. In diesem Moment zwicke ich Oliver in den Oberschenkel, ein wenig zu heftig in der Hitze des Gefechts. Oliver brüllt ganz laut: „Aua, Papa!" Und dann: „Papa, Papa! Ich muß Pippi machen! Schnell, Papa! Pippi machen!"

*Pippi* scheint ein international gebräuchliches Wort zu sein. Die Umstehenden beginnen zu lachen. Das gefällt Oliver. Er fühlt sich angespornt, und so ruft er erneut: „Papa! Pippi machen ... P i p p i!"

Aufgeschreckt blickt der Zöllner hoch.

„Was hat der Junge, Mister?" sagt er zu mir. Er spricht englisch. Die Frau hinter mir lacht und sagt: „Was wohl, Monsieur? Der Kleine muß mal! Müssen Sie nie?"

Das Gelächter nimmt zu. Blitzschnell ergreift Gaby die günstige Situation und sagt: „Das ist mein Sohn und das da mein Mann. Sie haben ja die Pässe schon, Monsieur."

Der Zöllner grinst, und während die übrigen Passagiere amüsiert lachen, knallt er in unsere Pässe die Stempel rein und sagt: „Los, Mister! Gehen Sie schon, bevor der Junge in die Hose macht."

Das lasse ich mir nicht zweimal sagen. Geschwind schiebe ich mich an Gaby vorbei und stürme mit Oliver auf dem Arm in Richtung Toilette. Und während ich so loslaufe, blicke ich über die Schulter. Gaby hat unsere Pässe in der Hand und verläßt soeben die Paßkontrolle und betritt die Abflughalle für Passagiere. Das Ablenkungsmanöver hat geklappt!

Die Toilette ist erreicht. Ich stürze hinein. Fest drücke ich meinen kleinen Sohn an die Brust und bedecke sein liebes Gesichtchen mit Küssen. Immer wieder. Oliver weiß gar nicht wie ihm geschieht.

„Aber Papa!" sagt er mit atemloser Stimme. „Ich krieg' ja keine Luft mehr." Aus überraschten Augen blickt er mich an, und dann fragt er noch: „Hab ich das richtig gemacht, Papa, das mit dem Pippimachen? Hmmm?"

„Ja, freilich, Oliver! Du warst einfach super. Große Klasse! Du warst 'ne Schau."

Kurz darauf verlassen wir die Toilette. Da steht meine Frau. „Gaby!" rufe ich. „Hier sind wir!"

Meine Frau fährt herum. Unsere Blicke treffen sich. Für Sekundenbruchteile starren wir uns an. Wir gehen aufeinander zu, nicht hastig oder gar in Eile, vielmehr bedächtig und mit jenem Gefühl im Herzen, es geschafft zu haben. Gaby hat noch immer diesen Ausdruck im Gesicht, der stets ihr kleines, hübsches Gesichtchen zeichnet, wenn sie nervös oder gar ängstlich ist. Mit diesem Ausdruck im Gesicht steht sie vor mir und blickt mich an. Dann, nach Sekunden des Schweigens, sagt sie: „Ihr seid schon zwei!"

Ihr Gesicht erhellt sich. Sie lächelt. Oliver hält mein rechtes Bein umklammert. Ich nehme Gaby in den Arm und küsse sie zärtlich auf den Mund. Ihr Lippen beben. Wir haben es geschafft!

Zwei Tage später, nachdem wir eine Nacht auf der Karibikinsel Martinique verbracht haben, landen wir mit einem „Inselhopper" der *Air Martinique* auf dem *Vigie Airport*. St. Lucia hat mich wieder. Erneut habe ich der deutschen Kripo und Interpol ein Schnippchen geschlagen.

# 28

Wir mieten uns in die A-Frame-Bungalows ein, dort, wo ich Keule das erstemal auf seiner Segelyacht aufgesucht hatte. Ich kenne das Hausverwalterehepaar. Es sind Deutsche aus Hessen. Herr Käuser ist von Beruf Elektriker. Bereits im November 1980 hatten Gaby und ich die Käusers auf St. Lucia kennengelernt. Er arbeitete im Auftrag einer deutschen Firma in Smugglers Village.

Unser Bungalow ist möbliert, mit eingerichteter Küche, und von den Räumlichkeiten her gesehen für eine Familie mit Kind groß genug, um sich darin wohlzufühlen. Oliver blüht förmlich auf. Vor dem Haus steht ein gedrungen gewachsener Baum mit weitausladenden und in Etagen waagerecht angeordneten Ästen, an denen kleine, grüne Früchte hängen.

„Du, Papa! Was ist denn das für ein komischer Baum, der mit den komischen Früchten drauf? Kann man die essen, die grünen Dinger da, Papa?"

Ich lache. „Das ist ein *Indian Almond*, ein Mandelbaum, Oliver", erkläre ich. „Und die grünen Dinger da sind Mandeln. Die kannst du schon essen, aber erst, wenn sie reif sind."

Oliver ist ein begeisterungsfähiger Bub. Er ist begeistert von tropischen Früchten und Blüten, von Bäumen und Sträuchern. Mit Vorliebe ißt er Mangos, jenes süßlich schmeckende und gelblich leuchtende Fruchtfleisch. Ohne mit der Wimper zu zucken, verdrückt er zum Frühstück drei große Mangos, genauso, wie er in Deutschland drei Weißwürste verdrückt hatte.

Oliver bombardiert mich mit Fragen. Ich bin sehr froh, daß Oliver so viel Interesse zeigt und Freude für die paradiesische Vegetation der Karibik empfindet. Hierin sind wir uns sehr ähnlich. Auch Gaby fühlt sich sehr wohl. Sie gibt sich zwar etwas nüchterner in ihren Äußerungen, aber das ist so ihre Art. Seit langem verspüre ich wieder das anheimelnde Gefühl, wie harmonisch und beruhigend es ist, ein geordnetes Familienleben führen zu können. Wir genießen das Nichtstun. Wir gehen verhältnismäßig spät zu Bett und kriechen nicht vor 9.00 Uhr aus den Federn. Weshalb auch? Gaby soll sich erst einmal vom Streß der letzten Wochen erholen. Nach dem reichlichen Frühstück, das eigentlich schon eher einem Mittagessen gleichkommt, fahren wir täglich an die Beach des „Saint Lucian Hotels". Den Honda habe ich gegen einen etwas größeren und komfortableren Datsun umgetauscht.

Jill, das kaffeebraune Mädchen, dem ich mein Leben verdanke, verhält sich mir gegenüber bewundernswert fair und völlig loyal. Von Anbeginn unserer Freundschaft habe ich mit offenen Karten gespielt. Sie wußte, daß ich verheiratet bin und meine Frau niemals verlassen werde. Das war zwischen Jill und mir nie ein Thema gewesen.

Oliver und ich haben sehr viel Spaß miteinander. Barfuß laufen wir die Beach entlang und tollen wie verspielte Lausbuben im Sand umher, und wenn uns die Sonne zu stark auf den „Pelz" brennt, stürzen wir uns in die kühlen Fluten der Karibischen See. Oliver zeigt keinerlei Scheu vor den heranrollenden Wellen. Ich bin immer in seiner Nähe, denn ich weiß von den nicht ganz ungefährlichen Unterströmungen, die ein so kleines Kerlchen wie meinen Oliver packen und wie nichts auf die offene See hinaustragen würden.

Gaby dagegen hält nichts von unseren ausgedehnten Wanderungen entlang der Beach. Sie zieht es vor, sich unter eine schattenspendende Kokospalme zu legen, ein unterhaltsames Buch zu lesen und in der See zu schwimmen. Wenn uns der Durst plagt, verlassen wir den Strand und begeben uns zur nahen Pool-Bar und genehmigen uns einen erfrischenden Drink. Oliver hält es meist nicht lange am

Tisch aus. Sobald er seinen Durst gestillt hat, flitzt er quietschfidel zum Swimmingpool, und dann schreit er stets zu uns herüber: „Papa! Schau mal, wie ich schon schwimmen kann", und dann springt er wie ein Frosch ins Wasser, und seine lustig aussehenden Bauchplatscher tragen zur Erheiterung der Hotelgäste am Pool bei. Der Bub schaut so richtig lieb aus, mit seinen kleinen Schwimmflügeln um die Oberärmchen und mit der roten Badehose. Ich sehe Oliver gerne zu, wenn er sich rudernd und prustend im Pool tummelt und vor Freude kichert. Da bin ich einfach happy, aber ich lasse den Buben nie aus den Augen. Mittlerweile sind mir die perversen und gesetzlosen Methoden so mancher Kopfgeldjäger vertraut. Oliver soll nicht den Preis dafür bezahlen, daß ich gejagt werde.

Doch dann, nach einigen Tagen, holen mich wieder die Alltagssorgen ein. Gaby will für zwei Wochen nach Deutschland. Der gesamte Hausrat ist noch drüben, und auch die Baumaschinen und Geräte, die ich auf der Baustelle für die Fertigstellung des Wohnhauses dringend benötige. Das Ganze muß per Schiffscontainer hierher geschickt werden.

Ich bin über Gabys Vorhaben nicht besonders glücklich. Noch immer habe ich Bedenken, daß die Kripo meine Frau unter einem fadenscheinigen Vorwand in Beugehaft nehmen will. Das ist zwar nicht ganz legal, aber in der Praxis dennoch keine Seltenheit. Da gelten eben doch eigene Gesetze.

Noch am selben Tag sucht Gaby das Reisebüro auf. Als sie zurückkommt, sagt sie: „Ich fliege in neun Tagen. Früher geht's nicht."

An einem der nächsten Tage besuchen wir Kenneth, unseren Freund und Rechtsanwalt. Seit dem Sturz seiner Regierungspartei und den damit verbundenen Neuwahlen vor vier Monaten ist er politisch nicht mehr allzusehr aktiv.

Nun übt er wieder seinen Beruf als Rechtsanwalt aus. Kenneth ist einer der wohl bekanntesten Strafverteidiger im karibischen Raum – ein echter Fuchs.

Das Wiedersehen gestaltet sich zu einem freudigen Ereignis. Oliver fühlt sich in Kenneth's Haus wie daheim. Der Bub zeigt keinerlei Scheu oder gar Berührungsängste. Er ist fröhlich und ungezwungen und spielt mit Kenneth's Kindern, als seien sie schon Jahre miteinander befreundet. Vor allem die Mädchen haben es ihm angetan. Ihm gefällt offensichtlich die dunkle Haut.

„Du, Papa", sagt er, „die haben aber eine schöne, braune Haut. Ob ich auch mal so schön braun werde, Papa?"

Ich lache. „Nicht ganz, Oliver. Aber du wirst schon noch braun werden."

Tags darauf spricht Kenneth bei der Einwanderungsbehörde in Castries vor, um unsere Aufenthaltsgenehmigungen verlängern zu lassen. Um die Sache zu beschleunigen, stifte ich erneut für „wohltätige Zwecke".

An einem der folgenden Tage, Gaby, Oliver und ich befinden uns auf dem Weg zur Baustelle, treffen wir Jan-Heinrich Struckenberg. Finanziell scheint es ihm nicht sonderlich gut zu gehen. Er fährt den alten, klapprigen Volkswagen seiner Frau, bei der er wieder untergekrochen ist. Sicherlich hatte Strucki angenommen, ich habe St. Lucia endgültig verlassen. Das dürfte auch der Grund dafür gewesen sein, daß der alte Gauner auf unserer Baustelle eine Wasserpumpe gestohlen und Massen von Betonplatten abtransportiert hat, um seine maroden Finanzen aufzubessern. Von Struckies ehemaligem Mitarbeiter Matthew, einem Einheimischen, weiß ich, daß Strucki auf St. Lucia geschäftlich erledigt ist. Seine betrügerischen Machenschaften sind also nicht ohne Folgen geblieben.

Einige Tage nach dieser Begegnung erhalte ich einen eingeschriebenen Brief. Er ist von Strucki, datiert am

21. August 1982. Der Kerl versucht mich um 20 000 DM zu erpressen:

„... *Sollten Sie dieser Aufforderung nicht nachkommen, dürfte es für Sie nicht angenehm sein, wenn ich einen mir vorliegenden Fragebogen des Herrn Schweier, Rosenheim, nicht nur beantworte, sondern die dort aufgeworfenen Fragen auch interessierten Stellen und Personen auf St. Lucia zur Kenntnis gebe, somit der Fall Siegfried Dennery, registriert in Rosenheim unter Aktenzeichen: A 552/82 (Dienststelle ist Ihnen und Ihrer Frau sicher bekannt), auch hier bekannt wird...*
*Zahlungen an mich nur in Bargeld."*

Damit ist für mich eines ganz klar geworden: Strucki arbeitet wirklich als Spitzel für die Rosenheimer Kripo.
Der Brief läßt mich eiskalt. Nur Struckis Unverfrorenheit ist mir ein Rätsel. Völlig ruhig halte ich Gaby den Brief unter die Nase.
„Da, lies mal", sage ich. „Von unserem Freund Strucki."
Gaby liest. Zunehmend weicht jegliche Farbe aus ihrem Gesicht. Sie ist kreidebleich und wirkt nervös. Und während sie mir den Brief zurückgibt, sagt sie: „Mein Gott, Siegfried! Nimmt das nie ein Ende? Was willst du denn jetzt tun?"
Noch am selben Tag suche ich Kenneth in seinem Büro auf und berichte ihm von Struckis versuchter Erpressung. Kenneth macht ein ernstes Gesicht. Bedächtig sagt er: „Der Mann ist scheinbar lebensmüde. Was will der Kerl eigentlich? Die meisten Leute hier auf der Insel wissen doch, daß Sie mit dem deutschen Gesetz auf Kriegsfuß stehen."
Kenneth grinst verschlagen. „Natürlich zahlen Sie keinen Penny. Wenn dieser Struckenberg so weitermacht, kann er damit rechnen, eines Tages ausgewiesen zu werden. Wir schmeißen den Kerl einfach raus."

# 29

Dann ist der Tag gekomen, an dem Gaby nach Deutschland fliegt. Ich gebe ihr 40 000 DM mit. Die Verschiffungskosten für den Container sind zu bezahlen, Einkäufe zu tätigen und alte Verbindlichkeiten zu begleichen.

Oliver und ich stehen auf der großen Terrasse der Abflughalle und winken Gaby zu, die soeben das Rollfeld überquert. „Sei vorsichtig, und denk daran, was ich gesagt hab", rufe ich meiner Frau zu. Wenig später verschwindet sie im Bauch eines Großraumflugzeugs. Es ist ein Tristar. Oliver und ich bleiben zurück. Wir verbringen zwei wundervolle Wochen zusammen. Jetzt endlich finde ich die nötige Zeit, um mich Oliver voll und ganz widmen zu können. Besonders glücklich ist der Bub, daß er bei mir schlafen darf. Unser Schlafzimmer befindet sich im Obergeschoß, Olivers Zimmer dagegen im Erdgeschoß. Tropische Nächte sind stets erfüllt von geheimnisvollen Geräuschen. Und eben jene Geräusche sind es, die Oliver nicht ganz geheuer sind und den Kleinen, wenn er so ganz alleine in seinem Bettchen liegt, ängstlich werden lassen.

„Papa, ich schlaf' viel lieber bei dir", sagt Oliver mit leuchtenden Augen, „als in meinem blöden Zimmer da unten. Da bin ich so allein, Papa. Im Bett von der Mama ist's mir sehr angenehm, Papa."

Oliver kuschelt sich ins Kissen zurück, und mit einer geschäftigen Handbewegung zieht er das dünne Leintuch bis zum Kinn hoch.

Ich sage: „Ich mag's auch, Oliver, wenn du hier bei mir bist. Aber das geht nur, solange die Mama nicht da ist. Die Mama mag's ja nicht, wenn du bei uns schläfst. Das weißt du ja. Hast du Angst in deinem Zimmer da unten, Oliver?"

Verlegen blickt der Bub zur Seite. Mit beschämter Stimme sagt er: „Ja, Papa! Manchmal hab ich schon Angst, weil's da immer so pfeift und knarzt. Nicht, daß mal ein böser Geist kommt und mich mitnimmt. Ich zieh' immer die Bettdecke über den Kopf, Papa, dann hab ich nie nicht mehr so viel Angst, weil mich der böse Geist nie nicht sehen kann. Muß ich mich jetzt schämen, Papa, weil ein Bub doch keine Angst haben soll?"

„Ach wo, Oliver. Du brauchst dich nicht zu schämen", sage ich aufmunternd. „Ich hab auch manchmal Angst. Und schämen tu' ich mich deshalb auch nicht. Jeder Mensch hat Angst, Oliver."

„Wirklich, Papa?"

„Ja, wirklich, Oliver!"

Nachts wache ich immer wieder auf. Der Grund ist Oliver. Im Schlaf tritt er mir manchmal mit seinen kleinen Füßchen in die Seite, ohne daß er es bemerkt. Mir macht das nichts aus, im Gegensatz zu meiner Frau, die dann immer schimpft und auf mich und Oliver böse ist. Mit angezogenen Beinchen liegt der Bub da, eng an mich geschmiegt, und schläft friedlich vor sich hin. Zärtlich streiche ich meinem Sohn übers Haar. Er hat ein liebes Gesichtchen. Ich kann nicht anders. Vorsichtig beuge ich mich über Olivers Gesicht und küsse seine rundlichen Pausbäckchen. Solange das Gesetz mich nicht in den Griff bekommt, werde ich meinen Sohn beschützen, wie ich mein beschissenes Leben beschütze. Es ist ein gutes Gefühl, sich so nah zu sein, und Oliver und ich sind uns näher denn je. Wir haben ein sehr inniges und freundschaftliches Verhältnis zueinander, wie es Vater und Sohn haben sollten. Ein Vater sollte seinem Sohn nicht nur Vater sein; er sollte ihm vielmehr Freund und Kumpel sein. Ich bin zufrieden. Doch da ist ein Punkt, der mich schmerzt, ein Schmerz, der ständig zunimmt, und dem ich wehrlos ausgeliefert bin. Es ist der Schmerz um meinen Sohn Udo, den ich in Deutschland zurücklassen mußte. Er hat noch nie einen richtigen Vater gehabt, denn eine Scheidung ist eine teuflische Sache, ein mörderischer

Stachel, der sich in die unschuldigen Seelen und Herzen der zurückgelassenen und verlassenen Kinder bohrt und darin wütet.

Gegen 10.00 Uhr kriechen wir aus dem Bett. Oliver ist noch ganz verschlafen. Ich gehe ins Bad. Plötzlich steht Oliver neben mir.

„Schau mal, Papa, was ich da hab" sagt er. „Du hast deine Knarre vergessen! Hmmm!"

In der Hand hält er meinen Revolver. Eine wunderbar handliche Waffe, meine Smith & Wessen. Unter Aufbietung all meiner Überzeugungskraft habe ich versucht, Oliver zu erkären, weshalb ich stets eine Waffe bei mir trage, und dann habe ich ihm noch beigebracht, die Waffe richtig und sachgerecht in der Hand zu halten, ohne daß sich ein Schuß lösen kann. Es ist für Oliver einigermaßen ungefährlich, da er einerseits um die Gefährlichkeit der Handfeuerwaffe weiß, und ich andererseits den Hahn mit einer Sicherheitsspange versehen habe, die Oliver nicht entfernen kann. Der Kleine ist nun mal der Sohn eines international gesuchten Bankräubers, auch wenn er davon noch keine Ahnung hat. Er wird es noch früh genug erfahren.

Wenn ich zu Bett gehe, schiebe ich den Revolver stets unters Kopfkissen. Da schlafe ich ruhiger. Man kann ja nie wissen.

Nach dem Rasieren gehe ich in die Küche und mache Frühstück. Derweil verschwindet Oliver im Garten. Kurz darauf kommt er zurück. Wortlos legt er zwei Eier auf die Küchenanrichte. „Von Matthew", sagt er dann und grinst. Matthew ist der Gärtner hier. Keine 30 Meter von unserem Bungalow entfernt steht seine kleine Holzhütte. Matthew ist gehbehindert – ein lieber Kerl. Ab und zu stecke ich ihm was zu.

Oliver verdrückt zwei Spiegeleier, zwei Scheiben Toastbrot und eine aufgeschnittene Papaya. Mangos gibt es heute keine. Dazu trinkt er noch ein großes Glas Milch. Nach dem Abspülen fahren wir an die Beach. Angestrengt halte ich nach Keules Segeljacht Ausschau. Vergeblich! Wahrscheinlich ist er nach Martinique gesegelt. Gutgelaunt marschieren wir ein wenig an der Beach entlang. Auf Höhe des Jachthafens setzen wir uns in den Sand und schauen aufs offene Meer raus. Ich fühle mich mit Oliver so richtig frei und ungebunden. Was mich verwundert, ist, daß Oliver bis jetzt noch kein einziges Mal nach seiner Mutter gefragt hat.

Der Bub bricht das Schweigen: „Du, Papa! Wann fahren wir wieder mal zu Lester?" Lester ist Fischer. Ein freundlicher Bursche, und was ich besonders an ihm schätze, sind seine Fische. Auf Holzkohlenfeuer gegrillter *Red Snapper* ist eine wahre Delikatesse.

Ich blicke Oliver ins Gesicht, und dann sage ich: „Das ist 'ne prima Idee, Oliver. Was hältst du davon, wenn wir nach dem Schwimmen zu Lester fahren? Na, was meinst du, mein Sohn?"

Oliver klatscht sich vor Freude auf die Oberschenkel. „Ja, Papa! Das machen wir. Kaufen wir auch ein paar Fische, Papa?"

„Sowieso, Oliver."

„Und machen wir dann wieder ein Feuer, Papa? Weil wir die Fische doch braten müssen. Ich mag gern gebratene Fische, Papa. Weil's so knusprig sind."

„Du kleiner Schlingel, du", sage ich fröhlich. „Ich hab dich durchschaut. Du willst bloß wieder ein Feuer machen. Hab ich Recht? In der glühenden Holzkohle rumstochern."

Oliver lacht. „Ja, freilich, Papa. Das weißt du doch!"

Es ist bereits halb vier. Wo ist bloß die Zeit geblieben? Wir packen die Badesachen zusammen und fahren zu Lester. Das Hafengelände ist zur Straßenseite hin mit einem hohen Drahtzaun umgeben. In der Nähe des *Prince Alfred*

*Basin* befindet sich ein Wachhäuschen. Davor steht ein blauuniformierter Polizist. Der Bursche ist noch jung und heißt John – wir kennen uns. Hinter der Wachbude parke ich unseren Wagen. Wir steigen aus.

„Hey, John", begrüße ich ihn freundlich. „Hey, John! Nice to see you", piepst Oliver.

„Hello, Germans!" sagt John und grinst übers ganze Gesicht.

„Ist Lester schon da, John?"

„Weiß nicht, aber schaut doch selbst mal nach."

John läßt uns passieren, ohne uns zu kontrollieren. Es hat auch seine Vorteile, mit einem Polizisten befreundet zu sein. Von weitem schon sehe ich Lesters Kutter. Aber wo ist Lester? Ich stehe am Kai, Oliver neben mir. Oliver sagt: „Du, Papa! Wo ist denn der Lester? Ob er einen trinken gegangen ist?"

Plötzlich taucht im Kombüsenfenster ein schwarzes Gesicht auf.

„Hier bin ich, Oliver, du kleiner Lausbub", ruft Lester zum Kai hoch.

„Da bist du ja, Lester!" ruft Oliver freudig. „Hast du ein paar Fischlein für uns, Lester?"

Lester macht ein betrübtes Gesicht. „Nein, mein Kleiner", sagt er. „Leider! Hab fast nichts gefangen. Und was ich gefangen hab, ist schon verkauft. Schlechte Zeiten, mein kleiner Freund. Ja, ja, sehr schlechte Zeiten. Wollt ihr was trinken?"

Lester schaut mich fragend an.

„Warum nicht? Wo wir schon mal hier sind."

Wenig später sitzen wir im Cockpit. Oliver trinkt einen Guavesaft. Lester schenkt mir einen Rum ein, pur und ohne Eis. Da brennt das Teufelszeugs noch höllischer die Kehle runter. Lester hat da keine Schwierigkeiten. Er schüttet den Rum in sich hinein, als wäre es Wasser.

Oliver sagt amüsiert: „Du, Papa, schau mal! Der Lester

hat schon ganz glasige Augen. Ob er besoffen ist, der Lester?"

Lester greift zur Flasche und nimmt einen kräftigen Schluck aus der Pulle.

Oliver flüstert mir ins Ohr: „Du, Papa! Ist der Lester ein Säufer, weil er gleich aus der Flasche trinkt? Wenn der Opa beschwipst ist, trinkt er auch aus der Flasche. Aber der Opa trinkt nur Wein, keinen Rum."

„Aber Oliver! Lester ist doch kein Säufer. Er spült seinen Ärger runter, weil er fast keine Fische gefangen hat."

Plötzlich sagt Lester: „Morgen fahr' ich wieder zum Fischen raus. Wenn ihr wollt, könnt ihr mitkommen." Und zu Oliver: „Und für dich habe ich eine feine Angelrute, mit der erwischst du sicher was, mein kleiner Freund."

Olivers Augen leuchten. „Darf ich, Papa?"

Spontan sage ich: „Freilich, Oliver! Also! Morgen fahren wir Fischen."

„Juhu . . . Juhuuu!" ruft Oliver. „Da freu' ich mich aber, Papa!" Der Bub fällt mir um den Hals.

„Also dann, abgemacht", sagt Lester. „Morgen früh um sechs Uhr."

Oliver meint altklug: „Also dann, Lester. Morgen um sechs Uhr. Hoffentlich verschläft der Papa nicht, weil er eine Schlafmütze ist."

Wir lachen. Lester nimmt noch einen kräftigen Schluck aus der Flasche, und dann rülpst er, und plötzlich kippt er seitlich weg und fängt an zu schnarchen. Friedlich liegt Lester auf der Bank und schläft.

Die Dunkelheit hüllt bereits die Dockanlagen ein, und das Meer liegt ruhig vor uns und scheint wie Lester zu schlafen. Vom Mond beschienen, erweckt die Wasseroberfläche den Eindruck eines riesigen und schwarzen Erdölsees. Ich beuge mich über den schlafenden Lester und bedecke seinen halbnackten Körper mit einer verschlissenen Schiffsplane. Dann fahren wir nach Hause.

## 30

Der nächste Tag. 4.50 Uhr. Es will Morgen werden. Leise, um Oliver nicht zu wecken, krieche ich aus dem Bett, wasche mich, und nachdem ich Hemd und Hose übergezogen habe, steige ich die Treppen hinab und gehe in die Küche. Ich setze Kaffeewasser auf. Im Wohnzimmer ziehe ich die Vorhänge zurück und schiebe die gläserne Terrassentür auf. Ich trete ins Freie. Mich fröstelt. Tief atme ich die würzige Seeluft in meine Lunge. Ich fühle mich pudelwohl, als wäre ich niemals an jenem gottverdammten Asthma erkrankt gewesen. Ein unbeschreibliches Gefühl. Es ist still. Nur das Rauschen der Meeresbrandung dringt an mein Ohr. Milchige Dunstschleier schweben über der noch schlafenden Landschaft, und die Wasseroberfläche der nahen Rodney Bay ist glatt und friedlich.

Plötzlich sind da tapsende Geräusche, und eine kindliche Stimme sagt: „Du, Papa! Was machst denn da?"

Mein Kopf fliegt herum. Da steht Oliver, barfuß, lediglich mit einem Unterhöschen bekleidet. Der Bub schaut noch ziemlich zerknautscht aus, den Schlaf im Gesicht, mit zerzaustem Haar.

„Guten Morgen, Oliver", sage ich lachend. „Auch schon auf? Hab dich gar nicht gehört."

„Papa! Fahren wir jetzt zum Fischen? Der Lester wartet schon auf uns. Das hat er gesagt, der Lester, Papa."

„Ja, freilich, Oliver. Gleich nach dem Frühstück, da geht's los."

Oliver schmiegt sich an mich. Ihm ist kalt. Ich lege meinen Arm auf seine Schulter. Schweigend stehen wir da und blicken zur nahen Rodney Bay.

Eine Stunde später. Langsam läuft Lesters Fischerboot aus dem Hafen. Die Stadt schläft noch. Es ist irgendwie unheimlich, Docks und Kaianlagen so ruhig vorzufinden, wo sonst oft hektische Betriebsamkeit herrscht.

Lester steht am Ruder. Der Motor gibt tuckernde Geräusche von sich. Olivers Begeisterung ist grenzenlos. Seine dunklen Augen glühen. Gemeinsam stehen wir achtern und blicken zum Hafen. Zunehmend werden die Dockanlagen kleiner, bis sie letztendlich unserem Auge entschwinden. Wir haben die offene See erreicht.

Lester bricht das Schweigen. „Sir! Sie sollten dem Kleinen die Schwimmweste anlegen", sagte er besorgt. „Sie liegt in der Backskiste."

„Verflixt noch mal!" antworte ich. „Du hast recht, Lester! Da hätt' ich selbst dran denken müssen."

Geschwind lege ich Oliver die Schwimmweste an. Es ist ein schon älteres Modell, aber es erfüllt seinen Zweck. Skeptisch betrachtet Oliver die Schwimmweste.

„Papa! Wie schau' ich aus? Hmmm?"

„Wie ein richtiger Matrose. Einfach toll, Oliver. Super!"

Der Bub lacht und betatscht die Schwimmweste. „Du, Papa! Kann ich jetzt nie nicht mehr untergehen, wenn ich ins Wasser falle? Soll ich's mal ausprobieren, Papa?"

„Nein, um Gottes willen, Oliver. Darfst mir schon glauben, daß du mit der Weste nicht mehr untergehen kannst. Das ist ja nur für den Notfall gedacht. Alles klar, mein Sohn?"

„Alles klar, Papa!"

Die See ist verhältnismäßig ruhig. Gott sei Dank. Wenn es zu toll schaukelt, wird mir höchstens wieder übel. Wie ein Pflug durchschneidet der Bug die Wellen. Weißer Gischt spritzt auf. Wir sprechen wenig miteinander. Die gleichmäßig brummenden Motorengeräusche wirken einschläfernd.

Wie aus heiterem Himmel meldet sich Oliver zu Wort. Er sagt: „Du, Papa! Hast du auch deinen Ballermann eingesteckt?! Hmmm? Damit uns niemand was tun kann?"

„Ja, Oliver. Mach dir keine Sorgen. Uns tut schon niemand was. Ich paß schon auf, daß uns niemand was antut."

Wortlos greift Oliver nach meiner Hand. Wir sitzen an Backbord und blicken übers Meer. Es ist schön, so dazusitzen und den kleinen, warmen Körper meines Sohnes neben mir zu spüren.

Lester drosselt die Maschine und verlangsamt die Geschwindigkeit des Bootes. Es wird unruhiger an Bord. Das Schiffchen krängt ein wenig. Lesters Fischgründe sind erreicht. Wir holen die Netze ein. Alles per Hand! Das ist brutale Knochenarbeit. Jetzt kann ich beweisen, ob ich ein ganzer Kerl bin. Von Seefahrerromantik ist da nichts mehr zu spüren. Ich packe kräftig zu. Lester nicht minder. Seine Bewegungen sind gleichmäßig und rational. Jeder seiner Handgriffe scheint ihm in Fleisch und Blut übergegangen zu sein. Lester ist ein zäher Kerl mit sehnigen Armen. Meter für Meter wird an Bord geholt. Ein mörderischer Job. Meine Hände brennen, die Unterarme schmerzen, und in den Schultern habe ich ein Gefühl, als hätte man mich mit gespreizten Armen auf ein Rad gebunden. In Strömen rinnt mir der Schweiß den Rücken hinab, und zwischen meinen Arschbacken flutscht es, als säße ich in der Sauna. Alles brennt. Meine Augen brennen, und die Hände brennen, und selbst mein Hintern brennt. Dann die Sonne! Sie tut ein übriges und brennt teuflisch von oben runter. Meine Kehle ist ausgetrocknet – ich lechze nach etwas Trinkbarem. Egal was, nur feucht muß es sein. Ich blicke mich um. An Steuerbord steht eine bauchige Wasserflasche. Da war früher mal Essig drin. Oliver steht an der Reling und läßt das Fischnetz nicht aus den Augen, und wenn sich ein Fisch selbständig macht, packt er flink zu und wirft den Fisch in die Fischkiste.

„Du, Oliver!" rufe ich. „Gib mir bitte mal die Wasserflasche da her. Sei so gut. Ja?"

Der Bub schnappt sich die Plastikflasche und reicht sie

mir. Das Wasser ist lauwarm. Gierig trinke ich das lauwarme Wasser. Hätte mir nie träumen lassen, daß abgestandenes Wasser so köstlich und erfrischend sein kann.

Nach annähernd zwei Stunden haben wir es geschafft. Seit dem Auslaufen sind gut drei Stunden verstrichen. Lester strahlt übers ganze Gesicht. Er trinkt einen Schluck Wasser, bedächtig und nicht so gierig wie ich vorhin, und dann schüttelt er Oliver die Hand. Der Bub schaut ganz erstaunt drein.

„Du bist mein Glücksbringer, Oliver", grinst Lester. „So'n guter Fang ging mir lange nicht mehr ins Netz."

Und zu mir gewandt: „Sir! Respekt! Sie haben sich wakker gehalten. Ohne Sie hätt' ich's nicht so schnell geschafft."

„Schon gut, Lester", wehre ich verlegen ab. „Hab's gern gemacht. Aber ehrlich gesagt, das schlaucht ganz schön. Bin wie gerädert."

„Das ist normal, Sir", schmunzelt Lester. „Reine Gewohnheitssache." Und dann sagt Lester noch zu Oliver: „Du hast deine Sache sehr gut gemacht. Ja, wirklich."

Oliver ist über Lesters Lob sehr stolz. Der Fischcontainer ist zu drei Vierteln gefüllt. Ein guter Fang. Eine Menge Red Snapper und Makrelen sind darunter, zwei mittelgroße Kingfish und ein stattlicher Barrakuda. Lester ist begeistert. „Schaut euch mal den Kerl an!" ruft er und packt den Barrakuda an der Schwanzflosse und hebt ihn triumphierend hoch. Ein gewaltiger Bursche. Der lange und keilförmig zulaufende Kopf glitzert silbrig in der Sonne, und das große, gefräßige Maul mit den dolchartigen Zähnen schaut angsteinflößend und gefährlich aus. Ehrfurchtsvoll blickt Oliver den toten Raubfisch an. Lester greift sich das Fischmesser. Mit einem geübten Schnitt schlitzt er den Bauch des Barrakudas auf.

„Dieser gefräßige Bastard", raunt er. „Schau mal, Oliver, was der Kerl alles im Bauch hat."

Eine Vielzahl kleiner und mittelgroßer Fische flutschen

heraus. Lester nimmt den Fisch vollständig aus, und dann untersucht er den schon teilweise verdauten Mageninhalt des Fisches.

„Du, Mister Lester! Was machst du denn da?" Und dann sagt der Bub ganz erstaunt: „Ja . . . ja . . . das sind ja lauter kleine Fischlein da, im Bauch von dem gefräßigen Kerl. Die tun mir aber sehr leid, die kleinen Fischlein, weil er sie gefressen hat, der Böse, der!"

Lester grinst. Er blickt zu Oliver hoch.

„Ja, weißt du, Oliver, ich schau' nur nach, ob der Bursche da einen giftigen Fisch gefressen hat. Aber Gott sei Dank hat er keinen gefressen. Sonst könnt ich den Brocken gleich wieder über Bord werfen."

„Weshalb denn, Lester?" mische ich mich ein. „Das verstehe ich nicht."

„Ganz einfach, Sir! Weil das Fleisch sonst ungenießbar wäre. Mit 'ner Fischvergiftung ist nicht zu spaßen. So was kann tödlich sein. So'n kapitaler Bursche ging mir schon lange nicht mehr ins Netz. Ein wahrer Glückstag."

Oliver sagt: „Du, Papa! Ob ich Mister Lester 'nen Drink machen soll? Soll ich, Papa?"

„Frag ihn halt mal selbst, Oliver."

„Du, Mister Lester", sagt Oliver und zieht den Fischer an der knielangen Hose. Es ist eine alte, ausgefranste Hose, deren Beine abgeschnitten wurden. „Soll ich dir 'nen Drink machen, Mister Lester, weil du so durstig ausschaust? So viele Fische machen bestimmt schrecklich durstig?"

Lesters schwarzes Gesicht zieht sich in die Breite, und seine weißen Zähne lachen Oliver entgegen. „Das ist 'ne prima Idee, mein Freund. Schenk mal gleich 'nen Großen ein und tu etwas Eis rein und eine Schnitte Lime. Ja?"

„Ja, Mister Lester", sagt Oliver glücklich. Und zu mir: „Du, Papa! Willst du auch 'nen Drink haben?"

„Nein, danke, Oliver. Vielleicht später."

Oliver verschwindet in der Kombüse. Flink öffnet er die

kleine, blaue Eisbox und tut ein paar Stückchen Eis in das hohe Glas rein und füllt das Ganze mit braunem Rum auf. Mit dem Kombüsenmesser schneidet er eine frische Lime in vier Teile und gibt eine Schnitte oben drauf. Unverkennbar stammt das Kombüsenmesser aus deutschen Wehrmachtsbeständen. Das Hakenkreuz auf dem Griff spricht eindeutig dafür.

Der Drink schaut fantastisch und frisch aus. Oliver wirft einen verstohlenen Blick zur Plicht hoch. Geschwind nippt er am Drink. Unbemerkt schaue ich ihm zu. Ich schmunzle. Dieser Schlingel, denke ich. Dann nippt er ein zweites Mal und fährt sich mit der Zunge über die Lippen. „Puuh!" macht er angewidert. „Der schmeckt aber scharf." Und dann schüttelt Oliver sich wie ein Dackel. Kurzerhand verläßt Oliver die Kombüse und gibt Lester den Drink.

„Dank dir, Oliver", grinst Lester. Er nimmt einen kräftigen Schluck.

„Ist der so richtig, Mister Lester?"

„Prima, mein Kleiner. Der beste Drink, den ich seit langem gekriegt hab."

„Auch nicht zu scharf, Mister Lester?"

Lester rollt vergnügt mit den Augen. Er sagt: „Ein Drink kann gar nicht scharf genug sein, mein Freund. Er muß so richtig die Kehle runterbrennen, daß einem der Ar...! Na ja! 's ist der beste Drink zwischen St. Lucia und Kuba. Und ich weiß, wovon ich spreche. Hab schon viele Drinks gehabt."

Oliver lacht glücklich. „Du, Mister Lester! Wann darf ich jetzt mit der Rute fischen?" fragt der Bub. „Hast du's schon vergessen, Mister Lester? Hmmm?"

„Wie könnt' ich das vergessen, Oliver?" sagt Lester frohgemut und kippt mit einer kurzen Handbewegung den Drink in seine Kehle. „So, mein Junge. Jetzt hol mal die Angelrute raus, du weißt ja, wo ich sie hingetan hab."

„Ja, Mister Lester! Sofort, Mister Lester!" jubelt Oliver

und verschwindet schnurstracks in der Kombüse. Kurz darauf kommt er zurück. Er strahlt übers ganze Gesicht. Mit beiden Händen hält er die lange Rute umklammert. Oliver schaut furchtbar stolz drein. Wortlos nimmt Lester dem Buben die Rute aus der Hand und überprüft die Funktionsfähigkeit der Rolle und das stählerne Vorfach mit dem Haken. Lester lacht ein kehliges Lachen. Und dann sagt er: „Sir! Wollen Sie den Haken beködern?"

„Gern, Lester. Wenn ich darf!" antworte ich überrascht. „Was soll ich als Köder nehmen? 'ne Makrele?"

„Ja, Sir! Stecken Sie 'ne mittelgroße Makrele dran. Vielleicht geht Oliver so ein gefräßiger Bastard von einem Barrakuda an den Haken. Das wär' schon 'ne feine Sache. Was meinst du, Oliver?"

Lester streicht Oliver übers Haar. Der Kleine schaut zu Lester auf und sagt: „Das wär' einfach toll, Mister Lester. Magst du mich, Mister Lester, weil du mir übers Haar streichst? Mein Papa streicht mir auch immer übers Haar."

Lester schmunzelt. „Wir sind doch Freunde, wir zwei. Nicht wahr, Oliver?"

„Ja, Mister Lester. Wir sind Freunde, und ich kann dich gut leiden, schon wegen der Fische."

Derweil bücke ich mich zum Fischcontainer hinab. In dem Augenblick rutscht meine Smith & Wesson aus dem Schulterhalfter und fällt krachend auf die Decksplanke, Lester direkt vor die Füße. Wortlos blickt Lester mich an. Oliver steht bewegungslos da. Er sagt kein Wort. Sein Blick wandert zwischen Lester und mir hin und her. Unbeeindruckt hebe ich die Knarre vom Boden auf und stecke sie in den Halfter zurück. Dann greife ich mir den dreispitzigen Angelhaken und beködere ihn mit einer Makrele.

„So, Oliver", sage ich. „Dann woll'n wir mal." Ich löse die Bremsvorrichtung der Rolle und werfe den beköderten Haken aus.

„Schön festhalten, Oliver", sage ich warnend. „Nicht,

daß dir die Angel noch auskommt und über Bord fliegt. Da würd' der Lester aber schön schimpfen."

Oliver lacht. „Ich pass' schon auf, Papa, daß die Rute nie nicht ins Wasser fällt, und wenn einer anbeißt, dann schrei' ich dir, Papa."

„Ich mach' mir schnell 'nen Drink. Dann komm' ich wieder, Oliver. Und gleich schrei'n, wenn einer anbeißt. Ja, Oliver? Nicht vergessen!"

„Ja, Papa! Ich schrei' ganz laut."

Beidhändig hält mein Sohn die Rute umklammert. An der Art und Weise, wie mein Bub dasteht, mit gespreizten Beinen und dem konzentrierten Mienenspiel seines weichen und hübschen Gesichtchens, kann ich erkennen, wie ernst es ihm ist, als richtiger und gestandener Mann anerkannt zu werden, denn Lester meinte, nur ein richtiger Mann versteht zu fischen und den Gefahren des Meeres zu trotzen. Singend läuft die Leine über die Rolle. 100 Meter sind schon draußen. Es ist eine starke, eine reißfeste Leine. Lester meinte, da müßte schon ein Viermeterhai anbeißen, ein gottverdammter Marlin oder sonst ein gottverdammtes Mistvieh, um die Angelschnur zu zerreißen. Nachdenklich fügt Lester hinzu: „Aber, daß ein Marlin anbeißt, da hab ich keine Angst. Die gibt's nämlich so gut wie nicht mehr in diesem gottverdammten Scheißgewässer. Alles abgefischt. Bevor du 'nen Marlin an die Angel kriegst, kriegste eher noch einen gottverdammten Hammerhai dran. Aber der reißt dir den Arsch auf, bevor du ihn an Deck kriegst."

Lester wirft den Kopf in den Nacken und lacht ein donnerndes Lachen. Er steht am Ruder und betätigt den Gashebel. Der Kutter nimmt schnellere Fahrt auf. Derweil stehe ich in der Kombüse und schenke mir einen Drink ein. Ich fühle mich sehr wohl in meiner Haut. Das Beisammensein mit meinem Sohn verleiht mir jenes angenehme Gefühl des sich Wohlfühlens. Es ist gut, was wir hier machen, denke ich, und wir machen es gemeinsam. Das verbindet, das schweißt zusammen. Oliver und ich haben eine Menge nachzuholen, denn noch immer kann der Kleine nicht begreifen, weshalb ich ihn all die Monate mit seiner Mutter in Deutschland zurückgelassen habe.

Olivers Schrei schreckt mich hoch.

„Papa!... Papa!" schreit er mit sich überschlagender Stimme. „Da hat einer angebissen, ein ganz ein großer. Schnell, Papa! Ich kann die Angel nicht mehr halten. Schnell..."

Abrupt reißt Olivers Stimme ab. Schlagartig werfe ich alles hin und stürze Hals über Kopf aus der Kombüse. Ich pralle mit Lester zusammen. Wir stürzen zu Boden. Mein Kopf schlägt hart auf. Ich blute. Benommen rapple ich mich hoch. Blut läuft mir ins rechte Auge. Oliver ist verschwunden. Ich schwanke. Verdammt, was ist los mit mir? Ich schwanke wie ein Betrunkener, greife nach dem Kombüsenhäuschen und halte mich krampfhaft fest. Wo ist Oliver? Ich kann ihn nirgends sehen. Aus gehetzten Augen blicke ich mich um. Mein rechtes Auge ist so gut wie blind, alles voll Blut.

„Mein Gott!... Oliver!" murmle ich. Und dann brülle ich aus Leibeskräften: „Oliver!... Oliver!... Wo bist du?"

Mein Schrei hallt über die See. Es ist ein verzweifelter Schrei. Angst greift nach meinem Herzen, panische Angst um meinen Sohn. Sie droht mir das Herz abzudrücken. Meine Kehle scheint wie zugeschnürt. Das Blut rauscht in meinen Ohren, und es hört sich an wie das Donnern der Brandung bei stürmischer See. Ruhig bleiben, Siegfried, mahnt mich eine innere Stimme. Bleib ruhig... Ganz ruhig!

Lester brüllt: „Da, Sir!... Da hinten!... Backbord achteraus! Da ist Oliver. Großer Gott!... Der Bub treibt ab. Schnell, Sir, bevor ihn die Haie wittern!"

Für Sekunden starre ich Lester an. Bin wie gelähmt. Dann schreie ich: „Haie?... Gibt's hier Haie, Lester?"

Und ich schrei's, obschon ich weiß, daß die Gewässer nur so von Haien wimmeln.

„Und was für welche, Sir!" ruft Lester. Entsetzen ist in seinen Augen, und leiser sagt Lester: „Aber Sir! Sie bluten ja, da am Kopf."

„Scheiß drauf!" sage ich barsch. „Wir müssen Oliver da rausholen." Und bevor ich meinen Sohn ausmachen kann, höre ich seinen Schrei, seinen angsterfüllten Schrei: „Papa! ... Hilf mir! ... Papa! ... Papa!"

Mit einer fahrigen Handbewegung wische ich mir das Blut aus dem Auge. Dann sehe ich ihn. Könnte schreien vor Schmerz. Oliver treibt in der offenen See. Nur der braune Haarschopf ist zu sehen und etwas Rotes. Das ist die Schwimmweste. Gott sei Dank! Die Schwimmweste, schießt es mir durch den Kopf. Die wird ihn über Wasser halten. Dann sehe ich Olivers Arm. Er winkt. Und dann schreit er wieder, mein lieber, kleiner Sohn, und mit jedem Schrei glaube ich, ein spitzer Dolch bohrt sich in mein Herz, in meine Seele, und ich stehe nur da. Tu was! Verdammt noch mal! Tu was! Hol Oliver da raus!

Aufgeregt brülle ich Lester an. „Mensch, Lester! Wende das Boot. Oliver! Wir müssen ihn rausholen, bevor die Haie kommen. Verdammt, mach schon!"

Oliver treibt sehr schnell ab. Sicherlich schon weit über 100 Meter. Olivers Kopf ist nur noch als Punkt auszumachen. Heilige Maria, hilf mir! Lester dreht bei. Der Kutter krängt gewaltig. Geschwind greife ich nach der Reling, halte mich fest. Ich lasse Oliver nicht aus den Augen. Wie ein winziger Spielball treibt der Kleine auf den Wellen. Er schreit nicht mehr. Aber noch scheint der Bub in Ordnung zu sein. Ein Glück, daß die See verhältnismäßig ruhig ist. Aber was heißt hier schon ruhig, bei einem Seegang von zwei Meter hohen Wellenbergen. Plötzlich ist Olivers winkende Hand verschwunden. Er hält beide Hände unter Wasser, als würde er sich verzweifelt an irgend etwas festhalten. Der Kutter nimmt schnellere Fahrt auf.

„Gleich haben wir Oliver, Sir!" brummt Lester und gibt Gas. „Ein tapferer Bursche, Ihr Sohn. Gleich haben wir ihn in Sicherheit."

Das Brummen der Maschine wird dumpfer. Wir machen gute Fahrt. Die Maschine stampft und donnert und faucht, als würde sie uns jeden Moment um die Ohren fliegen. Plötzlich stotternde Motorengeräusche. Wir werden langsamer. Und je langsamer wir werden, um so schneller jagt mein Puls. Wie ein Dampfhammer.

„Verdammt, Lester", rufe ich. „Was ist bloß los?"

„Weiß nicht, Sir! Irgendwas stimmt da nicht! Vielleicht ein Pfropfen in der Spritleitung, Sir?"

Und plötzlich ist es still. Eine unheimliche, eine mörderische Stille. Keine Motorgeräusche mehr! Nur noch das Rauschen der See. Verzweifelt versucht Lester die Maschine wieder zu starten. Nichts! Die Maschine springt nicht an. Blitzschnell fasse ich einen Entschluß. Längeres Warten könnte Olivers Tod bedeuten. Ein schrecklicher Gedanke, ein Gedanke, der mir Mut verleiht und jegliche Angst von mir nimmt, die Angst vor der mordenden See und den gefräßigen Haien. Ich greife mir Lesters Fischmesser und stecke es in den Hosenbund. Zugegeben, eine klägliche Waffe, sollte ich von Haien angegriffen werden. Behende streife ich den Halfter samt Revolver von den Schultern.

„Nimm, Lester!" sage ich fordernd. „Wenn Haie kommen, knall sie ab. Gott steh uns bei!"

Ich habe ein mulmiges Gefühl im Magen. Lester redet auf mich ein. Achtlos schiebe ich ihn beiseite. Kopfüber stürze ich mich von Bord in die rauhe See, und während ich mich ins Wasser stürze, höre ich Lesters warnenden Schrei: „Verdammt, Sir! Das ist Selbstmord! Die Haie wittern ihr Blut!"

Und ich denke mir: Scheiß drauf! Soll'n sie's wittern. 's ist besser draufzugehen, als nichtstuend dazustehen und zuzuschaun, wie mein Sohn absäuft oder die Haie sich auf ihn stürzen. Ein Wahnsinnsgedanke. Und dann weiß ich um meine Stärke: Ich bin ein sehr guter Schwimmer und verstehe, mich im Wasser zu bewegen. Und wenn sie kommen, die gottverdammten Haie, dann werde ich kämpfen, um das Leben meines Sohnes und um mein beschissenes Leben.

Mit kräftigen Arm- und Beinschlägen kämpfe ich mich durch die wogende See. Wie ein Verrückter peitsche ich das Wasser. Meine Armzüge werden immer kürzer, und das Schlagen der Beine ist nicht mehr als ein armseliges Strampeln. Ich glaube, Blei in den Armen und den Beinen zu haben. Was ist bloß los mit mir? Ist das alles, was du drauf hast, du schlapper Sack, du? Schwer atmend halte ich inne und blicke mich nach Oliver um. Panische Angst erfaßt mich. Ich kann ihn nirgends sehen. Angsterfüllt schicke ich ein Stoßgebet gen Himmel. Ich bete! Gottverdammt noch mal, ich bete! Ich werde erhört. Da ist er, mein Oliver. Er treibt auf einem Wellenkamm, und dann ist er wieder verschwunden. Aber ich weiß, er ist da.

„Oliver!" brülle ich. „Halt aus! Ich komm'! Brauchst keine Angst mehr zu haben."

Dann kämpfe ich mich weiter vorwärts. Aber ich komme nicht voran. Vielmehr habe ich das Gefühl, im Wasser zu stehen, nicht von der Stelle zu kommen. Zwei Meter vorwärts... drei zurück. Es scheint ein aussichtsloser Kampf zu werden. Die Gedanken an meinen Sohn, der um sein Leben ringt, verleihen mir ungeahnte Kräfte.

Eine hohe Welle packt mich und schleudert mich in die Höhe, und dann werde ich von unsichtbaren Mächten in die Tiefe gedrückt und wie ein Kreisel herumgewirbelt. O Gott! Ist das einer jener tödlichen Tiefenwirbel, schießt es mir durchs Gehirn, die dich packen und in unendliche Tiefen ziehen, immer tiefer, und dich dann irgendwo als lebloses Nichts ausspucken und an Land spülen? Ich möchte schreien! Aber wie soll ich unter Wasser schreien? Meine Lunge droht zu platzen. Plötzlich werde ich gepackt und nach oben gedrückt. Ich kämpfe mich nach oben. Wie ein Wilder schlage ich mit den Armen um mich und japse wie ein Erstickender nach Luft. Ich kriege Luft. Welch erlösendes Gefühl, Luft zu kriegen, wieder atmen zu dürfen. Gehetzt blicke ich mich um. Wo ist Oliver?

„Oliver!... Oliver!" brülle ich. „Mein Sohn, wo bist du?"

Gott sei Dank! Er treibt auf den Wellen. Es ist ein verdammt gutes Gefühl, seinen Sohn so auf den Wellen treiben zu sehen, erfüllt von jenem Fünkchen Hoffnung, meinen Sohn der mörderischen See doch noch entreißen zu können. Erneut nehme ich den Kampf mit den Wellen auf. Mein Atem geht kurz. Die wundgescheuerten Hände brennen in der salzigen See, und meine blutende Kopfwunde schmerzt und brennt und juckt, als würde jemand eine ätzende Säure hineinträufeln. Und so schwimme und kämpfe und bete ich mich vorwärts, denn beten ist das einzige, was nichts kostet, weder Kraft noch Energie noch Ausdauer, und mich in der Hoffnung bestärkt, es doch noch zu schaffen. Zusehend nähere ich mich Oliver, und je näher ich meinem Sohn komme, um so schwächer werde ich. Die Kräfte drohen mich zu verlassen. Nicht schlappmachen, Alter! Wenn du jetzt schlappmachst, bist du ein gottverdammter Scheißkerl und Hurensohn. Denk an deinen Sohn, Siegfried!

Ein Brecher erfaßt mich. Ich schlucke eine Menge Wasser... ringe nach Luft. Ich lasse mich treiben und lege mich für einen Moment auf den Rücken. Gleichzeitig halte ich nach Haien Ausschau, nach jenen furchteinflößenden Dreiecken, die die Wasseroberfläche schneiden, wenn sie kommen. Kräfte sammeln! Aber da sind keine Haie. Ich bin erleichtert. Erneut kämpfe ich gegen die Urgewalten des Meeres an. Endlich! Ich habe es fast geschafft! Noch sechs oder sieben Meter, dann habe ich es geschafft. Schon kann ich Olivers Gesichtszüge erkennen, seine dunklen Augen, angsterfüllt und doch nicht ängstlich, irgendwie resolut dreinblickend, den kleinen Mund, der nach Luft ringt, Wasser schluckt, es ausspuckt. Hastig blicke ich mich nach Lesters Boot um. Hilflos dümpelt es in der See. Von Lester ist nichts zu sehen. Ich denke: Sicher arbeitet er fieberhaft an der Maschine, an dem alten Bock von Schiffsmotor.

Doch was ich dann sehe, läßt mir buchstäblich das Blut in den Adern gefrieren. In einiger Entfernung gleiten mehrere dunkle, schemenhafte Schatten durchs Wasser. *Haie!* ... Mein erster Gedanke! Gottverfluchte Haie! Sollen sie uns doch noch am Arsch kriegen, Oliver und mich, wo wir so gekämpft haben? Mehrere Dreiecke schneiden die Wasseroberfläche, und plötzlich beginnen die dunklen Schatten mit den furchteinflößenden Dreiecken zu springen und zu tauchen. Sie springen und tauchen auf und verschwinden wieder in den Wellen. Seltsam, denke ich! Haie springen doch nicht! Oder doch? Ich strenge meine Augen an. Mir fällt ein Stein vom Herzen. Es sind Delphine! Liebe, brave, verspielte Delphine!

Und dann ist da plötzlich Olivers Stimme, die ruft: „Papa! ... Mein lieber Papa! ... Papilein! Ich hab sie noch!"

Ich bin befreit, ich fühle mich richtig erleichtert und befreit. Aber ... was meint er bloß mit „Ich hab sie noch"?

Mehrere kräftige Züge, und ich bin bei Oliver. Eigenartig! Tränen schießen mir in die Augen und vermischen sich mit der salzigen See, und was ich dann sehe, mit meinen tränenerfüllten Augen, ich kann's nicht begreifen. Mehr noch – es macht mich sprachlos! Mit seinen kleinen Händchen hält der Bub, mein tapferer Sohn, immer noch die Angelrute umklammert.

Energisch packe ich Olivers kleinen Körper.

„Bist du in Ordnung, Oliver?" stoße ich prustend hervor.

„Ja, Papa!... Aber mir ist schrecklich kalt, Papa. Ich friere."

Olivers Lippen sind blau; seine Zähne klappern. Ich sage: „Oliver! Laß die verdammte Angel los!"

Oliver schaut mich aus großen Augen an. Als hätte er mich nicht verstanden, sagt er mit besorgter Stimme: „Aber Papa!... Du blutest ja, da auf dem Kopf!"

„Ach, Oliver", sage ich. „Laß es bluten. Hauptsache ich bin bei dir. Wir sind zusammen."

Ich weine vor Glück. Oliver sagt: „Papa! Hast du große Schmerzen", seine Zähne schlagen aufeinander, „weil dus Gesicht so verziehst?"

Oliver bemerkt nicht, daß ich weine. Ich sage: „So, Oliver! Und jetzt laß die verdammte Angel los!"

„Nein, Papa!... Da hängt ein Fisch dran." Oliver fällt das Sprechen sehr schwer. Undeutliche Worte kommen über seine Lippen. „Lester braucht mich nie nicht zu schimpfen, wegen der Angel da."

Ein Brecher überrollt uns. Prustend tauchen wir wieder auf. Fest halte ich Oliver umklammert. Noch immer hält er die Angelrute fest.

„Verflixt noch mal, Oliver!" sage ich lauthals. „Jetzt laß die Angel los. Wir müssen Kräfte sparen. Scheiß auf den Fisch!"

„Ich kann ja nicht untergehn, Papa!" Oliver reißt die Augen auf und japst nach Luft. „Hab ja die Schwimmweste. Das hast du gesagt, Papa." Und mit letzter Kraft flüstert der Bub: „Lester soll nie nicht mit mir schimpfen."

Erschöpft schließt der Bub die Augen; sein kleines Gesichtchen kippt nach vorne. Er ist völlig ausgepumpt und erschöpft. Blitzschnell greife ich nach seiner Angelrute, ehe sie seinen kleinen Händchen entgleitet. Schlagartig wird mir eines bewußt: Oliver, mein Sohn, wäre lieber untergegangen, als die Angel preiszugeben. Er hat es mir versprochen und Lester auch. Trotzdem! Ich kann es nicht verstehen. Woher nimmt dieser gut dreijährige Junge die Kraft und die Ausdauer und den Mut? Ich verstehe es nicht! Bei Gott! Ich verstehe es nicht!

Was ist das? Angestrengt lausche ich. Da ist das Rauschen des Meeres, und dann ist da noch etwas... Geräusche! Vertraute Geräusche! Verdammt! Tatsächlich! Motorengeräusche! Suchend blicke ich über die bewegte See. Nichts als Wellenberge und die Weite der See. Habe ich mich getäuscht?

Dann könnte ich schreien vor Glück. „Da, Oliver!" brülle ich. „Da, schau mal, Oliver! Lester kommt. Er holt uns! Wir haben's geschafft!"

Bewegungslos hängt Oliver in meinem Arm. Ich reibe meinen Schnauzbart an seiner Wange. Langsam öffnet der Bub die Augen. Er schaut mich an, unendlich müde und leer.

„Brauchst keine Angst mehr haben, Oliver", sage ich leise.

„Ich hab nie nicht keine Angst, Papa. Du bist ja bei mir. Mich friert, Papa."

Wenig später nimmt Lester uns an Bord.


## 31

Es ist dunkel. Der Mond taucht die Landschaft in fahles Licht. Da brennt ein Holzkohlenfeuer, auf der Terrasse vor unserem Haus. Es riecht nach gegrilltem Fisch – ein appetitanregender Geruch. Auf dem Grill rösten drei Red Snapper.

Gerade richtig für zwei hungrige Männer – nicht zu groß

und nicht zu klein. In der für ihn typischen Hockstellung kauert Oliver davor und stochert mit einem Holzstecken in der Glut rum. Entspannt liege ich im Liegestuhl und blicke versonnen in die Glut. Das tue ich gerne, dasitzen und in die wärmeverströmende Glut starren und Oliver zuzuschaun, wenn er geschäftig in der Glut rumstochert und mir verstohlene Blicke zuwirft, ob ich nun mit ihm schimpfen werde. Doch heute habe ich allen Grund, meinen Sohn bei seiner Lieblingsbeschäftigung nicht zu tadeln.

Ein ereignisreicher Tag liegt hinter uns, ein Tag, der bei weniger Fortune unser letzter hätte sein können. Verdammt noch mal! Es hätte wirklich nicht viel gefehlt und wir wären abgesoffen.

Ich bin schläfrig geworden. Die wärmende Glut und die wohlriechenden Fische und der Kampf gegen die Urgewalten des Meeres haben mich schläfrig gemacht. Etwas angeschlagen und müde erhebe ich mich aus dem Liegestuhl und mache ein paar Schritte auf den Grill zu.

„Na, Oliver", sage ich gähnend. „Was machen die Fische? Sind sie bald durch?"

Oliver lächelt zu mir hoch. Er hört auf, in der Glut rumzustochern und tritt neben mich. Dann wirft er einen fachmännischen Blick auf die Fische und sagt: „Gleich sind sie durch, Papa. Und wie die riechen! Hab schon einen furchtbaren Hunger, Papa. Du auch, Papa?"

„Und was für einen Kohldampf ich hab, Oliver", sage ich. Behutsam streiche ich meinem Sohn übers Haar. Dann nehme ich zwei Gabeln in die Hand und wende die Fische auf dem Rost. Mir läuft schon das Wasser im Mund zusammen. Die Fische sind schräg eingeschnitten und gut gewürzt. An den Schnittstellen leuchtet das gegrillte Fleisch weiß und braun. Am besten schmeckt der Fisch, wenn er knusprig ist. Und die drei Kerle da auf dem Rost schauen einfach himmlisch und knusprig aus. Knuspriger geht's gar nicht mehr.

Zufrieden und gesättigt lehnen wir uns im Liegestuhl zurück und starren in die verglimmende Glut. Meinen Arm um Olivers Schultern gelegt, sage ich: „Du, Oliver. Eins mußt du mir versprechen."
 Oliver blickt mir ins Gesicht. „Ja, Papa! Was denn?"
 „Wenn die Mama wieder da ist, sagst du ihr besser nicht, was beim Fischen passiert ist. Ja, Oliver? 's ist besser, wenn's die Mama nicht weiß, daß du über Bord gefallen bist."
 „Warum soll es die Mama nie nicht wissen, Papa? Mir ist ja nie nichts passiert. Und Lester hat zu mir gesagt, wenn du nicht gewesen wärst, Papa, dann wär' ich ertrunken. Ja, das hat er gesagt, der Lester. Er hat sich große Sorgen gemacht um dich, der Lester. Das hat er gesagt. Du, Papa! Der Lester muß aber ganz große Sorgen gehabt haben? Hmmm?"
 „Ja, die hat er gehabt, Oliver. Der Lester ist schon in Ordnung. Aber wie kommst du denn darauf?"
 „Weil der Lester vor lauter Sorgen gleich eine ganze Flasche Rum ausgetrunken hat. Ist er jetzt ein Säufer, der Lester, Papa?"
Ich werde ungeduldig. Olivers Fragerei kann einen schon mürbe machen. Ich sage: „Nein, Oliver! Lester ist kein Säufer. Und nochmals! Du sagst nichts der Mama! Ja? 's ist besser so, weil die Mama dann mit mir schimpft und sagt, ich bin zu dumm, auf dich aufzupassen. Dann haben wir bloß Streit und ich will mit der Mama keinen Streit haben. Versprichst du mirs, Oliver?"
 „Ja, freilich, Papa! Ich sage nie nichts der Mama. Ich mag's nicht, wenn die Mama und du miteinander rumschimpfen." Und dann lächelt Oliver mich an, schmiegt sich ganz eng an meine Seite und sagt: „Wir Männer müssen doch zusammenhalten! Gell, Papa?"
 „Ja, freilich, Oliver! Das müssen wir."

## 32

Dann kommt Gaby aus Deutschland zurück. Ich bin so aufgedreht und voller Wiedersehensfreude und Erwartung, daß ich nach Barbados fliege, um meine Frau einen Tag früher als erwartet in die Arme schließen zu können.

Innerlich aufgewühlt stehe ich am *Grantley Adams International Airport* und warte auf meine Frau. Doch sie kommt nicht. In der Maschine, in der sie hätte sitzen müssen, ist sie nicht. Verdammt! Ob ihr in Deutschland was zugestoßen ist? Nervös geworden, erkundige ich mich am Flugschalter. Das farbige Mädchen lächelt mich freundlich an. „Sir! Machen Sie sich keine unnötigen Sorgen. Eine Maschine kommt ja noch."

Verflixt noch mal, denke ich, noch drei Stunden. Dann ist es soweit. Die letzte aus Deutschland einfliegende Maschine, ein Tristar, setzt zur Landung an. Aufgeregt springe ich auf und laufe in die Ankunftshalle. Sekunden werden zu Minuten, Minuten zu Stunden. Dann sehe ich Gaby übers Rollfeld marschieren. Könnte Saltos schlagen vor Freude! Mein Puls schießt in die Höhe. Mir wird ganz heiß.

Wenig später liegen wir uns lachend in den Armen. Und dann erzählt Gaby, daß der Container per Bahn von Rosenheim nach Bremerhaven geht. Sie sagt: „Stell dir nur vor, Siegfried. Die Rosenheimer Kripo hat nichts mitgekriegt. Hatte schon Angst, daß sie wegen dem Container Wind kriegen. 's wär 'ne Katastrophe gewesen, wenn sie ihn beschlagnahmt hätten. Der Schweier kriegt bestimmt 'nen Wutanfall, wenn er davon erfährt. Der schleimige Kerl ist halt doch nicht so clever, wie er glaubt."

Gut eine Woche nach Gabys Rückkehr kommt ihre Mutter für zwei Wochen zu Besuch. Die alte Frau verlebt einen angenehmen Urlaub. Die Sonne und das gesunde Klima bekommen ihr sehr gut, und wir versuchen, uns nicht gegenseitig auf die Füße zu treten. So strafen wir die Behauptung Lügen, Schwiegersohn und Schwiegermutter vertrügen sich wie Hund und Katz.

Anfang November ziehen wir um. Wir verlassen die A-Frame Bungalows und mieten im Cap Estate ein gemütliches, wenn auch nicht allzugroßes Cottage. Unser Nachbar ist kein Geringerer als St. Lucias Polizeichef, Mr. Phillipsie.
Wir pflegen zu den Phillipsies ein freundschaftliches Verhältnis. Die Frau des Polizeichefs ist wirklich sehr nett. Wir können sie gut leiden. Und dann sind da noch zwei Kinder. Ich mag sie, die Kinder, denn ich mag alle Kinder, und die Hautfarbe spielt für mich keine Rolle. Kinder bleiben Kinder. Der Bub ist fünf und das kleine Töchterchen so um die zwei. Oliver verbringt viel Zeit bei den beiden. Die drei spielen zusammen und tollen herum, und nicht selten kommt es vor, daß mein Sohn bei den Phillipsies zu Tisch sitzt und ungeniert alles verdrückt, was ihm zum Essen vorgesetzt wird. Oliver kennt keine Berührungsängste. Natürlich ist der Commissioner über meine Person bestens im Bilde. Das tut jedoch unserer nachbarschaftlichen Beziehung keinen Abbruch, denn die Leute auf St. Lucia leben nach dem Motto: „Leben und leben lassen!" Außerdem habe ich mir auf St. Lucia nichts zuschulden kommen lassen. Meine Weste ist sauber!
Wenn die beiden Nachbarskinder Oliver einen Besuch abstatten, drücke ich ihnen gelegentlich eine Tafel Schokolade in die Hand, weil sie die so gerne mögen. Vor allem die Kleine ist ganz wild auf Schokolade. Unschuldig lächelnd steht sie oft plötzlich neben mir und blickt mich aus ihren

schönen, dunklen Augen wortlos an, und ich weiß um den Wunsch der Kleinen. Ich mag die Kleine sehr, denn sie ist ein überaus liebes und hübsches Mädchen, und sie hat es ja wirklich nicht leicht, sich gegen die zwei Lausbuben durchzusetzen.

Vom Balkon unserer neuen Wohnung aus habe ich freien Blick auf unsere Baustelle im entfernten Golfpark. Früh morgens um 7.00 Uhr verlasse ich das Haus und fahre mit dem Auto auf die Baustelle. Das mache ich jeden Tag, außer Samstag und Sonntag. Kaum verlasse ich das Haus, flitzt mir Oliver in seinem Unterhöschen nach und ruft: „Papa! . . . Bussi!"

Mit einigen einheimischen Burschen habe ich begonnen, unser Wohnhaus fertigzustellen. Die meisten Arbeiter stammen aus der Ortschaft Badouneau – zuverlässige und fleißige Leute. Unter tropischen Verhältnissen auf dem Bau zu arbeiten ist oft eine unmenschliche Plackerei, vornehmlich für einen Europäer. Da schwitzt man sich zu Tode. Den ganzen Tag brennt dir die Sonne auf den Kopf und röstet dir das Gehirn. Aber ich schlage mich ganz wacker.

Drei Wochen nach unserem Umzug erreicht mich eine freudige Nachricht, auf die ich seit langem fieberhaft warte. Der Schiffscontainer liegt im Hafen von Castries.

Die Zollformulare und alle übrigen Formalitäten bereiten mir anfänglich einiges Kopfzerbrechen. Meine Geduld wird auf eine harte Probe gestellt, zumal hier in der Karibik die Uhren etwas langsamer ticken als im hektischen Deutschland. Aber dann bin ich angenehm überrascht, was alles in einem Container Platz findet.

Endlich kann ich den Hausbau mit aller Macht vorantreiben und mit den erforderlichen Betonierungsarbeiten beginnen. Alle Maschinen sind unbeschädigt eingetroffen. Zwei Lescha-Betonmischer, zwei Notstromaggregate der

Marke Briggs & Stratton, 63 Stahlträger mit Schraubgewinde und mehrere Stapel Schaltafeln, Werkzeug und was man halt so alles zum Hausbau benötigt. Ich bin einfach happy. An mir ist ein Bauingenieur verlorengegangen. Es ist ein gutes Gefühl, für sich und seine Familie ein Wohnhaus zu bauen.

Oliver ist meist mit von der Partie. Er ist geradezu verrückt danach, mit mir die Zeit auf der Baustelle zu verbringen. Einen braveren Buben hätte ich mir nicht wünschen können. Ich bin davon überzeugt, Udo würde sich genauso prächtig verhalten.

Ende Dezember erhalten wir Besuch aus Rosenheim. Mike und Sissy sind gute Bekannte. Dieser Besuch hat jedoch noch einen anderen Grund und ist für mich von größter Wichtigkeit. Versteckt in Sissys Gepäck, liegt ein Reisepaß für mich bereit. Meine Frau hat das Geschäft eingefädelt. Der Paß ist brandneu und wurde erst kurz zuvor von der Gemeinde Stephanskirchen ausgestellt, und zwar auf den Namen eines ehemaligen Angestellten. Das Paßbild auszutauschen, ist ein Kinderspiel. Mehr Sorgfalt und Können braucht es da schon, das Paßbild mit einem speziell dafür angefertigten Stempel zu versehen. Saubere Arbeit! Nun steht meiner Reise nach Deutschland nichts mehr im Wege.

Einige Tage nach Silvester ist es soweit. Ich fliege nach Deutschland. Habe da einige Geschäfte zu erledigen. Außerdem muß ich zusehen, wie ich zu Geld komme. Ein paar Kerle schulden mir zwar noch Geld, aber es dürfte zu riskant sein, sie aufzusuchen. Mal sehn! Oliver ist nicht sonderlich glücklich über meine Reise. Er ist traurig und hat Angst, daß ich nicht wiederkomme. Der Bub kann es nicht vergessen, daß ich ihn im Mai 1982 mit seiner Mutter auf dem Züricher Flughafen zurücklassen mußte.

„Du, Papa!" sagt Oliver. „Ich will auch mit. Nimmst du mich mit? Dann bist du nie nicht so allein. Ich paß auch auf dich auf, Papa."

„Das geht nicht, Oliver. Wirklich nicht! In zwei Wochen bin ich ja wieder zurück. Ich bring dir was Schönes mit. Du mußt ja auf die Mama aufpassen."

„Kommst du auch wieder? Bin so traurig, wenn du mich allein läßt. Und auf die Mama tu' ich schon aufpassen."

„Sicher komm' ich wieder, Oliver. Wüßt' ja gar nicht, was ich ohne dich täte, du Lauser, du. Ich versprech's."

„Bussi, Papa."

Gaby sagt: „Sei vorsichtig, Siegfried, und komm gesund wieder. Vergiß nicht, mich anzurufen, wenn du drüben bist. Du weißt ja, was ich mir immer für Sorgen mache."

Während meiner Abwesenheit leisten Mike und Sissy meiner Frau Gesellschaft. Da kommt sie auf andere Gedanken. Bereits vor meiner Abreise habe ich das Gerücht verbreiten lassen, ich würde in die Vereinigten Staaten reisen. Ich habe es getan, um das verräterische Ehepaar Strukkenberg in die Irre zu führen. Und prompt fallen sie auch darauf herein.

## 33

Wohlbehalten und unversehrt erreiche ich Deutschland. Mehrmals versuche ich, Gaby telefonisch zu erreichen. Ich bekomme keine Verbindung. Wie gehabt miete ich mir einen unauffälligen Kleinwagen. Aus einem unerklärlichen Impuls heraus treibt es mich in die Nähe meines Elternhauses. Ich fahre daran vorbei, ohne das Haus zu betreten. Wie gerne würde ich meine liebe Mutter in die Arme schließen. Aber es geht nicht. Das Haus könnte ja observiert werden.

Was dann, wenn mich jemand beim Betreten meines Elternhauses beobachten würde? Wenig später fahre ich am Haus vorbei, in dem mein Sohn Udo wohnt. Ich fahre sehr langsam, halte an und schaue zum Eingang. Das Herz wird mir schwer. Vor dem Eingang steht, an den Zaun gelehnt, ein Paar Kinderski – Udos Ski. Obwohl es schon dunkel ist, wage ich nicht auszusteigen. Plötzlich wird die Haustüre geöffnet. Ein kleiner, blondhaariger Bub taucht auf und geht auf die Ski zu. In der Hand hält er einen Handbesen. Schlagartig wird mir heiß. Mein Kopf droht zu platzen. Vorsichtig kurble ich das Fenster runter. „Udo, mein lieber, kleiner Sohn Udo", möchte ich schreien. Doch ich darf nicht. Er ist ein hübscher Bub geworden, denke ich. Mit dem Handbesen fährt er über die Ski und wischt den Schnee ab. Dann eine Stimme, die ruft: „Udo, mach schon. Nicht daß du noch krank wirst."

Ich kenne die Stimme. Es ist die Stimme meiner geschiedenen Frau Ingrid.

„Ja, Mama! Ich komm ja schon", ruft mein Udo. Flink packt er die Ski und trägt sie ins Haus. Die Tür schlägt zu. Die Haustürbeleuchtung erlischt. Ohne daß ich es bemerkt habe, sind mir Tränen in die Augen geschossen. Ich habe ein Gefühl, als hätte mir jemand das Herz aus der Brust gerissen. Ich bin deprimiert. Es ist grausam, seinen geliebten Sohn zu sehen, ohne mit ihm sprechen zu dürfen und ohne ihm sagen zu können, wie lieb ich ihn habe. Wie gerne würde ich dem Buben durch sein blondes Haar fahren und ihn zärtlich in die Arme nehmen. Es ist verdammt grausam, das nicht tun zu dürfen. Ich schüttle mein Gesicht, als wollte ich die Gedanken an meinen Sohn aus meinem Schädel vertreiben. Dann lege ich den Gang ein und fahre davon.

Ich darf Udo nicht sehen. Er würde sich verplappern und erzählen, daß er mich gesehen hat und die Kripo so ungewollt auf meine Fährte setzen. Udo ist jetzt siebeneinhalb Jahre alt!

Feldafing am Starnberger See, einige Tage später. In der Nähe der Sparkasse Feldafing arbeitet ein Mann. Er ist mit einer Schneeschaufel bewaffnet und schippt Schnee. Gekleidet ist der Bursche mit einer blauen Arbeitsmontur und schweren Winterstiefeln, und auf dem Kopf trägt er eine blaue Pudelmütze, die er sich über die Ohren gezogen hat. Bei näherer Betrachtung schaut der Schneeschaufler aus wie ein Rentner, oder eigentlich mehr wie ein Penner, der sich mit der Schneeschauflerei ein paar Mark dazuverdient.

Und während der offenbar vom Alter gebeugte Mann scheinbar mit Schneeschaufeln beschäftigt ist, entgeht nichts seinen wachsamen Augen. Auch nicht die Angestellten in dem Sparkassengebäude, wann sie kommen, wann sie gehen und wie viele an der Zahl dort beschäftigt sind. Und so schaufelt der vertrottelt aussehende Mann in den frühen Morgenstunden, dann wieder so gegen die Mittagszeit und in den Abendstunden, wenn die Bankangestellten nichtsahnend und frohgelaunt das Geschäftsgebäude verlassen.

Dann, eines Morgens, sagt ein kleines und aufgewecktes Mädchen zu dem Mann: „Du, Mann, du! Bist du der neue Schneeschaufler hier? Hab dich noch nie hier gesehen. Du gefällst mir, weil du so lustig ausschaust." Der Mann und das Mädchen unterhalten sich. Dann, nach einiger Zeit, sagt der Mann: „Aber jetzt ab mit dir zu deiner Freundin, hab noch zu tun. Halt! . . . Ich hab noch was für dich."

Hastig öffnet der lustig aussehende Mann mit der Pudelmütze auf dem Kopf den Reißverschluß seiner Latzhose und bringt ein angebrochenes Päckchen Gummibärchen zum Vorschein.

„Willst du?" fragte er.

„Ooh, ja! . . . Danke!" nuschelt das Mädchen überrascht. Ihre kindlichen Augen leuchten. Flink greift es nach den Zuckerbärchen, und schon saust es davon. Ihr schwarzes, zu Zöpfen geflochtenes Haar flattert im Wind. Plötzlich hält der kleine Wirbelwind im Laufen inne, dreht sich dem Mann zu und ruft: „Bis morgen!"

Dann läuft das Mächen weiter. Und als der Mann, der kein anderer ist als der international gesuchte Bankräuber Dennery, dem Mädchen nachblickt, weiß er, daß er leichtsinnig gehandelt hat. Kinder besitzen ein unvergleichliches Erinnerungsvermögen!

Doch Kinder sind eben meine große Schwachstelle. Ich mag sie, die Kinder, und nicht nur meine eigenen. Ich habe mich mit der Kleinen ganz normal in eine Unterhaltung verstricken lassen und Vorsichtsmaßnahmen außer acht gelassen, auf die ein Mann in meiner Lage stets zu achten hat: Kein freundschaftlicher Kontakt zu fremden Menschen!

10. Januar 1983. 7.00 Uhr.

Es ist ein frostiger und winterlicher Morgen. Eine Saukälte! Die Eisfläche des nahen Starnberger Sees schimmert matt und grau. Trübe Wolken hängen am Himmel, und von Sonne keine Spur. Am schilfbestandenen Ufer watscheln vereinzelte Wildenten über den zugefrorenen See. Ein Bild des Friedens. Nicht unweit von dieser Idylle entfernt hasten dick vermummte und in Winterkleidung gehüllte Menschen durch die Ortschaft Feldafing. Eine hupende und stinkende Blechlawine wälzt sich durch den Ort. Das typische Bild eines beginnenden Arbeitstages.

Von all dem unbeeindruckt, kauere ich in der Ecke eines Hauseingangs und erwecke den Eindruck, als würde ich die Zeitung lesen. Unauffällig und aus sicherer Entfernung beobachte ich den Seiteneingang des gegenüberliegenden Sparkassengebäudes. Die Räumlichkeiten sind mir ja bestens vertraut. Bereits am 2. August 1982 habe ich die Bank um annähernd 200 000,– DM erleichtert.

Ein breits Grinsen huscht über mein ernstes Gesicht. Auf der anderen Straßenseite marschiert ein kleines Mädchen mit schwarzen Zöpfen vorbei – meine kleine Freundin. Unsicher, als würde sie auf jemanden warten, bleibt die Kleine vor einem großen Schneehaufen stehen und blickt sich suchend um. Dann endlich setzt die Kleine ihren Weg fort.

Nun ist es soweit. Ein Kleinwagen nähert sich der Bank. Er hält unmittelbar vor dem Haupteingang. Eine junge, blonde Frau verabschiedet sich vom Fahrer, steigt aus und verschwindet im Haupteingang der Sparkasse. Geduldig warte ich noch auf das Eintreffen der nächsten Bankangestellten.

Dann sehe ich sie kommen. Sie geht auf das Bankgebäude zu.

Entschlossen und mit ausgreifenden Schritten überquere ich die Straße und nähere mich unauffällig dem Seiteneingang. Gerade rechtzeitig! Soeben steigt eine weitere Angestellte die Treppen zum Seiteneingang empor. Wie aus dem Boden gewachsen, stehe ich plötzlich neben ihr. Nervös geworden, kramt sie in ihrer Handtasche rum.

„Aufschließen!" sage ich mit eisiger Stimme. Meine Stimme hört sich drohend an. Nervös schließt die Bankangestellte die Tür auf. Blitzschnell dränge ich sie in den Hausgang. Da ist ein mehrstöckiges Treppenhaus.

„So, und jetzt die Tür zur Bank, okay?"

Die Tür schlägt zu. Schnell drücke ich sie hinter mir zu. Wir stehen im Aufenthaltsraum. Es ist eine kleine Küche, die wir durchqaueren, und dann stehen wir vor dem großen Kassen- und Schalterraum. Am Schreibtisch sitzt die junge Frau von vorhin. Sie hat den blonden Kopf auf den rechten Arm gestützt und liest Zeitung.

Wie ein Peitschenhieb kommt meine Stimme: „Los, aufstehen! Hände in den Nacken und herkommen!"

Der Kopf des Mädchens schnellt hoch. Schlagartig weicht jegliche Farbe aus ihrem hübschen Gesicht. Kalte Angst steht in ihren schreckhaft geweiteten Augen.

Wenig später liegen beide Mädchen im Arbeitszimmer des Bankdirektors auf dem Fußboden, die Hände im Nakken verschränkt, Gesicht zum Boden.

„Wenn Sie sich ruhig verhalten und keinen Blödsinn machen, werde ich sie weder fesseln noch knebeln. Sind wir uns einig?"

Die beiden Mädchen nicken. Ich verabscheue es, Frauen weh zu tun und vermeide brutale Gewaltanwendung, wenn es nicht unbedingt erforderlich ist.

Dann geht es Schlag auf Schlag. Nach und nach bringe ich die eintreffenden Bankangestellten in meine Gewalt. Bisher sechs an der Zahl, zwei Männer und vier Frauen. Allesamt liegen sie mit dem Gesicht auf dem Fußboden, die Hände im Nacken verschränkt, mit einer Ausnahme: Der stellvertretende Bankdirektor steht neben mir. Er ist ein etwas ängstlicher Typ. Sollte es wider Erwarten zu Schwierigkeiten kommen, die mich zwingen, Gewalt anzuwenden, dann fällt es mir leichter, gegen einen Mann energisch vorzugehen als gegen eine Frau. Ich werde unruhig. Es fehlt noch die Kassiererin. Sie hat den dritten Tresorschlüssel.

„Verdammt noch mal", zische ich den Mann neben mir an. „Wann kommt sie endlich?" Der Kerl hat Angst. Übereifrig sagt er: „Das verstehe ich nicht. Sie müßte schon längst da sein. Vielleicht hat der Zug Verspätung?"

Die Situation spitzt sich zu und wird immer riskanter für mich. Ich habe einen gefährlichen Feind gegen mich: die Zeit! Und ohne den dritten Schlüssel kann ich den Tresorraum nicht öffnen. Verdammt! Was tun, peitscht es durch mein Gehirn. Meine Hände schwitzen. Scheinbar gelassen blicke ich auf die Uhr. Mein penibel genau ausgearbeiteter Zeitplan gerät völlig durcheinander.

„Verdammter Mist! Schon drei Minuten über die Zeit!" murmle ich. Noch viel länger zu warten, wäre heller Wahnsinn. Passanten könnten mißtrauisch werden und die Kripo informieren. Keinerlei Aktivitäten in den Bankräumen, das fällt doch auf. Die Spannung wird unerträglich. Totenstille! Nur das aufgeregte Atmen der Bankangestellten ist zu hören. In diese unheimliche Stille hinein fällt plötzlich die erlösende Stimme des stellvertretenden Bankdirektors: „Da kommt sie!"

„Nicht so laut, Mann!" fahre ich ihn an. Angestrengt blicke ich durch die storeverhangene Fensterfront auf die Straße. Mein Puls jagt wie verrückt. Dann sehe ich eine Frau mittleren Alters. Schnellen Schrittes kommt sie auf das Bankgebäude zu und nähert sich der Fensterfront. Plötzlich bleibt sie stehen. Forschend blickt sie auf das ruhig daliegende Bankgebäude. Hat sie Verdacht geschöpft?

„Komm schon, altes Mädchen", raune ich vor mich hin. „Komm schon! Geh weiter! Du wirst mir doch keinen Strich durch die Rechnung machen?"

Mein Puls jagt noch verrückter. Die auf mir lastende Anspannung ist ungeheuer groß. Ich glaube, jeden Moment fliegt mir die Schädeldecke davon. Leise Geräusche neben mir. Mein Kopf fliegt herum. Eine Bankangestellte hebt das Gesicht. „Kopf runter, oder 's knallt!" zische ich sie an.

Schlagartig preßt sie den Kopf auf den Boden. Mit gehetzten Blicken schaue ich auf die Straße. Gott sei Dank! Die Kassiererin geht weiter. Sekunden verstreichen; unendliche Sekunden. Dann ein Knacken. Die Tür wird aufgesperrt. Ein dumpfes Geräusch. Die Tür fällt ins Schloß. Schritte sind zu hören. Plötzliche Stille. Dann wieder Schritte, die näherkommen. Die Schritte werden lauter. Eine weibliche Gestalt taucht in der offenstehenden Tür des Büros auf. Blitzschnell packe ich zu und ziehe die überraschte Frau in den Raum. Sie stößt einen leisen Schrei aus.

„Ruhig bleiben", sage ich. „Ganz ruhig, Gnädigste, dann passiert Ihnen nichts."

Jetzt beginnt der Kampf gegen die Zeit. „Los, alle aufstehen", sage ich ruhig. „Die Hände bleiben im Nacken." Ich versuche, gelassen zu wirken, auch wenn ich glaube, unter der enormen Nervenanspannung innerlich zu verglühen. Mit betont bedächtiger Stimme sage ich: „Ich werde Ihnen nichts tun. Bleiben Sie ruhig. Es gibt keinen Grund zur Panik. Was ich will, ist das Geld! Verstanden? Das gesamte Geld will ich, nicht aber Ihr Leben. Ist das klar? So, und jetzt ab in den Tresorraum und keine Mätzchen!"

Der Tresorraum liegt im Keller. Was folgt, ist reine Routinearbeit.

Während ich mich wenig später unerkannt durch den Seitenausgang der Bank davonmache, betritt der verdutzte Bankdirektor den Kassen- und Schalterraum.

„Das war Maßarbeit!" brumme ich vor mich hin. Entspannt und um ungefähr 200 000 DM reicher, marschiere ich ruhig in Richtung Bahnhof davon. Da steht mein Wägelchen...

Während ich mein Auto in ein Waldstück steuere, steht in der Bank alles kopf. Der gute Bankdirektor wäre vor Schreck fast in Ohnmacht gefallen, als er sein gesamtes Personal in dem vergitterten Tresorraum entdeckte.

Telefondrähte glühen, Alarmanlagen schreien ihren Schmerz durch die Elektronik, der gesamte Polizeiapparat steht kopf. Die Kripo Fürstenfeldbruck rückt aus, und im Büro des Bankdirektors sitzt ein geknickter Mann und rauft sich die Haare. Innerhalb von sechs Monaten zweimal beraubt zu werden, ist schon eine böse Sache.

Es ist ruhig im Wald. Die Baumwipfel stöhnen unter der Last weißleuchtender Schneepracht, und die Tannen und Fichten singen das beruhigende Lied tiefverschneiter Wälder. Am Himmel hängen graue Schneewolken. Nur vereinzelt blinzelt ein Sonnenstrahl durch die graue Wolkendecke und verwandelt die schneebedeckten Baumwipfel in ein glitzerndes Meer leuchtender Schneekristalle. Majestätisch zieht ein Bussard seine Kreise über dem winterlichen Wäldchen, und inmitten jener Beschaulichkeit eines winterlichen Montagmorgens brennt in einer geschützten Senke ein Lagerfeuer. Ich stehe vor dem Feuer. Die Wärme tut gut. Ich blicke zum Himmel und halte nach einem Helikopter Ausschau. Außer dem kreischenden Bussard ist nichts zu sehen. Geschwind entkleide ich mich und werfe die Kleidung ins Feuer. Pudelnackt stehe ich vor dem Feuer. Mich fröstelt. Flink krieche ich ins Auto und ziehe mir frische Sachen über. Es gehört zu meiner Gewohnheit, die bei einem Banküberfall getragene Kleidung vollständig zu verbrennen. Auch die Unterwäsche, sicher ist sicher! Dann nehme ich den Reservereifen aus dem Kofferraum. Mit einem gebogenen Eisen löse ich an einer Seite den Reifen von der Felge. Im Reifen verstecke ich die gesamte Beute mit Ausnahme des Münzgeldes. Mit einem Kompressor pumpe ich den Reifen auf und ersetze damit das linke Hinterrad.

„So, das wär geschafft!" raune ich vor mich hin. Ich rechne mit dem Schlimmsten. Sollte ich in eine Ringfahndung der Polizei geraten, ist meine Beute absolut sicher verstaut. Kein Polizist wird Verdacht schöpfen. Wer vermutet denn schon die Beute im Hinterrad eines Autos?

In einem bereits vor Tagen ausgehobenen Loch vergrabe ich das gesamte Münzgeld. Es ist eine stattliche Summe. Ich steige ein und starte den Wagen. Brummende Motorengeräusche brechen die Stille. Der Schnee ist hart gefroren und knirscht unter den Reifen. Was zurückbleibt, sind undeutlich in den Schnee gezeichnete, mosaikähnliche Reifenspuren, der schwarze Fleck einer erkalteten Feuerstelle, und die flirrende Kälte des Waldes.

Zügig lenke ich den Kleinwagen auf der Schnellstraße München–Weilheim und nähere mich bereits der Kleinstadt Weilheim. Ein flüchtiger Blick auf meine Uhr: „Neun Uhr vorbei!" murmle ich gutgelaunt und schalte das Radio ein. Die beschwingte Musik wirkt irgendwie befreiend auf mich. Ich fühle mich wohl, denn soweit mein Auge reicht, liegt Schnee. So sehr ich auch Palmen und die tropischen Gewächse in ihrer Farbenpracht und Schönheit liebe, so sehr berauscht mich der Anblick heimatlicher Vertrautheit, und die verschneite Landschaft huscht schemenhaft an mir vorbei. Und dann bin ich mit meinen Gedanken wieder bei meinen Buben, Udo und Oliver. Ich hänge oft diesen Gedanken nach, denn meine Söhne sind mir das Wichtigste im Leben.

Abrupt endet die Musik. Dann kommt die Durchsage, auf die ich seit geraumer Zeit schon warte: „Wir unterbrechen die Sendung für eine dringende Fahndungsdurchsage."

Ich drehe lauter. Dann kommt die Durchsage. Diese Fahndungsdurchsagen sind mir im Laufe der Jahre vertraut geworden. Sie ähneln sich wie ein Ei dem anderen. Und während die Ansagerin die Beschreibung des Bankräubers durch den Äther jagt, erhellt ein hintergründiges Schmunzeln mein Gesicht.

So werdet ihr mich nie kriegen, denke ich und drehe das Radio wieder leiser. Unaufhaltsam nähere ich mich Weilheim. Von weitem schon kann ich den Stadtrand erkennen.

Und dann sehe ich sie. „Verdammte Scheiße! . . . Bullen!" sage ich gepreßt. Schlagartig befällt Trockenheit meinen Mund. Das Herz schlägt mir bis zum Hals, und die Zunge klebt in meinem Mund wie eine ausgedörrte Schuhsohle. Kalter Schweiß perlt auf meiner Stirn. Keine 500 Meter von mir entfernt, winkt ein Polizist alle in Richtung Weilheim fahrenden Fahrzeuge auf eine Ausweichstelle, die direkt neben der Schnellstraße liegt.

Ringfahndung! Diese gottverdammten Ringfahndungen! . . . Was tun? . . . So ein Mist! . . . Meine Gedanken überschlagen sich. Meine Hände sind schweißnaß. Wie ein Ertrinkender umklammere ich das Lenkrad. Zum Wenden ist es bereits zu spät! Den Kontrollpunkt überfahren? Nein, unmöglich! Die Bullen würden mir sofort auf den Pelz rücken!

Was soll's, beruhige ich mich. Insgeheim habe ich mit einer Ringfahndung gerechnet. Nun wird es sich zeigen, ob meine Vorsichtsmaßnahmen ausreichen, um die Polizei zu überlisten. Und dann befällt mich plötzlich jene Eiseskälte, wie sie mich im Angesicht drohender Gefahr stets befällt. Schlagartig beginnt mein Gehirn wie ein programmierter Computer zu arbeiten. Diese roboterhafte Fähigkeit verdanke ich meiner Ausbildung beim Militär, die mir in Tausenden und Abertausenden von Stunden eingetrichtert wurde. Plötzlich glaube ich die Stimme meines Ausbilders zu hören, wie er mit dem harten und einpeitschenden Tonfall in seiner Stimme sagt: „Schreibt euch eines hinter die Ohren. Geratet beim Einsatz nie in Panik. Behaltet stets kühlen Kopf. Ein einziger Fehler ist schon ein Fehler zuviel. Kaltes Blut bewahren."

Mehrmals atme ich tief durch – das beruhigt und entspannt. Dann schalte ich das Radio aus. Nichts soll mich ablenken. Vier Autos fahren vor mir rechts ran auf den Parkplatz. Mit einem Blick überfliege ich die gesamte Situation. Da steht ein kleiner VW-Polizeibus und ein grün-weißer Audi, und vier schwerbewaffnete Polizisten. Während zwei der Gesetzeshüter die Fahrzeug- und Personenkontrolle durchführen, sichern die beiden anderen Polizisten ihre Kollegen. Ich gebe mich gelassen und betrachte scheinbar gelangweilt die Grünuniformierten. Ein Polizist kommt auf mein Auto zu. Ich kurble langsam das Seitenfenster herunter.

„Was ist denn los, Herr Wachtmeister?" frage ich mit ruhiger Stimme. Der Bulle erweckt auf mich einen sportlich austrainierten Eindruck. Nicht unsympathisch. Der Bulle setzt ein freundliches Gesicht auf und sagt: „Fahrzeugkontrolle! Steigen Sie bitte aus und nehmen Sie Ihre Kraftfahrzeugpapiere mit."

Er sagt es weder barsch noch freundlich, doch bestimmt, mit einem Schuß Zitrone in der Stimme. Wortlos steige ich aus. Dann frage ich abermals:

„Was ist eigentlich los? Jagen Sie wieder Terroristen?"

„Nein! Hinter einem Bankräuber sind wir her."

„Immer diese Bankräuber", sage ich. „Die Burschen werden immer dreister."

„Sie sagen es", sagt der Polizist kurz angebunden. Mir entgeht nicht, wie der Bulle mich mustert.

„Ihre Papiere, bitte!"

Ich händige sie ihm aus.

„In Ordnung", erklärt der Polizist, und dann, nachdem er den Führerschein genau kontrolliert hat, gibt er mir die Papiere zurück. Paß und Führerschein sind erstklassige Fälschungen.

„Öffnen Sie bitte den Kofferraum."

Ich öffne den Kofferraum. Mein Blick fällt auf die tiefhängende Waffe des Polizisten. Die Knarre lädt buchstäblich zum Zugreifen ein. Nach einer flüchtigen Kontrolle schließt der Polizist den Kofferraumdeckel.

„Alles klar, mein Herr. Sie können weiterfahren." Das lasse ich mir nicht zweimal sagen.

Kempten/Allgäu. Im Kaufhaus Horten kaufe ich für Udo ein Indianerkostüm mit Kopfschmuck. Das Ganze packe ich in ein gelbes Postpaket und schicke es Udo in der Hoffnung, ihm ein wenig Freude zu bereiten. Der Bub hat ja sonst nichts von mir, außer vage Erinnerungen an seinen Vater.

Dann mache ich mich wieder auf den Weg. Ich verlasse die Stadt, und wenig später durchquere ich den verschneiten Wintersportort Isny. Nach mehrstündiger Fahrt erreiche ich das deutsch-französische Grenzgebiet. Dort, an einem mir vertrauten Ort, gedenke ich zwei Tage zu bleiben. Habe Besorgungen verschiedenster Art zu tätigen und alles Nötige für den Grenzübertritt ins benachbarte Frankreich vorzubereiten. Fehler kann ich mir nicht leisten, denn Gaby und Oliver warten sehnsüchtig auf mich jenseits des Atlantischen Ozeans.

Ich stehe vor einem kleinen Hotel. Es ist ein sauberes und gut geführtes Haus. Die Besitzer sind Franzosen. Wir sind befreundet, seit langem schon. In freudiger Erwartung betrete ich die Hotelhalle und bleibe vor der Rezeption stehen. Auf dem Tresen steht eine Klingel. Ich läute. Sekunden verstreichen. An der Rückseite der Rezeption öffnet sich ein roter Samtvorhang. Eine großgewachsene, schlanke Frau mit kaffeebrauner Haut und langem, pechschwarzem Haar betritt den Empfangsraum. Als sie mich erkennt, bleibt sie wie angewurzelt stehen.

Für Sekunden stehen wir uns wortlos gegenüber. Plötzlich lächelt sie, und dann höre ich ihre rauchige Stimme, die ich so gerne mag: „Mein Gott, Siegfried!" sagt sie. „Wo kommst denn du her? Ich dachte, du bist auf St. Lucia?"

„Hallo, Janine", lache ich. „Das glauben die Bullen auch. Laß dich mal anschaun. Verflixt! Du wirst immer hübscher. Wie machst du das bloß? Jacques ist ein richtiger Glückspilz."

Dann liegen wir uns in den Armen und lachen wie glückliche Kinder. Und als ich Janines gertenschlanken Körper in den Armen halte, wird mir ganz anders, denn Janine ist ein heißblütiges Mädchen. Ich kämpfe den ungleichen Kampf gegen meinen Körper, in dem das Blut zum Kochen kommt. Und dann kämpfe ich vor allem dagegen an, daß Janine für mich tabu bleiben muß. Sie ist Jacques' Ehefrau, und Jacques ist mein Freund. Das ist ein ungeschriebenes Gesetz unter den Männern unseres Metiers. Wer dagegen verstößt, ist seines Lebens nicht mehr sicher, und das zu Recht, wie ich meine.

In gewisser Weise erinnert Janine mich an Jill. Sie ist ein kleines Teufelchen und weiß ganz genau, wie es um mein Gefühlsleben bestellt ist. Und dann ist da noch ihre Freizügigkeit in Liebesdingen, die sie mir unverhohlen zu erkennen gibt und die mich in meinen ehernen Grundsätzen schwanken läßt. Aber ich bin stets meinen Grundsätzen treu geblieben. Deshalb nennt Janine mich auch gelegentlich Eisblock.

Von alledem ist heute bei Janine nichts zu spüren. Sie kommt mir ungewöhnlich verkrampft vor. Behutsam löse ich mich aus ihren Armen und blicke in ihre großen dunklen Augen. Sie schimmern feucht.

„Was ist los, Janine? Hast du Sorgen?"

Bevor Janine antworten kann, ruft da plötzlich eine kindlich piepsende Stimme mit unverkennbar französischem Akzent: „Halloo... hallooo, Onkel Siegfried!"

Blitzschnell fahre ich herum. Wie ein Wirbelwind kommt die Kleine durch die Hotelhalle geflitzt. Sie trägt ein weißes Kleidchen mit blauen Rüschchen, und in ihren dünnen, schwarzen Zöpfchen leuchten bunte Glasperlen. Sie sieht einfach lieb aus, Janines vierjähriges Töchterchen. Das kleine Mädchen fliegt förmlich in meine ausgebreiteten Arme hinein. Beseelt von dem kindlichem Eifer, alles Neue sofort auszuplaudern, sagt sie mit schmollendem Mund: „Du, Onkel Siegfried! Die bösen Flics haben meinen lieben Papa eingesperrt!"

Nadines Worte treffen mich wie ein Fausthieb. Jacques, mein Freund, im Gefängnis? Das ist es also, schießt es mir durch den Kopf. Unverwandt blicke ich in Janines Gesicht.

So muß ich aus Janines Mund erfahren, daß Jacques vor mehreren Wochen in Südfrankreich in einem Bistro verhaftet wurde. Noch immer kann ich es nicht fassen. Janine ist niedergeschlagen. Dann nimmt sie ihre Tochter aus meinen Armen.

„Wie lange bleibst du, Siegfried?"

„Zwei Tage, Janine. Meine Frau und Oliver warten drüben auf St. Lucia auf mich."

Eindringlich blickt Janine mich an. „Du solltest endlich Schluß machen, Siegfried. Sonst geht's dir eines Tages wie Jacques. Warum sind die besten Männer nur Ganoven?"

Dann führt Janine mich auf mein Hotelzimmer. Meinen Wagen parke ich in der Tiefgarage. Eiligst wechsle ich das linke Hinterrad. Ich hasse es, Reifen zu wechseln, doch in diesem Fall tue ich es gerne. Dann nehme ich das Geld aus dem Reifen. Es ist unversehrt. Auf dem Hotelzimmer sortiere ich das erbeutete Geld. Plötzlich sticht mir ein Einzahlungsbeleg ins Auge. Er stammt aus einer Kassenbox aus dem Nachttresor der Bank. Habe mir auch das Geld aus den Kassenboxen aushändigen lassen. Der Einzahlungsbeleg ist auf den Namen der katholischen Kirchenverwaltung Feldafing ausgestellt.

Der Beleg ist eine Quittung über Gelder, die beim sonntäglichen Kirchgang von den Gläubigen gespendet wurden. Spontan beschließe ich, das Geld in den Opferstock einer ganz bestimmten Kirche zu werfen. Ich bin nämlich abergläubisch. Geraubte Kirchengelder, auch wenn sie sich im Nachttresor einer Bank befanden, bringen kein Glück. Nicht umsonst war ich zehn Jahre Ministrant gewesen.

Einen Tag danach. Ich sitze beim Frühstück. Janine tritt an den Tisch. In der Hand hält sie eine Tageszeitung.

„Das dürfte dich interessieren, Siegfried", sagt sie lächelnd und reicht mir die Zeitung. „Der Bericht steht da irgendwo in der Mitte. Du findest ihn schon."

Neugierig geworden, blättere ich in der Zeitung. Der Bericht ist nicht zu übersehen. Mit fiebrigen Augen überfliege ich die Zeilen:

## DER TOLLDREISTE BANKRAUB
### Beute annähernd 200 000 DM – Täter flüchtig

... Nachdem die Prozession mittlerweile auf sieben Bankangestellte angewachsen war, ließ sich der Täter im Tresorraum in aller Ruhe das gesamte Barvermögen einschließlich Devisen aushändigen. Anschließend schloß er das gesamte Personal im Tresorraum ein, ohne die luftdichte Tresortüre zu schließen, und entkam unerkannt. Die Kripo geht davon aus, daß es sich eventuell um den selben Täter handelt, der bereits im August letzten Jahres die Sparkasse ausraubte. Auf körperliche Mißhandlungen angesprochen, mußten die Bankangestellten eingestehen, vom Täter nicht mißhandelt und den Umständen entsprechend anständig behandelt worden zu sein.
Ein Raubüberfall, ausgeführt nach der Methode, wie hier geschehen, von nur einem Täter, dürfte einmalig auf diesem Gebiet der Kriminalität sein. Bei der ermittelnden Kriminalpolizei Fürstenfeldbruck löste der einmalige Coup lediglich Kopfschütteln aus. Ein Ermittler meinte: „Das war saubere Arbeit. Die Arbeit eines Profis. Der Kerl muß Nerven wie Drahtseile haben. Unabhängig von dem finanziellen Schaden und der nervlichen Belastung, der die Bankangestellten ausgesetzt waren, muß ich sagen, daß niemand verletzt wurde. Es ist eine Seltenheit..."

Am Abend sitze ich mit Nadine und Janine in ihrem Wohnzimmer. Janine ist bedrückt. Die kleine Nadine sitzt auf meinem Schoß und zupft an meinem Schnauzer herum.
„Du, Onkel Siegfried", sagt sie leise. „Mein Papa hat auch so einen Bart wie du."
Dann schaut sie mich mit traurigen Augen an. Aus der Stereoanlage kommt Musik von Bob Marley! Das abend-

liche Beisammensein neigt sich allmählich dem Ende entgegen. Nadine krabbelt von meinem Schoß und setzt sich neben ihre Mutter. Sie ist schläfrig. Unverblümt hat Janine mir zu verstehen gegeben, ich solle heute Nacht bei ihr schlafen. Sie fühlt sich so alleingelassen.

„Möchte nur in deinem Arm liegen, Siegfried", hat sie gesagt, „sonst nichts. Die Nächte sind ja so einsam."

Ich habe „nein" gesagt. Bin ja nicht aus Stein. Nur der Gedanke, nackt neben Janine im Bett zu liegen, treibt mir das Blut in die Lenden. Ich könnte meinem Freund Jacques niemals mehr unter die Augen treten, und Jacques ist ein Freund, der es verdient, „Freund" genannt zu werden. Man vögelt nicht die Frau eines Freundes, der im Knast sitzt. Ich bin kein Charakterschwein. „Wie steht's eigentlich um deine Finanzen, Janine?" frage ich. Geradewegs blicke ich ihr ins Gesicht. Sie hat verdammt hübsche Gesichtszüge. Ob ich nicht doch bei ihr schlafen sollte?

Janine lächelt. Abweisend meint sie: „Du glaubst, weil Jacques jetzt im Gefängnis sitzt? Ach...! Mach dir wegen uns keine unnötigen Sorgen. Sieh lieber zu, daß du um die Runden kommst. Wir zwei kommen schon durch."

Verliebt streicht Janine über das braune Gesichtchen ihrer Tochter. Sie wäre zu stolz, sich von mir helfen zu lassen. Sie würde von mir niemals Geld annehmen.

20 Minuten später liege ich im Bett. Gedankenversunken und mit ausdruckslosen Augen, die Arme im Nacken verschränkt, starre ich an die Zimmerdecke.

Am nächsten Morgen bin ich schon früh auf den Beinen. Nach dem Frühstück fahre ich an die nahegelegene französische Grenze. An einem verschneiten, mit Hecken bestandenen Parkplatz halte ich an. Da ist ein Telefonhäuschen.

„Hallo, Janine! Ich bin's, Siegfried!" rufe ich in den Hörer.

„Was ist los, Siegfried? Hast du Ärger?" Janines Stimme klingt besorgt.

„Nein! Keine Spur, Janine. Alles in Ordnung. Schau mal im Bad nach, in der Schublade deines Toilettentischchens. Unter den Taschentüchern, da ist ein Kuvert. Und grüß meinen kleinen Wirbelwind von mir. Mach's gut, Janine!"

Ohne Janines Antwort abzuwarten, hänge ich auf. In dem Kuvert befinden sich 10000 DM in gebrauchten 100-Mark-Scheinen.

Dann gehe ich geradewegs auf ein altehrwürdiges Gebäude zu. Es ist mir seit langem vertraut. Bedächtig steige ich die aus mächtigen Granitsteinen gemeißelten Stufen empor. Durch das verwitterte Portal betrete ich das Gotteshaus. Ich bekreuzige mich. Schummriges Licht und der unverkennbare Geruch abgestandener Luft von Weihrauch und brennenden Kerzen schlägt mir entgegen. Es ist ein eigenartiger, ein mir vertrauter Geruch. Er erinnert mich an meine Ministrantenzeit. Das waren noch Zeiten gewesen, denke ich, vor vielen Jahren. Ich blicke mich um. Auf leisen Sohlen gehe ich auf einen alten und schweren gußeisernen Opferstock zu. Ich werfe eine Handvoll 5-Mark-Stücke hinein. Metallisches Klimpern erfüllt das Kirchenschiff. Es hört sich an wie das helle Bimmeln von Schlittenglöckchen, wie sie die Holzfäller in den bayrischen Bergen verwenden. Eine alte, im Gebet versunkene Frau schreckt hoch und blickt mich aus tadelnden Augen an. Entschuldigend zucke ich mit den Schultern.

Nun ist mir wohler. Meine „Schuld" gegenüber Gott und der Kirche ist beglichen. Dann betrete ich den breiten Mittelgang des Kirchenschiffs und mache Anstalten, mich in eine der Bankreihen zu knien, als eine tiefe Stimme mich aus allen Wolken reißt.

„Vergelt's Gott, mein Sohn, für Ihre Spende soeben", sagt die Stimme, die einem gänzlich in Schwarz gekleideten Mann gehört. Der Priester ist ein schon älterer Herr mit ergrautem Haar.

„Gelobt sei Jesus Christus!" erwidere ich. Es ist der Gruß der Ministranten, Worte, die mir in Fleisch und Blut übergegangen sind. Der Priester reicht mir die Hand. Er hat eine schmale, feingliedrige Hand. Und während ich die Hand des Geistlichen festhalte, sagte der Priester: „Kann es sein, daß ich Sie schon mal gesehen habe, hier in der Kirche? Ich täusche mich selten, mein Sohn."

„Sie täuschen sich nicht, Herr Pfarrer", sage ich lächelnd. „Jedesmal wenn ich hier vorbeikomme, gehe ich auf einen Sprung in die Kirche. Danach fühle ich mich immer wohler in der Haut. Aber fragen Sie mich nicht, weshalb, Herr Pfarrer. Ich könnt's nicht sagen."

Eindringlich blickt der Geistliche mich an, und dann spricht er Worte aus, die mich förmlich an den Steinboden nageln und für Sekunden zur Bewegungslosigkeit verurteilen. Er sagt: „Ich glaube, ich habe Ihr Bild schon mal in der Zeitung gesehen, ich weiß aber nicht mehr, in welchem Zusammenhang."

Fragend blickt der Priester mich an.

„Das kann schon sein, Herr Pfarrer", erwidere ich mit vibrierender Stimme. „Aber das muß schon lange her sein. Hab früher mal Leistungssport betrieben, Leichtathletik und so."

„Möglich, mein Sohn", sagt der Pfarrer. „Gott mit Ihnen."

„Keine Ursache, Herr Pfarrer. Gern geschehen."

Ein letztes Mal kreuzen sich unsere Blicke. Dann wendet sich der ältere Herr ab von mir und strebt mit schweren Schritten dem Altar entgegen. Ich knie mich in eine der Bankreihen und gebe mich meinen Gedanken hin. Wenig später verlasse ich die Kirche.

Ich suche gerne Gotteshäuser auf. Sie haben so etwas Beruhigendes und Beschützendes an sich. Ich bin schon ein eigenartiger Kerl! Trotz allem kann ich meine christliche Erziehung nicht abschütteln oder gar verleugnen. Zu sehr hat mich die Zeit bei den Ordensschwestern im Kloster geprägt, wo ich zur Schule ging. Und dann war da noch die streng katholische Erziehung meines Vaters gewesen, und im Grunde genommen spielt es keine Rolle, daß er nicht mein leiblicher Vater gewesen war. Und es ist gut, daß er es nicht mehr miterleben mußte, einen gottverdammten Bankräuber aufgezogen zu haben.

## 34

Drei Tage später lande ich mit einer Boeing 747 der Airfrance auf dem Flughafen „Lamentin" auf Martinique. Der Flughafen ist acht Kilometer von Fort-de-France, Martiniques Hauptstadt, entfernt.

Ein Islandhopper der *Air Martinique* bringt mich noch am selben Tag nach St. Lucia. Am *Vigie Airport* angekommen, rufe ich ein Taxi. „Cap Estate", sage ich zum Taxifahrer. Angenehm müde und erleichtert sitze ich im Taxi und schaue aus dem Fenster. Hier, auf St. Lucia, fühle ich mich so richtig frei – nicht verfolgt, einfach frei, wie schon lange nicht mehr. Die tropische Landschaft schwebt an meinen Augen vorbei. Der Kontrast ist schon eigenartig; eben war ich noch im winterlichen Europa, und nun werde ich durch eine Landschaft mit tropischer Schönheit chauffiert, mit all jener bunten Blütenpracht und sich im Winde wiegender Kokospalmen, die ich so mag.

Wir passieren die Schranke zum Wohngebiet des Cap Estate. Dann haben wir es geschafft. Schwitzend steige ich aus dem Taxi. Das Cottage liegt ruhig da. Unser Auto ist auch nicht zu sehen.

„Scheint niemand daheim zu sein?!" raune ich vor mich hin. Ich bin enttäuscht. Ein Blick auf die Uhr: 15.00 Uhr. Sicher sind sie noch an der Beach beim Schwimmen!
„Zum St. Lucian Hotel", sage ich zum Fahrer.

Mit langen Schritten durchquere ich die Hotelhalle, und dann laufe ich quer über die Grünanlage. Nervosität befällt mich. Freue mich schon riesig, Oliver und Gaby wiederzusehen. Hoffentlich sind sie auch da? Wie es der Zufall will, keine zehn Yard von den Tischtennisplatten entfernt, die in der Nähe des Pools stehen, flitzt Oliver an mir vorbei. Ich bin so verdutzt, daß ich kein Wort herauskriege. Oliver bemerkt mich. Für Sekundenbruchteile bleibt er wie angewurzelt stehen, und dann macht er blitzschnell kehrt und rennt wie von Furien gehetzt davon. Mit aufgeregter Stimme schreit er: „Mama... der Papa ist wieder da."

Keule, mein alter Freund, spielt mit Bobby Tischtennis. Er ruft mir zu: „Na, Bayer? Auch wieder im Lande?!"
„Servus, Keule, alter Kämpfer. Was machen die Geschäfte?"
Dann begrüße ich Bobby. Habe ihn vor einiger Zeit kennengelernt. Seine Segeljacht ist in den Gewässern von Trinidad gesunken. Das nennt man Pech. Er stammt aus Uelzen in Niedersachsen und ist ein verläßlicher und hilfsbereiter Kumpel. Hat mir mal eine Waschmaschine von Martinique rübergebracht. Das war mit jener Jacht gewesen, die nun abgesoffen ist.
Um es vorwegzunehmen: Bobby wird der einzige Kumpel sein, der mich im Knast besuchen kommen wird. Nicht mal Keule wird mich besuchen kommen.
Ich habe es eilig. Ohne mich auf ein langes Gespräch einzulassen, marschiere ich zielstrebig auf die Beach zu. Und schon kommt mir Gaby mit Oliver entgegen. Kaum

sieht mich der Bub, flitzt er auf mich zu. Sein braunes Haar flattert im Wind.

„Papa... Papa... Papa!" ruft er fortwährend und rudert wie wild mit seinen kleinen und kurzen Ärmchen durch die Luft. Dann fallen wir uns um den Hals. Fest schlingt er seine Arme um meinen Nacken, und mit seinen stämmigen Beinchen klammert er sich an meiner Taille fest. Wie ein Klammeraffe hängt der Bub an mir. Es tut gut, seinen Sohn in den Armen halten zu dürfen.

„Papa, ich bin ja so froh, daß du wieder da bist. Mir war furchtbar langweilig, Papa." Und dann nuschelt der Bub mir ins Ohr: „Du, Papa! Der Mama habe ich nichts verzählt wegen dem bösen Fisch da und so. Du weißt schon, Papa."

„Grüß dich, Siegfried", sagt Gaby und blickt mich an. Es ist einer jener Blicke, die mir stets durch und durch gehen. „Hatte schon Angst, Siegfried, dir ist was passiert. Du hast ja nicht angerufen."

Dann greift Gaby nach meinem Arm.

„Servus, Gaby", sage ich liebevoll. „Gut schaust aus."

Behutsam lasse ich Oliver zu Boden gleiten. Gaby beugt sich zu mir und küßt mich auf den Mund. Abermals greift sie nach meinem Arm. Oliver steht daneben und lacht glücklich.

„Du, Papa! Gibst du mir auch ein Bussi? Hmm?"

„Ach du meine Güte, Oliver", sage ich belustigt, „wie konnte ich's nur vergessen?" Ich beuge mich zu Oliver runter und gebe ihm sein Bussi.

Dann sagt Gaby: „Der Strucki hat mich mehrmals am Strand belästigt. Er hat mir angst gemacht, sie hätten dich verhaftet. Du kannst dir ja gar nicht vorstellen, was ich mitgemacht hab. Du hast ja nicht angerufen. Bin ich froh, daß du wieder da bist."

Gaby schmiegt sich fest an meinen Körper, und in der Art, wie sie mich anblickt, kann ich erkennen, daß sie es ehrlich meint.

Gemeinsam gehen wir zur Beach. Dort begrüße ich Mike und Sissy.

Eine Woche später reisen Mike und Sissy ab. Wir hatten eine schöne Zeit miteinander. Oftmals saßen wir an den Abenden auf der Terrasse und spielten Rommé.
Anfang März fliege ich nach Guyana. Beabsichtige ins Holzgeschäft einzusteigen. Außerdem produziert Guyana einen gewaltigen Überschuß an Reis und Zucker. Aber kein westliches, demokratisch regiertes Land von Bedeutung treibt Handel mit Guyana. Das Land ist ein sozialistisch regierter Staat, der mit Kuba sympathisiert. Mich stört das nicht. Die Geschäfte will ich allesamt über meine auf St. Lucia registrierte Firma abwickeln. Holz, Reis und Zucker sind auf den benachbarten Karibikinseln ein begehrtes Handelsprodukt.

In Georgetown, Guyanas Hauptstadt, angekommen, suche ich mehrere Holzgroßhändler und Sägewerke auf. Die Verhandlungen verlaufen zufriedenstellend. Auf den US-Dollar sind sie ganz wild, denn die Landeswährung, der Guyana-Dollar, ist ein international völlig wertloses Zahlungsmittel. Um die Modalitäten des Holzhandels kennenzulernen, ordere ich für meine Baustelle auf St. Lucia die Menge Bauholz, die ich für den Dachstuhl benötige. Greenheart ist ein steinhartes Holz und wird vornehmlich für den Hausbau verwandt. Habe versucht, einen Nagel reinzuschlagen – ein Ding der Unmöglichkeit. Dieses grün leuchtende Holz ist weitaus härter als Eiche und Buche. Ein Superholz und absolut resistent gegen Termiten.
Die *Guyana Forestry Commission* in der Waterstreet ist die für Holzgeschäfte zuständige staatliche Stelle. Dort suche ich den zuständigen Forstinspektor auf und handle mit ihm den Kaufpreis für das Holz aus. Es ist eine zähe Verhandlung. Um jeden Cent wird gefeilscht. Aber letztend-

lich stimmt der Preis. Anschließend fahre ich mit Ali, meinem Taxifahrer, zum *Guyana Timber Export Board* in die Lamaha Street und bezahle den anfallenden Rechnungsbetrag im Voraus und cash. Das macht einen guten Eindruck.

Ali ist ein Teufelskerl. Habe ihn am Flughafen kennengelernt. Sein Taxi ist eine uralte Kiste. Meist muß man das klapprige Ding anschieben. Alles im Preis inbegriffen.

„Sir!" sagt er zu mir. „Wollen Sie kein Mädchen haben? Kenn' da ein paar tolle Bienen. Sie müssen doch auch mal Dampf ablassen!"

„Danke, Ali! Hab keinen Bedarf. Vielleicht, wenn ich das nächste Mal komme."

Irgendwie hat Ali mich dann doch überreden können, und wir besuchen abends das Pegasus Hotel. An der Bar nehmen wir einen Drink. Und bei Gott, Ali hat keinesfalls übertrieben: Da sitzen eine Menge hübscher Mädels rum, auch an den Tischen am Swimmingpool. Ich bin angenehm überrascht. So viele hübsche Mädels habe ich schon lange nicht mehr gesehen.

Ali grinst: „Habe ich zuviel versprochen, Sir?"

Die meisten Mädchen sind gertenschlank und großgewachsen, und das blauschwarze Haar fällt ihnen bis zum Po. Ich liebe es, wenn Mädchen langes Haar haben. Die meisten sind Mischlinge indischer Abstammung – göttliche Geschöpfe. Sie besitzen einen gewissen Liebreiz und sind weder aufdringlich noch vulgär. Ich finde sie einfach toll und wunderhübsch.

Ein Mädchen erweckt meine besondere Aufmerksamkeit. Es sitzt an einem der Tische neben dem Pool und gefällt mir ausgesprochen gut. Sie bemerkt, daß ich sie fortwährend anstarre. Die Kleine lächelt mich an. Dann erhebt sie sich und geht auf mich zu. Ihr Gang ist anmutig und graziös, nicht aufreizend, wie gewöhnlich bei Mädchen ihres Gewerbes.

„Darf ich Ihnen Gesellschaft leisten, Sir?" fragt das

Mädchen. Es hat ein fein geschnittenes und liebes Gesicht, und der samtbraune Teint ihrer Haut ist typisch für indische Mischlingsmädchen.

„Bitte. Warum denn nicht? Wollen Sie was trinken?"

„Sehr gerne, Sir! Einen Martini, bitte."

Ich bestelle zwei Martinis. Wir stoßen an. Das Zeugs schmeckt einfach schrecklich. Wir unterhalten uns, und es entwickelt sich ein erfrischendes Gespräch. Das Mädchen ist sehr intelligent, denke ich. Ich frage die Kleine, wie lange sie schon in dem Geschäft arbeite. Seit zwei Jahren, sagt sie frei heraus. Damit verdient sie den Lebensunterhalt für sich, ihre Eltern und sechs Geschwister. Ich finde das Mädchen äußerst sympathisch. Sie heißt Sheila, sagt sie, und lächelt mich lieb an.

Plötzlich tritt ein dunkelhäutiger Kerl neben Sheila. Er spricht sie barsch an. Ich verstehe kein einziges Wort. Der Wortwechsel wird immer heftiger, und dann schlägt der Scheißkerl Sheila zweimal ins Gesicht. Das gefällt mir gar nicht.

Ich sage: „Hey, Junge! Ich mag's nicht, wenn Frauen geschlagen werden, und schon gar nicht in meiner Gegenwart. Verstanden?"

Der Kerl funkelt mich aggressiv an. Er tritt einen Schritt zurück und zieht ein Springmesser. Dann schleudert er mir ein paar Schimpfworte an den Kopf, irgendwas von „Shut up, you fucking bastard! Piss off, or I stick you... Halt's Maul, du Scheißkerl! Verpiß dich, oder ich stech dich ab!"

Ich sage gar nichts. Wortlos steige ich vom Barhocker. Dann haue ich den schrägen Vogel um. In hohem Bogen fliegt sein Messer durch die Luft und landet da irgendwo zwischen den Tischen. Stöhnend liegt er am Boden. Aus großen Augen blickt Sheila mich an.

Ali schreit: „Beim Propheten! Verdammt, Sir! Das hätten Sie nicht tun sollen!"

„Warum denn nicht, verdammt noch mal?"

„Weil sein Bruder Polizist ist. Wir müssen abhauen, aber schnell. Die buchten uns ein, bis wir schwarz werden."

„Mensch, Ali! Jetzt mach dir mal nicht in die Hose."

Blitzschnell kippt Ali seinen Drink runter, wirft einen Geldschein auf die Theke und verschwindet in Richtung Hotelausgang. Der Kerl am Boden rappelt sich hoch. Mit voller Wucht trete ich ihm zwischen die Beine. Seine Augen quellen hervor, und dann sackt er wie ein Kartoffelsack in sich zusammen. Reglos liegt der miese Scheißer am Boden. Zur Sicherheit ziehe ich ihm noch den Spann meiner weißen Turnschuhe quer durch die Visage. Sheila drücke ich einen 50-US-Dollar-Schein in die Hand.

„Servus, Mädchen", sage ich. „Vielleicht sehen wir uns mal wieder. Dann können wir ja das Gespräch fortsetzen."

Flink wende ich mich ab und sehe zu, daß ich verschwinde. Händeringend steht Ali vor seinem Taxi. Er fleht mich an und sagt: „Sorry, Sir! The batterys run down. Give me a push, Sir. Please! . . . Es tut mir leid, Sir! Die Batterie ist leer. Schieben Sie mal bitte die Karre an, Sir. Bitte!"

Ich schiebe die Kare an. Ich schiebe und schiebe, dann ein verzweifeltes Gurgeln – und dann, endlich, der Motor läuft. Keine Sekunde zu früh. Wir werden verfolgt. Da sind drei Männer hinter uns her. Schüsse peitschen durch die Nacht. Blitzschnell springe ich ins Auto und brülle Ali an: „Mensch, Ali! Gib Gas! Die Kerls schießen uns sonst noch die Eier ab!"

Am nächsten Tag, so um die Mittagszeit, befinde ich mich bereits auf dem Weg zum Flughafen. Stoisch sitzt Ali am Steuer. Es ist heiß, verdammt heiß. Hier ist es immer trockenheiß, und die angenehme Luftfeuchtigkeit, wie sie auf den karibischen Inseln vorherrscht, gibt es hier nicht. Eine Bullenhitze – kein Lüftchen regt sich, und man spürt förmlich die Nähe des Äquators. Irgendwie bewundere ich die

Bewohner von Georgetown, müssen sie doch täglich mit einer Flutkatastrophe rechnen. Ein Großteil der Stadt liegt unter dem Meeresspiegel, und darin liegt die Gefahr. Wenn die Deiche brechen, dann gute Nacht.

Vorgestern hielt Ali mir ein Paar Schwimmflossen und eine alte Schwimmweste unter die Nase. Ich fragte ihn: „Mensch, Ali! Was willst denn mit den alten Dingern da?"

Ali antwortete entrüstet: „Aber Sir! Wenn die Deiche brechen, sauf' ich wenigstens nicht ab."

Ich wollte Ali seine Illusionen nicht rauben. Er kann nämlich nicht schwimmen, und die Schwimmweste ist mehr eine Taucherweste denn eine Schwimmweste. Sie hat mehr Löcher als ein Nudelsieb.

Nach St. Lucia zurückgekehrt, erhalte ich schlechte und besorgniserregende Nachrichten. Lionel, mein Vorarbeiter, erzählt mir, während meiner Abwesenheit haben ihn zwei furchtbar vornehm aussehende Herren auf der Baustelle aufgesucht. Sie haben sich nach mir erkundigt. In ihrem Auto seien eine Menge Akten gewesen.

„Und dann haben sie mir noch ein Foto von Ihnen gezeigt", berichtet Lionel. „Aber ich habe gesagt, daß ich den Mann da noch nie in meinem Leben gesehen habe. Habe ich das richtig gemacht, Sir?"

„Das hast du sehr clever gemacht, Lionel", sage ich anerkennend.

Ich gehe der Sache nach. Die beiden vornehm aussehenden Burschen waren Abgesandte der Deutschen Botschaft von Port of Spain, der Hauptstadt der Karibikinsel Trinidad/Tobago. Die beiden Abgesandten liegen der Regierung von St. Lucia, vornehmlich dem Generalstaatsanwalt, in den Ohren. Mit aller Macht versuchen sie meine Auslieferung an die Bundesrepublik Deutschland zu erwirken.

„Verdammt, das auch noch!" sage ich zu Gaby. „Jetzt rücken die Bastarde mir auf den Pelz."

Meine Frau ist besorgt. Sie sagt: „Siegfried! Wenn du hier Schwierigkeiten kriegen solltest, geh' ich mit dir nach Brasilien. Wie wir's schon mal besprochen haben. Dort sind wir sicher."

Zur gleichen Zeit, zu der die Deutsche Botschaft mir auf die Pelle rückt, findet in Castries vor dem obersten Gerichtshof St. Lucias ein aufsehenerregender Strafprozeß statt. Ein Rastafari steht vor Gericht.

Der Kopf des Rastaman ist kahlgeschoren. Der Bursche ist ein Bulle von einem Rastaman. Er ist bereits wegen mehrfachen Mordes zum Tode durch den Strang verurteilt. Sein Verteidiger ist kein Geringerer als mein Freund und Rechtsanwalt Kenneth Augustin Webster.

Mit Interesse verfolge ich den Prozeß. Kenneth ist ein hervorragender Redner. Mit viel Geschick, Raffinesse und juristischem Können bringt Kenneth die drei Richter soweit, die Todesstrafe seines Mandanten in eine Gefängnisstrafe auf Lebenszeit umzuwandeln. Während einer Verhandlungspause nimmt Kenneth mich zur Seite und erklärt mir, eine Staatsanwältin habe ihm anvertraut, bei der Staatsanwaltschaft St. Lucias liege ein Auslieferungsersuchen gegen meine Person vor. Der Generalstaatsanwalt wisse jedoch noch nicht, wie er in meinem Falle verfahren solle, zumal ich kein Mörder sei und mir auf St. Lucia nichts habe zuschulden kommen lassen. Außerdem beschäftige ich auf meiner Baustelle ausschließlich Einheimische und werde somit als gerngesehener Arbeitgeber betrachtet.

Ich bin nervös. Noch am selben Tag fährt Kenneth zusammen mit meiner Frau, Oliver und mir zu der Staatsanwältin. Kenneth sagt: „Warten Sie hier, Sir! Es ist besser, ich spreche vorerst mal allein mit meiner Bekannten. Sollte sie Sie sprechen wollen, lasse ich Sie rufen."

Gaby ist furchtbar aufgeregt. Sie raucht eine Zigarette nach der anderen. Wortlos sitzen wir im Auto und warten. Die Zeit scheint zu stehen. Alle paar Minuten werfe ich einen flüchtigen Bick auf meine Uhr. Endlich! Nach einer Stunde taucht Kenneth auf. In ruhigen Worten erklärt er mir, daß ich nichts zu befürchten habe. Vorerst werde einer Auslieferung nicht stattgegeben.

Ein paar Tage später werden die Aufenthaltsgenehmigungen für meine Frau, Oliver und mich für weitere sechs Monate bestätigt.
Gott sei Dank! Als Dank für diese Geste greife ich mal wieder tief in die Tasche und leiste eine „freiwillige Spende" für wohltätige Zwecke. Eine Hand wäscht die andere!
In der Hotelsache geht so gut wie nichts voran. Die Regierung hüllt sich in Schweigen. Sie ist verunsichert wegen des Auslieferungsgesuches der Deutschen Botschaft.
Ein tropisch heißer Samstagvormittag. Es ist windstill. Die Luft ist zum Schneiden. Ich sitze vor dem Haus unter dem Mangobaum in einem Korbsessel und reinige meine Waffen. Ich sitze gerne im Schatten des Mangobaums. Vor mir auf dem Tisch liegen eine Winchester, eine kurzläufige Schrotflinte, bekannt unter dem Namen Lupara, eine verchromte Smith & Wesson, Kaliber 38 und ein Köcher aus Leder mit Pfeilen verschiedener Länge. In der Hand halte ich einen schwarzen Bogen und überprüfe die Spannung. Es ist ein Kampfbogen, ein Compoundbogen, mit einem Zuggewicht von sechzig Kilo. Eine tödliche Waffe, wenn man versteht mit ihr umzugehen. Der Bogen erinnert mich an jene Zeit, als ich mich mal für einen humanitären Zweck in Nicaragua aufgehalten habe. Neben mir steht eine schwarze Harley Davidson mit Beiwagen. Ich habe sie günstig erwerben können, von Kevin, einem Amerikaner. Kevin war Arbeiter bei der amerikanischen Erdölraffinerie *Hess Oil* auf Saint Lucia. Bevor er in die Staaten zurückkehrte, machten wir den Deal. Das Motorrad habe ich vor allem wegen Oliver gekauft. Er ist schrecklich vernarrt in

die Maschine. Oliver sitzt im Beiwagen und spielt mit seiner Freundin Susi. Obschon die beiden so grundverschieden sind, scheinen sie sich zu mögen. Oliver steigt aus dem Beiwagen und setzt sich zu mir an den Tisch. Wortlos sitzt er da und schaut mir beim Waffenreinigen zu. Das tut er gerne. Wie gebannt starrt er auf meine Hände, vor allem dann, wenn ich die mit Waffenöl getränkten Schießeisen wieder zusammensetze.

„Geschafft", raune ich zufrieden und stecke meine Smith & Wesson in den Schulterhalfter, der über der Stuhllehne hängt. Liebevoll streiche ich Oliver übers Haar. „Du, Papilein! Wann jagen wir wieder Giftschlangen?" Oliver schaut mich fragend an. Seine dunkelbraunen Kinderaugen leuchten.

„Von mir aus morgen ... wenn du Lust hast, Oliver. Morgen ist eh Sonntag."

„Uii fein, Papa!" frohlockt mein Sohn. Und dann etwas leiser: „Aber die Mama schimpft dann wieder, weil sie doch die Schlangen nicht mag."

„Laß mich nur machen, Oliver. Das krieg' ich schon, das mit der Mama", sage ich grinsend.

„Was ist mit der Mama?" überfällt uns urplötzlich Gabys Stimme. Schmunzelnd tritt sie an den Tisch. Überrascht blicke ich zu Gaby auf.

„Nix, Mama", ruft Oliver geistesgegenwärtig. „Nix ist mit der Mama", und schaut seiner Mutter zu, wie sie eine große Karaffe mit Eistee und drei Gläser auf den Tisch stellt. „Ihr schaut so durstig aus", sagt Gaby, und während sie die Gläser vollschenkt, streiche ich ihr liebevoll über den kleinen, festen Hintern. Ich liebe es geradezu, meiner Frau über den Po zu streichen.

„Siegfried! ... Hör auf! ... Der Oliver!" wehrt sie vorwurfsvoll ab und drängt sich meiner Hand entgegen, mit einem verstohlenen Blick zu Oliver, der schelmisch grinsend die Augen verdreht. Ich bin geradezu versessen darauf, meine Frau zu berühren, sie zu liebkosen und jene erogenen Stellen ihres aufreizenden Körpers zu erforschen bis hin zu jenen himmlisch geilen Liebesspielen, die uns zum Wahnsinn treiben, ohne die Frage nach dem Ort unserer vor Verlangen geschwängerten Kopulation zu stellen. Wir treiben es überall, in allen Stellungen; im Auto auf dem Rücksitz, auf dem Kotflügel von hinten, im Busch oder im Meer, auf dem Küchentisch, oder, wenn es die Situation nicht anders zuläßt, auf der Damentoilette im Government Building oder im Flugzeug. Verdammt noch mal! Was gibt es Erregenderes als mit seiner geliebten Frau zu vögeln. Lächelnd läßt Gaby sich in einen Korbsessel gleiten. Die blaue Jeans-Hotpants kleiden sie vortrefflich, denke ich erotisch angehaucht. Graziös schlägt sie ihre verteufelt hübsch gewachsenen Beine übereinander. Meine Hose schwillt an. „Was soll ich machen?" sage ich achselzukkend. Mit einem hintergründigen Lächeln schaut sie mir zwischen die Beine, nimmt ein Glas Eistee zur Hand, und nachdem sie einen kleinen Schluck genommen hat, meint sie beiläufig: „Wo ist eigentlich die Susi hin?"

Verdammt, die Susi, schießt es mir durch den Kopf. Das kleine Luder hat sich still und leise aus dem Staub gemacht. Oliver springt auf. Besorgt blickt er sich um. „Du, Papa", sagt er aufgeregt, „Ich such die Susi. Ich find sie schon, die Freche, die." Und schon flitzt Oliver quer über den kurzgemähten Rasen auf jene Büsche zu, die den Garten einsäumen. „Susilein!... Mein Susilein, wo bist du denn, du Freche, du?" ruft Oliver und verschwindet zwischen den Büschen.

„Siegfried!... Wir müssen mal miteinander reden", sagt Gaby mit ernster Miene. Unverblümt gibt sie mir zu verstehen, sie mißbillige es, daß Oliver ständig dabeisei, wenn ich mit meinen Waffen hantiere. Der Bub sei nicht mal vier. Soll er ein Waffennarr werden? Bereits schon jetzt sei er von meinen Waffen fasziniert. Oliver solle wie ein normales Kind aufwachsen. Sehr gegen den Strich gehe ihr auch, daß Oliver stets mit mir auf Schlangenjagd gehe. Das sei viel zu gefährlich. Was dann, wenn Oliver von einer Giftschlange gebissen werde? Nicht auszudenken! Ich dagegen versuchte Gaby zu erklären, Oliver sei der Sohn eines von Interpol und Kopfgeldjägern gejagter Bankräuber. Es könne nicht schaden, wenn Oliver mit der Handhabung von Feuerwaffen vertraut sei. Man könne nie wissen! Und was die Jagd auf Giftschlangen betreffe, so könne dies nur zu Olivers Vorteil sein.

„Was dann, Gaby", setze ich fort, „wenn Oliver unverhofft einer Giftschlange begegnet? Jetzt weiß er, wie er sich zu verhalten hat."

Nachdenklich blickt Gaby mich von der Seite an. „Na, ja, Siegfried. Irgendwie hast du schon recht. Aber tu mir einen Gefallen. Übertreib's nicht. Denk immer dran, Siegfried. Oliver ist ein Kind, kein Mann."

Ein knackendes Geräusch erregt meine Aufmerksamkeit. Automatisch fliegt mein Kopf zu den Büschen. Fast genau an der Stelle, an der Oliver vor kurzem in den Busch eingedrungen war, steht ein völlig verwilderter Hund.

Angriffslustig fletscht er die dolchartigen Zähne; ein mörderisches Gebiß. Schaum trieft aus seinem fletschenden Maul.

„Mein Gott", stammelt Gaby. „Das reißende Monster."

Panische Angst flackert in ihren Augen. „Tu doch was, Siegfried!" Und dann entsetzt: „Oliver!... Mein Gott, Siegfried. Oliver!... Wo ist Oliver?"

„Ganz ruhig, Gaby", raune ich gepreßt. „Nicht bewegen. Bleib ruhig. Sonst greift der Bastard an." Mein Magen krampft sich zusammen. Das Ungeheuer, das da keine zwanzig Yard von uns entfernt ist, wird nicht umsonst von den Einheimischen „The rapacious monster" – „Das reißende Monster", genannt. Der Hund ist ein von heimgereisten Touristen ausgesetzter Kampfhund, verwildert und völlig unberechenbar. Er hat schon mehrere Kinder angefallen und teilweise sehr schwer verletzt. Er greift alle Lebewesen an und zerfetzt sie, vornehmlich Schweine, Ziegen, Hühner und ahnungslose Menschen. Eine mordgierige Bestie, auf deren Tötung eine Belohnung von fünfhundert Dollar ausgesetzt ist. Seit Wochen schon treibt die Bestie ihr Unwesen. Behutsam, um den Hund nicht zu reizen, erhebe ich mich aus dem Korbsessel, den Bogen und zwei vierzackige Pfeile in der Linken. Langsam ziehe ich den Smith & Wesson aus dem Schulterhalfter, der über dem Stuhl hängt, und stecke den Revolver in den Hosenbund. Plötzlich bricht Oliver aus dem Busch. „Oliver! Bleib stehen!" brülle ich instinktiv. „Rühr dich nicht vom Fleck!" Meine Nerven sind zum Zerreißen angespannt. Ich hab ein Gefühl, als würde mir jeden Moment die Schädeldecke davonfliegen. Ich habe Angst. Bleib ruhig, Siegfried, rede ich mir zu. Ganz ruhig, Siegfried. Die Angst um meinen Sohn verleiht mir jene Eiseskälte, die mich stets im Angesicht der Gefahr befällt. Oliver steht da wie angewurzelt. Keine zehn Yard von Oliver entfernt kauert der Hund, knurrend, mit fletschenden Zähnen, bösartig, bereit, sich jeden Moment auf meinen geliebten Sohn zu stürzen. Gaby sitzt wie gelähmt in ihrem Sessel, beide Hände auf den Mund gepreßt. Angsterfüllt blickt Oliver zu mir. „Papa... Papa!... Hilf mir!" fleht mein Sohn. „Ich hab Angst, Papa!... Bitte, Papa."

Ich könnte schreien vor Schmerz. Mein Herz zieht sich zusammen. Mit einer unauffälligen Bewegung lege ich den Pfeil auf die Sehne und spanne den Bogen und ziele auf die Flanke des Kampfhundes, und während ich den Hund aufs Korn nehme, rufe ich mit halblauter Stimme: „Oliver! Nicht bewegen, und wenn ich rufe, renn los, dann rennst du um dein Leben. Verstanden?"

Oliver nickt wortlos.

Verdammt, Siegfried, schreit eine innere Stimme.

Warum nimmst du den Bogen und nicht die Winchester? Nimm die Winchester und knall die Bestie ab. Aus einem inneren Impuls heraus habe ich instinktiv zu Pfeil und Bogen gegriffen, eine Waffe, die mir seit meiner Kindheit vertraut ist, wenn ich mit Pfeil und Bogen durch die Rosenheimer Innauen gestreift war, auf der Jagd nach Rebhühnern, denn die Zeiten waren schlecht. Die Situation spitzt sich zu. In demselben Moment, als die Bestie zum Sprung ansetzt, schnellt der Pfeil von der Sehne, und während der Pfeil die Sehne verläßt, brülle ich aus Leibeskräften: „Oliver! ... Renn los! ... Renn los!"

Fast gleichzeitig, als der Pfeil sich in den Körper der Bestie bohrt, rennt Oliver wie von Furien gehetzt los. Der Hund bricht zusammen, versucht wieder auf die Beine zu kommen. Blitzschnell springe ich vor, werfe Pfeil und Bogen zu Boden, ziehe aus dem Hosenbund den Revolver und verpasse dem Hund den Fangschuß. Schwer atmend und unendlich befreit stehe ich da. Meine Hände zittern. Mein gesamter Körper zittert, und meine Knie werden weich. Mein gesamtes ICH zittert und bebt. Ich blicke zu Gaby. Oliver und meine Frau liegen sich in den Armen. Beide weinen. Von allen unbemerkt, bricht plötzlich Susi aus dem Unterholz und rennt quiekend auf Oliver zu. Ach ja! Olivers Freundin ist ein weißschwarz geschecktes Schwein mit Hängeohren und einer für ein Schwein gänzlich wesensfremden Fähigkeit, eine Fähigkeit, die seinesgleichen suchen dürfte. Susi ist darauf dressiert, im Busch Giftschlangen aufzuspüren. Ich habe Susi von einem Einheimischen, einem Mulatten namens William gekauft.

Sonntagmorgen. Ich stehe neben meinem startbereiten Motorrad und warte auf Oliver. Der Motor der Harley Davidson verströmt gleichmäßige Geräusche. Wenn ich mit Oliver auf Schlangenjagd gehe, trage ich stets dieselbe, in schwarz gehaltene Kleidung, denn Schwarz ist meine Lieblingsfarbe: Hohe, bis zum Knie reichende Lederstiefel, bestens geeignet gegen Schlangenbisse; schwarze Jeans, T-Shirt, und unter der bis zur Taille reichenden Lederweste trage ich den Schulterhalfter mit Revolver. Im Beiwagen liegt die kurzläufige Schrotflinte und Pfeil und Bogen. Für die Schlangenjagd benutze ich speziell angefertigte, mit drei Spitzen versehene Pfeile, ähnlich wie ein Dreizack. Während ich nach Oliver Ausschau halte, ziehe ich aus der Hosentasche ein schwarzes Stirnband und binde mein schulterlanges Haar zusammen. Oliver steht im Garten neben einer kleinen Kokospalme und tritt nervös von einem Fuß auf den anderen. Mein Sohn trägt dieselben kniehohen Lederstiefel wie ich, und seine übrige Kleidung ist der meinen sehr ähnlich.

„Oliver! Jetzt komm schon. Wir müssen los!" rufe ich ungeduldig.

Ohne auf meinen Ruf zu reagieren, ruft Oliver in Richtung Cottage: „Susi! . . . Susilein! . . . Beeil dich, sonst mußt da bleiben, du Freche, du."

Amüsiert schmunzle ich vor mich hin. Plötzlich höre ich lustiges Schweinequieken, und im nächsten Moment kommt Susi um die Hausecke geflitzt, direkt auf Oliver zu. Lachend dreht Oliver sich um und läuft auf mich zu, Susi im Schlepptau. Wenig später sind wir abfahrbereit. Auf Olivers Schoß sitzt Susi mit einem rotweiß gepunkteten Tuch auf dem Kopf, denn Oliver ist sehr in Sorge, seine Freundin könnte sich erkälten. Susi fühlt sich pudelwohl und grunzt schläfrig vor sich hin.

„Mach das nie nicht mehr", tadelt Oliver mit mahnendem Fingerzeig seine Freundin. „Sonst gibt's Popobritsch. Hmmm! Auf deinen dicken Popo."

Gaby ruft von der Terrasse: „Seid vorsichtig, ihr zwei. Und kommt gesund wieder."

„Mach dir keine Sorgen, Gaby. Ich pass' schon auf. So gegen drei sind wir wieder da."

Ich lege den Gang ein und fahre los. Und während ich in Richtung Atlantikküste davonbrause, geht mir so einiges durch den Kopf. Gaby weigert sich beharrlich, mit uns dreien auf dem Beifahrersitz mitzufahren, denn sie geniert sich. Was Wunder! „Crazy Germans!... Verrückte Deutsche!" werden wir teilweise von den Einheimischen genannt, und dann lachen sie oder schauen uns kopfschüttelnd nach, wenn wir so dahergebraust kommen, mein Sohn, Susi und ich. Vor kurzem war ein einheimischer Motorradfahrer von unserem ungewöhnlichen Anblick dermaßen geschockt, daß er ins Schleudern geriet und laut fluchend im Straßengraben landete.

Die Atlantikküste ist erreicht. In der Nähe der Klippen stelle ich die Maschine ab. Dann schlage ich unser Lager auf. Über vier in den Boden gerammte Holzpfosten spanne ich eine tarnfarbene Zeltplane. Sie bietet uns Schutz gegen die hochstehende Sonne oder gelegentlich niedergehende Regenschauer. Hier, auf Saint Lucia, trifft man Giftschlangen nur an der Atlantikküste oder im Dschungel an, an Stellen, die weit ab liegen von Städten und Touristenzentren. Das letztemal, als ich hier mit Oliver gewesen war, sind wir zu unserer Überraschung auf einige Kobras gestoßen. Auf Saint Lucia gibt es eigentlich gar keine Kobras. Wahrscheinlich wurden sie von unverantwortlichen „Tierliebhabern" ausgesetzt, dachte ich mir damals, oder von Einheimischen indischer Abstammung, zumal Kobras vornehmlich in Indien und Afrika beheimatet sind.

Voll von Tatendrang dringen wir in den Dschungel ein. Oliver führt Susi an einer ausziehbaren Leine, die an einem Halsband befestigt ist. In der Linken trage ich den Bogen und zwei Pfeile; über der Schulter hängt der Köcher mit acht gefiederten Pfeilen und die kurzläufige Schrotflinte, geladen mit Hackschrot. Susi wird nervös.

Sie fängt an zu grunzen, und schon rennt sie los. Ein sicheres Zeichen; sie hat die Witterung von Schlangen aufgenommen.

„Bleib dicht neben mir, Oliver", sage ich warnend.

„Ja, Papa." Oliver ist aufgeregt.

Plötzlich bleibt Susi vor einem dicht belaubten Bougainvilleastrauch stehen. Sie quiekt schrill. Vorsichtig nähere ich mich Susi, Oliver seitlich hinter mir. Instinktiv stellen sich meine Nackenhaare auf. Da ist ein ganzes Nest sich schlängelnder und windender Schlangenkörper. Ich packe Oliver am linken Arm und ziehe ihn lautlos zurück.

„Susi... zurück!" rufe ich. „Komm schon, Susi!"

Susi weicht zurück. In weitem Bogen umgehe ich das Schlangennest. „Zu gefährlich", raune ich Oliver zu. Wortlos greift der Bub nach meiner rechten Hand. Nach weiteren zehn Minuten brechen wir aus dem Dschungel und treten auf eine kleine, mit Kakteen und Sisalagaven bestandene Lichtung. Hier war es, wo ich damals auf die Kobras gestoßen war.

„Hoffentlich haben wir Glück, Oliver", raune ich meinem Sohn zu.

„Hoffentlich, Papa", erwidert der Bub mit atemloser Stimme. Die Anspannung ist ihm ins Gesicht geschrieben. Plötzlich rennt Susi laut quiekend los. Vor einem mächtigen Kaktus hält sie inne und stößt das typische Gequieke aus, ein Zeichen, wir sind am Ziel. Und dann sehe ich sie.

„Oh, Mann!" stoße ich überwältigt hervor. Wie aus dem Erdboden gewachsen steigt der furchteinflößende Kopf einer gut zwei Meter langen Kobra mit gespreizten Rippen empor. Oliver klammert sich an meinem rechten Oberschenkel fest. „Brauchst keine Angst haben, Oliver. Sei ganz ruhig. Wir schnappen sie uns."

Aufmerksam schweift mein Blick über die nähere Umgebung auf der Suche nach weiteren Kobras. Nichts zu sehen. Ich entspanne mich. Behutsam, um die Kobra nicht zu reizen, nehme ich die Schrotflinte von der Schulter und stecke sie in die Gürtelschlaufe an meiner linken Hüfte. Dann lege ich den Pfeil auf die Sehne. Den zweiten Pfeil drücke ich Oliver in die rechte Hand. Mein Sohn weiß um deren Bedeutung. Wir sind ein eingespieltes Team. Wir sind keine fünf Meter von der Kobra entfernt. Susi attakkiert die Schlange. „Susi... zurück. Susi, komm schon!" Susi reagiert nicht. Dann, nachdem ich ein zweites Mal gerufen habe, gehorcht sie. Aufgeregt grunzend verharrt sie an Olivers Seite. „Dann mal los, Oliver", sage ich halblaut. Oliver streckt die rechte Hand vor und bewegt den Pfeil in seiner Hand langsam hin und her. Gleichzeitig, ja fast synchron, verfällt die Kobra in denselben wippenden Rhythmus des sich hin- und herbewegenden Pfeils. Aus Erfahrung weiß ich, daß eine Kobra nicht zustößt, solange sie sich in jener Wippbewegung befindet. Ich spanne den Bogen und nehme den wippenden Kopf der Kobra aufs Korn. Mehrmals atme ich tief durch. Meine Nerven sind zum Zerreißen angespannt. Dann höre ich meine Stimme „Stop, Oliver" sagen. Oliver läßt seine Hand mit dem Pfeil sinken. Ich halte den Atem an. Die Kobra hält inne in ihren wippenden Bewegungen, bereit, blitzschnell zuzustoßen. Meine Lunge droht zu platzen. Nur noch ein paar Sekunden, dann greift sie an, jagt der Gedanke durch meinen Schädel, und während ich jenen nervenaufreibenden Gedanken nachhänge, schnellt der Pfeil von der Sehne und nagelt den Kopf der Kobra buchstäblich an den hinter ihr aus dem Boden ragenden Kaktus. Entspannt lasse ich die Hand mit dem Bogen sinken und mache Anstalten, auf die an den Kaktus genagelte und sich windende Kobra zuzugehen, als ich aus den Augenwinkeln heraus eine schlängelnde Bewegung wahrnehme.

Oliver schreit. „Vorsicht, Papa! Eine Kobra!!"

Geistesgegenwärtig packe ich Oliver am linken Arm und stoße ihn beiseite. Oliver stürzt zu Boden; und während

Oliver mit einem Aufschrei zu Boden stürzt, lasse ich den Bogen fallen, ziehe die Schrotflinte aus der Gürtelschlinge und feuere zweimal auf die angriffsbereite Kobra. Blut und Fleischfetzen wirbeln durch die Luft und zerfetzen den todbringenden Schlangenkopf.

„Das war knapp", raune ich erleichtert und hebe den völlig verdutzten Oliver vom Boden auf.

Etwa eine Stunde später sitzen wir am Lagerfeuer, Oliver, Susi und ich und braten auf Holzspieße steckendes Fleisch über dem Feuer. Es duftet herrlich. Nachdem Oliver sich vom ersten Schreck erholt hatte, konnte ich eine eßbare Schlange erlegen und sie „bratfertig" zubereiten. Schlangenfleisch, kreolisch gewürzt mit Pfeffer, Paprika und Knoblauch, schmeckt fantastisch.

„Du, Papa", mampft Oliver. „Die Schlange schmeckt aber schrecklich fein. Viel besser als der blöde Braten von der Mama." Dann beißt er ein knuspriges Stück Fleisch ab und kaut genüßlich vor sich hin.

„Sag das aber ja nicht der Mama, Oliver", meine ich grinsend, „sonst ist der Teufel los." Zufrieden mit mir und dem heutigen Tag nehme ich die Feldflasche in die Hand und trinke in langsamen Zügen. Der mit Mangosaft gemischte Eistee schmeckt vortrefflich. Susis listige Schweinsäuglein lassen Oliver nicht aus den Augen. „Da, Susi! Du Vielfraß", lacht Oliver und wirft ihr ein Stück Fleisch hin.

Gut eine Stunde vor Einbruch der Dunkelheit brechen wir das Lager ab und fahren nach Hause.

Eine Woche später.
Susi ist spurlos verschwunden. Oliver ist sehr traurig. Dann, eines Nachts, schrecken mich grunzende Geräusche aus dem Schlaf. Es ist Susi. Sie ist schwerverletzt und blutüberströmt. Ihr linkes Hinterbein ist völlig zertrümmert. Wahrscheinlich wurde sie von einem Auto angefahren. Es gibt Leute, die ihren Spaß daran haben, über die Straße

wechselnde Tiere über den Haufen zu fahren. Oliver weint, als er Susi so elendiglich daliegen sieht. Tags darauf fahre ich zum Tierarzt. Der schüttelt hoffnungslos den Kopf.

„Zu schwere Verletzungen", meint er lapidar. Ich lasse Susi einschläfern, denn ich bringe es nicht übers Herz, Susi eigenhändig zu erschießen.

Hinter dem Haus, im angrenzenden Busch, begrabe ich Susi. Es ist ein schönes Grab. Vielleicht halten Sie mich für einen Spinner?! Aber ich tu's wegen Oliver. Susi war für meinen kleinen Sohn nicht nur eine Spielgefährtin, sie war ihm eine Art „Bezugsperson", ein Lebewesen, dem mein Oliver all seine Liebe schenkte. In den frischaufgeworfenen Grabhügel stecke ich ein Holzkreuz und bepflanze ihn mit rotblühenden Rosen und einem noch zarten Mangobaumschößling, denn auch Susi liebte es, im Schatten des Mangobaums Zuflucht vor der tropischen Sonne zu suchen. Manchmal, wenn Oliver heimlich aus dem Haus schleicht, folge ich ihm unbemerkt. Dann steht er vor dem Grab seiner geliebten Susi und spricht mit ihr. Oliver weint dann immer. Seltsam! Wenn ich dann so abseits stehe, versteckt hinter den Büschen, und meinen weinenden Sohn betrachte, schießen mir jedesmal Tränen in die Augen, denn ich liebe meinen sensiblen und feinfühligen Sohn über alle Maßen. Manchmal verweilen wir auch gemeinsam an Susis Grab und schwelgen in längst vergangenen Zeiten, in jener glücklichen, von Späßen erfüllten Zeit mit Susi; wenn wir zu dritt die Beach entlang schlenderten, gefolgt von belustigten Blicken; im Motorrad unterweg waren oder in Castries im Post Office für Aufsehen sorgten, als Susi einer schrecklich aufgedonnerten englischen Lady mit der Schnauze unter den Rock gefahren war oder Oliver Susi in seinem Bettchen hat schlafen lassen zum Ärgernis seiner geliebten Mama. Heute ist wieder so ein Tag, an dem Oliver und ich an Susis Grab verweilen. Aus verweinten Augen blickt Oliver zu mir auf: „Du, Papilein! . . . Du und ich, wir bleiben immer zusammen? Hmmm, Papa? Du verläßt mich nicht wie die Susi. Ist die Susi jetzt beim Himmelpapa, Papilein?"

Tief ergriffen von den Worten meines Sohnes nehme ich ihn auf den Arm. Das Sprechen fällt mir schwer, als ich sage: „Ja, Oliver! Die Susi ist beim Himmelpapa, und bestimmt schaut sie zu uns herunter ... Ich lass' dich nie allein, Oliver. Mußt keine Angst haben. Ich bleib' bei dir so lange ich lebe."

Das Schlucken fällt mir schwer. Lautlos weine ich in mich hinein. Verdammt noch mal! Ich weine. Dieser unnahbar scheinende, knallharte und wortkarge Klotz von einem Mann, weint. Und in Gedanken male ich mir aus, wie Oliver eines Tages an meinem Grab verweilen wird, weinend und zu seinem Vater sprechend, denn eines Tages wird mich eine tödliche Kugel von der Seite meines Sohnes reißen und unter die Erde bringen, oder wenn ich Glück habe, werden mich die Bullen schnappen und ins Gefängnis werfen, bis ich verrecke. Was Wunder, bei dem Leben, das ich führe und jetzt gezwungen bin zu führen.

Die kommenden Monate vergehen wie im Fluge. Ich arbeite täglich auf der Baustelle, und die Zahlungen an gewisse „Stellen" reißen nicht ab. Sowohl im April als auch im August fliege ich nach Deutschland und nehme mir zwei Banken vor. Reine Routine – wie gehabt!

All die Monate hat die Deutsche Botschaft in Port of Spain nicht aufgegeben, meine Auslieferung zu erwirken. Doch bisher wurden alle Auslieferungsansuchen zu meinen Gunsten beschieden. Wie lange noch, frage ich mich.

Das Verhältnis zu meiner Frau ist auch nicht mehr so, wie es eigentlich sein sollte. Kein Wunder! Als ich mich im April in Deutschland aufhielt und mal wieder Kopf und Kragen riskierte, hatte sie ein Techtelmechtel mit einem Einheimischen. Der Kerl ist verheiratet und heißt Gillan.

Oliver entgehen nicht die Zwistigkeiten, die wir gelegentlich miteinander ausfechten. Der Bub ist darüber gar nicht glücklich.

„Du, Papa", sagt er eines Tages zu mir, „ich hab die Mama gar nie nicht mehr lieb, weil sie immer mit dir schimpft, die Böse!" Und dann trinkt Gaby auch wieder zuviel. Wenn ich „geschäftlich" verreist bin, läßt sie sich abends regelrecht vollaufen. Keule sagt: „Die Gaby ist schon in Ordnung. Aber sie säuft halt mal zuviel." Und wenn sie betrunken ist, vernachlässigt sie Oliver. Während sie in der Disko bis in die frühen Morgenstunden auftanzt, liegt Oliver im Lokal auf der Bank und schläft. Lange Zeit wußte ich nichts davon, und als ich davon erfuhr, gab es ein furchtbares Donnerwetter.

Verdammt, verdammt, denke ich, wenn sie bloß nicht so trinken würde. Sie wäre mir die beste Ehefrau. Aber was soll's! Sie säuft halt mal! Wenn ich sie nicht lieben würde, wäre es mir völlig egal. Aber ich liebe sie halt mal, das versoffene Frauenzimmer.

## 35

Sommer 1983. Seit jenem erlebnisreichen Segeltörn mit Keule in die Marigot Bay hat mich das Segelfieber nicht mehr losgelassen. Da ist ein Virus in mir, gegen den es kein Heilmittel gibt. Und dann habe ich das getan, was ich hätte schon längst tun sollen. Vor einigen Monaten legte ich mir eine Segeljacht zu. Habe sie zu einem vernünftigen Preis erwerben können.

Mit schmerzendem Rücken und leicht vorgebeugt stehe ich an Deck meiner Segeljacht, der *Freestate Bavarian,* und blicke über die Rodney Bay. Mehrere Jachten liegen vor

Anker. Seit gut drei Stunden bin ich nun schon zugange, das Oberdeck des Vorschiffs abzuschleifen. Ein mörderischer Job. Von der Sauhitze ganz zu schweigen, die einem das Gehirn auszutrocknen droht. Schwer liegt die Schleifmaschine in der Hand. Ich schwitzte. Meine Hände brennen. Die Knie tun höllisch weh vom vielen Rumrutschen.

Mein Schiff ist eine kuttergetakelte Stahljacht, 43 Fuß lang, und die 90-PS-Maschine ist von General Motors. Sie lief vom Stapel einer Werft in Rochester im US-Bundesstaat Wisconsin. Ein solides Boot – keine Rennjacht, aber solide.

Seit nunmehr drei Wochen liege ich hier vor Anker, damit beschäftigt, meinem Schiff, auf das ich sehr stolz bin, ein neues Outfit zu verleihen und den Maschinenraum auf Vordermann zu bringen. Die schlimmste Dreckarbeit ist getan, sage ich mir. Mit Grausen denke ich an jene vier Wochen zurück, die ich mit der Segeljacht auf dem Slip in Fort de France, der Hauptstadt Martiniques, zugebracht hatte.

Angewidert lege ich die Schleifmaschine aus der Hand, entspanne meinen gemarterten und geschundenen Körper und strecke die Arme gen Himmel. Ein gutes Gefühl! Eine kindliche Stimme schreckt mich hoch.

„Du, Papa!" ruft die Stimme. Ich drehe mich um und grinse. Schwer atmend kämpft Oliver sich den Niedergang hoch. „Du, Papa!" ruft er abermals. „Ich bin fertig. Hab den Motor geputzt, wie du's gesagt hast. Er ist furchtbar sauber, Papa. Ich hab auch einen furchtbaren Brand. Hmmm!"

Heiland, denke ich, wie schaut denn der Bub wieder aus? Sein Gesichtchen ist rot und dreckverschmiert, und die Haare stehen ihm wirr zu Berge, als wären sie mit Strom geladen. Das ehemals weiße T-Shirt ist alles andere als weiß und klebt wie eine ölverschmierte Haut auf seinem zierlichen Körper. Oliver steht vor mir. Mit seinen großen, braunen Kinderaugen sieht er mich an. Freundschaftlich lege ich ihm meinen Arm auf die Schultern.

„So, so, Oliver", sage ich. „Du bist also fertig mit der Maschine? Und jetzt hast du einen furchtbaren Brand? Ja?"

„Ja, freilich, Papa! Weil's da unten im Maschinenraum so heiß ist, und weil's da so heiß ist, Papa, habe ich einen ganz furchtbaren Brand."

Ich lobe Oliver wegen der Maschine und auch deshalb, weil er nie meutert, wenn ich ihn bitte, mir zu helfen. Oliver tut es gerne. Er reißt sich geradezu darum, seine Zeit mit mir auf der Segeljacht zu verbringen. Überhaupt liebt er es, mit mir zusammenzusein, egal, ob auf der Baustelle oder sonst irgendwo. Wir lieben uns gegenseitig. Es ist eine Liebe, die meine Frau anscheinend nicht verstehen kann. Vielleicht ist sie eifersüchtig – eifersüchtig auf die Liebe, die ich meinem Sohn entgegenbringe? Ich weiß es nicht. Sie spricht nie darüber und zieht es vor, sich an der Beach in die Sonne zu legen, zu lesen und zu rauchen.

„Na, Oliver! Wie wär's?" schlage ich vor. „Fahren wir zu Scotty und zischen ein Bierchen? Einverstanden, mein Sohn?"

„Uuiii fein, Papa!" ruft Oliver hocherfreut. „Das machen wir!" Seine kindlichen Augen leuchten euphorisch. „Wann kommt eigentlich die Mama wieder, Papa?"

„Morgen oder übermorgen, Oliver", antwortete ich. „Wahrscheinlich morgen, mit Keule. Dann kommt der Christian."

Gaby ist mit Keule nach Martinique gesegelt, um Christian vom Flughafen abzuholen. Christian ist Gabys 14jähriger Sohn aus erster Ehe. Er verbringt bei uns die Sommerferien. Ich mag den Burschen, auch wenn sein Ordnungssinn sehr zu wünschen übrig läßt. Aber sonst ist der Bub schon in Ordnung.

Wenig später schippern Oliver und ich mit dem Dingi ans Ufer und fahren mit dem Auto gemächlich nach Hause.

Frischgeduscht und neu gewandet, machen wir uns dann

auf den Weg zu Scotty, mein Sohn und ich. Das Auto parke ich auf der Hauptstraße, direkt gegenüber Scottys Bar. Freitags ist bei Scotty immer die Hölle los, und heute ist Freitag. Es ist noch früh am Abend. In einigen Stunden, denke ich, ist die Bude zum Bersten voll. Gros Islet ist ein beschauliches Fischerdorf, und die etwa 5500 Seelen zählende Gemeinde darf zu Recht stolz sein auf ihre historische Vergangenheit. Admiral Rodney war im April 1782 von Gros Islet aus losgesegelt, um mit seinen Schiffen gegen die Franzosen zu kämpfen. In der historischen Schlacht *Battle of the Saints* vernichtete er die gesamte französische Flotte.

Durch die knallgelb gestrichene Eingangstür betreten wir Scottys Bar. Über dem Eingang hängen ein Kruzifix und mehrere Hufeisen. Das ist aber noch nicht alles. Scotty weiß, was er seinen internationalen Gästen schuldig ist. Beim Betreten der Bar begegnet man unvermittelt dem majestätischen Lächeln von Königin Elisabeth II. von England, deren Konterfei in einem Bilderrahmen an der Wand hängt und das sich in Gesellschaft eines röhrenden Hirsches befindet, denn Scotty weiß um die Jagdleidenschaft des englischen Königshauses. Und damit es der guten Elisabeth nicht zu langweilig wird, hängt da noch ein Kunstwerk an der Wand: Krishna, der Gott aller Hindus, spielt Flöte. Die Kneipe ist spartanisch eingerichtet, mit dem angestaubten Flair eines Trödlerladens. Da stehen ein paar Tische und Stühle, und in unmittelbarer Nähe der beiden Eingänge liegt in der Ecke ein hölzernes Rumfaß. Über dem Tresen hängt ein Schild mit der Aufschrift „O Lord, hilf mir, nicht vorlaut zu sein."

Die Kneipe ist einmalig. Sie ist der Treffpunkt sämtlicher Bevölkerungsschichten. Arme und Reiche geben sich ein Stelldichein, und nicht selten kommt es vor, daß Polizisten und vom Gesetz Verfolgte sich die Klinke in die Hand drücken. Da stehen Abenteurer und Seefahrer, Politiker und Mätressen gesellig beisammen und prosten sich zu, und die Mädels vom horizontalen Gewerbe sind auf Kundenfang aus, und kaum daß sie ein Opfer erspäht haben, schmeißen sie ihre oftmals gewaltige Oberweite in aufreizende Positur und wackeln mit ihren knackigen und geilen Pos, daß so mancher vom bloßen Hinschaun schon einen Steifen kriegt. Ich kenne da einen Polizisten, der regelmäßig hier einkehrt, einen freundlichen und hilfsbereiten Mann. In regelmäßigen Abständen unterrichtet er mich über den Stand der gegen mich laufenden Ermittlungen, und weil ich nach dem Motto lebe, eine Hand wäscht die andere, stecke ich ihm gelegentlich was zu. Hier läßt halt jeder jeden leben, und das gefällt mir.

Die Dunkelheit bricht herein, und die Bar beginnt sich zu füllen. Ich stehe am Tresen und zische ein Bierchen. Oliver sitzt neben mir auf einem Barhocker und trinkt eine „Radler", ein mit viel Limonade verdünntes Bier. Das mag er gerne. Ich habe auch nichts dagegen, wenn er das trinkt, denn betrunken kann er davon nicht werden. Oliver ist ein waschechter Bayer, und welcher Bayer zischt nicht mal gern ein Bierchen.

Scotty steht hinter der Bar, eine Schlägermütze auf dem bulligen Schädel. Er ist ein liebenswerter Mann von 63 Jahren. Hätte nie gedacht, daß er schon 63 ist. Ich mag den alten Knaben. Ja, wirklich, ich kann ihn gut leiden. Mehr noch! Ich beneide ihn um seine Gesundheit und seine Vitalität und seinen unverwüstlichen Humor. Sein stoisch dreinblickendes Gesicht wird von einer gewaltigen, plattgedrückten Nase und einem breitlippigen Mund beherrscht. Scotty erinnert mich immer an die Whiskyschmuggler die während der Prohibition ihr Unwesen trieben, so wie sie in den Hollywoodfilmen verherrlicht werden. Scotty grinst mich an. „Noch ein Bierchen, Sir?"

„Nein, Scotty", sage ich. „Schenk mir mal 'nen vernünftigen Drink ein. Rum mit Cola und viel Eis, ja?"

„Einen starken, Sir?"

„Nicht zu stark, Scotty. Bin ja immer gleich besoffen. Vertrag ja nichts."

Nach einer Weile stellt Scotty den Drink vor mir auf den Tresen. Ich nippe. „O Mann!" sage ich. „Der ist ja verdammt stark. Da haut's mich ja gleich aus den Latschen."

„Aber Sir! Der ist genauso, wie sie ihn mögen."

„Gib mal 'nen Spritzer Lime rein, Scotty. Dann schmeckt er voller, so richtig nach Rum und Lime und Zukkerrohr."

Mit einem riesigen Messer schneidet er eine frische Lime in der Mitte durch. Die Schale ist gelbgrün, und der Saft spritzt nur so heraus, wie er das tut, wenn die Lime ganz frisch ist.

Oliver verzieht das Gesicht. „Hmmm, Papa", macht Oliver, „die schaut aber verflixt sauer aus, Papa."

Ich koste den Drink mit Lime.

„So richtig, Sir?"

„Genau richtig, Scotty. Der wird mir jetzt guttun."

„Darf ich auch mal probieren, Papa? Ich glaube, der wird mir auch guttun? Hmmm?"

„Aber nur nippen."

Oliver nippt. Der Bub verdreht die Augen. „Hmmm!" macht er. „Der schmeckt aber fein, Papa."

Kurz blicke ich mich um. Und während ich mich in der Kneipe umblicke, schnappt der Bub sich flink das Glas und nimmt einen kräftigen Schluck. Oliver reißt die Augen auf und japst nach Luft. Ich tue so, als hätte ich's nicht gesehen.

Die Kneipe ist gerammelt voll. Zigarettenrauch nebelt mich ein. Eine Menge Touristen sind in der Kneipe. Die meisten sind in Ordnung und wollen nur in Ruhe einen Drink nehmen und sich ein wenig amüsieren. Aber meistens sind immer ein paar arrogante Arschlöcher darunter.

Oliver sagt: „Du, Papa! Darf ich noch so'n Bierchen zischen? Weil ich doch so einen furchtbaren Brand hab, weil's da unten im Maschinenraum so furchtbar heiß war, Papa? Mir ist immer noch ganz heiß, Papa. Schau her."

Mit beiden Händen streicht er sich das Haar aus dem Gesicht. Sein Gesicht ist ganz rot. Ich lache vergnügt: „Freilich darfst du noch ein Bierchen zischen, Oliver", sage ich. „Du hast dir's doch verdient, da unten im Maschinenraum." Und zu Scotty sage ich: „Schenk meinem Sohn mal noch ein Bierchen ein, Scotty, mit 'ner schönen Blume drauf."

Und Scotty schenkt eine große und kühle Radler ein, mit einer fantastischen Blume drauf. Der Schaum rinnt am Glas herunter, und das Ganze schaut furchtbar frisch und durstanregend aus. Einfach himmlisch!

„Cheers, Oliver", sage ich. Wir stoßen an. Die Gläser klirren. Oliver nimmt einen mächtigen Zug. Dann lacht er und wischt sich den Schaum aus dem Gesicht und verdreht die Augen, wie er sie schon als Baby verdreht hatte, wenn ich ihm ein leicht angewärmtes Bierchen mit ein wenig Zucker drin aus dem Milchfläschen mit Schnuller habe trinken lassen. Da hat er die Augen auch immer so verdreht, und dann ist er immer ganz friedlich eingeschlafen und hat sein kleines Mündchen geschürzt und sich die Lippen geschleckt. Das mit dem angewärmten Bierchen und dem Zucker habe ich aber nur machen können, wenn Olivers Mutter nicht daheim war.

„Du erziehst Oliver noch zu einem Säufer", hat seine Mutter immer mit mir geschimpft. Wahrscheinlich hat sie es nur gesagt, weil sie nicht wollte, daß der Bub später mal so säuft wie sie. Das Bierchen mit Zucker hat Oliver nur gutgetan. Er ist ein prächtiger Bub geworden, gescheit und aufgeweckt, mit strammen Wadeln.

„Die schmeckt aber fein, Papa, die Radler", sagt Oliver und verdreht genüßlich die Augen. „So richtig fein. Viel besser als Milch. Da unten war's wirklich heiß, Papa." Dann nimmt er noch einen kräftigen Schluck.

Das Pärchen neben uns schielt fortwährend zu uns herüber. Auf einmal stecken die Frau und der Mann die Köpfe zusammen und tuscheln. Dann sagt der Mann zu meinem Buben: „Na, mein Sohn, wie alt bist du denn?"

Der Mann lächelt ein vierzigjähriges Lächeln, und seine Goldzähne schauen schrecklich teuer aus. Oliver sagt: „Ich bin nie nicht Ihr Sohn, Sir."

Der Bub blickt mich fragend an und sagt: „Hab ich das richtig gesagt, Papa, das mit dem Sohn? Hmmm?"

Ich schmunzle. „Ja, Oliver! Aber du kannst dem Herrn ruhig sagen, wie alt du bist."

„Also gut, Papa."

Oliver zieht eine Augenbraue hoch und schaut den Mann eindringlich an. Scotty sagt zu dem Mann: „Mister! Lassen Sie den Jungen zufrieden. Er tut Ihnen doch nichts! Oder?"

„Ist schon gut, Scotty", sage ich beschwichtigend.

Oliver sagt zu dem Mann. „Ich bin vier Jahre alt, Sir."

Die Frau beugt sich über den Tresen und blickt mich an. Sie ist jung und auffallend hübsch, und ihre hervorquellenden Brüste gefallen mir: „Ist es nicht unverantwortlich, Ihren Sohn da Bier trinken zu lassen? Der Kleine ist doch erst vier. Ich finde es nicht richtig. Oder finden Sie's richtig?"

Scotty neigt sich zu mir herüber. Er will wissen, was die Frau da gesagt hat. Ich übersetze es ihm.

Scotty sagt zu der Frau. „Madam! Lassen Sie den Herrn da in Frieden. Das geht Sie nichts an. Der Mann ist schwer in Ordnung und der Boy auch. Die wollen nur was trinken und ihre Ruhe haben. Wenn Sie so weitermachen, gibt's Ärger. Ich will im Lokal keinen Ärger haben. Ist das klar, Madame?"

Die Frau reißt die Augen auf. Sie hat schöne blaue Augen und Haare auf den Zähnen. „Unerhört!" schimpft sie drauflos. „Sie schenken an Kinder Alkohol aus. Man müßte sie bei der Polizei anzeigen. Wenn der Junge so weitermacht, wird er mal ein richtiger Säufer."

Mich faucht sie an: „Man sollte Ihnen das Kind wegnehmen."

Meine Höflichkeit gebietet mir, den Mund zu halten, und das tue ich dann auch. Plötzlich habe ich eine Idee – eine Idee, die mich nicht mehr losläßt. Mit gespielt ernster Miene beuge ich mich zu Oliver vor und flüstere ihm etwas ins Ohr. Der Bub lacht spitzbübisch und patscht sich vor Vergnügen auf die nackten Oberschenkel.

Zu Scotty gewandt, sage ich leise: „Du Scotty, was meinst du? Wir sollten die beiden Pfeifen da ein bißchen auf die Schippe nehmen?"

Mit wenigen Worten setze ich Scotty meinen Plan auseinander. Der alte Mann ist sofort Feuer und Flamme, und mit stoischer Miene brummt er: „Okay, Sir. Die haben's nicht besser verdient. Und haben Sie das gehört, Sir? Die wollen mich bei der Polizei anzeigen. Der Witz des Jahres. Wer macht den Anfang, Sir?"

„Ich mach's, Scotty."

Mit unüberhörbar lauter Stimme sage ich: „Du, Scotty! Schenk mir mal 'nen Rum ein, aber 'nen puren. Den guten da, den besonders starken. Du weißt schon, Scotty. Der einem so richtig den Arsch aufreißt."

Und schon ruft Oliver: „Du Papa! Darf ich auch so 'nen Rum haben? Ob der mir auch den A . . . äh, den Popo aufreißt, Papa? Hmmm?"

„Freilich, mein Sohn", sage ich lachend, „du sollst auch 'nen Rum haben. Damit du ein richtiger Mann wirst."

Und zu Scotty sage ich: „Scotty, alter Knabe, schenk uns mal zwei Rum ein."

Scotty schenkt zwei Rum ein. „Du, Scotty, trink auch einen mit. Einer kann ja nicht schaden."

„Vielen Dank, Sir! Würde gern einen trinken, aber ich darf nicht. Meine Leber! . . . Verstehen Sie, Sir?"

„Scheiß auf deine Leber, Scotty", sage ich. „Ein Wirt, der nicht trinkt, ist wie ein Mann ohne ...! Na ja! Du weißt schon, was ich meine."

Oliver schaut mich fragend an: „Du, Papa! Was ist ein Mann ohne ...? Hmmm?"

„Ach, nichts, Oliver. Also dann, mein Sohn", grinse ich. „Auf dein Wohl. Cheers!"

Wir heben die Gläser und stoßen an, und dann kippen wir den vermeintlichen Rum in einem Zug hinunter.

Die Frau ist entsetzt. Ihre Brüste beben. „Sie sind ein Verbrecher", kreischt sie mich an, „ein Kindsmörder und ein unverantwortlicher Wüstling."

Oliver sagt: „Du, Papa! Der Rum war aber fein, so richtig schrecklich fein. Wenn's dir recht ist, Papa, könnt' ich noch einen vertragen, so auf die Schnelle."

„Scotty!" rufe ich. „Noch 'nen Schnellen für meinen Sohn."

„Einen Schnellen für Ihren Sohn, Sir", sagt Scotty und schenkt nach.

Oliver nimmt das Glas. „Auf dein Wohl, Papa", sagt er. Wie ein geübter Säufer kippt er das Zeugs weg. Mit einer ruckartigen Bewegung setzt er das Glas ab. Auf einmal verdreht er die Augen und kichert: „Du Papchen, ich glaub', ich bin ein Flieger, und Sterne seh' ich auch schon. Mir ist so richtig leicht, Papa, und wenn mir noch leichter wird, fang' ich gleich an zu fliegen. Huuii!"

Oliver macht es sichtlich Spaß. Er spielt seine Rolle perfekt. Die Frau schrillt. „Der arme Kleine ist ja betrunken! O Gott, o Gott! Er wird ja schon ganz blaß, der Arme."

Scotty sagt: „Sir! Ich glaube, der Schnelle da hat ihrem Sohn nicht gutgetan. Was er jetzt braucht, ist ein Whiskey, ein Doppelstöckiger. Der richtet Oliver wieder auf, Sir."

„Sind Sie von allen guten Geistern verlassen?" kreischt die Frau los. „Wollen Sie den Kleinen umbringen, Sie ... Sie ...?"

„Hallo, schöne Frau", kichert Oliver, „ich bin ein Zombie." Der Bub verdreht die Augen, reißt den Mund auf, wie eine nach Luft japsende Kaulquappe, und die Zunge hängt ihm raus, und dann läßt er sich vom Barhocker plumpsen.

Die Frau schreit mich an: „Sehen Sie, was Sie da angerichtet haben, Sie Mistkerl... Sie... Sie verdammter Wüstling."

Oliver rappelt sich vom Boden hoch. Ich sehe der Frau ins Gesicht, lange und wortlos, und nach einer Weile sage ich: „Halten Sie endlich den Mund, Sie hysterische Zicke, Sie. Mein Sohn kann trinken, was er will. Oder sind Sie seine Mutter? Das geht Sie 'nen Dreck an. Kümmern Sie sich gefälligst um Ihren Scheiß! Verstanden?"

Der Mann der Frau ist aufgebracht. Aggressiv legt er los. „Das nehmen Sie zurück, das mit der Zicke, Sie gemeiner Bastard."

Oliver scheint mit einem Schlage nüchtern. Und mit vorwurfsvoller und anklagender Stimme sagt er: „Du, Papa! Der Mann da hat zu dir gesagt, du bist ein gemeiner Bastard. Hast du's gehört, Papa?"

„Ich hab's gehört, Oliver."

„Aber Papa! Dann tu doch was. Du bist doch kein Bastard nie nicht. Du bist doch mein Papa."

Zu dem Mann gewandt, sagt Oliver: „Sie, Mister! Mein Papa ist nie nicht ein Bastard. Er ist mein Lieblingspapa. So was sagt man nie nicht zu meinem Papa. Ich darf trinken was ich will, hat mein Papa gesagt. Hmmm. Ich wollte doch nur 'ne Gaudi haben, Mister."

Der Mann sagt: „Dein Vater ist ein Bastard und ein Hundsfott und ein verdammter Scheißkerl, weil er dich hochprozentigen Rum trinken läßt."

Ich schimpfe: „Lassen Sie meinen Jungen aus dem Spiel, Sie karierte Arschgeige, Sie."

Und Scotty droht dem Mann: „Wenn Sie nicht den Mund halten, schmeiß ich Sie hochkant raus."

Jetzt giftet die Frau: „Günther! Das läßt du dir nicht bieten, das mit der karierten Arschgeige. Eine Unverschämtheit! Und dann noch rausschmeißen. Nein, so was! Wie bei den Wilden!"

Der Mann, der Günther heißt, tut so, als würde er klein beigeben. Blitzschnell schlägt er zu. Er trifft mich genau am Kinn. Ich könnte mir in den Hintern beißen. Der Kerl hat mich mit seinem scheinheiligen Getue überrumpelt. Das Kinn schmerzt. Wie angewurzelt stehe ich da, meine Hände auf den Tresen gelegt. Sie zittern. Ich kämpfe mit mir, um den hinterfotzigen Kerl nicht niederzuschlagen.

Betont ruhig sage ich: „Komm, Oliver! Geh'n wir. 's ist besser so."

Es kostet mich ungeheure Überwindung, jene Worte da auszusprechen, denn es sieht so aus, als wolle ich kneifen. Aber ich mag es nicht, mich in Anwesenheit meines vierjährigen Sohnes zu schlagen, denn ich kenne mich und meine Kampfkraft. Wenn ich kämpfe, werde ich zum Berserker.

Die Frau biegt den Kopf zurück und lacht ein spöttisches Lachen. „Sie Feigling!" keift sie. „Sie hundsgemeiner Feigling. Große Klappe und nichts dahinter. Komm, Günther! Hau ihm noch eine rein, diesem Feigling da."

Schlagartig wird es still in der Kneipe. Alle starren mich an. Ich glaube, unter den Blicken der Anwesenden erdrückt zu werden. Man könnte das Fallen einer Stecknadel hören, so still ist es im Lokal. Und dann beginnt es plötzlich hinter meinen Schläfen zu pochen, wie es stets dann beginnt zu pochen, wenn ich vorhabe zu kämpfen oder mich einer Gefahr ausgesetzt sehe.

Oliver bricht das ungute Schweigen: „Aber Papa! Läßt du dir das gefallen? Die hat dich einen hundsgemeinen Feigling genannt, und der Mann da hat dich geschlagen. Warum läßt du dich schlagen, Papa? Ein richtiger Mann verteidigt sich, hast mal zu mir gesagt, Papa."

Oliver ist sichtlich enttäuscht und deprimiert. „Ist ja schon gut, Oliver", sage ich.

Behutsam schiebe ich den Buben beiseite. Provozierend blickt der Mann mich an. Mit geballten und kampfbereiten Fäusten tänzelt der Kerl vor mir rum. Er grinst verschlagen. Er sagt: „Na, Sie Großmaul, Sie! Was nun? Die Hosen voll?"

Wortlos trete ich ihm gegenüber. Ich mustere den Kerl und lächle. Es ist ein frostiges Lächeln, und ich bin eiskalt bis ins Tiefste meines Herzens. Wie ein Katapult schießt meine Rechte vor. Mit dem Handballen der flachen Hand treffe ich ihn genau auf die Stirn. Der Mann taumelt. Vor Überraschung reißt er die Augen auf. Deckungslos steht er da. Ansatzlos schlage ich ihm die Rückhand der geballten Faust ins Gesicht. Blut schießt aus seiner Nase. Blitzschnell setze ich nach. Mein rechter Fuß schnellt hoch. Mit voller Wucht trete ich dem Kerl zwischen die Beine. Er schreit kurz auf. Der Mann schwankt, dann fällt er vornüber, und bevor er aufs Gesicht fällt, ramme ich ihm meine Faust in die Magengrube. Bewegungslos liegt er am Boden, das Gesicht blutverschmiert.

Oliver schreit: „Papa, hör auf!"

Die Zuschauer haben Blut geleckt. Einer brüllt: „Mensch, Mann, Dennery! Geben Sie ihm den Rest, dem arroganten Fatzke. Schlagen Sie ihn tot, den Scheißkerl."

Gekreische und ein heilloses Durcheinander. Beschützend wirft sich die Frau über den leblos scheinenden Körper ihres Mannes. Ich setze nicht nach. Einen wehrlosen und kampfunfähigen Mann schlage ich nicht.

„Günther! Mein lieber Günther!" schluchzt sie. „Sag doch was, mein Lieber." Aber Günther sagt nichts. Er stöhnt nur, die Hände zwischen die Beine gepreßt. Aus haßerfüllten Augen schaut die Frau mich an. „Sie Bastard! Sie gottverdammter Bastard!" brüllt sie mich an. Sie ist völlig von der Rolle. „Sie Scheißkerl! Was haben

Sie nur mit meinem Mann angestellt, Sie beschissener Rohling, Sie?"

Wie eine Furie springt sie hoch und stürzt sich auf mich. Mit geballten Fäusten trommelt sie auf meinen Brustkasten, wie eine Wahnsinnige. Ohne Pause beschimpft sie mich. Ich wehre mich nicht. Ich schlage keine Frau.

Plötzlich steht eine Negerin neben mir. Sie ist schwergewichtig und resolut. „Sorry, Sir," brummt sie mich an und drückt mich zur Seite. Dann gibt sie der hysterischen Frau eine schallende Ohrfeige. In diesem Moment betritt ein Polizist die Kneipe und kämpft sich durch die aufgebrachte Menschenmenge. Ich kenne ihn, er ist vom Police-Department Gros Islets.

„Sir", sagt er zu mir, „was ist hier los?"

Scotty mischt sich ein. Er nimmt den Polizisten zur Seite und wechselt mit ihm einige Worte. Beide grinsen. Nach einer Weile wendet der Polizist sich dem Mann zu, der wieder auf den Beinen steht. Der Polizist sagt: „Sie hätten sich nicht so aufregen müssen. Der Boy hat nur Wasser getrunken, keinen Rum. Und jetzt kommen Sie mit!"

Die geohrfeigte Frau protestiert. „Was soll das? Wir sind Ausländer! Touristen, die Geld ins Land bringen."

„Sie kommen auch mit", sagt der Polizist zur Frau. „Oder soll ich Sie beide wegen Hausfriedensbruch und Ruhestörung einsperren?"

Wortlos nehme ich Oliver bei der Hand und trete auf die Straße. Die frische Luft tut mir gut. Hier draußen ist die Hölle los. Einige Leute klopfen mir anerkennend auf die Schulter. Großkotzige Touristen mögen sie nicht. Es herrscht Wochenendstimmung. Eine wahre Ansammlung von herumstehenden und lustig durcheinanderschwätzenden Menschen.

Oliver zupft mich an der Hose: „Du, Papa! Schau mal."

In Begleitung des Polizisten verläßt das Pärchen die Kneipe, und bevor sie in den bereitstehenden Polizeiwagen einsteigen, schreit der Mann mit der Blutwurstnase zu mir herüber: „Das zahl' ich Ihnen noch heim, Sie gottverdammtes Arschloch, Sie."

Mir ist nicht wohl in der Haut. Mir ist eigentlich nie wohl, wenn ich in eine Schlägerei verwickelt werde. Ich will eigentlich nur meinen Frieden haben. Ist das so schwer?

„Papa", sagt Oliver leise und zieht mich abermals an der Hose. „Dem hast du's aber gegeben, dem schrecklichen Mann da. Du bist kein Feigling, Papa."

Plötzlich weint Oliver. Er weint so heftig, daß es ihn schüttelt. „Was hast denn, Oliver? Warum weinst denn?"

Ich beuge mich zu meinem weinenden Sohn hinab. Oliver schluchzt bitterlich, und dann wischt er sich mit der Hand übers Gesicht, und mit schüchterner und weinerlicher Stimme sagt er: „Weil ich geglaubt hab, du bist ein Feigling, Papa. Hab mich richtig geschämt, Papa, als dich die Leute so angestarrt haben und du dich nicht verteidigt hast. Aber jetzt bin ich froh, Papa, daß du kein Feigling nicht bist."

Ich gehe in die Hocke, lege meinem Buben die Arme auf die Schultern und blicke ihm fest in die geröteten Augen. Mit einem Ruck ziehe ich mir das T-Shirt aus dem Hosenbund und wische Oliver die Tränen aus dem Gesicht. Wir sind nur für uns da und lassen uns von dem Trubel, der uns umgibt, nicht stören.

„Dein Papa ist kein Feigling, Oliver", sage ich. „Bin noch nie einem Kampf aus dem Weg gegangen, wenn's sein mußte, Oliver. Wollte mich nur nicht in deiner Gegenwart schlagen. Ich hasse es, mich zu schlagen. Später mal wirst du's verstehen, Oliver. Aber der Mann ließ mir keine andere Wahl. Er wollte sich schlagen. Und mir tut's leid, daß ich ihn schlagen mußte. Der Mama erzählen wir aber nichts davon. Ja, Oliver?"

„Ja, Papa. Der Mama sagen wir nie nichts, weil sie sonst wieder mit uns schimpft, die Mama."

Ein vertrauter und appetitanregender Geruch steigt mir in die Nase. Mein Hungergefühl ist geweckt. Neben dem Eingang zu *Scottys* steht ein Holzkohlengrill. Darauf bruzelt, feinsäuberlich aneinandergereiht, auf Holzstäbchen gestecktes Muschelfleisch. Man nennt die Spießchen *Lambies*. Ein richtiges Schmankerl, ein Leckerbissen, wie man ihn nicht jeden Tag vorgesetzt bekommt.

„Na, Oliver", sage ich, „Wie wär's mit gegrillten Lambies? Hast du keinen Hunger?"

„Aber Papa", erwidert Oliver und wischt sich eine Träne aus dem Gesicht, „ich hab einen Riesenhunger. Aber ich konnte doch nichts essen, weil ich so aufgeregt war, wegen dem bösen Mann da und der Schlägerei."

Plötzlich legt sich eine Hand auf meine Schulter. Erschreckt fahre ich herum.

„Du, Uwe?" sage ich überrascht.

„Hallo, Siegfried! Na, Oliver! Wie geht's dir denn?"

„Gut geht's mir, Uwe. Papa hat gerade einen Mann verhauen." Oliver macht ein gewichtiges Gesicht. „Mein Papa hat's ihm so richtig gegeben, dem bösen Mann da."

Uwe schmunzelt. Er schaut mich an und sagt: „Ach, dann warst du das, da bei Scotty?"

„Ja, aber lassen wir's", sage ich abwehrend. „Möcht' nicht drüber sprechen. Wo kommst du eigentlich her, Uwe? Dachte, du bist noch mit Chartergästen unterwegs?"

„Ja, das war ich auch. Bin erst zurückgekommen. Hast du Keule gesehen?"

„Nein! Keule ist auf Martinique. Er holt Gaby und Christian rüber. Christian verbringt hier seine Sommerferien."

Uwe ist ein hilfsbereiter und stets gutgelaunter Zeitgenosse und ein leidenschaftlicher Schürzenjäger. Heute scheint er es eilig zu haben. „Also dann, macht's gut", grinst er, und bevor er in der Menschenmenge verschwindet, dreht er sich nochmals um und ruft uns zu: „Liege in der Rodney Bay vor Anker. Schaut doch mal vorbei. Ihr könnt mich nicht übersehen."

Neben dem Eingang zu *Scottys Bar* steigt dünner Rauch in den nächtlichen Himmel. Scottys Tochter steht am Holzkohlengrill und legt frische Lambies und Chickenlegs auf. Sie begrüßt uns freundlich. Wir bestellen. Oliver hat einen richtigen Heißhunger. Nacheinander und im Stehen verdrückt er zwei Lambiespießchen und eine Hähnchenkeule. Ich genehmige mir auch zwei Spieße und zwei Hähnchenschenkel. Es schmeckt hervorragend, so richtig kreolisch, scharf und würzig.

Dann gehen wir in die Bar. Die Bude ist gebrochen voll. Ich bestelle zwei große Glas Ananassaft. Scotty grinst: „Keinen Rum mehr, Sir?" Und zu Oliver sagt er: „Was ist mit dir los, mein Junge? Willst kein Bierchen mehr zischen?"

„Nein danke, Scotty, morgen vielleicht wieder. Will nicht, daß mein Papa nochmals Ärger kriegt, wegen so 'nem blöden Bierchen."

Oliver nimmt das Saftglas und macht einen kräftigen Zug. Ein kleiner Negerjunge betritt die Bar und setzt sich auf das Rumfaß in der Ecke. Es ist Sean, Olivers Freund. Seans Mutter ist Kassierin im St. Lucian Hotel.

Oliver hat Sean bemerkt. Er strahlt übers ganze Gesicht: „Du, Papa! Darf ich zu Sean? Will mich auch da hinten aufs Rumfaß setzen. Sean ist mein bester Freund, Papa."

„Geh schon, Oliver. Mach das du weiterkommst. Aber lauf nicht auf die Straße raus, ja?"

„Ja, Papa." Oliver lacht. Ich drücke meinem Sohn noch fünf EC-Dollar in die Hand und sage: „Da könnt ihr euch was zu trinken kaufen. Sean hat sicher auch Durst. Und jetzt ab mit dir."

„Danke, Papa." Und zu Scotty gewandt, sagt Oliver: „Du,

Scotty, schenkst du mir bitte mal ein Cola ein. Das ist für meinen Freund Sean. Er sitzt da hinten auf dem Rumfaß."

Mit dem Drink in der Hand stelle ich mich neben den Eingang und lehne mich an die Wand. Da ist es nicht gar so heiß und stickig, und wenn ich Lust habe, kann ich einen Blick auf die Straße werfen oder mir die Füße vertreten. Aus dem Nebenzimmer dringen aufgeregte Stimmen zu mir herüber. Der Eingang zum Nebenzimmer ist lediglich durch einen Glasperlenvorhang von der Bar getrennt. Die Stimmen werden heftiger. Es sind Männerstimmen. Verflixt noch mal, die kenne ich doch, die Stimmen! Neugierig geworden, schiebe ich den Perlenvorhang beiseite und werfe einen Blick hinein.

„Das gibt's doch nicht!" raune ich überrascht vor mich hin. Da sitzen zwei Männer auf der Couch. Ihnen gegenüber sitzt eine gepflegt aussehende Frau, so Ende dreißig. Sie ist auffallend hübsch und schwarzhaarig. Auf dem Tisch stehen mehrere Gläser und Flaschen, Teller, Tassen und Eßbestecke, und abgenagte Hähnchenknochen und Lambieholzstäbchen liegen kreuz und quer durcheinander. Der ältere Mann mit der Baskenmütze ist Franzose. Ich kenne ihn gut. Gemeinsam haben wir einige Wochen mit unseren Schiffen auf dem Trockendock in Fort de France zugebracht. Pierre ist ein hilfsbereiter und zurückhaltender Franzose. Gelegentlich haben wir zusammen ein Gläschen Rotwein getrunken. Manchmal auch zwei oder mehr. Pierre lebt alleine auf seiner Jacht.

„Die See ist meine Braut", hat er gesagt, damals, auf dem Hafengelände, und dann war er die Leiter zu seinem Boot hochgestiegen und unter Deck verschwunden.

Neuneinhalb Jahren seines Lebens hat Pierre in französischen Gefängnissen eingesessen, unter anderem auch im St.-Joseph-Gefängnis in Lyon, dort, wo Jahre später der Naziverbrecher Barbie, alias Altmann, seine lebenslange Freiheitsstrafe verbüßen wird.

Eingelocht hatte man Pierre wegen zweifachen bewaffneten Raubüberfalls auf Juwelierläden und wegen Diebstahls von Luxuslimousinen. Ein schwerer Junge wie ich, dachte ich damals, und dann dachte ich, wie schlimm es doch sein muß, neuneinhalb Jahre seines Lebens hinter Eisengitter, Betonmauern und Stacheldraht eingesperrt zu sein.

Der andere Mann auf der Couch, der mit dem rotblonden Haar, ist Engländer. Vom Wesen und seiner Einstellung her ist Bruce eigentlich gar kein typischer Engländer. Er ist weder arrogant noch konservativ noch von jener Krankheit befallen, die die Engländer den „Bazillus des englischen Königshauses" nennen. Bruce hätte allen Grund, arrogant zu sein. Er ist nämlich stinkreich. Bruce spricht niemals über Geld. Geld ist für ihn selbstverständlich wie die Luft zum Atmen. Man munkelt, er sei Besitzer von größeren Ländereien, und außerdem sitze er noch in verschiedenen Aufsichtsräten und Vorständen von Großunternehmen.

Ich kann dazu nichts Genaueres sagen, zumal es mir egal ist, auf welche Weise jemand sein Geld verdient. Bruce ist schon ein seltenes Exemplar von einem Engländer, mit einem ungewöhnlichen Spleen. Er sucht geradezu die Bekanntschaft von Kriminellen. Bevorzugt gibt er sich mit Räubern und Tresorknackern ab. Die verehrt er abgöttisch. Nicht nur das! Bruce verfügt über eine sehr soziale Ader, im Gegensatz zu den meisten Engländern. Er war einer der „Hauptsponsoren", die 1979 eine Elitetruppe von Legionären finanziell unterstützte, die in Nicaragua auf Seite der Sandinistischen Befreiungsfront kämpfte und am Sturz des Diktators Somoza „Tacho" beteiligt war.

„Junge", hat er einmal zu mir gesagt, damals im Sommer 1982, „wie bringst du's nur fertig, einfach 'ne Bank zu stürmen und mit 'ner Kanone in der Hand die Moneten abzuheben? Ich würd' mir vor Angst in die Hosen scheißen."

Und dann hat er mich bei den Schultern gepackt und mit toternster Miene gesagt: „Junge, du bist mein Mann."

Ich habe gesagt: „Was für ein Mann?"

„Wie ich mir eine Bodyguard vorstelle. Ich brauche eine Bodyguard. Du bist eine Kämpfernatur, hast Mumm in den Knochen und kannst mit 'ner Kanone umgehen. Deshalb bist du mein Mann."

Ich sagte: „Mensch, Bruce! Du brauchst doch keine Bodyguard. Kein Mensch will dir an den Kragen. Und dann ist das auch kein Job für mich."

„Macht nichts, alter Knabe", sagte Bruce. „Trotzdem bist du mein Mann. Ist doch auch egal, was du machst. Du kannst auch als Gärtner arbeiten, als Skipper oder als Barkeeper oder Babysitter. Jedenfalls bist du mein Mann, Siegfried."

Und da ging mir plötzlich ein Licht auf, und ich wußte, weshalb Britt, seine hübsche und rassige, schwarzhaarige Frau, sich abwechselnd mal vom Chauffeur ficken läßt oder vom Babysitter oder vom Gärtner. Bruce bringt keinen mehr hoch. Und weshalb Bruce einen männlichen Babysitter angestellt hat, war mir schon immer ein Rätsel gewesen. Britt hat nämlich gar kein Baby! Britt ist eine schwedische Kinderärztin, und niemand würde in der schwarzhaarigen Schönheit eine Schwedin oder gar eine studierte Kinderärztin vermuten. Und wie ich Britt jetzt so durch den Vorhang betrachte und ihre aufreizend übereinandergeschlagenen Beine ein gewisses Prickeln in mir verursachen, frage ich mich, weshalb ich damals Bruces Angebot nicht angenommen habe. Scotty tritt näher. Leise sagt er zu mir: „Was haben die beiden da drin?"

Ich blicke in Scottys Gesicht. Amüsiert sage ich: „Die beiden schlagen eine Seeschlacht, eine historische. Es geht um die *Battle of the Saints*, und dann behauptet Pierre noch, Bruce sei ein beschissener Navigator. Wie die Kinder, schau sie dir an, die sturen Querschädel!"

Scotty schüttelt den Kopf. „Verdammt noch mal! Schon wieder", brummt er und kratzt sich den Hinterkopf.

„Was, schon wieder, Scotty? Ich versteh nicht?"

Scotty bohrt mal kurz in der Nase, und dann sagt er: „Jedesmal, wenn der Engländer und der Franzose da beisammen sind, geht's um die *Battle of the Saints*. Zuerst besaufen sie sich und schwören sich ewige Freundschaft, und dann streiten sie auf Teufel komm raus, diese Dummköpfe. Will auf keinen Fall Ärger haben mit den beiden Dummköpfen da."

„Laß mal, Scotty", sage ich, „ich mach das schon. Geh du mal wieder hinter den Tresen."

Scotty verschwindet. Mit einem Ruck schiebe ich den bunten Glasperlenvorhang beiseite und trete ein.

„Was ist los, Jungs?" rufe ich. „Ihr führt euch auf wie die Wilden. Haltet mal die Luft an. Euer Geschrei hört man bis auf die Straße raus."

Schlagartig herrscht Stille. Die Köpfe der beiden fliegen herum. Es ist so still, als hätte man den beiden Streithälsen den Mund zugenäht. Wie einen Geist starren sie mich an.

Zu Britt sage ich: „Hallo, Britt! Du wirst von Tag zu Tag schöner." Dann beuge ich mich vor und nehme Britts Rechte aus ihrem Schoß in meine Hände und gebe ihr einen Handkuß. Das mag Britt, das weiß ich, und weil sie es mag und ich das weiß, mache ich es immer. Dann begrüße ich Bruce und Pierre. Es ist ein freudiges Wiedersehen. Bruce strahlt übers ganze Gesicht. Zur Feier des Tages spendiert er einige Flaschen Champagner.

Britt drängt schließlich nach einiger Zeit zum Aufbruch. Bruce ist total besoffen. Ich rufe ein Taxi. Pierre sagt: „Ich bringe die beiden auf ihre Jacht zurück. Liege ja direkt neben Bruce vor Anker."

Ich verabschiede mich von Pierre, und Britt sagt zu mir: „Komm doch morgen mal mit Oliver vorbei, Siegfried. Würde mich riesig freuen. Kommt ihr?"

„Das ist doch Ehrensache, Britt", sage ich und begleite die drei zum Taxi, das bereits vor Scottys Bar wartet. Ich packe Bruce unter den Achseln und verfrachte ihn auf den Rücksitz.

„Hallo, alter Knabe", lallt er. „Du bist mein Mann", und bevor das Taxi abfährt, brüllt er aus dem Fenster: „Alter Knabe! See you, du gottverdammter Bankräuber."

Kurz vor Mitternacht liegen wir zusammen im Bett, Oliver und ich. Bis meine Frau aus Martinique zurück ist, habe ich Oliver erlaubt, daß er in der verwaisten Betthälfte seiner Mutter schlafen darf. Der Bub ist darüber sehr glücklich. Und ich bin auch froh, meinen Sohn stets um mich zu haben.

Oliver sagt: „Du, Papa! Mir hat's sehr gut gefallen, da heute bei Scotty, und du bist auch kein Feigling nie nicht, Papa, weil du's dem bösen Mann da gegeben hast. Geh'n wir wieder mal zu Scotty, Papa, und zischen ein Bierchen? Hmmm?"

„Das ist doch klar, Oliver. Wir werden noch oft zu Scotty geh'n und ein Bierchen zischen."

„Da freue ich mich schon drauf, Papa." Dann gibt er mir einen Gutenachtkuß auf die Wange und dreht sich zur Seite. „Gute Nacht, Papa", sagt er schlaftrunken.

„Gute Nacht, Oliver. Schlaf jetzt gut und träum was Schönes."

Minuten später ist er eingeschlafen. Seit Atem geht gleichmäßig. Ich dagegen kann mal wieder nicht einschlafen.

Als wir Scottys Bar verließen, war mir Kenneth über den Weg gelaufen. „Sir!" hat er zu mir gesagt, und er hat dabei sehr geheimnisvoll getan, „hab keine guten Nachrichten: Der Generalstaatsanwalt will dem Auslieferungsersuchen der Bundesrepublik Deutschland stattgeben. Der Bursche ist weich geworden. Kann's beim besten Willen nicht verstehen. Was wird jetzt mit dem Kindergarten, den Sie bauen wollen, Sir? Wenn's Ihnen recht ist, komme ich morgen so gegen Abend bei Ihnen vorbei. Dann weiß ich hoffentlich mehr."

Stunden später falle ich in einen unruhigen Schlaf.

## 36

Die vergangenen Wochen waren ziemlich ereignisreiche Wochen gewesen. Christian, Gabys Sohn, hat hier seine Ferien verbracht und ist zwischenzeitlich wieder nach Deutschland zurückgekehrt. Vor zwei Wochen hatte ich St. Lucia auf dem Luftwege verlassen und auf Martinique Zuflucht gesucht. Ein Freund hatte mich mit seiner Cesna ausgeflogen. Somit konnte ich mich noch rechtzeitig meiner Verhaftung entziehen. Mein Freund und Rechtsanwalt hatte mich gewarnt.

Die Polizei wollte mich durch einen fadenscheinigen Vorwand in die Einwanderungsbehörde in Castries locken, um mich dort zu verhaften und an die BRD auszuliefern. Wahrscheinlich hatten sie nicht genügend Mumm in den Knochen, mich in meinem Haus dingfest zu machen. Im Büro des Polizeichefs warteten bereits zwei Abgesandte der deutschen Botschaft aus Port of Spain in Trinidad auf mich, um mich zu identifizieren und in Empfang zu nehmen. Doch die beiden warteten vergeblich.

In Fort-de-France angekommen, stieg ich im „Hotel Malmaison" in der *Rue de la Liberte* ab. Zwischenzeitlich sondierte mein Rechtsanwalt die Lage und führte Gespräche mit einflußreichen Regierungsstellen, um den Aufenthalt für meine Familie und mich zu sichern. Obwohl Kenneth mein Vorhaben ins Feld führte, für das ich bereits Vorbereitungen getroffen habe, nämlich für arme und minderbemittelte Kinder einen Kindergarten zu errichten, verliefen die Gespräche schleppend und wenig verheißungsvoll. Selbst der Protest meiner Bauarbeiter, die nun arbeitslos geworden waren, half nichts. Ich hatte es mir zur Gewohnheit gemacht, überwiegend Männer mit Familien zu beschäftigen und somit einen kleinen Beitrag geleistet, den Lebensstandard dieser Familien ein wenig konsumgerechter zu gestalten. Selbst die hochgestellten Herren und Regierungsbeamten, die fortwährend mein Geld genommen hatten und bestechlich gewesen waren, ließen sich verleugnen, ohne die gemachten Zusagen und Versprechungen einzulösen.

Täglich telefonierte ich mit Kenneth, um über den Stand seiner Bemühungen unterrichtet zu sein. Es war ein trostloses und nervenaufreibendes Warten. Lediglich das Telefonieren mit Oliver, der über meine Abwesenheit sehr traurig war, gab mir Kraft und Zuversicht, die schlimme Zeit und die bohrende Ungewißheit zu überstehen. Meine Frau aber hatte mich bereits innerlich abgeschrieben, sie vergnügte sich mit einem Einheimischen.

Fünf Tage nach meiner Flucht aus St. Lucia traf Uwe mit der *Xanadu* in Fort-de-France ein. Im Hafengelände slipte er sein Schiff auf, um das Unterwasserschiff von Korallenbewuchs zu befreien und mit einem neuen Anstrich zu versehen. Da ich außer Telefonieren und Warten keinerlei Verpflichtungen zu erfüllen hatte, ging ich Uwe zur Hand. So verging die Zeit schneller, ohne fortwährend von marternden Gedanken und Sorgen um meinen Sohn gequält zu werden. Zusehend gestaltete sich das Telefonieren mit St. Lucia schwieriger. Ein Sturm war über die Insel hinweggefegt und hatte große Teile des Telefonnetzes zerstört.

Einige Tage später kam die erlösende Nachricht. Kenneth ließ mich wissen, die Lage auf St. Lucia habe sich etwas beruhigt. Ich könne zwar zurückkehren, solle mich jedoch tagsüber nicht in der Öffentlichkeit sehen lassen.

Zwei Tage später segelte ich mit Uwe nach St. Lucia zurück. Unverzüglich nahm ich mit meiner Frau Kontakt auf. Die kommenden Tage verbrachte ich zu Hause. Jeden Tag, nach Einbruch der Dämmerung, war meine Zeit gekommen. Gaby brachte Oliver und mich zurück zum Schiff. Auf einem abgelegenen Parkplatz des „Saint Lucian Hotels" stiegen wir gewöhnlich aus und marschierten gemeinsam zur nahe gelegenen Beach. Dort erwartete uns stets Uwe mit seinem Dingi und schipperte Oliver und mich zu seiner Yacht, denn Oliver wollte unbedingt mit mir beisammensein. Ich wollte andererseits das Risiko nicht eingehen, zu Hause zu übernachten, zumal ich noch immer Gefahr lief, verhaftet zu werden.

Es war endgültig geworden! Die Verhandlungen meines Rechtsanwaltes waren erfolglos geblieben. Kenneth's politische Macht und Einflußnahme, die er früher mal als Justizminister besessen hatte, waren infolge des Regierungswechsels auf den Nullpunkt gesunken. Mein Pech! Verschiedentlich wurde mir geraten, mich von Kenneth als Rechtsanwalt zu trennen und mich mit einem in der Regierung befindlichen Rechtsanwalt zusammenzutun. Das lehnte ich ab! Ich wechsle meine Freunde nicht, wie andere ihre Unterhosen, auch wenn mich Kenneth nach meiner Verhaftung fallen ließ wie eine heiße Kartoffel, anstatt sich um meine Belange auf St. Lucia zu kümmern. Doch das ist eine andere Geschichte!

Eigentlich kann ich die Handlungsweise von St. Lucias Regierung nicht ganz verstehen. Niemals habe ich mir auf St. Lucia etwas zuschulden kommen lassen. Ich spendete für wohltätige Zwecke, schuf Arbeitsplätze, ganz zu schweigen von dem Kindergarten, den ich zu errichten plante. Ich bin ein ruhiger und guter Bürger des Landes gewesen.

Ronald Biggs, der englische Posträuber, lebt mit seinem Sohn Mike und mit Einverständnis der Behörden in Brasilien, und Henry Charriere, genannt Papillon, Franzose und Tresorknacker, verbringt seinen Lebensabend in Venezuela.

Warum also läßt mich die Regierung von St. Lucia nicht in ihrem Lande leben, in Ruhe und Frieden, in einem Land, das ich mehr liebe als meine Heimat Deutschland? Ich weiß es nicht und kann es nicht verstehen, bis zum heutigen Tag nicht! Wie gesagt! All diese Geschehnisse liegen nun mehrere Wochen zurück.

## 37

Reduit Beach, St. Lucian Hotel, August/September 1983.

Es ist schwül. Die Dunkelheit liegt über dem Meer. Oliver und ich sitzen unter Deck der *Xanadu* und spielen „Mensch ärgere dich nicht". Uwe ist auf Landgang. Hier bin ich so gut wie sicher. St. Lucias Wasserschutzpolizei kommt nie bis zur Reduit Beach hoch. Um mich vor unliebsamen Gästen zu schützen, die mir an den Kragen wollen, trage ich stets meinen Revolver im Schulterhalfter.

Oliver schmiegt sich an mich. Er sagt: „Du, Papa! Bei dir auf dem Schiff ist es viel schöner als bei der Mama in dem blöden Haus da."

Zärtlich streiche ich ihm durchs Haar. Es fühlt sich weich an. Wie oft ich täglich meinem Buben durchs Haar fahre, ich vermag es nicht zu sagen. Olivers bloße Anwesenheit erfüllt mich mit Glück und vertreibt die trüben Gedanken aus meinem Schädel. Ich denke nicht gerne daran, irgendwann mal hinter Beton, Eisengitter und Stacheldraht eingesperrt zu sein. Noch ahne ich nicht, daß ich in einigen Tagen um mein beschissenes Leben kämpfen muß. Es wird ein Kampf auf Leben und Tod werden!

„Juhu, Papa!" ruft Oliver quietschfidel und klatscht vor Freude in die Hände. „Ich hab schon wieder gewonnen, Papa!"
Ich lächle. „Verflixt noch mal, andauernd verlier ich. Du bist einfach unschlagbar, Oliver. Wie machst du's bloß?"
Um den Kleinen bei Laune zu halten, helfe ich immer kräftig nach, um ihn gewinnen zu lassen. „Weil ich Glück hab, Papa, und weil ich ein guter Würfler bin. Das hat auch der Uwe gesagt."
„Komm, Oliver", sage ich. „Geh'n wir an Deck. Oben ist's nicht so heiß."
Wir steigen den Niedergang hoch. Eine angenehme und erfrischende Brise umfängt uns. Gemeinsam setzen wir uns in die Plicht. Es ist still. Träge liegt das Meer vor unseren Augen. Ich blicke zum Himmel. Überall Sterne. Ein klarer Nachthimmel.
Oliver bricht das Schweigen. „Wo ist eigentlich die Mama, Papa?" Fragend schaut er mich an, mein Sohn, wie er mich immer anschaut, mit seinen warmen, großen und unschuldigen Kinderaugen. Ein Blick, der mich stets sentimental werden läßt.
„Die Mama ist mit Sylvia zu Scotty gefahren", sage ich mit Bitterkeit in der Stimme. Bei dem Gedanken an meine Frau zieht es mir unweigerlich das Herz zusammen. Anstatt den letzten Abend auf St. Lucia gemeinsam mit Oliver und mir zu verbringen, zieht sie es vor, sich in Scottys Bar zu vergnügen und, wie ich sie kenne, zu betrinken.

Der nächste Morgen. Oliver liegt neben mir in der Koje und schläft. Er schwitzt. Auf seiner Stirn glänzen Schweißperlen. Vorsichtig beuge ich mich über ihn und küsse ihn auf die Wange. „Oliver", flüstere ich, „'s ist Zeit zum Aufstehen, du Schlafmütze."

Schlaftrunken öffnet der Bub ein Auge. Das Haar steht ihm wirr zu Berge. „Was ist los, Papa?" nuschelt er. Er ist noch gar nicht richtig wach. Mit einer fahrigen Handbewegung streicht er sich das Haar aus der schweißnassen Stirn.

„Du mußt aufstehn, Oliver", sage ich. „Frühstück ist fertig." Und wie ich meinen Sohn so ansehe, mit seinem kindlich weichen Bubengesichtchen, fühle ich, daß es auf lange Zeit das letzte Mal sein wird, mit Oliver beisammensein zu dürfen.

Uwe ruft aus der Pantry: „Verflixt! Wo bleibt ihr denn bloß, ihr zwei? Das Frühstück steht auf dem Tisch."

Nach dem Frühstück besteigen wir zu dritt das Dingi. Uwe bedient den Außenbordmotor. Wir machen uns auf den Weg zu meiner Segeljacht, zur „Freestate Bavarian", die in der Rodney Bay vor Anker liegt.

Bei meinem Boot angekommen, setze ich mit Hilfe von Uwe noch den schweren Stockanker. Ich tue es, um allen Eventualitäten vorzubeugen. Nicht auszudenken, sollte während meiner Abwesenheit ein Hurrikan über die Insel hinwegfegen und meine Jacht aus dem Ankergrund reißen.

Wenig später schippern wir wieder zu Uwes Jacht zurück und gehen Backbord längsseits. Während ich Oliver vom Dingi aus an Deck hebe, mache ich am Ufer von weitem einen weißen Datsun aus. Er zieht eine rotbraune Staubwolke hinter sich her und scheint es eilig zu haben. Oliver zeigt zum Auto und ruft aufgeregt: „Du, Papa! Schau mal, da kommt die Mama!"

Gaby und ich gehen unter Deck. Im Schiffssalon setzen wir uns auf die Couch. Ich habe aus Sicherheitsgründen beschlossen, die Insel zu verlassen, und bespreche nun mit Gaby das Allernötigste. Meine Frau hat es abgelehnt, mit mir zu gehen. Ich akzeptiere zwar ihren Entschluß, doch verstehen kann ich ihn nicht. Und dann ist da noch ein Entschluß, der mir fast das Herz zerreißt. Oliver wird bei seiner Mutter bleiben. Ich tue es, um den Buben nicht zu gefährden, denn vor geraumer Zeit warnte mich ein guter Freund, daß sich neuerdings Kopfgeldjäger auf meine Fährte gesetzt haben. Und mit solchen Kerlen ist nicht zu spaßen. Die nehmen auch auf Kinder keine Rücksicht.

Vom Bootssteg her vernehme ich plötzlich Olivers Stimme. „Du, Uwe", sagt er, „kann ich nicht mit dir und meinem Papa mitsegeln? Ich will bei meinem Papa bleiben. Bitte, Uwe!"

Olivers unschuldige und nichtsahnende Worte versetzen mir einen Stich ins Herz. Gaby und ich steigen zum Deck hoch. Dann betreten wir den Bootssteg.

„Oliver, komm mal her zu mir!" rufe ich.

„Ja, Papa! Ich komm schon", antwortet der Bub, und schon läuft er auf mich zu. Sein braunes Haar weht im Wind.

Ich nehme Oliver bei der Hand, und dann gehen wir zum Auto. Etwas abseits vom Wagen bleiben wir stehen. Zärtlich nehme ich meinen Sohn bei den Schultern. Ich gehe vor ihm in die Hocke und blicke in seine braunen, vor Erwartung leuchtenden Augen. Mir ist elendiglich zumute.

„Oliver, hör mir mal gut zu", sage ich. Meine Stimme schwankt. Schreien könnte ich vor Abschiedsschmerz. „Der Papa segelt jetzt mit Uwe weg. Ich würd' dich lieber mitnehmen, als dich mit der Mama allein zu lassen. Aber es geht nicht. Du bist doch schon ein großer und gescheiter Mann? Ja, Oliver?"

„Ja, Papa", sagt der Bub weinerlich. Oliver kämpft mit sich und seinen Tränen. Er preßt die Lippen zusammen und verzieht den Mund.

„Du bist ein braver Bub, Oliver", sage ich. „Deshalb erwarte ich auch von dir, daß du gut auf die Mama aufpaßt. Versprichst du mir das, Oliver?"

„Aber Papa! Ich möcht' doch mit dir mit", stammelt Oliver. „Will nie nicht bei der Mama bleiben. Bitte, bitte, Papa! Nimm mich doch mit. Bitte, Papa!"

Bittend blickt er mich an und wirft sich schluchzend an meine Brust. Seine dünnen Ärmchen schlingen sich um meinen Nacken. Krampfhaft hält er sich an mir fest. Oliver weint bitterlich. Nein, es stimmt ja gar nicht: Der Bub schreit vor Schmerz.

Vor sechs Monaten hat er auch so geschrien. Da war er die Treppe hinuntergefallen. Am Kopf hatte er sich eine große Platzwunde zugezogen. Im Krankenhaus von Castries wurde die Wunde genäht. Und während Olivers Platzwunde genäht wurde, habe ich den Bub mit all meiner Kraft auf die Krankentrage gedrückt, und mein Sohn hat geschrien und geschrien vor Angst und Schmerz. Als er so geschrien und sich auf der Krankentrage aufgebäumt hatte, war mir genauso elendiglich zumute gewesen wie jetzt. Schreien hätte ich können vor Schmerz, meinen weinenden und sich wehrenden Sohn so leiden zu sehen, ohne den Schmerz von ihm nehmen zu können.

Meine Augen sind tränenerfüllt. Behutsam löse ich Olivers Ärmchen von meinem Nacken und nehme sein Gesicht in meine Hände. Aus verweinten Augen blickt er mich an. Und dann, als sich der Bub beruhigt hat, sagt er mit überraschter Stimme: „Aber Papa! Du weinst ja auch?!"

Wortlos nicke ich, und dabei befällt mich ein Gefühl, wie glücklich ich wäre, einmal weinen zu können, so richtig weinen, mich freizuweinen von der Last seelischer Qualen. Aber ich kann es nicht. Ich habe zwar Tränen in den Augen, und mein Herz und meine Seele drohen vor Schmerz überzulaufen und zu zerbersten, doch weinen... Verdammt noch mal, ich kann es einfach nicht. Weinen muß man lernen, wie man lernt zu laufen und zu lesen und zu lieben, von Kindheit an. Aber wie soll ein Mann weinen können, der eine harte Kindheit hatte? Ich bin froh, daß mein kleiner Sohn Oliver einer dieser vermeintlichen Schwächlinge ist, der die Kraft und Stärke besitzt, weinen zu können, so richtig bitterlich weinen. Ich beneide ihn darum, meinen nun weinenden Sohn. Er ist ein sensibles Bürschchen.

„Du, Papa", murmelt Oliver und blickt verstört zu Boden. „Warum will dich die böse Polizei einsperren? Warum denn, Papa?" Olivers Frage trifft mich mit unvermittelter Wucht.

„Aber Oliver!" erwidere ich zutiefst erschüttert. „Wer erzählt denn einen solchen Unsinn?" Ich bin fassungslos!

Verlegen scharrt der Bub mit dem rechten Fuß im Sand herum. Noch immer hält er den Blick gesenkt, und ohne mir ins Gesicht zu schaun, sagt er leise und stockend: „Die Mama hat's gesagt, Papa. Ich hab's gehört, wie die Mama mit der Sylvia geredet hat."

Ich bin schockiert und zugleich verärgert über die Unvorsichtigkeit meiner Frau. All meine Redegewandtheit raffe ich zusammen und versuche, meinem Sohn die Angst zu nehmen, ich könnte eingesperrt werden. Dabei ist mir nicht wohl in der Haut. Wortlos lauscht Oliver meinen Worten. Und dann, etwas später, sagt er: „Papa! Du darfst mich nie nicht allein lassen. Wenn dich die böse Polizei einsperrt, geh' ich mit dir, Papa, weil du doch mein Lieblingspapa bist."

Heulend schlingt der Kleine seine Ärmchen um meinen Körper. Tief betroffen von den Worten meines Sohnes nehme ich Oliver auf den Arm und streiche sanft über sein weiches Haar. Mit einfühlsamen Worten versuche ich, den Buben zu beruhigen. Ich fühle mich niedergeschlagen und schuldig, schuldig, den Schmerz und das Leid meines Sohnes verursacht zu haben. Mehr noch! Ich fühle mich wie ein richtiger Schweinehund!

Oliver beruhigt sich zusehend. Vorsichtig lasse ich den

Buben zu Boden und wische ihm die Tränen aus dem Gesicht.

„So," sage ich aufmunternd, „jetzt geh'n wir zur Mama."

Während wir gemeinsam, Vater und Sohn, auf meine Frau zugehen, gebe ich Oliver in tröstenden Worten zu verstehen, daß wir uns bald wiedersehen werden.

„Wirklich, Papa? Seh'n wir uns bald wieder? Ganz bestimmt, Papa?" Der Bub blickt zu mir auf. Ein hoffnungsvolles Lächeln huscht über sein verweintes Gesicht.

„Ganz bestimmt, Oliver", sage ich. „Ich versprech's."

Was hätte ich sonst sagen sollen? Ich weiß es ja selbst nicht, was mit mir geschieht. Wer weiß das schon? Vielleicht sieht mein Sohn mich wieder, denke ich, irgendwo im Leichenschauhaus, tot, eine Kugel im Kopf? Wunder wär's ja keins, bei dem Leben, das ich führe.

Und dann steht da meine Frau vor mir. Ich blicke ihr direkt in die Augen, in jene dunklen und funkelnden Augen, die ich immer gemocht habe. Ich sage: „Also, Gaby! Es bleibt dabei. Ruf dich jeden Tag an. Im Pats Pub zur Happy Hour. Okay?"

„Ja, Siegfried", erwidert sie. Gaby ist unsicher. „Ganz gleich, wie's kommt, mit uns und so. Sei vorsichtig! Versprich mir, daß du auf dich aufpaßt. Will nicht, daß dir was passiert. Du weißt schon, was ich meine. Versprichst du's mir, Siegfried?" Gaby greift nach meiner Hand.

„Ich versprech's, Gaby." Aber wie kann ein Mann meines Kalibers ein Versprechen geben, vorsichtig zu sein, auf dessen Ergreifung von Banken und Landeskriminalämtern mittlerweile eine Belohnung von annähernd 50000,– DM ausgesetzt ist?

Noch keine zwei Monate ist es her. Ich war alleine zu Hause gewesen und lag bereits im Bett. Um Mitternacht vernahm ich verdächtige Geräusche. Vorsichtig hob ich den Kopf und blickte mich um. Da sah ich sie. Drei schemenhafte Gestalten huschten über die Terrasse. Lautlos drangen die Kerle durch die geöffnete Schiebetüre ins Schlafzimmer ein. Die Banditen mußten gewußt haben, daß ich alleine zu Hause war. Aber von wem?

Behutsam streckte ich meine Rechte aus. Das kalte und glatte Metall fühlte sich gut an, und der Repetierbügel meiner Winchester, die verborgen unter der Bettdecke lag, gab mir ein Gefühl der Sicherheit. Meine Muskeln waren zum Zerreißen angespannt. Ich wagte kaum zu atmen. Der Puls hämmerte wie wild hinter meinen Schläfen. Eiseskälte befiel mich. Dann war ich ganz ruhig.

Plötzlich schnellte ich wie ein Katapult im Bett hoch, die Winchester in der Rechten, und gleichzeitig stieß ich einen markerschütternden Schrei aus. Das verfehlte seine Wirkung nicht. Die drei heimtückischen Bastarde waren für Sekunden wie gelähmt. Dem erstbesten Kerl, der mir am nächsten stand, schlug ich mit voller Wucht den Kolben der Winchester über den Schädel. Lautlos brach er zusammen. Wie Hunde hätte ich sie über den Haufen schießen können, doch das wollte ich nicht. Messer blitzten im Mondlicht auf. Ich kämpfte um mein Leben. Dann ein heftiger Schlag auf meinen Hinterkopf. Und während meine Knie in sich zusammenknickten, ich zu Boden stürzte, vernahm ich im Unterbewußtsein das Bellen der Nachbarhunde.

Drei glücklichen Umständen verdanke ich, weder gekidnappt noch gekillt worden zu sein: meiner Nahkampf- und Rangerausbildung während der Militärzeit, meiner Eiseskälte und Kampfkraft und dem plötzlich einsetzenden Bellen der Nachbarhunde.

Dann der nächste Morgen; Neun Uhr! Nur mit einer Boxershort bekleidet, lag ich im Garten vor der Terrasse. Ich war bewußtlos. Motorengeräusche, dann das Schlagen von Türen. Gaby und Oliver kamen zurück. Oliver lief ins Haus und rief nach mir. Als keine Antwort kam, sprang er flink die zum Erdgeschoß führenden Treppen hinunter, durchquerte das Schlafzimmer und trat auf die Terrasse. Oliver schreckte zusammen. Oliver kniete sich neben meinen leblos scheinenden Körper und strich mir über das Haar. Der Bub weinte. In liebevollen Worten sprach er mit seinem Vater und küßte fortwährend mein verdrecktes und blutverkrustetes Gesicht.

Wenig später kam ich zu Bewußtsein. Ich lag im Schlafzimmer auf meinem Bett. Das Sprechen fiel mir schwer, und mein Kopf schmerzte. Mit schwerer Zunge berichtete ich Gaby und Oliver über die Vorkommnisse in der letzten Nacht. Später dann hielt ich Oliver in meinen Armen. Ich weinte.

Es war das zweite Mal gewesen, daß ich von Kopfgeldjägern überfallen wurde. Das alles liegt nun annähernd zwei Monate zurück.

Schweren Herzens verabschiedete ich mich von meiner Frau und meinem kleinen Sohn Oliver. Gaby drücke ich noch einen von mir unterschriebenen Blankoscheck in die Hand.

„Heb das Geld ab", sage ich. „Es sind noch ungefähr 23 000,– Dollar drauf."

Oliver weint leise vor sich hin. Zum letzten Mal nehme ich meinen Sohn in die Arme. Ich bin todunglücklich, und, obschon mir das Wasser in den Augen steht, sage ich: „Brauchst nicht weinen, Oliver. Ich komm ja wieder."

„Bestimmt, Papa?"

„Ganz bestimmt, Oliver. Hab ich nicht immer mein Wort gehalten, Oliver?"

„Doch, Papa. Aber ich will doch mit."

„Das geht nicht. Du mußt bei der Mama bleiben und auf sie aufpassen. Ich komm' ja wieder." Ruckartig wende ich mich ab von Oliver und entferne mich. Der Bub weint bitterlich.

„Papa... Papa!" schreit er. Ich drehe mich um. Oliver

läuft auf mich zu. Dann liegen wir uns in den Armen. Oliver klammert sich an mich, schreit vor Schmerz. Tränen schießen mir in die Augen. Ein letztes Mal drücke ich meinen Sohn an die Brust. Vorsichtig lasse ich ihn zu Boden gleiten.

„Ich komm' ja wieder, Oliver", sage ich. Dann wende ich mich endgültig von meinem Sohn. Wortlos gehe ich an Bord. Doch ich werde nicht wiederkommen, und es wird das erste Mal sein, daß ich das meinem Sohn gegebene Versprechen nicht werde einlösen können. Das Glück, das mir all die Jahre hold gewesen war, hat mich bereits verlassen.

Unter tuckerndem Motorengeräusch läuft Uwes Segeljacht aus der Rodney Bay und strebt der offenen See entgegen. Deprimiert und mit versteinertem Gesicht verharre ich an Achtern und blicke zurück zum Bootsteg. Da steht mein Sohn. Der Bub winkt mir zu, und langsam verschwindet er winkend aus meinem Blickfeld. Bei diesem Anblick beginnt erneut mein Herz zu bluten, und die Kehle scheint wie zugeschnürt – das Schlucken fällt mir schwer. Krampfhaft versuche ich, Oliver noch etwas zuzurufen. Vergeblich. Kein Ton kommt über meine Lippen; meine Zunge scheint gelähmt zu sein.

Gaby sitzt bereits im Auto. Zum letzten Mal schweift mein Blick über den vertrauten Landstrich, eine Insel, die zu meiner zweiten Heimat geworden ist. Der Anblick von Kokospalmen und blühenden Büschen und die Weite der See erfüllt mich mit unsäglicher Schwermut.

Abermals blicke ich zurück. Der Bootsteg ist meinen Blicken entschwunden und mit ihm mein lieber, kleiner Sohn Oliver.

Martinique. Baie des Flamands. Ein herrlicher Morgen. Es ist still. Ich liebe diese morgendliche Stille auf See. Ich stehe an Deck. In einer Entfernung von etwa 40 Yards backbord querab ankert eine *Swan*. Der Eigner ist Amerikaner. Jack saß fünf Jahre im Zuchthaus St. Quentin ein. Er hatte einen Geldtransporter überfallen und dabei 500 000,– US-Dollar erbeutet. Fragt man Jack nach dem Verbleib der Beute, grinst er stets und sagt: „No idea . . . keine Ahnung."

Jack steht vorschiffs und gießt sich einen Eimer Meerwasser über den Kopf. „Morning, Siegfried", ruft er mir zu. „Ist das nicht ein herrlicher Morgen?"

„Morning, Jack", rufe ich hinüber. „Ein wundervoller Morgen. Wir werden 'nen schönen Tag kriegen."

„Das will ich wohl meinen", grinst er und gießt sich einen weiteren Eimer Meerwasser über den Kopf. „Zuviel gesoffen, gestern", sagt er prustend und verschwindet lachend unter Deck.

Nach dem Frühstück setzt Uwe mich über. Ich stehe auf französischem Boden. Martinique ist ein Überseedepartment Frankreichs. „Mach's gut, Siegfried", sagt Uwe, „und sei vorsichtig." Er klopft mir auf die Schulter, und dann besteigt er sein Dingi und schippert zur Jacht zurück.

Gedankenverloren sitze ich am Kai in der Nähe des kleinen Zollhäuschens – neben mir auf dem Steg die Reisetasche. Mit sehnsüchtigen Blicken schaue ich der auslaufenden Segelyacht nach. So sitze ich da – lange, weiß Gott wie lange, und als die weiß leuchtenden Segel an der Kimm verschwinden, erhebe ich mich. Uwe, mein Kumpel, befindet sich auf dem Weg nach St. Lucia.

„Mein Gott, Uwe", raune ich vor mich hin, „wie gern würd' ich mit dir zurücksegeln! Verdammt noch mal, wie gern!"

Plötzlich vernehme ich eine heisere und mir seit langem vertraute Stimme: „Halloo, Monsieur Siegfried! Wieder im Lande?"

Ich drehe mich um. Es ist der Zollbeamte. Er steht in seinem Häuschen und blickt aus dem geöffneten Schalterfenster zu mir rüber.

„Hallo, Gerard", rufe ich ihm zu und hebe die Hand. „Hab was zu erledigen."

Gerard grinst. „Na, dann mal viel Glück, Monsieur."

Ich trete näher und drücke ihm meinen Passport in die Hand. Gerard knallt einen Stempel rein, und dann betrachtet er den Paß. Er blättert darin, wie er immer darin blättert, nachdem er den Paß abgestempelt hat. Sein Gesicht wirkt nachdenklich, und seine sonst so fröhliche Stimme hört sich plötzlich eisig an. Er sagt: „Wirklich eine gute Arbeit, der gefälschte Paß da."

Gerard schaut mich eindringlich an. „Ich mein's gut mit Ihnen, Monsieur." Sein Gesicht versteinert sich und wirkt wie eine Maske. „Sie sollten Ihr Glück nicht überstrapazieren. Der Krug geht solange zum Brunnen, bis er bricht. Sagt man das nicht so bei euch Deutschen?"

Vorsichtig blickt er sich um. Niemand ist in der Nähe. Dann greift er unter das Pult. In der Hand hält er mehrere amtliche Schriftstücke mit vielen Stempeln drauf. Wortlos hält er mir die Papiere hin. Ich nehme die Schriftstücke entgegen und schaue sie mir genauer an. Das Blut weicht aus meinem Gesicht. Ich spür's förmlich, wie das Blut aus meinem Gesicht weicht. Ich bin kreidebleich.

„Verdammt, Gerard!" sage ich gepreßt. Schlagartig wird mir heiß. Mein Blut droht zu kochen. Die Schriftstücke, die ich da in der Hand halte, sind Kopien der offiziellen Fahndung von Interpol. Ein Foto ist auch noch dabei. Es ist ein uraltes Foto, ich glaube, aus dem Jahre 1972.

„Dank dir, Gerard", sage ich. Meine Stimme hört sich an, als hätte ich einen Frosch verschluckt. „Wie lange hast du die Papiere schon, Gerard?" Der Franzose lächelt hintergründig. „Zu lange, Monsieur. Eigentlich müßte ich Sie verhaften lassen."

„Warum tust du's dann nicht, mein alter Freund? Es könnte dir 'ne Beförderung einbringen." Ich grinse verschlagen.

„Scheiß auf die Beförderung, Monsieur. Was bringt mir die schon ein? Ein paar France mehr und ein schlechtes Gewissen."

Ich bücke mich. Aus der Reisetasche ziehe ich ein kleines, längliches Kuvert. „Für deine kleine Tochter Geraldine", sage ich und reiche Gerard das Kuvert. Mit einer flinken Handbewegung läßt Gerard das Kuvert in einer Schublade verschwinden. Geraldine ist ein liebes kleines Mädchen. Aber die Kleine ist querschnittgelähmt und sitzt im Rollstuhl. Was sind da schon 2000,- Franc für ein querschnittgelähmtes Mädchen?

„Au Revoir, Gerard", sage ich und gehe meines Weges. Die Warnung des Franzosen stimmt mich nachdenklich. Mit so wenig erfreulichen Gedanken im Kopf marschiere ich die Kaimauer entlang und überquere den Boulevard Alfassa in Richtung *Office du Tourisme* und biege nach einigen Metern in die Rue de la Liberte ein. Dann stehe ich vor dem „Hotel Malmaison". Ich trete ein. Sofort erkenne ich das Mädchen an der Rezeption.

„Bonjour, Monsieur *Siesfriek*", begrüßt sie mich. Elaine sagt immer *Siesfriek* zu mir. Sie bringt es nicht fertig, meinen Vornamen richtig auszusprechen, oder aber sie spricht ihn nur deshalb falsch aus, weil sie mich provozieren will. Sei's drum. Dafür spricht sie ein wenig Englisch.

„Hallo, Elaine", begrüße ich sie lächelnd. „Wie geht's dir denn so?" Elaine ist eine hübsche, junge Mulattin mit einem sinnlich breiten Mund und schneeweißen Zähnen. Die Anspielung auf mein Bankräubertum, die sie gelegentlich macht, beunruhigt mich nicht im geringsten. Sie würde mich nie ans Messer liefern. Sie hat ein ausgesprochenes Faible für Männer meines Schlages, die sich ihren Lebensunterhalt auf meine Weise verdienen, ohne dabei Morden zu müssen.

Heute trägt Elaine ihr langes, schwarzes Haar zu einem Pferdeschwanz gerafft. Irgendwie erinnert sie mich an Jill.

Ich kenne einige farbige Mädchen, die mich an Jill erinnern. Elaine geht ans Schlüsselbrett und nimmt die Nummer 57 vom Haken.

„Wie immer, Monsieur Siesfriek?"

Ich nicke. „Wenn's Ihnen recht ist, gehe ich voran und zeig' Ihnen das Zimmer."

Ich schmunzle. Niemals läßt Elaine es sich nehmen, voranzugehen und mir das Zimmer zu zeigen, obwohl die Räumlichkeiten mir zwischenzeitlich bestens vertraut sind. Ein Liedchen vor sich hinträllernd, schwebt das Mädchen vor mir die Treppen hoch. Ihre Bewegungen sind graziös, und ihr kleiner, knackiger Po, gepreßt in einen knallroten Minirock, wackelt wie eine liebestolle Pflaume. Sie will mich reizen, das Luder, und sie weiß ganz genau, daß ich auf ihre Reize anspreche, auch wenn sie mich für eine eiskalte Hundeschnauze hält. Doch im Moment beschäftigen mich andere Probleme, und so kann ich an Elaines erotischen Herausforderungen keinen Gefallen finden. Das ist wahrscheinlich auch gut so.

Dann stehen wir vor Zimmer 57. Elaine schließt auf. Geschwind zieht sie die Vorhänge zurück und schaltet die Air Condition ein. Das Ding rattert wie ein schrottreifer Feldhäcksler. Elaine beugt sich vor und schlägt die Bettlaken zurück. Herausfordernd blickt sie mich an. Bedächtig lege ich meine Hände auf Elaines Hüften und blicke ihr in die Augen.

„Hör mal zu, Mädchen", sage ich ruhig. „Sollte jemand nach mir fragen, ich bin nicht hier. Ist das klar? Du hast mich auch nicht gesehen! . . . Ja, Elaine?"

„Qui, Monsieur Siesfriek, hab verstanden. Sie sind mir völlig fremd."

„Gut so, Elaine. Und noch eins, wenn sich jemand nach mir erkundigt, dann merk dir genau, wie die Typen aussehen, und gib mir sofort Bescheid. Okay?"

„Qui, Monsieur. Haben Sie schlimmen Ärger?" Elaines

sonst so unbekümmertes und fröhliches Gesicht wirkt plötzlich besorgt.

„So kann man sagen, Elaine. Die wollen mir an den Kragen. Also! Ich verlaß mich auf dich." Meiner Brieftasche entnehme ich 300 Franc und drücke sie Elaine in die Hand. Sie lächelt und schwebt aus dem Zimmer. Vom Treppenhaus her höre ich das Klappern ihrer Pumps, und während das Mädchen die Stiegen hinuntersteigt, singt es mit seiner heiseren Stimme „Love me tender, love me please". Ein amüsiertes Schmunzeln huscht über mein Gesicht. Ich kann sie gut leiden, die Elaine.

Ich liege auf dem Bett, die Arme im Nacken verschränkt, und starre auf die gegenüberliegende Wand. Da hängen zwei Gemälde – nichts Besonderes, König Ludwig XVI. von Frankreich und irgend so ein aufgedonnertes Flittchen von Mätresse mit einem tief ausgeschnittenen Dekolleté, grinsen mich an. Meine Gedanken drehen sich im Kreis.

Wie mag es wohl Oliver und Gaby auf St. Lucia gehen? frage ich mich... Was treibt wohl Udo in Deutschland? Ob der Bub von seinen Mitschülern schikaniert wird wegen mir, und ob er darunter zu leiden hat?...

Mein Kopf droht vor unbeantworteter Fragen zu platzen. Meine Hauptsorge gilt meinen Söhnen. Sie haben auf ihren schmalen Schultern eine schwere Last zu tragen – die Last, einen zwar liebevollen und besorgten Vater zu haben, einen Vater jedoch, der ein Verbrecher ist und gejagt wird wie ein Raubtier, das es gilt zu erlegen.

Trotz der Air-Condition ist mir heiß. Ich gehe unter die Dusche. Das kalte Wasser erfrischt mich und tut mir gut. Ich komme auf andere Gedanken. Flink ziehe ich mir was über und verlasse das Hotel. Ich glaube, gegen eine Hitzewand zu laufen. Für Sekunden raubt mir die Bullenhitze die Luft. Und dann die grell leuchtende Sonne: Sie sticht mir ins Gesicht und blendet mich. Die vor Hitze flirrende

Luft ist erfüllt von den würzigen Gerüchen der Tropen und dem Geruch der nahen See. Am Taxistand wechsle ich einige Worte mit Jean-Paul. Der stets gutgelaunte Neger ist Taxifahrer und spricht englisch. Nicht alle Taxifahrer hier sprechen englisch.

Ziellos laufe ich durch die Stadt. Dann mache ich mich auf den Weg zum Hafen. Mal seh'n, ob ich bekannte Gesichter antreffe! Minuten später stehe ich vor einem zweiflügeligen Eingangstor mit der Aufschrift „Ship shop". Gemächlichen Schrittes betrete ich das Hafengelände, marschiere an der großen Werkshalle vorbei, und dann stehe ich plötzlich vor einem tiefen, schwarzen und riesigen Loch, in das ich hinabstarre. Das Trockendock ist eine gigantische Anlage. Da steht, von riesigen Holzpfeilern gestützt, ein vorsintflutlicher und verrosteter Kahn. Der Frachter steht unter panamesischer Flagge und wartet sehnsüchtig auf einen neuen Anstrich. Ein richtiger Schrotthaufen, ein „Seelenverkäufer". Klein gewachsene Männer mit nacktem Oberkörper und Schlitzaugen flitzen emsig an Deck umher. Ihr aufgeregtes Geschrei geht mir auf die Nerven.

Ich drehe mein Gesicht zur Seite und blicke zum Imbißstand. Ein Lächeln huscht über mein Gesicht. Da sitzt ein Mann am Tisch. Er ist allein und raucht eine Zigarette. Es ist Filliol, der Portugiese. Ein Fidel-Castro-Bart umrahmt sein asketisches Gesicht, und die braungebrannte Haut spannt sich um seine hervorstehenden Wangenknochen wie verwittertes Leder. Der kleinwüchsige Mann hat das Gesicht eines Seefahrers, geprägt von den Einflüssen tropischer Sonne und dem salzigen Hauch der See. Lautlos pirsche ich mich heran.

„Hallo, Filliol!" sage ich mit lauter Stimme. „Keine Arbeit heute?" Filliols Gesicht fliegt herum. Sekundenbruchteile blicken wir uns wortlos an.

„Mensch, Siegfried!" ruft der Portugiese überrascht. „Das gibt's doch nicht! Was machst denn du hier? Santa Maria, so eine Überraschung!" Die Wiedersehensfreude ist Filliol ins Gesicht geschrieben. Wir umarmen uns, und dann setze ich mich neben den Portugiesen auf die Holzbank. Da er arbeitslos zu sein scheint, lade ich den stets gutgelaunten Naturburschen zu einem Steak mit Röstkartoffeln ein. Dazu trinken wir eine Flasche Rotwein.

Mit der Arbeit scheint es für ihn momentan schlecht zu stehen: „Die verdammten Jachties sparen an allen Ecken und Enden." Filliol grinst mich an. „Die sind nicht so spendabel mit Aufträgen wie du. Das war vielleicht 'ne Arbeit gewesen, mit dem neuen Anstrich für dein Schiff. Weißt du's noch, Siegfried?"

„Wie könnt' ich's vergessen, Filliol?" lache ich und schlage ihm freundschaftlich auf die Schulter. Filliol ist ein lustiger Geschichtenerzähler, und ständig sind die Weiber hinter ihm her. Für einen Portugiesen hat er ungewöhnlich blaue Augen, und wenn er erzählt, spielen verschmitzte Lachfalten um den bartfreien Mund.

Die Tage vergehen, ohne daß etwas Unvorhergesehenes geschieht. Wie vereinbart, setze ich mich täglich mit meiner Frau auf St. Lucia in Verbindung. Das Telegrafenamt liegt in der Rue Antoine Siger. Jeden Tag zur selben Zeit marschiere ich dorthin. Heute auch. Ich betrete das Amt – bin aufgeregt. Es ist schon seltsam, denn sobald ich das Telegrafenamt betrete, schlägt das Herz mir bis zum Hals. Doch sooft ich auch anrufe, die Situation auf St. Lucia bleibt unverändert negativ. Zusehends werde ich nervöser und deprimierter, zumal Oliver mir jedesmal dieselbe Frage stellt, die mir ans Herz greift: „Du, Papa! Wann kommst du denn wieder? Du fehlst mir so, Papa."

Dann kommt ein Tag, von dem ich glaube, es ist ein Tag wie jeder andere auch. Doch das ist ein Irrtum. Dieser Septembertag wird mein gesamtes Leben verändern. Mehr noch, er wird eine Kettenreaktion auslösen.

Der Himmel ist klar, himmelblau und wolkenlos, und vom Meer her weht ein angenehmes Lüftchen. Gegen 10.00 Uhr verlasse ich das Hotel, eine Badetasche in der Hand. Gemächlichen Schrittes schlendere ich durch den Stadtpark Place la Savane und begebe mich zum Quai Desnambuc. Dort warte ich auf die Fähre, die mich nach Pointe du Bout bringen wird. Mein Ziel ist die Badebucht Anse Mitan.

Ich schwimme im Meer, liege faul in der Sonne und bewundere die grazile Schönheit der einheimischen Mädchen, die sich an der Beach tummeln.

Gegen 16.00 Uhr fahre ich mit der Fähre zurück nach Fort-de-France. Ein erholsamer Nachmittag liegt hinter mir. Gutgelaunt betrete ich das Hotel. An der Rezeption erwartet mich bereits Elaine. Schlagartig befällt mich ein ungutes Gefühl. Da stimmt was nicht, sage ich mir. Elaine ist völlig aufgelöst und wirkt übernervös.

„Monsieur Siesfriek!" ruft sie schon von weitem. Hastig trete ich näher. Elaine läßt mich gar nicht zu Wort kommen. Aufgeregt sagt sie: „Sie waren noch keine fünf Minuten weg, als zwei Typen auftauchten. Sie erkundigten sich nach Ihnen. Das waren vielleicht üble Scheißkerle, Monsieur."

Ich bin hellwach. Die angenehme Müdigkeit, die mich auf der Fähre befallen hatte, ist wie weggeblasen. Mein Puls beginnt wie verrückt zu hämmern, aber dann befällt mich jene eiskalte Ruhe, die mich stets rational und gefaßt denken läßt.

Mit ruhiger Stimme sage ich: „Na, dann erzähl mal, Elaine." Ich bin voll konzentriert.

Elaines Minenspiel ist besorgt. Sie sagt: „Die zwei Scheißkerle sahen schlimm aus, Monsieur. Wie Killer. Als ich den Typen zu verstehen gab, daß ich Sie nicht kenne, wurden sie ausfallend und unverschämt – richtige Bastarde." Elaine stockt und wirkt verlegen.

„Weiter Elaine! Erzähl schon. Was passierte noch?"

Elaine schaut mir ins Gesicht: „Der eine da, der mit der Narbe im Gesicht, hat mich geschlagen, und mir gedroht."

„Wie gedroht? Red schon, Elaine! Laß dir nicht jedes Wort aus der Nase zieh'n."

„Der Bastard hat gesagt, daß er mit dem Rasiermesser meine schöne Fratze in Streifen schneidet und mir dann die Brustwarzen abschneidet. So ein Mistkerl."

„Du bist ein tapferes Mädchen. Die beiden Scheißkerle werden dir nichts tun. Dafür sorge ich schon."

„Noch eins, Monsieur."

„Ja?!"

„Der eine da, der mit dem Narbengesicht, trägt einen Schulterhalfter. Ich hab's gesehen, als er mich geohrfeigt hat. Die Pistole habe ich auch gesehen, Monsieur."

In Elaines Augen tritt ein gefährliches Funkeln, und ihre Wort sind erfüllt von Verachtung und Haß. Sie sagt: „Wenn das Narbengesicht noch einmal versucht, mich zu schlagen, schieß ich ihm sein verdammtes Ding ab. So wahr mir Gott helfe." Elaine greift unter den Tresen. Aus einer kleine Handtasche nimmt sie einen handlichen Trommelrevolver.

„Heiliges Kanonenrohr, Elaine!" rufe ich überrascht aus. „Wo hast du bloß das Schießeisen her?"

Sie lacht ein heiseres Lachen. „Mein Geheimnis, Monsieur. Und glauben Sie ja nicht, daß ich mit dem Revolver nicht umgehen kann! Soll ich 's Ihnen mal zeigen?"

„Nein, danke, Elaine. Ich glaub's dir auch so."

Still vor mich hinlächelnd steige ich die Treppen zu meinem Zimmer hoch. Elaine hat Mut, sage ich mir. „Nun haben Sie mich also aufgestöbert", brumme ich vor mich hin, „die gottverdammten Kopfgeldjäger."

Ich bin mir sicher, daß es Kopfgeldjäger sind, denn wer, außer den Bullen, will mir sonst noch ans Leder? Ich gehe unter die Dusche. Meine Gedanken sind klar und kühl, genauso klar und kühl wie das auf meinem Körper niederprasselnde Wasser.

Wenig später verlasse ich das Hotel. Elaine schaut mir mit sorgenvoller Miene ins Gesicht. Ich lächle sie an und sage: „Mach dir keine Sorgen, Elaine. Werd' das Kind schon schaukeln. Also dann, bis später."

Äußerlich gelassen schlendere ich die Rue de la Liberte hinauf. Ein Gedanke läßt mich nicht los: „Muß mir unbedingt eine Winchester besorgen", raune ich vor mich hin und betrete in der Hoffnung, meinen Freund, den Waffenhändler, anzutreffen, mein Stammlokal. Es ist angenehm kühl. Das Bistro verfügt über eine moderne Klimaanlage, im Gegensatz zu den meisten Kneipen auf Martinique. Zielstrebig gehe ich auf einen Tisch zu. Er befindet sich im hinteren Teil des Lokals, unmittelbar neben der Kuchenvitrine. Ich nehme Platz. Es ist ein guter Platz. Von hier aus habe ich immer den Eingang im Auge. Die Chefin tritt an meinen Tisch und lächelt mich an: „Bonjour, Monsieur. Was darf's denn heute sein?"

„Bonjour, Madame." Ich bestelle ein kaltes Bier „Lorain", überbackene Zwiebelsuppe und Pizza Regina mit gemischtem Salat. Es schmeckt köstlich. Mit Heißhunger mache ich mich über die Pizza her. Wo bleibt heute bloß Jean Jacques? Er ist ein vielbeschäftigter Geschäftsmann – auch Waffenhändler. Ich schneide ein großes Stück von der Pizza ab. Plötzlich schieben sich zwei kräftige, blondbehaarte und scheußlich tätowierte Arme über den Tisch. Solch gewaltige Pranken habe ich noch nie zuvor gesehen. In der rechten Hand hält der Kerl ein zerknittertes Schwarzweißfoto. Beim Anblick des Fotos durchfährt es mich wie ein Blitz.

Bleib ruhig, Alter, sage ich mir, und blicke vom Essen hoch. Ein brutales Schlägergesicht grinst mich an. Der Typ hat lauernde Augen, die so kalt und frostig glänzen, wie polierte Eiswürfel. Das Gesicht eines Killers. Ich kenne jene Gesichter. Sie verheißen nichts Gutes. Gefahr liegt in der Luft. Mit einem Blick überfliege ich die knisternde Situation. Es schaut nicht gut aus für mich. Wie ein stiernackiger Bulle steht er da, der Tätowierte, und blickt zu mir herab. Das blonde Haar hängt ihm wirr ins Gesicht. Seine Visage würde jedes Verbrecheralbum in Angst und Schrecken versetzen. Und dann steht da noch einer. Er hat ein Pferdegebiß und eine vorgeschobene Kinnlade. Fortwährend kaut der Typ auf einem Kaugummi herum und grinst stupid vor sich hin. Das ist also der Hurensohn, denke ich, der Elaine geschlagen hat. Wut steigt in mir hoch, aber ich unterdrücke meine Emotionen. Über die rechte Wange des Kerls zieht sich eine häßliche Narbe hin, und während er kaut, hüpft die Narbe wie ein rotes Strapsband auf und ab. Der Bursche schaut nicht nur gefährlich aus, der Kerl ist gefährlich. Ich bin gewarnt.

„Hey, du! Kennst du dieses verdammte Arschloch da?" brüllt mich der Tätowierte an und hält mir das Foto unter die Nase. Meine Muskeln spannen sich, und bei dem Wort „Arschloch", befällt mich schlagartig eisige Ruhe. Das Arschloch da auf dem Foto bin nämlich ich. Das Foto ist alt und eine schlechte Kopie meines Paßbildes. Kaum wiederzuerkennen. Gelassen nehme ich das zerknitterte Foto in die Hand, und während ich das Bild betrachte, gebe ich mich gänzlich unbeeindruckt. Dann, nach einer Weile, blicke ich hoch und lächle den beiden Galgenvögeln in ihre Visagen.

„Mensch, Mann", grölt der Kerl mit dem Strapsgesicht, „mach's Maul auf. Das bist doch du? Oder?"

Verdammt, was tue ich bloß? Um Zeit zu gewinnen, schneide ich ein Stück Pizza ab und schiebe es in den Mund. Das bringt den Tätowierten auf die Palme. Fassungslos starrt er mich an. Zornesröte steigt in sein Gesicht. Mit unglaublicher Geschwindigkeit schießt seine Rechte vor. Er packt mich bei der Nase und drückt zu. Wie Stahlpressen legen sich seine dicken Finger um meine Nase. Der Schmerz ist so heftig, daß mir für Momente die Luft wegbleibt. Wasser schießt mir in die Augen.

Ohrfeigen könnte ich mich. Für den Bruchteil einer Sekunde habe ich den Bastard aus den Augen gelassen. Ich suche meine Chance. Geschmeidig gleite ich vom Stuhl und rutsche ein Stück unter den Tisch. Die Tischplatte verdeckt meine Beine. Mit ungeheurer Wucht trete ich zu. Mein rechter Fuß trifft den Tätowierten an seiner empfindlichsten Stelle zwischen den Beinen. Ein dumpfer Aufschrei! Wie auf Kommando blicken die Gäste im Lokal zu uns herüber. Angespannte Stille. Der Griff um meine Nase löst sich.

Blitzschnell springe ich hoch. Gleichzeitig packe ich die noch heiße Pizza und drücke sie dem Scheißkerl ins Gesicht. Aus den Augenwinkeln heraus sehe ich eine riesige Faust auf mein Gesicht zusausen. Im letzten Moment tauche ich nach unten weg. Der Schlag geht ins Leere. Klirren von Glas. Die Faust bohrt sich in die Kuchenvitrine. Das Narbengesicht schreit auf vor Schmerz. Blut spritzt aus der noch geballten Hand.

Alles spielt sich nun blitzschnell ab. Plötzlich schwebt über den Kopf des Narbengesichtigen eine bauchige Weinflasche. Krachend saust die Flasche auf seinen Schädel nieder. Scherben fliegen durch die Luft. Rotwein spritzt. Das Narbengesicht brüllt auf vor Schmerz und Wut. Mit beiden Händen hält er sich den Kopf.

„Verdammt noch mal!" schreie ich sie an. „Was machst denn du hier? Hau schon ab!" Da steht Elaine. Sie zittert am ganzen Körper wie Espenlaub. In der Hand hält sie einen abgebrochenen Flaschenhals. Ihre schwarzen Augen sind erfüllt von Abscheu, Verachtung und Wut.

„Ich werde nicht abhauen!" brüllt sie mich an. Flink bückt sie sich. In der Hand hält sie einen ihrer Pumps. Wie eine Raubkatze stürzt sie sich auf den Blutenden und schlägt mit ihren Pumps blindlings auf das Narbengesicht ein. Und während sie ihren Pumps schwingt, kreischt sie: „Du Hurensohn wirst mich nicht mehr schlagen. Du Bastard! Na, warte! Ich hab dir nichts getan. Niemand verprügelt mich."

Elaine gebärdet sich wie eine wildgewordene Furie. Und dann holt sie mit dem abgebrochenen Flaschenhals aus und will das Ding dem Narbengesicht in den Körper stoßen. Geistesgegenwärtig springe ich dazwischen. Ich packe sie bei ihrem Handgelenk und entreiße ihr den Flaschenhals – eine tödliche Waffe.

„Bist du wahnsinnig geworden?" schreie ich sie an. „Du bringst den Bastard noch um. Das ist der Scheißkerl nicht wert."

Plötzlich und völlig unerwartet bekomme ich Hilfe. Von einem der Nebentische erheben sich drei Franzosen und stellen sich zwischen die beiden Galgenvögel. Ich kenne die Franzosen. Der Tätowierte wischt sich die Pizzareste aus dem Gesicht. Auch scheint er meinen Tritt in seine Lustbarkeiten noch nicht verdaut zu haben.

„Na, du verdammtes Großmaul, du", sage ich gefährlich leise. „Was nun? Keinen Mumm mehr?"

Haßerfülltes Leuchten tritt in die Augen des Tätowierten. Gerade noch rechtzeitig kann ich zur Seite springen. Der Windfeger zischt an meinem Kopf vorbei. Der hätte mich glatt von den Beinen geholt, denke ich, und während ich noch diesen Gedanken nachhänge, schnellt mein Fuß hoch. Volltreffer! Der Kerl brüllt auf vor Schmerz und greift sich abermals zwischen die Beine. Blitzschnell nehme ich die Chance wahr und setze nach. Mit ein paar gezielten Faustschlägen mache ich dem Kampf ein Ende. Für mich völlig überraschend, treten die drei Franzosen in Aktion. Kurzerhand packen sie die beiden Scheißkerle und werfen sie aus dem Lokal auf die Straße.

„Abschaum!" sagt Marcel verächtlich. Angewidert tritt er hinter die Theke und wäscht sich im Spülbecken die Hände.

Ich bedanke mich bei Marcel für seine Hilfe. Er grinst

mich an: „Nicht der Rede wert, Kollege", sagt er mit einer wegwerfenden Handbewegung, „eine Hand wäscht die andere."

Marcel ist Korse und Chef einer Import-/Exportfirma. Überwiegend macht er Geschäfte mit Zigaretten und Spirituosen. Er macht eine Menge Geschäfte – solche und solche. Vor Monaten war ich ihm mal behilflich gewesen, als wir einen Container mit amerikanischen Zigaretten am Zoll vorbeilotsten.

Marcel ruft mir zu: „Siegfried! Paß auf die Kleine da auf." Mit der Gabel in der Hand deutet er auf Elaine. „Die ist ja gefährlicher wie 'ne Lanzenotter!" Die Lanzenotter ist eine hochgiftige, auf Martinique beheimatete Schlange, die sich gerne in Bananenplantagen aufhält.

Ohne mich nochmals umzublicken, verlasse ich zusammen mit Elaine das Lokal und trete auf die Straße. Ich blicke mich um. Von den beiden Galgenvögeln ist nichts zu sehen. „Sie werden wiederkommen", raune ich vor mich hin. „So schnell geben die Scheißkerle nicht auf." Wortlos geht Elaine neben mir her. Unentwegt blickt sie mich an. Ich blicke sie an. Sie ist schön, sage ich mir, und betrachte voll Bewunderung ihr langes schwarzes Pferdeschwanzhaar, das im Rhythmus ihres wogenden Schrittes auf- und abwippt. Dunkelheit liegt über der Stadt. Im spärlichen Schein der Straßenbeleuchtung glänzt Elaines Haar wie schwarzer Samt. Minuten später betreten wir das Hotel. Der Nachtportier begrüßt uns. Zu Elaine gewandt, sage ich: „Du bist mir vielleicht eine. Dich in das Handgemenge einzumischen, war sehr leichtsinnig, mein Mädchen." Es sind die ersten Worte seit jenen Geschehnissen im Lokal, die ich mit Elaine wechsle.

21.00 Uhr. Ich blicke aus dem Hotelfenster auf die Straße. Nicht viel los heute, sage ich mir. Um auf andere Gedanken zu kommen, beschließe ich spontan, in die Disko zu gehen.

Ich kenne da ein Tanzlokal in der Nähe der Route de la Folie. Vor dem Lokal ist die Hölle los. Zwei junge Negerburschen haben sich wegen einem hübschen Mädchen in der Wolle. Zu meiner Überraschung treffe ich in der Disko Elaine an. Sie steht an der Bar. In der Hand hält sie ein halbgefülltes Longdrinkglas. Bildhübsch und begehrenswert sieht sie aus. Neben Elaine stehen zwei junge Männer, die sie förmlich belagern. Lautlos trete ich hinter das Mädchen.

„Hallo, Elaine", flüstere ich ihr ins Ohr. Sie zuckt zusammen. Ruckartig wendet sie mir ihr Gesicht zu, und als sie mich erkennt, schenkt sie mir ihr bezauberndes Lächeln. Wortlos stellt sie das Glas auf die Theke, ergreift meine Hand und zieht mich auf die Tanzfläche.

„Sie sind meine Rettung", lächelt sie mich an. „Die zwei aufdringlichen Kerle geh'n mir schon auf den Geist."

Es ist sehr laut. Man versteht sein eigenes Wort nicht mehr. Aus den Diskoboxen hämmert rhythmischer Reggae. Die Tanzfläche ist hoffnungslos überfüllt.

Ich rufe: „Elaine! Was ich schon lange sagen wollte. Nenn mich nicht immer Monsieur. Sag einfach Siegfried zu mir. Qui?"

Elaine antwortet: „Qui, Siesfriek. Ich tanze für mein Leben gern."

Und bei Gott, sie tanzt wie eine Liebesgöttin. Ihr schlanker Unterleib ist eine einzige rollende und wogende Herausforderung, und ihre prallen Birnenbrüste, die sich unter der weißen Bluse abzeichnen, treiben mir die Hitze ins Gesicht. Plötzlich schmiegt Elaine sich an meinen Körper und umgarnt meinen Nacken mit ihren Armen. Ich spüre den Druck ihres wogenden Unterleibes, und zusehends verfällt sie in rhythmisch schlängelnde Bewegungen, als lägen wir bereits im Bett beim Liebesakt. Ein berauschendes, ein überwältigendes Gefühl befällt mich. Ein Gefühl, das mich willenlos macht.

Elaine schaut mir in die Augen. Ich erwidere ihren Blick. Ihre Augen glänzen. Da ist irgend etwas Lasterhaftes in jenen schwarzen und großen Augen, und es erscheint mir, als würden tausend funkelnde Sterne darin tanzen. Elaine löst sich von meinem Körper. Ihr Blick wandert nach unten. Röte schießt mir ins Gesicht. Meine Hose ist dermaßen ausgebeult, als hätte ich einen Regenschirm verschluckt. Und während ich noch mit meiner römisch-katholischen Erziehung kämpfe, drängt das farbige Mädchen ihren Schoß gegen meine prallen Lenden, und mit einem Male sind sie verflogen, all meine erziehungsbedingten Bedenken gegen die freie Liebe. Elaine stellt sich auf die Zehenspitzen und küßt mich aufs Ohr, und während ihre heiße Zunge mein Ohr liebkost, haucht sie: „Komm, Siesfriek, geh'n wir."

Ich bin völlig benommen: „Wohin denn?" frage ich leise.

Sie flüstert: „Ins Hotel, mein Liebling."

Völlig entgeistert blicke ich Elaine ins Gesicht. Dann stelle ich die wohl einfältigste Frage, die ich jemals in meinem Leben gestellt habe. „Verdammt, Elaine! Was willst du im Hotel?"

Das kaffeebraune Mädchen schaut mich an. Ihr hübsches Gesichtchen ist voller Leidenschaft, als sie sagt: „Liebe machen, mon Cheri."

Eine Stunde später verlassen wir die Disko. Elaine ist leicht beschwipst. Sie kichert in einem fort. Sie ist so richtig lieb, nicht ausfallend und nicht lästig, einfach lieb und lustig.

Ich blicke zum nächtlichen Himmel empor. Da ist ein Meer glitzernder Sterne, und der Mond erinnert mich an eine silberne Diskusscheibe. Wie oft schon habe ich so dagestanden und zum nächtlichen Himmel geblickt, da auf St. Lucia, zusammen mit meinem Sohn Oliver? Stets habe ich versucht, dem Buben die Sternzeichen zu erklären. Nun bin ich alleine, allein mit mir und meinen Gedanken, meinen Sorgen und Nöten, allein mit Elaine, ohne meinen Sohn. Ich spüre Elaines Blick auf meinem Gesicht. Und so, als könnte das Mädchen meine Gedanken lesen, sagt es: „Siesfriek! Du sollst nicht soviel grübeln. Das ist nicht gut."

Sie nimmt meinen Arm und hakt sich bei mir unter. Auf Umwegen marschieren wir durch das nächtliche und schlafende Fort-de-France. Elaine weist den Weg. Um zum Hotel zu gelangen, vermeiden wir absichtlich die Hauptverkehrsstraßen. Der Vorfall mit den beiden Galgenvögeln mahnt mich zur Vorsicht. Später dann biegen wir in eine Seitenstraße der Rue Schoelcher ein und machen uns auf, einen wenig vertrauenerweckenden Hinterhof zu durchqueren, als Elaine sagt: „Wart mal 'nen Moment, Siesfriek. Hab was im Schuh."

Sie klammert sich fest an meinen Arm und bückt sich. „So, das war's", sagt sie erleichtert. „War nur ein kleiner Kiesel."

Ich löse mich aus Elaines Griff. Ich denke, hier stehen wir wie auf dem Präsentierteller. Mein forschender Blick schweift in das Rund der uns umgebenden Häuserfront. Nichts Verdächtiges. Nichts, als kalte, schwarze, abstoßend wirkende Wände. Es ist totenstill. Und dann die düstere Beleuchtung. Mir ist unbehaglich. Ich wende mich an Elaine und mache Anstalten, etwas zu sagen. Die Worte bleiben mir buchstäblich im Halse stecken. Ein Schuß peitscht durch die Nacht. Altes Mauerwerk bröckelt und fällt zu Boden. Blitzschnell drehe ich mich um. Auf Kniehöhe, etwa einen Yard neben mir, steckt das Projektil in der Wand. Elaine steht da wie gelähmt.

„Elaine!" brülle ich. „Leg dich hin!" Flink packe ich das Mädchen am Arm und werfe es zu Boden.

„Nicht so stürmisch, Siesfriek", sagt Elaine mit atemloser Stimme. „Das waren bestimmt unsere Freunde, die zwei Galgenvögel."

Elaine hat die Ruhe weg, denke ich. Unbeeindruckt

macht sie sich an ihrer Handtasche zu schaffen. Plötzlich hält sie einen Revolver in der Hand und feuert blindlings durch die Gegend. Und während sie feuert, schreit sie: „Ihr hinterhältigen Hurensöhne. Zeigt euch schon. Ich schieß euch in Stücke, ihr verdammten Scheißkerle."

Obwohl ich Elaines Mut und Kälte bewundere, sage ich: „Verflixt noch mal, Elaine, hör schon auf. Das sinnlose Rumgeballere bringt doch nichts. Du hetzt uns höchstens die Flics auf den Hals."

„Die Flics!" lacht sie spöttisch. „Da müßte schon die Welt untergehn, bevor die nachts ihre Ärsche heben und ausrücken, die faulen Säcke, die."

Flach auf den Boden gepreßt liegen wir hinter einem Schutthaufen und warten darauf, daß etwas geschieht. Aber es geschieht nichts. Vorsichtig spähe ich über den Rand der Schutthalde. Weit und breit nichts zu sehen. Vom Heckenschützen keine Spur. Königliche Stille liegt über dem Stadtviertel. Dann das Gekläffe eines streunenden Hundes. Erneute Stille! Elaines Hand legt sich auf meinen Arm.

„Wir sollten hier verschwinden, Siesfriek", murmelt sie mir zu.

„Du hast recht. Machen wir, daß wir hier wegkommen", sage ich und ergreife Elaines Hand. Wir springen auf und rennen los. Wie von Furien gehetzt, laufen wir durch dunkle Seitengassen, halten an und suchen Schutz in unbeleuchteten Hinterhöfen.

Elaine keucht. „Kann nicht mehr, Siesfriek. Nur 'ne kleine Verschnaufpause. Dann geht's wieder."

Schwer atmend bleiben wir, eng an einen Mauervorsprung gelehnt, in einem düsteren Hinterhof stehen. Elaine blickt mich an. Ich blicke Elaine an. Das Mädchen lächelt ein gequältes Lächeln. Plötzlich ist da ein Geräusch, ein Rascheln. Elaine zuckt zusammen. „Was ist das, Siesfriek?" flüstert sie mir zu.

Abermals sehen wir uns an. Wir wagen kaum zu atmen. Das Herz schlägt mir bis zum Hals.

„Elaine", flüstere ich, „gib mir den Revolver." Wortlos reicht Elaine mir das Schießeisen. Ich spanne den Hahn. Das Knacken des gespannten Hahns gibt mir Sicherheit. Es ist schon seltsam, wie beruhigend so ein Schießeisen in der Hand auf mich wirkt. Die Geräusche kommen näher. Schlürfende Geräusche. Beschützend stelle ich mich vor Elaine. Ich glaube vor Nervenanspannung zu explodieren. Mein Mund ist trocken. Die Hände schwitzen. Verdammt, verdammt, denke ich, komm schon raus.

Und dann sehe ich sie: „Oohh, Gott", stammle ich erleichtert. Gemächlich tippeln zwei riesige Ratten hinter einer Aschentonne hervor und verschwinden raschelnd im Gerümpel einer verfallenen Baracke.

Elaine fällt mir um den Hals. Sie lacht befreit auf. Sie küßt mich. Sie bedeckt mein Gesicht mit Küssen, und ihr erlösendes Lachen hallt über den Hinterhof. Wenig später erreichen wir den Seiteneingang des Hotels. Wir haben es geschafft. Ich habe es geschafft. Heute jedenfalls, und morgen ist ein neuer Tag.


## 38


„Hotel Malmaison". Grelle Sonnenstrahlen fallen durch die Vorhänge auf mein Gesicht. Straßenlärm. Kindergeschrei dringt an mein Ohr. Ich liege im Bett und reibe mir die Augen. Verschlafen strecke ich die Arme von mir. Mein Blick fällt auf die Armbanduhr. Schlagartig bin ich wach.

„Schon 10.00 Uhr!" Ich habe verschlafen. Ich krieche aus dem Bett und gehe unter die Dusche. Das Wasser ist lauwarm. Meine Gedanken sind bei Elaine.

„Jetzt hat sie mich doch rumgekriegt, dieses Luder", lächle ich und denke an die vergangene Nacht. Heiland, das war vielleicht eine Nacht gewesen! Das Wasser aus der Dusche wird kälter. Das prickelnd kalte Wasser erfrischt mich und treibt die Müdigkeit aus meinen Knochen. Flink ziehe ich mich an und gehe nach unten. Mal seh'n, was Elaine macht.

Ich stehe vor der Rezeption und blicke mich verwundert um. Da steht ein junger Mann, ein Mischling. Ich frage ihn: „Wo ist Mademoiselle Elaine?"

„Monsieur Siegfried?" Fragend blickt der junge Mann mich an. Ich nicke. Der Angestellte reicht mir ein Kuvert. Hastig öffne ich den Umschlag und ziehe ein rosarotes Brieflein hervor. Es duftet betörend. Es riecht nach Elaine. Veilchengeruch. Ich liebe Veilchen. Das Brieflein ist in gestochen schöner Handschrift verfaßt:

*Dear, Siesfriek!*

*Wollte Dich nicht wecken. Mein Bruder kam vorbei. Bin mit Bernard nach Hause gefahren. Meine Mutter ist sehr krank. Komm sobald als möglich zurück. Sei vorsichtig!*

*Elaine*

„So ein Mist!" raune ich mißgelaunt. Mit dem Brief in der Hand springe ich die Treppe zu meinem Zimmer hoch. Unschlüssig stehe ich vor dem Bett und überlege. Seit Tagen schon kämpfe ich mit dem Gedanken, Martinique zu verlassen, zumal das untrügliche Gefühl mich nicht mehr losläßt, auch auf Martinique vor dem Zugriff der Behörden nicht mehr allzu sicher zu sein. Noch immer ist mir die legale Rückkehr nach St. Lucia verwehrt. Mein Entschluß steht fest. Werde mich für unbestimmte Zeit nach Paris absetzen, um dort gute Freunde aufzusuchen. Dort bin ich absolut sicher.

Madeleine wird Augen machen, wenn ich so überraschend auftauche, sage ich mir und verlasse kurz darauf das Hotel. Auf Schleichpfaden haste ich zum Reisebüro. Ich schwitze. Aufmerksam beobachte ich die nähere Umgebung. Möchte nicht noch einmal in einen Hinterhalt geraten. Die gestrige Nacht mahnt mich zur Vorsicht. Im Air Fance-Reisebüro buche ich ein Retourticket Fort-de-France–Paris. Anschließend suche ich mein Stammlokal auf. Ich frühstücke und erkundige mich nach Marcel.

Die Bedienung lächelt und sagt: „Marcel ist in Pointe-a-Pitre."

„Wann kommt er zurück?"

„Weiß nicht, Monsieur. Hat dort geschäftlich zu tun. Flog gestern nach Guadeloupe, mit der letzten Maschine."

Das Frühstück schmeckt hervorragend. Zufrieden, mit einem angenehmen Gefühl im Bauch, verlasse ich das Bistro und mache mich unverzüglich auf den Weg, dem Waffenhändler einen Besuch abzustatten. Ohne Schießeisen komme ich mir nackt vor.

Das Angebot an Waffen ist riesengroß. Ich entscheide mich für ein Repetiergewehr, Modell Winchester, mit Schalldämpfer. Dazu 50 Schuß Munition, Long Rifle. Im Gegensatz zu einer Faustfeuerwaffe ist die Winchester zwar unhandlich, aber sie vermittelt mir das Gefühl der Vertrautheit.

Wieder im Hotelzimmer, schalte ich die Air-Condition ein. Es ist verdammt heiß und stickig. Ratternde Geräusche erfüllen das Zimmer. Ich ziehe die Schuhe aus und setze mich aufs Bett. Vor mir auf dem Schoß liegt die Winchester. Ich bin so richtig verliebt in diese Waffe. Sie ist schon ein verdammt schönes Ding und gefährlich wie eine Klapperschlange. Um den Schießprügel in eine handliche und unauffällige Waffe zu verwandeln, montiere ich den mattbraun glänzenden Kolben ab. Jetzt sieht sie aus wie jene langläufige und schwere Faustfeuerwaffe vom Kaliber 44, bekannt unter dem Namen Peacemaker. Dann lade ich das Magazin mit Munition. Über den Lauf ziehe ich eine längliche Regenschirmhülle aus schwarzem Stoff. Kimme und Korn und Repetierbügel bleiben frei. Die Waffe liegt gut in der Hand. Muß die Knarre noch einschießen, sage ich mir und öffne das Fenster. Ich sehe auf die Straße hinab. Am nahen Taxistand mache ich Jean-Paul aus.

„Hallo, Jean-Paul", rufe ich. Der Franzose blickt zu mir hoch. Er erkennt mich. Ein Lächeln erhellt sein von Falten durchzogenes Gesicht.

„Bist du noch frei?"

„Qui, Monsieur Siegfried", ruft Jean-Paul und lacht. „Soll's gleich losgehen?"

„Ja! Ich komme runter." Mit der Segeltuchtasche in der Hand besteige ich das Taxi. „Richtung Case Pilote", sage ich.

Wir fahren in ein Gebiet, das nördlich von Fort-de-France liegt. In einer von Buschwerk und Palmen bestandenen Gegend lasse ich anhalten. Ich steige aus und sage: „Jean-Paul! Hol mich in einer Stunde wieder ab. Okay?"

Der Franzose nickt. Er stellt keine Fragen und fährt davon. Ich blicke mich um. Besser hätte ich es gar nicht treffen können. Da ist ein Melonenfeld. Weit und breit ist niemand zu sehen. Ich pflücke sieben Zuckermelonen und packe sie in die Tasche. Abermals sehe ich mich um. Da ist eine kleine Lichtung, umgeben von Büschen und wild wachsenden Bananenstauden, und inmitten der von Steppengras bewachsenen Fläche liegt eine umgestürzte Kokospalme. Ich gehe darauf zu.

„Der ideale Platz", murmelte ich vor mich hin. Im Abstand von je zwei Fuß lege ich sechs Melonen auf die umgestürzte Kokospalme. Mit der Winchester in der Hand entferne ich mich etwa 50 Meter vom Ziel. Während ich die nähere Umgebung mit meinen Augen abtaste, schraube ich den Schalldämpfer auf den Mündungsstutzen. Trotz der verdammten Hitze habe ich eine ruhige Hand. Ich lege an und nehme die erste Melone aufs Korn und feuere. Der Schuß geht weit daneben.

„Mist", raune ich, „viel zu hoch."

Die Visiereinrichtung ist völlig verstellt. Nach mehreren Probeschüssen habe ich's geschafft. Das Visier ist eingestellt. Jeder Schuß ein Treffer. Dann lade ich die Winchester mit einer Spezialmunition. Beim Aufprall zerlegt das Geschoß sich in tausend Teile. Ein mörderisches Projektil. Ich schiebe sechs Patronen in die Kammer. Die Melonen explodieren, als hätte sie eine Handgranate getroffen. Überall matschiger Brei.

So, das war's dann wohl, sage ich mir, und verstaue die Winchester in der Tasche. Gelassen setze ich mich auf die umgestürzte Kokospalme. Mit dem Taschenmesser zerschneide ich die siebte Zuckermelone in vier Teile. Mein Mund ist trocken. Die Frucht schmeckt so richtig zuckersüß, saftig und erfrischend. Später dann schneide ich ein Bananenblatt ab und mache mir einen Hut gegen die hochstehende Sonne. Es ist verdammt heiß. Stoisch und in mich gekehrt, den Bananenblatthut auf dem Kopf, sitze ich auf dem Baumstamm und warte auf Jean-Paul.

16.30 Uhr. Vor gut einer Stunde bin ich vom Einschießen ins Hotel zurückgekehrt.

„Monsieur", hatte der Hotelboy zu mir gesagt. „Elaines Bruder hat angerufen. Elaine kommt gegen 18.00 Uhr mit der Fähre an. Sie bittet Sie, sie abzuholen."

So nebenbei werfe ich einen Blick auf die Uhr. Ich bin nervös, ohne den Grund meiner Nervosität zu kennen. Unruhig geworden, wandere ich im Zimmer auf und ab. Die Hitze setzt mir zu. Mein Schädel brummt. Spontan beschließe ich, mir im Stadtpark La Savane die Füße zu vertreten. Auf dem Bett liegt die schwarze Segeltuchtasche mit der Winchester. Ich bin unschlüssig. Soll ich das Ding jetzt mitschleppen oder nicht? Könnte ja sein, daß die beiden Scheißkerle mir über den Weg laufen. Was mache ich dann, ohne Waffe?

Mein Mißtrauen gewinnt die Oberhand. Wenig später verlasse ich das Hotel, die Segeltuchtasche mit der Winchester in der Hand. Gemächlich überquere ich die Rue de la Liberté und betrete den Stadtpark. Ich spaziere ein wenig umher, und dann setze ich mich auf eine jener Parkbänke, die buchstäblich zum Faulenzen einladen. Mit ausgestreckten Beinen sitze ich da, neben mir die schwarze Tasche. Hier bin ich gerne, unter dem undurchdringlichen Blätterdach eines Hibiskusstrauches, der mir Schutz vor der tropischen Sonne und den gelegentlich niedergehenden Regenschauern gewährt. Aufmerksam mustere ich die vorbeihastenden Menschen, Kinder, Frauen und Männer, Schwarze und Weiße, Kaffeebraune und Gelbe, die der Bauch der nahen Schiffsfähre ausspuckt. Mit dieser Fähre wird auch Elaine kommen. Von der See her weht eine erfrischende Brise und versetzt Blätter und Blumen in ein Meer raschelnder und einschläfernder Geräusche. Ich liebe diese anheimelnden Geräusche, und deshalb liebe ich den Stadtpark. Da wachsen Kokos- und Königspalmen in den Tropenhimmel, und geheimnisvoll leuchtende Sträucher und Blumenrabatten vermitteln mir das Gefühl, im Garten Eden zu sein.

Entspannt erhebe ich mich und schlendere zum kleinen Markt, dem Marché Artisanat. Interessiert verfolge ich das Tun der Händler, wie sie mit geschickten Worten und Gesten ihre Waren feilbieten. Ich verspüre Hunger. Der Kiosk steht am Straßenrand des Boulevard Alfassa. Ich wechsle ein paar Worte mit der Verkäuferin, einer glutäugigen Mulattin. Ich bestelle eine Coca-Cola und gegrillte Nierchen am Spieß. Die esse ich besonders gern. Mittlerweile hat sich die Dämmerung über die Landschaft gelegt.

Es ist dunkel, und im matten Schein des Mondes glänzt das nahe Meer wie schwarzer Stahl.

Dröhnende Geräusche schrecken mich hoch. Vom Turm der Kathedrale schlägt es sechsmal. Elaine wird auch bald kommen. Ich blicke hinüber zum Anlegeplatz der Fähre.

Stampfende Geräusche. Ich blicke aufs offene Meer hinaus. Keine 400 Meter vom Dock entfernt dampft die Fähre heran. Geschwind bezahle ich und laufe über den Boulevard Alfassa. Am Quai Desnambuc warte ich. Gott sei Dank brauche ich nicht lange zu warten. Die Fähre legt an. Eine Flut von Menschen ergießt sich auf die Anlegestelle. Doch Elaine ist nicht darunter. Ich lasse nichts unversucht. Hastig springe ich auf die Fähre. Gehetzt laufe ich übers Unter- und Oberdeck und suche fieberhaft nach Elaine. Meine Suche ist vergebens. Von Elaine keine Spur.

„Verdammt noch mal", brummte ich vor mich hin, „was ist da bloß los?" Enttäuscht springe ich von der Fähre und mache mich auf den Weg zum Place la Savane. Der Stadtpark ist menschenleer. Auch die Souvenirhändler haben zwischenzeitlich ihre Verkaufsstände geschlossen und sich in alle Himmelsrichtungen verstreut. Mein Gehirn ist wie gelähmt. Unfähig, einen vernünftigen und rational gesteuerten Entschluß zu fassen, laufe ich ziellos im Stadtpark herum.

Plötzlich verspüre ich einen Druck zwischen den Beinen. Ich blicke mich nach dem Pissoir um. Dann stehe ich vor einem rundlichen, dunklen und scheußlich stinkenden Häuschen. Die Pissoirs von Fort-de-France sind altertümliche Dinger. Relikte aus längst vergangenen Zeiten. Ich glaube, die aus Eisen und Blech bestehenden Pissbuden hält nur noch der Rost und der penetrante Gestank zusammen. Ich hole tief Luft, und ohne zu atmen, stürme ich ins Pissoir und pinkle.

Da ist ein Geräusch in meinem Rücken. Aufgeschreckt fahre ich herum. Da liegt ein Penner am Boden, mit angezogenen Beinen, eine leere Rumflasche in der Hand, und schläft seinen Rausch aus. Mich ekelt! Wie kann man bei dem Gestank bloß schlafen? Fluchtartig stürze ich ins Freie. Ich atme tief durch.

Spontan entschließe ich mich, doch noch auf die nächste Fähre zu warten. Vielleicht hat Elaine nur die letzte Fähre versäumt? Elaine geht mir nicht aus dem Kopf. Plötzlich und aus einem unerklärlichen Impuls heraus, befällt mich ein Gefühl von Unsicherheit und Beklemmung, so als läge Gefahr in der Luft. Was ist bloß los mit dir, frage ich mich. Irgend etwas stimmt hier nicht. Aber was? Ich wittere förmlich die Gefahr. Mein sensibles Gespür für die Gefahr hat mich noch nie getäuscht. Ich hab's gelernt, die Gefahr rechtzeitig zu erkennen. Ich hab's lernen müssen, auf der Flucht vor Interpol und dem gesamten Gesockse, das mir an den Kragen will.

Ich halte die Luft an. Angespannt lausche ich in die Dunkelheit hinein. Da! ... Was ist das? ... Sind das Schritte? ... Instinktiv werfe ich mein Gesicht herum und blicke über die linke Schulter, ohne mich umzudrehen. ... Nichts! ... Der Park scheint menschenleer. Wie ein Blitz zuckt ein Gedanke durch mein Gehirn. K o p f g e l d - j ä g e r ... Wenn jemand hinter mir her ist, dann können es nur die beiden Galgenvögel von gestern sein. Haben die Bastarde mich nun doch wieder aufgestöbert? ... Nein! Elaine würde mich niemals ans Messer liefern.

Angst befällt mich. Es ist nicht die Angst vor der Konfrontation, vor dem Kampf, es ist die Angst, in einen Hinterhalt zu geraten. Davor fürchte ich mich! Unruhig, wie ein gehetztes Tier, haste ich durch die Parkanlage. Kalter Schweiß steht auf meiner Stirn, rinnt mir in die Augen, brennt. Verschwinde aus dem Park! sagt eine innere Stimme zu mir. Im Schutze der hell erleuchteten Straßen bist du sicherer als hier in der Dunkelheit des Parks. Da sind Menschen! ... Nein, Siegfried, sage ich mir. Wenn es schon sein muß, dann bring es hinter dich, heute, hier und jetzt. Dann hast du Ruhe! So oder so!

Plötzlich sind sie wieder da, diese knirschenden Geräusche von Kieselsteinen. Wie vom Blitz getroffen bleibe ich stehen und presse die Luft in meine Lunge. Abermals lausche ich in die Nacht hinein. Da ist ein Zirpen und Pfeifen, ein Rascheln und Knistern. Das Lied tropischer Nächte. Erneut blicke ich mich um. Niemand ist zu sehen.

„Verdammt! Jetzt sehe ich schon Gespenster!" raune ich mir zu. Ich bin erleichtert. Mit neuem Schwung setze ich meinen Weg fort. Da! ... Erneut Schritte! ... Die Geräusche bewegen sich im Rhythmus meiner Schritte. Ruckartig verharre ich in meiner Bewegung und bleibe vor einem Hibiskusstrauch stehen. Ich tue so, als müßte ich pinkeln. Schlagartig ist es still. Ich lausche nach dem Knirschen der Schritte. Aber da ist nichts. Abermals setze ich mich in Bewegung ... und abermals sind sie da, jene knirschenden Geräusche. Kein Zweifel! ... Ich werde verfolgt! Vorsichtig ziehe ich den Reißverschluß der Tasche auf. Meine Hände schwitzen, und mit meinen schwitzenden Händen greife ich in die Tasche hinein. Schon fühle ich das kalte, glatte Metall. Es wirkt beruhigend. Mit festem Griff umklammerte ich den Repetierbügel der Winchester. Das beruhigt.

Sicherheit strömt in meinen Körper, und meine Gedanken werden klar. Ein Gefühl befällt mich, als wäre die Waffe in meiner Hand die natürliche Verlängerung meines Armes. Es gibt nur wenige Dinge, die beruhigend auf mich einwirken. Da sind die verständigen und einfühlsamen Worte einer Frau, mal ein liebes Wort zur rechten Zeit, mal eine Geste, ein Sichumarmen, das kindliche und unschuldige Lächeln meiner Söhne, oder bei drohender Gefahr die stählerne Kälte und Vertrautheit einer Waffe – das kalte, glatte, mörderische Metall, das ich nun in der Hand verspüre. Allmählich werde ich schneller und verfalle in einen flotten Schritt. Die unsichtbaren Geräusche folgen mir; gespenstische Geräusche. Mein Kopf fliegt herum, da sind zwei schemenhafte Schatten – Schatten von menschlichen Körpern.

„Kommt schon, ihr feigen Bastarde!" brülle ich über meine Schulter hinweg. „Zeigt euch! Oder habt ihr schon die Hosen voll, ihr hinterhältigen Hurensöhne? Wo seid ihr? Kommt schon vor!"

Und während ich losbrülle, wird mir plötzlich klar, daß meine momentane Position verdammt ungünstig ist. Ich stehe da wie eine Zielscheibe, deckungslos und mitten auf dem beleuchteten Parkweg. Die Schatten kommen näher, ... dann ... rasche, stampfende Schritte ... Keuchen ... dann sehe ich sie heranstürmen, die zwei Galgenvögel.

Dumpfe Geräusche erfüllen die Luft. Es hört sich an wie das Knallen von Sektkorken. Die verdammten Scheißkerle schießen mit aufgesetztem Schalldämpfer, fährt es mir durch den Kopf. Ich renne los. Ein dumpfes Klatschen neben mir. Ein Geschoß bohrt sich in den Stamm einer Palme. Die beiden Kerle ballern, was das Zeug hält. Wie ein gehetzter Hase flitze ich über den Rasen, schlage Haken, stürze zu Boden, rapple mich wieder hoch und renne um mein beschissenes Leben, begleitet von einem knallenden Stakkato blauer Bohnen, die mir um die Ohren fliegen.

Ein Pissoir kommt in Sicht, eine jener pervers stinkenden Pissbuden. Die rettende Deckung! Mein Atem geht schwer. Ich keuche wie ein asthmakranker Blasebalg. Nur noch ein paar Meter. Das erste Geschoß streift meinen rechten Oberarm. Es brennt wie glühender Stahl. Mach nicht schlapp, Alter! sage ich mir. Dann trifft mich die zweite Kugel. Sie durchschlägt meine linke Seite oberhalb der Hüfte. Meine Beine geraten durcheinander. Ich stürze zu Boden, kämpfe mich wieder hoch und renne strauchelnd vorwärts. Das Pissoir ist greifbar nahe. Ich hab's fast geschafft. Plötzlich durchschneidet ein schrilles und metallisches Peitschen die Luft. Gleichzeitig verspüre ich einen gewaltigen Schlag gegen meine linke Brust. Der Schlag ist so heftig, daß es mich fast von den Beinen reißt.

O Gott, o Gott, schießt es mir durch den Schädel, jetzt hat's mich erwischt. Ich schaffe es nicht mehr bis zum rettenden Pissoir. Ohne Rücksicht auf meinen stark blutenden Körper springe ich aus vollem Lauf heraus hinter den Stamm einer Königspalme. Ich gehe in Deckung. Was ist bloß los mit mir? frage ich mich. Etwas Warmes rinnt langsam meinen Körper hinab. Es ist eine wohlige, eine unnatürliche Wärme. Und mit der Wärme kommt zunehmend der Schmerz, ein schleichender, ein leiser Schmerz, der an Heftigkeit zunimmt und wie ein Dolch in meiner Brust rumort, ein stechendes, ein pochendes Rumoren.

„Verdammte Scheiße", keuche ich, „Da hat's mich schlimm erwischt!" Das helle T-Shirt färbt sich rot. Ich ziehe das Hemd hoch. Meine durchlöcherte linke Seite bereitet mir weniger Sorgen. Doch was ist mit meiner Brust los? Mein Gott! Wie eine rote Rose klafft die Schußwunde auseinander. Das Loch ist größer als ein 5-Mark-Stück, und die Fleischfetzen des Brustmuskels hängen schlaff und blutrot herab. Eine gräßlich aussehende Wunde. Mein extrem ausgebildeter Brustmuskel hat Schlimmeres verhindert. Trotzdem! Der gottverdammte Querschläger hat ganze Arbeit verrichtet. Das war es also, hämmert es durch mein Gehirn! Das Geschoß war vom Pissoir abgeprallt und hat sich irrtümlich in meine Brust gebohrt.

Plötzlich triumphierendes Geschrei. Es läßt mich den Schmerz vergessen. Ich blicke hoch. Da kommen sie herangestürzt, die Scheißkerle.

„Noch habt ihr mich nicht, ihr Hurensöhne", raune ich vor mich hin, und gleichzeitig rede ich mir zu: Ruhig bleiben, Siegfried. Jetzt geht's um dein Leben. Oliver, mein kleiner Bub, kommt mir in den Sinn. Seltsam – ausgerechnet jetzt! Ohne in Panik zu geraten, greife ich in die Tasche, nehme die Winchester in die Hand und repetiere. Ich höre das vertraute Klicken, und während die Patrone in die Kammer springt, lege ich an. Meine Hände sind eiskalt, ruhig und blutverschmiert. Alles ist blutverschmiert! Ich blute wie ein Stück Vieh auf der Schlachtbank.

Gespannt starre ich auf einen ganz bestimmten Lichtkegel, den die Parklampe auf den Fußweg wirft. Das ist meine Chance, einen gezielten Schuß abfeuern zu können. Und dann tauchen sie auf, im matten Schein der Parkleuchte, die vor Anstrengung und Haß verzerrte Fratze des Tätowierten, in seinem Schlepptau das Narbengesicht. Während die beiden Kopfgeldjäger auf mich zustürmen, feuern sie unentwegt, ohne einen gezielten Schuß anbringen zu können. Klatschend fahren mehrere Projektile in den Stamm der Königspalme, hinter der ich mich verkrochen habe. Holz splittert. Über Kimme und Korn visiere ich den mächtigen und schweratmenden Brustkorb des vorneweg Laufenden an. Ich zögere abzudrücken! Warum schießt du nicht? Verdammt, ich bin kein Mörder!

Bedächtig senke ich die Waffe und nehme den Oberschenkel des Tätowierten aufs Korn und drücke ab. Ein Schmerzschrei hallt durch die Nacht. Der Kerl brüllt wie am Spieß. Mit beiden Händen umklammert der Getroffene den rechten Oberschenkel. Und dann schreit er: „Du verdammter Sauhund! Dafür lege ich dich um. Irgendwann erwische ich dich schon, du Wichser, du!"

Schwerfällig läßt er sich zu Boden fallen und robbt, das verletzte Bein nachziehend, hinter einen Strauch. Das Narbengesicht bringt sich mit einem gewagten Hechtsprung in Sicherheit. Krachend landet er in einem Gestrüpp. Er flucht wie ein Bürstenbinder. Dann ist es still. Eine unheimliche Stille liegt über dem Park. Plötzlich Stimmen.

„Heinz, ich hau' ab", vernehme ich ein Flüstern. Erneut Stille! . . . Dann! . . .

„Du Mistkerl! Willst du mich hier verrecken lassen? Ich blute wie 'ne Sau. Los, hilf mir schon!"

Plötzlich schreit eine Stimme zu mir rüber: „Heut' hast noch mal Glück gehabt, du Arschloch. Warte nur. Wir kriegen dich schon noch. Dann gnade dir Gott. Und noch eins. Auf deine Niggerhure brauchste nicht zu warten. Ich hab dich zur Fähre bestellt. Na, wie gefällt dir das, du verdammtes Arschloch, du?"

Ich sage gar nichts. Irgendwie bin ich erleichtert – Elaine hat mit der Sache nichts zu tun. Dann ein Rascheln, die Büsche bewegen sich. Schemenhaft und gebückt stehen da zwei Männer. Der Tätowierte stützt sich auf die Schultern seines Kumpels. Humpelnd schleichen sie davon. Es wäre mir ein Leichtes, die beiden Schurken über den Haufen zu schießen. Aber jemandem in den Rücken zu schießen, ist nicht meine Sache. Im Moment habe ich andere Sorgen. Ich lebe noch, nur das zählt. Der Schmerz in meiner Brust wird unerträglich. Trotzdem ringe ich mir ein Grinsen ab. „Ihr armseligen Stümper", brumme ich, „da müßt ihr schon eher aufstehen, wenn ihr mich umlegen wollt."

Meine Brustwunde hämmert wie verrückt. Das Hemd ist blutgetränkt. Mit dem Rücken an den Baumstamm gelehnt, sitze ich da. Schwerfällig streife ich das Hemd ab. Jede Bewegung tut höllisch weh. Mit aller Gewalt versuche ich, den tobenden Schmerz zu unterdrücken. Die Wunde sieht übel aus und brennt höllisch. Der Blutverlust macht mir zu schaffen. Im Rhythmus des Herzschlags schießt das Blut aus der klaffenden Wunde. Meine Hände beginnen zu zittern. Mit Mühe trenne ich den Saum meines Hemdes auf. Aus der Hosentasche ziehe ich ein Taschentuch. Dann lege ich um die Brustwunde einen notdürftigen Preßverband an, um die starke Blutung zu stoppen. Es gelingt nur leidlich. Ohne Hilfe verrecke ich wie ein Hund, schießt es mir durch den Kopf. Ich muß telefonieren! Hoffentlich kann ich Gaby auf St. Lucia erreichen?! Mühsam rapple ich mich vom Boden hoch, die Tasche mit der Winchester in der Rechten. Geschafft!

Mit dem Rücken an die Palme gelehnt, stehe ich da und blicke mich um. Alles um mich herum scheint sich zu drehen, und die Lichter der Parkbeleuchtung scheinen aus einer anderen Welt zu kommen. Der starke Blutverlust macht sich bereits bemerkbar. Mit aller Macht unterdrücke ich das aufkommende Gefühl der Panik. Mein Atem geht flach. Jeder Atemzug fällt mir unendlich schwer und läßt die Brustwunde aufs neue bluten. Du schaffst es, Siegfried, rede ich mir zu. Du hast es bisher noch immer geschafft.

Abermals sehe ich mich um. Ich suche die Telefonzelle. Von weitem kann ich das beleuchtete Häuschen ausmachen. Auf schwankenden Beinen kämpfe ich mich vorwärts. Schweiß bricht aus allen Poren. Mein Körper ist schweißgebadet. Und dann stehe ich plötzlich vor der beleuchteten Telefonzelle. Tränen schießen mir in die Augen. Es sind Tränen der Freude, es geschafft zu haben. Fieberhaft suche ich nach einer Telefonmünze. Ich habe mehrere Münzen in der Hand. Meine Finger zittern, und einige Geldstücke fallen zu Boden. Endlich, nach dem dritten Versuch, gelingt es mir, eine Verbindung nach St. Lucia zu kriegen. Ich bin erleichtert. Am anderen Ende der Leitung vernehme ich eine vertraute Stimme, eine Frauenstimme, die sagt: „Hello! ... Pats Pub here! Can I help you?"

Es ist Mary, die Bedienung. Ich erkundige mich nach meiner Frau. Sie sei hier, sagt Mary, und Oliver auch. Ich bitte Mary, meine Frau ans Telefon zu holen. Minuten verstreichen. Unendliche Minuten des Wartens, die mir wie eine Ewigkeit erscheinen. Dann ein Knacken in der Leitung; gepreßtes Atmen und gedämpfte Stimmen aus dem Hintergrund dringen an mein Ohr.

„Ja! Gaby hier", höre ich die Stimme meiner Frau.

„Ich bin's, Siegfried", sage ich und lege die linke Hand

auf meinen Brustverband. „Hör mir bitte gut zu, Gaby, und stell keine Fragen."

Das Sprechen fällt mir ungeheuer schwer. „Mich hat's erwischt. Hab 'ne Kugel in der Brust. Du mußt mir helfen, Gaby. Schau zu, daß dich Peter oder Allen rüberfliegt, und nimm Verbandszeug mit. Es eilt! Hast du mich verstanden, Gaby?"

Totenstille! ... Gepreßtes Atmen! ... Dann, nach Sekunden des Schweigens: „Mein Gott, Mann! Was kommt denn noch alles?" Gabys Stimme ist emotionslos. Sie klingt weder besorgt noch schockiert, sie klingt nur vorwurfsvoll. Mit keiner Silbe erkundigt sie sich nach meinem Befinden. Es scheint ihr gleichgültig zu sein, wie's mir geht. Unter Aufbietung all meiner Kräfte erzähle ich ihr in knappen Worten, wie es zu den Schußverletzungen kam. Plötzlich höre ich Olivers Stimme. Der Bub sagt: „Mama! Ich will auch mit Papa sprechen. Darf ich, Mama?"

Olivers kindlich flehende Stimme versetzt mir einen Stich ins Herz. „Jetzt nicht, Oliver, später!" sagt seine Mutter. Und weiter sagt sie: „Ich kann dir nicht helfen, Siegfried. Du mußt stark sein. Du schaffst es auch ohne mich."

Im ersten Moment glaube ich, nicht richtig zu hören. Die Worte meiner Frau, diese unfaßbaren und rücksichtslosen Worte, treffen mich mit voller Wucht. Sie treffen mich, als hätte sich eine zweite Kugel in meine Brust gebohrt. Wie aus heiterem Himmel kommen mir die Worte meiner Mutter in den Sinn, als sie vor vielen Jahren einmal gesagt hatte: „Auf deine Frau kannst du dich nicht verlassen, Siegfried. Wenn du mal Schwierigkeiten kriegst, läßt sie dich im Stich. Die ist eiskalt."

Ich hab's nicht glauben wollen, damals. „Großer Gott, Gaby!" schreie ich in den Hörer. „Du mußt mir helfen, verdammt noch mal! Ich hab 'ne schwere Schußverletzung. Die Kugel steckt in der Brust. Ich verrecke wie ein Hund, wenn du mir nicht hilfst. Ich blute wie verrückt."

Ich ringe nach Luft. „Wenn du's schon nicht für mich tust, dann tu's wenigstens um unseres Sohnes willen, verdammt und zugenäht. Was ist denn in dich gefahren? Ich brauche Hilfe, sofort, sonst geh ich drauf. Reiß dich ein bißchen am Riemen."

Mein Gehirn gleicht einem aufgescheuchten Hornissennest. Tausend Fragen stürmen auf mich ein. Weshalb sagt sie, sie könne mir nicht helfen? . . . Für sie ist's ein Leichtes, mir zu helfen! . . . Peter oder Allen könnten sofort mit dem Flugzeug starten und mir Hilfe bringen! . . . Ich verstehe die Welt nicht mehr!

Es ist drückend schwül. Trotzdem friert mich. Eiseskälte rieselt mir den Rücken hinab. Fieberschauer schütteln mich. Mein ganzer Körper bebt, und die Zähne klappern. Mehr und mehr schwinden die Kräfte, und alles um mich herum scheint sich zu drehen. Angst befällt mich, ohnmächtig zu werden. Mit aller Gewalt atme ich tief durch. Kipp nicht um, Alter, rede ich mir zu. Nur Schlappsäcke kippen um! Doch alles Zureden hilft nichts. Der Telefonhörer entgleitet meiner kraftlosen, schweißnassen Hand. Die Knie geben nach. Schwerfällig lehne ich mit dem Rükken an der Glasscheibe, und dann rutsche ich wie ein unförmiger Kartoffelsack zu Boden. In mich zusammengesunken, wie ein Häuflein Elend, kauere ich da, unfähig, einen klaren Gedanken zu fassen. Meine Augen starren apathisch vor sich hin. Da ist der Telefonhörer. Er schwingt hin und her. Plötzlich kommt da eine Stimme aus dem Hörer, eine Stimme, die mich aus meiner Lethargie reißt.

„Siegfried! Was ist los? . . . Bist du noch da?" ruft die Stimme. Ausgelaugt kämpfe ich mich hoch. Die Anstrengung ist ungeheuerlich. Ströme kalten Schweißes rinnen über meinen ausgebrannten Körper – und überall Blut.

Meine Bewegungen sind ungelenk und fahrig. Ich packe den Hörer und drücke ihn ans Ohr. Mein Mund ist trocken, meine Zunge ist schwer und die Lippen sind spröde: „Ja, ich bin's."

Gaby sagt: „Ich schick' dir Uwe rüber."

Ich lache ein kehliges, ein verbittertes Lachen. Es schmerzt. Trotzdem lache ich. „Mein Gott. Was bist du bloß für 'ne Frau? Bis Uwe mit dem Schiff aufkreuzt, bin ich längst verblutet. Abgekratzt wie 'n Hund. Aber wahrscheinlich willst du, daß ich abkratze. Der Teufel soll dich holen! Irgendwann wird's Oliver erfahren, was er da für eine Mutter hat."

Mein Atem geht schwer und meine letzten Worte gelten meinem Sohn: „Küß Oliver von mir. Er soll mich nicht vergessen."

Dann hänge ich auf. Ich bin des Bettelns müde geworden, betteln um Hilfe, die ich nicht bekomme. Niedergeschlagen und jeglicher Hoffnung beraubt, drücke ich meine Stirn gegen den rechteckigen Münzfernsprecher. Ein Schwächegefühl überkommt mich. Abermals drohen die Beine mir ihren Dienst zu versagen. Ich schwanke. Wie ein Ertrinkender, der nach dem rettenden Strohhalm greift, klammere ich mich mit beiden Händen an den Münzfernsprecher, um nicht zusammenzubrechen. Ich bin restlos ausgemergelt, psychisch und physisch am Ende, kläglich im Stich gelassen von jenem Menschen, auf den all meine Hoffnungen ruhten und auf den ich gebaut habe, all die Jahre.

Ich bin ein gottverdammter Narr! Ich habe auf Sand gebaut. Nun bezahle ich den Preis. Aber ich habe es nicht verdient! Meine Augen schimmern feucht vor Enttäuschung, Wut und Verbitterung, und vor allem bei dem Gedanken, meine beiden geliebten Söhne nie mehr sehen zu können.

Eine dunkle, guttural klingende Stimme läßt mich aufhorchen, eine Stimme, die aus einer anderen Welt zu kommen scheint: „Hello, Mister! Fehlt Ihnen was?"

Mühsam drehe ich mich um. Da steht ein Neger, die Tür des Telefonhäuschens halb geöffnet, und sieht mich aus großen überraschten Augen an.

„Mir fehlt nichts, Mister", sage ich und raffe all meine Energie zusammen, um ein wenig glaubwürdig und überzeugend zu klingen.

Nichts wie weg! ... Ich brauche Hilfe, alleine schaff' ich's nicht. Filliol fällt mir ein. Ja, Filliol, der hilft mir. Hoffentlich schaff' ich's noch bis zu ihm!

Auf wackeligen Beinen durchquere ich den halben Park und stolpere auf das Papageiengehege zu. Geschafft!... Schweratmend stehe ich vor dem verlassen aussehenden Vogelgehege. Aus glasigen Augen stiere ich in das Innere des Geheges, und dann mache ich mich daran, den leicht ansteigenden Weg zu erklimmen, der auf eine schmale Holzbrücke zu führt.

„Verflixt! Ich schaff's nicht!" stöhne ich. Wie ein löchriger Autoreifen komme ich mir vor, der zunehmend an Druck verliert. Angst kriecht in meine müden Knochen, und Hilflosigkeit befällt mich. Hilflos muß ich zusehen, wie meine Beine in sich zusammenknicken, und dann liege ich auf dem Boden. Es tut gut, so dazuliegen, einfach dazuliegen und an nichts zu denken. Der Geruch von frischer Erde und feuchtem Gras steigt mir in die Nase. Eine Landkrabbe, so groß wie ein Kinderkopf, quert den Fußweg. Etwa einen Meter vor meinem Gesicht hält das Mistvieh inne. Wir blicken uns an. Eine eigenartige Situation, wie wir uns so anstarren. Drohend hebt die Krabbe ihre gefährlich aussehende Schere.

„Hau ab, du Mistvieh!" schreie ich sie an. Vergeblich!... Ich versuche, sie zu vertreiben, sie anzuspucken. Doch ich kann nicht spucken. Mein Mund ist völlig trocken. Grausen befällt mich. Krabben sind auch Menschenfresser. Sie fressen alles Fleisch, welches nicht mehr im Stande ist, sich zu wehren. Die gottverdammte Krabbe kommt näher und kriecht über meine ausgestreckte Hand. Ekel macht sich breit. Ich brülle wie wild, und während ich schreie, schüttele ich das eklige Vieh ab, und dann hole ich mit der Faust aus und erschlage die Krabbe. Wie von Sinnen dresche ich auf die Krabbe ein. Im Unterbewußtsein höre ich das Knacken des Panzers, und erst als stechender Schmerz meine geballte Faust durchströmt, lasse ich ab von der Krabbe. Sie ist tot und zu Brei zerschlagen. Ich zittere. Mein gesamter Körper zittert, und kurzweilig verdrängt die schmerzende Hand den tobenden Schmerz in meiner Brust.

Komm hoch, Siegfried, komm hoch, rede ich mir zu. Wie ein Tier krieche ich auf allen vieren weiter ... Nur weiter ... immer weiter, ja nicht liegen bleiben und einschlafen, denn Einschlafen bedeutet Verbluten und damit den sicheren Tod. Meine Wunden brennen höllisch, als hätte mich jemand mit einem glühenden Brandeisen malträtiert. Die letzten Kraftreserven fliehen aus meinem Körper, aus jenem kraftstrotzenden Körper, der mich noch niemals im Stich gelassen hat.

Irgend jemand spricht mich an, hilft mir auf die Beine und drückt mir die Tasche in die Hand. Doch noch ist mein Lebenswille ungebrochen, und so kämpfe ich an, gegen meine Schwäche und gegen die quälenden Schmerzgefühle und gegen eine erneut aufkommende Ohnmacht, die droht, mich in unendlich scheinende Tiefen zu stürzen. Ich bin ausgebrannt und am Rande meiner Leistungsfähigkeit, aber ich bin noch bei klarem Verstand. Ich nehme die nähere Umgebung wahr. Da sind im Winde sich wiegende Blätter, und ich höre das Rascheln aneinanderschlagender Palmzweige und sehe das Glitzern der Sterne und die Dunkelheit der Nacht.

Und dann stehe ich plötzlich am Hafen – mein Ziel, das Trockendock vor Augen. Schreien könnte ich vor Glück. Aber ich habe nicht mehr die Kraft, mein Glück in die

Nacht hinauszuschreien. Da ist ein kleines Segelboot – Filliols Segelboot. Licht brennt darauf. Das beleuchtete Schiff gibt mir neue Kraft und weckt in mir längst verlorengeglaubte Energien.

„Nur noch ein paar Meter", murmle ich vor mich hin. „Dann hast du es geschafft." Schweratmend kämpfe ich mich vorwärts. Die Umrisse des Schiffes werden deutlicher, das Licht an Bord heller. Mit letzter Kraft presse ich die Luft in meine Lungen. Ein markerschütternder Schrei erfüllt die Luft.

„F i l l i o l !" brülle ich. Dann kippe ich seitlich weg. Das letzte, was ich noch wahrnehme, ist das verdreckte Dock, das auf mein Gesicht zusaust. Hart schlage ich auf. Bewußtlosigkeit umgibt mich, jenes erlösend leichte Gefühl, das jeglichen Schmerz von dir nimmt. Mein Gesicht liegt im Dreck, und so nehme ich nicht mehr war, wie zwei nackte und braungebrannte Füße neben mein Gesicht treten. Auch nehme ich nicht mehr die Worte wahr, die der schwarzgelockte Mann mit den blauen Augen ausstößt: „Santa Maria ... Siegfried!" Kräftige Hände packen mich und tragen mich davon.

Tags darauf sitze ich in einer Boeing 747 der Air France. Ich befinde mich auf dem Flug nach Paris mit Zwischenlandung Pointe-à-Pitre, der Hauptstadt Guadeloupes.

Filliol, mein treuer portugiesischer Freund, hat mich notdürftig zusammengeflickt und verarztet. Doch noch immer steckt die Kugel in meiner Brust. Es war zu riskant, ohne ärztliche Hilfe das verformte Projektil aus der Brust zu holen.

Der Flug wird zur Hölle, ein von tobendem Schmerz und Übelkeit begleiteter Höllentrip – ein Trip aber, der mich zu meinen französischen Freunden bringen wird.

## 39

Flughafen Paris-Orly. Mittagszeit! ... Müde und abgekämpft sitze ich im Flughafen-Restaurant, trinke eine Tasse Kaffee und schlürfe eine französische Zwiebelsuppe. Vor gut einer halben Stunde bin ich aus Martinique angekommen. Wie ein Penner schaue ich aus, verwahrlost, verschwitztes Haar, und meine Brustwunde tobt wie verrückt. Alles in meinem geschundenen Körper tobt und scheint in Aufruhr geraten zu sein. Die Schmerzen sind unerträglich. Mit einem Glas Wasser spüle ich die letzten zwei Schmerztabletten runter. Die habe ich von einer Stewardeß der Air France gekriegt.

Der Notverband über meiner Brust stinkt bestialisch. Alles ist voll Blut und Eiter. Die Wunde hat zu eitern begonnen und ist stark angeschwollen. Und dann habe ich Wundfieber. Es schüttelt mich so richtig durch, und nur mit Mühe kann ich das Klappern meiner Zähne unterdrücken. Um nicht einzuschlafen oder gar ohnmächtig zu werden, habe ich mich mit Aufputschtabletten vollgepumpt. Mein Puls rast wie eine Rennmaschine. Er schlägt förmlich Saltos. Es wird höchste Zeit, mich mit Madeleine in Verbindung zu setzen, sage ich mir. Verzweifelt mache ich Anstalten aufzustehen. Ich schaffe es einfach nicht. Die Beine gehorchen mir nicht mehr. Schon längst habe ich die Kontrolle über mich und meinen Körper verloren. Meine Stirn ist schweißnaß, mein gesamter Körper schwitzt. Es ist sowieso ein Wunder, wie ich es geschafft habe, mit meinem kleinen Reisekoffer bis hierher zu gelangen, ohne beim Zoll oder gar der Flughafenpolizei aufgefallen zu sein. Meine Winchester habe ich auch mitgeschleppt. Sie befindet sich im Koffer. Scheinbar hat mich das Glück doch noch nicht gänzlich verlassen.

Eine junge Frau betritt das Lokal. Trotz meines angeschlagenen Zustands erregt sie meine Aufmerksamkeit. Sie ist auffallend hübsch und großgewachsen und sehr sexy gekleidet. Was mir sofort ins Auge sticht, ist ihre gewaltige Oberweite. Ihre Brüste zeichnen sich unter einer weißen und tief ausgeschnittenen Seidenbluse ab. Das Mädchen tritt an die Bar und wechselt mit dem Barkeeper einige Worte. Relaxed lehnt die Kleine an der Theke. Dabei dreht sie mir ihren kleinen Po zu. Er hat die Form einer Birne – ich liebe Birnen! Und der rote Minirock schaut sehr aufreizend und neckisch aus. Er ist aus feinstem Leder. Ihre schön gewachsenen Beine stecken in hochhackigen Schuhen, und das rotblonde Haar fällt dem Mädchen bis zur Taille. Wundervolles Haar und eine Wespentaille! Ein tolles Mädchen.

Entweder ist sie eine ausgeflippte Künstlerin oder eine Stripperin, oder aber sie geht auf den Strich. Sicherlich eine Edelnutte. Dafür habe ich einen Blick. Suchend schaut die Frau sich im Lokal um. Alle Tische sind restlos besetzt, bis auf meinen. Zielstrebig kommt sie auf mich zu. Sie hat einen wogenden Gang, sehr anmutig. Dann steht sie vor mir, blickt mich an und bittet, Platz nehmen zu dürfen.

Barsch und unfreundlich sage ich: „Sicher ist noch ein Platz frei. Aber wenn du deinen Arsch verkaufen willst, dann zieh gleich Leine. Will meine Ruhe haben. Zum Vögeln hab ich keinen Bock, verstanden, Mädchen?"

Schlagartig gefriert das freundliche Lächeln auf ihren Lippen. Dessen ungeachtet nimmt sie Platz. Eindringlich funkelt sie mich an.

„Junger Mann", sagt sie kalt. „Schau dich doch an. Ich steh' nicht auf so abgerissene Typen. Du stinkst wie ein Penner, hast fettiges Haar und dein Hemd steht vor Dreck. Und so einen stinkenden Scheißkerl soll ich anmachen? Du tickst ja nicht richtig! Solltest mal baden, du Stinktier."

„Bist du 'ne Nutte?" frage ich. „Sicher machst du's nicht unter 500,– Mark?"

Sie greift in ihre Handtasche. Aus einem goldenen Zigarettenetui nimmt sie eine Zigarette und zündet sie an. Provozierend bläst sie mir den Rauch ins Gesicht. Dann sagt sie: „Kleiner! Ich mach's nie unter 1000,- Mark. Für dich Stinktier würd' ich's nicht mal für 5000,- machen. Fick dich ins Knie, du Scheißer, du. Leck mich."

Ein gequältes Lächeln huscht über mein Gesicht. „Geht nicht", sage ich trocken, „da krieg' ich Sodbrennen."

Dann will ich noch was sagen, doch ich kann nichts mehr sagen. Schlagartig wird mir schwarz vor den Augen. Mein Kopf fällt nach vorne und klatscht in die Zwiebelsuppe. Plötzlich ist da eine Stimme, eine undeutliche Stimme, die da sagt: „Mein Gott, Kleiner! Was hast du denn? Du sollst die Suppe essen und dich nicht ertränken."

Mühsam hebe ich den Kopf. Mit der rechten Hand wische ich mir die Zwiebelsuppe aus dem Gesicht. Verschwommen sehe ich das Gesicht des Mädchens vor mir. Mit schwerer Zunge sage ich: „Hab nur 'ne Kugel in der Brust. Seit zwei Tagen schon."

Ich ringe nach Luft. Zunehmend nimmt das Gesicht des Mädchens klarere Konturen an. Entgeistert starren mich ihre Augen an. Krampfhaft versuche ich, aufrecht zu sitzen. Flink springt die Kleine auf und läuft zur Bar. Kurz darauf kommt sie zurück.

„Hier, trink das", sagt sie. In der Hand hält sie einen Cognac. „Das bringt dich wieder auf die Beine."

Ich trinke. Das Zeugs brennt höllisch die Kehle runter. Aber es hilft. Die Nebelschleier vor meinen Augen verschwinden. Die Nutte nimmt wieder Platz. Ihre Stimme klingt plötzlich weich und sanft. „Sind die Flics hinter dir her?"

„Nicht nur die Flics", sage ich gepreßt. „Die halbe Welt ist hinter mir her. Alle wollen mich am Arsch kriegen, die gottverdammten Hurensöhne."

„Warum denn? Hast du jemand umgelegt?"

„Ach was! Ein paar Banken hab ich erleichtert." Erneut wird mir schwarz vor den Augen.

„Komm schon, Kleiner", sagt die Nutte, „schlafen kannst du später", und tätschelt meine Wangen. Das hilft. Ich sehe klarer. Und dann sagt sie noch: „Mit euch Kerlen ist's doch immer dasselbe. Zuerst 'ne große Klappe und dann schlappmachen. Kann ich was für dich tun, du Bankräuber, du?" Das Mädchen lächelt.

„Ja! Bring mich weg von hier."

Wortlos hilft mir das Mädchen auf die Beine, und dann verlassen wir das Restaurant. Kopfschüttelnd schaut der Barkeeper uns nach. Mein Körper ist wie gerädert.

Wenig später sitze ich in einem roten Sportwagen. Ich glaube, es ist ein Ferrari. „Hast 'nen tollen Schlitten", sage ich. „Verkaufst du deinen Arsch in Doppelschichten?" Und dann sage ich nichts mehr.

Häuser und Bäume, Autos und Menschen fliegen an meinen Augen vorbei. Es ist ein angenehmes Gefühl, so dazusitzen, und mit dem Auto durch die Gegend chauffiert zu werden. Und dann steh ich plötzlich vor einem Hochhaus, wenig später im Lift. Irgendwo da oben im Hochhaus schlägt eine Wohnungstür auf. Und dann liege ich plötzlich auf einer Couch. Das tut gut. Angestrengt sehe ich mich um. Teuer und nobel eingerichtet, denke ich, und das Mädchen sagt zu mir: „Wie heißt du eigentlich?"

„Siegfried. Und du?"

„Meine Freunde nennen mich Titti."

Ich schmunzle. „So schaust du auch aus", sage ich mühsam. „Du hast tolle Brüste. Ich mag Frauen mit großen Brüsten."

Sie lächelt. „Soll ich jemand verständigen, Siegfried? Du brauchst unbedingt 'nen Doktor. Kennst du da jemand?"

„Ja, ich kenn da jemand. Madeleine – ruf sie mal an, bitte. Sie wird mir das Ding aus der Brust schneiden. Ist 'ne ehemalige OP-Schwester."

Ich sage Titti die Telefonnummer von Madeleine. Dann schlafe ich ein. Ich bin restlos fertig.

Stimmen reißen mich aus dem Schlaf. Irgend jemand macht sich an mir zu schaffen. Ich öffne die Augen. Da ist Madeleine. Sie hat bereits meine Brustwunde freigelegt. Der Schlaf hat mir gutgetan. Fühle mich wesentlich besser.

„Du machst vielleicht Sachen, Siegfried", sagt Madeleine und streicht mir über das fettige Haar. Ihr Gesicht wirkt besorgt. Ihr Gesicht wirkt meistens besorgt, wenn sie mich sieht, denn sie kriegt mich ja nur zu Gesicht, wenn ich in der Scheiße stecke.

„Hallo, Madeleine", sage ich gepreßt. „So sieht man sich wieder. Du schaust gut aus. Was täte ich nur ohne dich. Schneid mir bitte das Ding da raus, Madeleine."

Dann sind da noch zwei bekannte Gesichter. Der große Kerl mit dem blonden Haar und Schultern so breit wie Mister Olympia ist mein brüderlicher Freund Jimmy.

„Servus, Jimmy", grinse ich. „Hatte mal wieder ein bißchen Ärger. Aber du weißt ja wie das ist, alter Knabe."

Das zweite Gesicht kommt mir auch bekannt vor.

„Ist das vielleicht die kleine Yvonne?" frage ich Jimmy und blicke zu der blutjungen Frau, die etwas abseits steht und zu mir herüberschaut.

„Ja, das war mal die kleine Yvonne", lacht Jimmy.

Yvonne tritt näher. Aus dem kleinen Mädchen von damals mit den langen Zöpfen und der tropfenden Nase ist eine bildhübsche Frau geworden. Yvonne ist Madeleines Cousine.

„Bonjour, Onkel Siegfried", sagt Yvonne. Sie hat Tränen in den Augen. „Wie geht's dir denn? Du schaust schlecht aus, Onkel Siegfried."

„Na ja, Mädchen", sage ich. „'s ist mir schon mal besser gegangen. Aber Unkraut vergeht nicht. Mein Gott, Yvonne; du bist ja 'ne richtige Dame geworden. So richtig zum Verlieben. Weißt du's noch, wie ich dir immer aus

Grimms Märchen vorgelesen hab? Und noch eins: Sag nicht Onkel Siegfried zu mir. Sag einfach Siegfried. Ja?"

Yvonne lächelt so richtig lieb. „Ja, Siegfried. Ich hab's nicht vergessen, auch nicht, daß du mit mir immer das Nachtgebet gesprochen hast. Muß oft daran denken. Warum bist du eigentlich damals nicht bei uns geblieben, Siegfried?"

„Das ist 'ne lange Geschichte, Yvonne. Vielleicht erzähl ich's dir mal. Oder frag doch Madeleine."

Madeleine sagt: „Sei jetzt ruhig, Siegfried. Ich geb dir jetzt 'ne Injektion, dann spürst du nichts, wenn ich dir die Kugel raushole. Die Wunden sehen schrecklich aus. 's ist höchste Zeit. Wo ist eigentlich deine Frau, Siegfried?"

Ich schlucke mächtig. Mit dieser Frage habe ich nicht gerechnet. Ich sage: „Das ist eine gute Frage. Die hat mich hängenlassen. Wenn's nach der ginge, wär ich schon längst verreckt."

Madeleine schaut mich wortlos an. Sie macht sich an meinem linken Arm zu schaffen. Dann verpaßt sie mir die Injektion. Sie hat geschickte Hände. Langsam verspüre ich eine unendliche Leichtigkeit in mir, Nebelschleier schweben vor meinen Augen, und dann wird es dunkel um mich herum.

Wie lange ich ohne Bewußtsein gewesen war, weiß ich nicht. Ich weiß nur eines: Madeleine hat hervorragende Arbeit geleistet. Meine Wunden sind verarztet, und mein Brustkasten schaut aus wie mumifiziert. Fachmännisch verbunden. Und verdammt noch mal! Bewegen kann ich mich auch nicht, vor lauter Binden und Verbänden. Mein Mund ist trocken. Das kommt von der Narkose.

Madeleine betritt das Zimmer. In der Hand hält sie eine kleine Silberschale. Wortlos nimmt sie ein verformtes Metallstück aus der Schale und zeigt es mir.

„Du hast 'nen guten Schutzengel gehabt, Siegfried", sagt

sie. „Das plattgedrückte Ding da hätte dich fast umgebracht. Wie geht's dir jetzt, Siegfried?"

„Geht schon, Madeleine", sage ich. Meine Zunge ist schwer, und das Sprechen bereitet mir Schwierigkeiten. „Dank dir recht schön, Madeleine. Wahrscheinlich wär' ich ohne dich abgekratzt. War total am Ende."

„Bedank dich bei Titti", wehrt Madeleine ab. „Ich hab's gern getan, Siegfried. Du bist mir nichts schuldig. Willst du hier bei Titti bleiben, oder soll'n wir dich zu mir bringen? Es liegt bei dir."

Ich bin verunsichert. „Was meint denn Titti? Red doch mal mit ihr, Madeleine."

„Das hab ich schon. Sie meint, du sollst die nächsten Tage bei ihr bleiben, bis du wieder bei Kräften bist."

Ich erhole mich blendend. Kein Wunder, bei der Pflege! Titti ist rührend um mich besorgt. Ob sie aber in mich verknallt ist, wie Madeleine meinte, kann ich nicht sagen. Titti ist sehr zurückhaltend. Seit drei Tagen bin ich nun schon hier. Zweimal täglich kommt Madeleine vorbei, um nach meinen Verletzungen zu sehen und den Verband zu erneuern.

„Du hast ein sehr gutes Heilfleisch, Siegfried", meint Madeleine. Kein einziges Mal bedrängt sie mich mit der Frage, wann ich denn nun gedenke, bei ihr und Yvonne einzuziehen. Mein Gefühl sagt mir, daß es Madeleine nicht recht ist, daß ich noch immer bei Titti wohne. Aber Titti ist eine hervorragende Köchin. Sie füttert mich so richtig raus. Das habe ich auch nötig. Die schweren Schußverletzungen haben mich ziemlich geschwächt. Habe in den wenigen Tagen über zehn Kilo abgenommen.

Seitdem ich bei Titti wohne, hat sie alle ihre „Geschäftstermine" abgesagt. Das kostet sie ein Vermögen. Darauf angesprochen, meinte sie lapidar, sie bräuchte auch mal Urlaub, und dann lachte sie ihr frisches Lachen. Wir verstehen uns sehr gut. Sie hat Sprachen studiert. Von Beruf ist sie Dolmetscherin, das weiß ich von ihren Diplomen, die eingerahmt an der Wand im Wohnzimmer hängen. Sie beherrscht vier Sprachen perfekt in Wort und Schrift, erzählt sie mir. Aber dann hat sie der Job angeödet, sagt sie ohne Umschweife. Sie hat öfters mit ihren Chefs und Auftraggebern geschlafen. Das ergibt sich so, wenn man sich ständig im Ausland aufhält.

Eines Tages sagte sie sich, das könne sie auch für Geld tun, das mit den Männern. Und seitdem tut sie's für Geld. Sie könnte zwar damit aufhören, aber die richtige, wahre Liebe sei ihr bisher noch nicht begegnet. Und als sie das zu mir sagt, kuschelt sie sich an mich und streicht mir zärtlich durchs Haar. Tittis richtiger Name ist Michelle. Seitdem ich das weiß, nenne ich sie nur noch Michelle – gefällt mir besser als Titti. Ihre großen Brüste und die aufreizende, erotische Figur, treiben mich langsam zum Wahnsinn. Die ersten zwei Tage hat Michelle mich immer gewaschen. Ich bin in der Badewanne gesessen, und sie hat mich abgeseift und geschrubbt. Jedesmal, wenn sie sich über mich beugte, starrten mich ihre riesigen Brüste an, die aus ihrer Bluse hervorquollen. Das machte mich immer ganz verrückt, und Michelle hat es gemerkt, wie verrückt mich das macht. Sie hat sehr zärtliche Hände. Sie ist überhaupt sehr zärtlich und lieb. Obwohl ich immmer nackt in der Badewanne gesessen bin, hat sie mich noch kein einziges Mal an meinem Penis berührt. Ich habe immer drauf gewartet, daß sie es tut, aber sie hat es nie getan.

Nun bin ich schon den fünften Tag bei Michelle. Madeleine hat meine Verbände durch kleinere Pflasterverbände ersetzt. Jetzt kann ich mich wieder vernünftig bewegen. Den linken Arm trage ich in der Schlinge, damit die genähte Brustwunde nicht aufbricht. Das Baden ist ein wahres Vergnügen. Michelle ist im Bad und läßt das Wasser einlaufen. Leise öffne ich die Badetüre und husche hinein. Michelle schreckt zusammen. Fragend blickt sie mich an.

Und dann passiert das, was ich mir all die vergangenen Tage so sehnlichst herbeigewünscht habe, daß es passieren möge. Wir lieben uns in der Badewanne.

Michelle stöhnt vor Wohllust. Es ist wunderschön. Wir lieben uns in verschiedenen Stellungen, und als Michelle auf meinem Schoß sitzt, über mir ihre großen Brüste, lassen wir uns treiben, und am Höhepunkt unserer Gefühle verströmen wir ineinander. Manchmal verspüre ich einen leichten Schmerz in der Brust und in der Seite, aber was ist schon jener unbedeutende Schmerz gegen jene himmlischen Gefühle?

Erschöpft und schweißüberströmt setzen wir uns in die Wanne und waschen uns. Es ist unglaublich schön, so in der Badewanne zu sitzen und sich gegenseitig zu waschen. Michelle ist liebevoll und liebesbedürftig, wie ich es selten zuvor bei einer Frau erleben durfte. Michelle ist eine Vollblutfrau. Nachts liegen wir eng aneinandergeschmiegt im Bett, wir liebkosen uns, und wenn wir uns erschöpft in die Kissen zurücksinken lassen, kann ich es nie so recht begreifen, daß diese junge, zärtliche, liebesbedürftige Frau jenem anrüchigen Gewerbe nachgeht, das man Prostitution nennt.

Dann, eines Tages, als Michelle aus der Stadt vom Einkaufen zurückkommt, führt sie ein kleines Mädchen an der Hand. Es ist ein liebes und herziges Mädchen mit einem lustigen Pferdeschwänzchen und einem kindlich weichen Gesichtchen, das man einfach gern haben muß. Überrascht schaue ich Michelle an.

„Das ist Sophie, meine Tochter", sagt Michelle ohne Umschweife, und zu Sophie gewandt: „Sag mal guten Tag, Sophie."

Die Kleine löst sich aus der Hand ihrer Mutter und läuft auf mich zu. Ihr helles Stimmchen piepst: „Bonjour, Monsieur. Ich bin Sophie, und das ist meine Mutti. Ich bin schon drei Jahre alt. Bist du mein neuer Papi?"

Ich bin verlegen. „Hallo, Sophie", sage ich und streiche ihr liebevoll übers Haar. „Du bist aber ein hübsches Mädchen. Möchtest du denn, daß ich dein neuer Papi bin?"

Die Kleine mustert mich von oben bis unten, wie Kinder eben Erwachsene mustern. „Das weiß ich noch nicht, Monsieur, Mutti sagt, wir brauchen keinen Papi. Ohne Papi geht's uns viel, viel besser, als mit einem Papi, hat Mutti gesagt. Stimmt das, Mutti?"

Fragend blickt Sophie ihre Mutter an. Michelle ist sichtlich irritiert.

„Qui, Sophie. Manchmal schon. Und jetzt geh spielen. Ja?"

„Qui, Mutti. Ich koch für Omi was. Soll ich für dich auch was kochen?" Sophie blickt mich fragend an.

„Meinst du mich, meine Kleine?"

„Qui, Monsieur."

„Wenn du willst, dann koch was Feines für mich. Ich freu' mich drauf. Und laß nichts anbrennen. Ja, Sophie?" Sophie lacht vergnügt. Ein Liedchen vor sich hinträllernd, verschwindet sie in ihrem Zimmer. Da steht ihre Puppenküche.

Michelle nimmt mich in den Arm, küßt mich zärtlich auf den Mund. Ich mag es sehr, wenn eine Frau mich in den Arm nimmt. Dann sagt sie: „Überrascht, Siegfried?"

„Das kannst du laut sagen. Du bist 'ne einzige Überraschung. Du hast 'ne sehr liebe Tochter. Sophie gefällt mir. Wirklich! Ist sie immer so aufgeschlossen? Normalerweise fremdeln doch Kinder ihres Alters!"

Michelle lacht glücklich. „Sophie nicht. Sie ist halt meine Tochter." Dann schmiegt Michelle sich ganz fest an mich. „Du, Siegfried", sagt sie. „Hab da was auf dem Herzen. Weiß aber nicht so recht, wie ich's dir sagen soll."

Ich küsse Michelles Haar. Es duftet betörend. „Aber Michelle? Bist du etwa verlegen? Komm schon, sag, was du auf dem Herzen hast. Mit mir kann man doch reden. Oder etwa nicht, mein Mädchen?"

„Sicher! Das schon!... Vielleicht hältst du mich für verrückt, Siegfried? Aber ich hab mir gedacht..." Michelle zögert. „Ach was, ich sag's einfach! Was hältst du davon, Siegfried, wenn wir zusammenbleiben? Wir könnten's doch wenigstens mal versuchen? Was meinst du, mon Cherie?"

Ich bin wie vor den Kopf gestoßen. Mit allem habe ich gerechnet, nur nicht mit dieser Frage. Ich überlege. Michelle läßt mich nicht aus den Augen. Was habe ich schon zu verlieren, denke ich. Michelle ist sehr lieb und zuverlässig und obendrein noch sehr hübsch, und Sophie war mir sofort ans Herz gewachsen. Eigentlich müßte ich mich glücklich schätzen, sage ich mir, wenn eine Frau wie Michelle mir ihre Liebe und Freundschaft anbietet. Wer bin ich denn eigentlich? Ein von Interpol gejagter Bankräuber, körperlich angeschlagen, im Grunde genommen ein Mann ohne jegliche Zukunft, fortwährend mit einem Fuß im Grab – einer, der abends mit der Knarre zu Bett geht, um frühmorgens mit der Knarre aufzustehen. Und so sage ich: „Warum eigentlich nicht, Michelle? Versuchen wir's. Aber da ist eine Sache, die..."

„Ich weiß, Siegfried, was du sagen willst", fällt Michelle mir ins Wort. „Mein Job geht dir gegen den Strich. Ist es das?"

„Ja, Michelle."

„Wenn du willst, höre ich sofort damit auf. Bin niemandem verpflichtet. Hab einiges auf die hohe Kante gelegt. Den Ferrari verkaufe ich. War sowieso 'ne Schnapsidee, das mit dem Ferrari. Und dann hab ich noch ein Grundstück und ein Zweifamilienhaus. Das ist vermietet."

Michelle blickt mich an und streicht mir durchs Haar. Sie lächelt zufrieden. Dann sagt sie noch: „Oder wir geh'n nach Guadeloupe. Vor Jahren hab ich da mal ein Grundstück gekauft, als Geldanlage. Hab's günstig gekriegt. Es liegt direkt am Meer, mit Palmen und Mangobäumen drauf. Na, was meinst du, Siegfried? Da könnten wir ein kleines Cottage draufbaun? Für Sophie wär's auch schön. Sie planscht doch so gern im Wasser."

„Alles recht und schön, Michelle", erwidere ich nachdenklich. „Und was tu ich? Mich von dir aushalten lassen? Nein! Hab noch nie vom Geld einer Frau gelebt. Das hätte ich schon vor Jahren haben können, was du mir da vorschlägst. Red doch mal mit Madeleine."

„Du bist einfach zu stolz, Siegfried?!" erwidert Michelle spontan.

„Ja! Genau! Du sagst es. Es ist mein Stolz. Nur Penner lassen sich von Frauen aushalten. Scheiß drauf!"

„Du mit deinem gottverdammten Stolz!" sagt Michelle aufgebracht. In ihre Augen tritt ein angriffslustiges Leuchten. „Schau doch wo du hingekommen bist, mit deinem borniertem männlichen Stolz? Du hast Interpol im Genick und dann solche Saukerle, die dich fast erschossen hätten. Und was ist mit deiner Frau? Die hat dich im Stich gelassen! Dein Stolz bringt dich noch mal um. Jetzt erhole dich erst mal, dann reden wir weiter. Übrigens! Hast du nicht mal gesagt, wie gerne du schreiben möchtest. Schreib doch einen Roman oder sonst was. Du hast doch eine Menge erlebt. So was wollen die Leute doch lesen. Ich könnte dir dabei helfen, dein Manuskript ins Französische übersetzen."

„Ja, das könnt ich schon machen. Und das mit Guadeloupe ist keine schlechte Idee."

Michelle lacht. „Weißt du, wo ich heute noch war? Das errätst du nie."

„Warum fragst du mich dann? Also, sag's schon, Michelle."

„Ich war in der Zentrale von Interpol. Die ist ja hier in Paris."

„Ja, bist du von allen guten Geistern verlassen, Michelle?" wettere ich darauflos. „Verdammt noch mal! Du bringst mich in Teufels Küche. Was hast du denn da gemacht? Hoffentlich keine Erkundigungen über mich eingezogen? Heiliges Kanonenrohr!"

Michelle funkelt mich an. „Für wie blöd hältst du mich eigentlich, mon Cherie? Für total bescheuert? Ich kenne da ein hohes Tier. Ein ganz ein hohes, verstehst du? Der tut für mich alles. Wenn du willst, besorg' ich dir 'ne neue Identität. Kein Problem. So mit neuem Namen und französischem Paß, was du halt so brauchst. Na, was sagst du, Siegfried?"

Im ersten Moment sage ich gar nichts. Mir hat es die Sprache verschlagen. Dann sage ich: „Kein Bulle macht was umsonst. Der Kerl will dich sicher bloß vögeln. Will nicht, daß du für mich die Beine breit machst. Und für so 'nen Beamtenarsch von Interpol schon gar nicht."

Michelle drängt sich an meinen Körper und drückt ihren Schoß gegen meine Lenden. Mir wird schon wieder ganz heiß. Sie hat mich voll im Griff. Trotzdem! Ich schiebe sie etwas von mir weg: „Michelle! Hör schon auf", sage ich barsch. „Jetzt Spaß beiseite. Wer ist der Kerl da von Interpol?"

Michelle lächelt mich provozierend an. Trocken sagt sie: „Der Vater von Sophie! Verstehst du nun, du lieber, mißtrauischer Bankräuber, du?"

Meine Gedanken schlagen Saltos. Sophies Vater ein hohes Tier von Interpol? . . . Das gibt's doch nicht! Will Michelle mich auf den Arm nehmen, in Sicherheit wiegen? . . . Zunehmend gewinne ich wieder die Kontrolle über meine aufgescheuchten Sinne.

„Stimmt das auch wirklich, Michelle, das mit Sophies Vater?"

„Ja, glaubst du, ich erzähl' dir Märchen. Der Kerl ist verheiratet. Ein wirklich hohes Tier. Der kann sich keinen Skandal leisten. Wenn das seine holde Gattin erfährt, das mit Sophie und mir, ist die Hölle los. Die schmeißt ihn hochkant raus. Pariser High Society, verstehst du. Das wäre das Ende seiner Karriere."

„Willst du damit sagen, niemand weiß was von Sophie? Außer dir und dem Oberbullen da?"

Michelle lächelt amüsiert. „Ja, mon Cherie! Das will ich damit sagen. Nicht mal meine Mutter weiß, wer Sophies Vater ist. Hab ihn mal geliebt. Aber das ist schon lange vorbei. Also, Siegfried, was meinst du nun?"

Ich bin mit Michelles Vorschlag einverstanden. Wir verbringen wundervolle Tage zusammen, Michelle, Sophie und ich. Aber anscheinend habe ich mir zuviel zugemutet. Eines Tages bricht meine Brustwunde auf. Damit Madeleine meine Wunde fachgerecht behandeln kann, ziehe ich zu ihr und Yvonne. Michelle ist darüber zwar nicht sonderlich glücklich, aber letztendlich sieht sie's doch ein. Sie will nur mein Bestes. Michelle ist 27 Jahre jung und weiß, was sie will.

„Du wirst mir fehlen, mon Cherie", sagt Michelle, und halb ernst, halb spaßig meint sie noch: „Laß mir ja die Finger von Madeleine! Sonst schneid' ich dir deinen ganzen Stolz ab."

Die kleine Sophie ist schrecklich traurig. In den wenigen Tagen haben wir uns angefreundet und liebgewonnen. Sophie sagt: „Du, Onkel Siegfried! Wenn du wieder gesund bist, kommst du dann wieder zu mir und Mutti? Ich möchte, daß du wiederkommst, weil ich die Enten füttern will, da an der Seine."

„Ganz klar, ich komm wieder, Sophie. Hab dir's doch versprochen, du kleiner Frechdachs, du."

Zwei Tage später kommt mein Freund Jimmy bei Madeleine zu Besuch. Er nimmt mich beiseite und sagt: „Du, Siegfried, hab schlechte Nachrichten."

Als Jimmy das sagt, wird mir schlagartig heiß. „Dann schieß mal los, Jimmy", sage ich gefaßt. „Bin ja schlechte Nachrichten gewohnt."

Jimmy berichtet, aus zuverlässiger Quelle habe er erfahren, daß die deutschen Verfolgungsbehörden beabsichtigen, meine Frau unter einem fadenscheinigen Grund zu verhaften, sobald sie deutschen Boden betritt. Damit soll ich unter Druck gesetzt werden. Von meiner Frau weiß ich, daß sie seit langem eine Reise nach Deutschland geplant hat. Sie will ihren Vater zu dessen siebzigsten Geburtstag in Esslingen besuchen. Soweit ich mich noch erinnere, wird Gaby am 12. Oktober zusammen mit Oliver auf dem Flughafen Paris-Orly ankommen. Mit dem Zug will sie dann von Paris aus in die BRD einreisen.

Zwei Tage kämpfe ich mit mir, was ich tun soll. Dann fasse ich einen folgenschweren Entschluß. Ich werde Gaby und Oliver am 12. Oktober auf dem Flughafen Paris-Orly abfangen, sie warnen und dann gemeinsam mit ihnen in die BRD einreisen. Außerdem kann ich es nicht mehr erwarten, meinen lieben Buben Oliver in die Arme zu schließen. Er fehlt mir sehr. Mit Unbehagen im Bauch unterrichte ich Michelle von meinem Vorhaben. Mir ist dabei nicht wohl in der Haut. Michelle ist sehr besorgt und wenig begeistert von dem, was ich zu tun gedenke.

„Du mußt selbst wissen, was du tust, Siegfried", sagt sie mit besorgter Miene. „Verdient hat sie's nicht, deine Frau. Frage mich also bitte nicht, was du tun sollst. Es ist einzig und allein deine Entscheidung. Möchte mir später nicht deine Vorwürfe anhören, ich hätte dich beeinflußt."

Michelle nimmt mich in die Arme und blickt mir in die Augen. „Kommst du wieder zu uns zurück, Siegfried? Dränge dich zu nichts. Möchte nur wissen, wie ich dran bin. Das verstehst du doch, oder, Siegfried? Übrigens. Deine Frau kommt am 12. Oktober mit der 14.00-Uhr-Maschine. Habe mich erkundigt."

Michelle verhält sich großartig. Diesen Großmut hätte ich ihr niemals zugetraut. Weit weniger rücksichtsvoll ist da schon Madeleine: Unverblümt wirft sie mir an den Kopf, meine Frau, diese egoistische und rücksichtslose Schlampe, soll doch zusehen, wie weit sie kommt.

„Schnapp dir deinen Sohn Oliver", sagt sie resolut, „und sie überläßt du ihrem Schicksal. Die hat's nicht besser verdient. Frauen, die ihre Männer im Stich lassen, wenn sie im Schlamassel stecken, sind keinen Schuß Pulver wert. Wo wärst du denn heute, Siegfried, wenn Michelle und ich dir nicht geholfen hätten? Sicher im Leichenschauhaus, in so einem eisgekühlten Fach, mit einem Zettel an der großen Zehe dran. Dein Oliver weiß ja gar nicht, was er da für eine Rabenmutter hat. Die Frau bringt dir kein Glück."

Verdammt noch mal! Im Grunde genommen hat Madeleine recht. Doch ich kann nicht anders! Gaby ist immerhin Olivers Mutter. Nein! Ich kann sie nicht ins offene Messer rennen lassen. Verflixt und zugenäht, ich wollte, ich könnte es, aber ein Gefühl schreit in mir: Tu's nicht!... Ich bin halt mal ein Gemütsmensch, und das wird in letzter Konsequenz mein Untergang sein.

Zu Michelle sage ich: „Ich werde wiederkommen, Michelle. Hab dich und Sophie sehr liebgewonnen. Und dann vergess' ich nicht, was du für mich getan hast. Du bist schwer in Ordnung, Michelle. Wenn ich zurück bin, packen wir unsere Sachen und geh'n nach Guadeloupe. Kann leicht sein, daß ich Oliver mitbringe. Der Bub und Sophie würden sich bestimmt gut versteh'n."

Und dann habe ich plötzlich Worte auf der Zunge, die zu sagen ich mir unschlüssig bin. Aber dann sage ich's doch: „Ihr Prostituierten seit schon eigenartige Frauen, warmherzig und, wenn's sein muß, knallhart."

Nachdenklich geworden blicke ich zu Boden. Meine Augen schimmern feucht. Schlagartig fühle ich mich hundeelend.

# 3. TEIL

# 40

12. Oktober 1983. Flughafen Pafis-Orly. 14.00 Uhr. Soeben ist die aus Martinique kommende Boeing 747 der Air France gelandet. Ich bin ungewöhnlich nervös. Die Wiedersehensfreude mit Oliver ist mir ins Gesicht geschrieben. Hoffentlich sind die beiden auch in der Maschine? Aufgeregt warte ich in der Ankunftshalle. Wie kopflos drängen sich die Menschen um das Fließband, auf dem das Reisegepäck liegt. Mit aufmerksamen Augen verfolge ich den Rundlauf des Bandes und die daraufliegenden Koffer, Taschen und Kisten. Ein Koffer sticht mir ins Auge. Ich täusche mich nicht, es ist Gabys Koffer. Angestrengt sehe ich mich um. Von meiner Frau und Oliver ist nichts zu sehen. Mein Puls jagt wie verrückt. Verdammt! Ob sie doch nicht gekommen sind? frage ich mich. Aber da ist ja der Koffer!

Dann sehe ich sie. Zuerst Oliver, dann Gabys Freundin Sylvia und schließlich meine Frau. Oliver kann es gar nicht glauben, daß ich es bin. Dann liegen wir uns in den Armen, mein Sohn und ich. Die Begrüßung mit Gaby ist weit kühler. Sie hat ein schlechtes Gewissen. Ich seh's in ihren Augen.

„Komm, Gaby", sage ich ziemlich frostig, „ich muß dich sprechen."

Sie weigert sich, mit mir zu kommen. Sie hat Angst. Ich erkenne es sofort an ihrem Gesichtsausdruck, wenn sie Angst hat.

„Ich tu' dir schon nichts", sage ich. „Allen Grund hätte ich ja, mich zu revanchieren. Du bist eiskalt und hast kein Gewissen. Wie einen Hund hättest du mich verrecken lassen. Jetzt mach schon und kommt mit. Wenn du nicht willst, dann schau zu, wie du alleine zurechtkommst. Aber eines sage ich dir gleich. Wenn ich von hier weggeh', dann nehm' ich Oliver mit. Also, was ist jetzt?"

Wir setzen uns ins Flughafen-Restaurant. Es ist das gleiche Lokal, in dem Michelle mich vor Wochen aufgegriffen hat. Das Lokal befindet sich im 1. Stock. Sylvia wartet mit Oliver im Erdgeschoß in der Cafeteria. Ich erkläre Gaby, was Sache ist. Sie wird ganz blaß im Gesicht. Plötzlich springt sie auf und läuft zur Toilette. Als sie zurückkommt, zittern ihre Hände, und in ihren Augen stehen Tränen.

Gut zwei Stunden später fährt Sylvia, die Freundin meiner Frau, mit dem Zug nach Frankfurt. Einige Tage später wird sie der Kripo verraten, daß ich mich in Deutschland aufhalte. Nicht nur das! Sie sagt der Kripo zu, sich mit mir zu treffen, um mich in einen Hinterhalt zu locken. Das ist der Dank dafür, daß ich sowohl ihr als auch ihrem Ehemann mehrmals finanziell aus der Patsche geholfen habe.

Oliver ist sehr glücklich und aufgeregt. Er redet wie ein Wasserfall. In der Nähe des Pariser Ostbahnhofs sitzen wir in einem Bistro und warten auf die Abfahrt unseres Zugs nach Stuttgart. Bis Mitternacht haben wir noch eine Menge Zeit.

In den Morgenstunden, so gegen 7.30 Uhr, erreichen wir Stuttgart. Unweit vom Stuttgarter Hauptbahnhof steigen wir in einem Hotel ab. Gaby ruft ihre Mutter an. Während Gaby telefoniert, mache ich mich mit Oliver daran, die Koffer auszupacken. Plötzlich ruft Gaby: „Siegfried! Komm mal her! Schnell!" Sie ist furchtbar nervös.

Ich nehme den Hörer aus Gabys Hand und spreche mit ihrer Mutter. Die Kripo ist bei ihr im Haus, sagt sie aufgeregt. Wir müssen sofort verschwinden.

So schnell es geht, packen wir unsere Habseligkeiten zusammen und verlassen unverzüglich das Hotel. Oliver weiß gar nicht, wie ihm geschieht. Der Bub ist müde und hungrig. Wir alle sind ausgepowert und am Ende unserer Kräfte. Um allen Eventualitäten vorzubeugen, meide ich den Stuttgarter Hauptbahnhof. Mit einem Taxi lassen wir uns ins etwa 100 Kilometer entfernte Pforzheim fahren. Ich möchte so versuchen, unsere Spur zu verwischen.

Der Taxifahrer setzt uns in der Stadtmitte von Pforzheim ab. Wir steigen aus. Das Taxi entfernt sich. Gaby ist überrascht. Sie sagt: „Was sollen wir in der Stadtmitte, Siegfried? Wir müssen doch zum Bahnhof."

„Laß mich nur machen. Der Kerl fährt wieder nach Stuttgart zurück. Was, wenn Kommissar Zufall zuschlägt und dem Taxifahrer auf die Spur kommt? Die Bullen brauchen ja nicht gleich zu wissen, daß wir mit dem Zug unsere Reise fortsetzen."

Gegen 22.00 Uhr erreichen wir Hannover und steigen im „Thüringer Hof" ab. Oliver ist überglücklich. Wie eine Klette hängt er an mir. Der Bub hat schreckliche Angst, ich könnte ihn wieder alleine lassen. Täglich wechsle ich den Pflasterverband meiner Brustwunde. Die Wunde ist überraschend gut verheilt, obwohl sie immer noch ein wenig Eiter und wässeriges Sekret absondert. Die Schmerzen haben zwar nachgelassen, doch fortwährend ist da so ein stechendes Pochen in der Brust. Ich verziehe keine Miene, und wenn Gaby mich nach den Schmerzen fragt, sage ich, alles sei in Butter. Schmerz zu ertragen, hat mir noch nie etwas ausgemacht. Ich hab's lernen müssen, von Kindheit an, und ich bin froh darüber, daß ich es gelernt habe, mit dem Schmerz umzugehen, denn ansonsten wäre ich schon längst unter der Erde.

Jedesmal wenn ich den Verband wechsle, sitzt Oliver neben mir und beobachtet mich aus großen Augen. Und jedesmal, wenn ich die vereiterte und verkrustete Binde von der Wunde löse, verzieht Oliver sein liebes Gesichtchen, als würde er den Schmerz verspüren, der soeben meinen

Körper durchströmt. Dann berührt er mit seinen weichen Händchen mein Gesicht und streichelt meinen nackten Rücken genauso, wie er mich damals immer gestreichelt hatte, als ich noch täglich von asthmatischen Erstickungsanfällen heimgesucht wurde. Überdies bombadiert er mich mit Fragen, wer mir diese schlimme Wunde beigebracht habe. Davon, daß seine Mutter mich im Stich gelassen und mir ihre Hilfe verweigert hatte, sage ich nichts. Ich vermeide es, zwischen Mutter und Sohn einen Keil zu treiben. Der Bub soll von seiner Mutter eine gute Meinung haben. Die beiden anderen Schußverletzungen sind gut verheilt und bereiten mir so gut wie keine Schwierigkeiten mehr. Enorme Schwierigkeiten macht mir jedoch der gewaltige Gewichtsverlust. Von meinem ehemals muskulösen Oberkörper und den muskelbepackten Oberarmen ist nicht mehr viel übrig. Es wird seine Zeit dauern, bis ich meine frühere Kampfkraft, Kondition und Belastbarkeit wiederherstellen kann.

Eines Tages fällt Gaby mir weinend um den Hals. Sie schluchzt bitterlich und ist todunglücklich. Sie sagt, sie könne nicht verstehen, was damals in sie gefahren sei, als sie mich im Stich gelassen hat. Mehrmals bittet sie mich um Verzeihung. Unter Tränen verspricht sie mir, so etwas nie wieder zu tun.

„Wir müssen zusammenhalten, Siegfried", sagt Gaby. „Wenn wir vorsichtig sind, schaffen wir's auch so." Und dann meint sie noch, wir sollten uns nach Kuba oder Brasilien absetzen.

Von Tag zu Tag wird das Verhältnis zu meiner Frau lockerer. Ich vermeide es, sie auf ihre Worte am Telefon anzusprechen. Das hat ohnehin keinen Sinn. Überdies versuche ich, die mörderischen Geschehnisse aus meinem Gehirn zu verdrängen. Wir kommen gut miteinander zurecht. Im Grunde genommen bin ich kein nachtragender Mensch, und Rachegefühle sind mir fremd – ein Überbleibsel meiner katholischen Erziehung. Und dann ist da noch jenes Gefühl in mir, das ich meiner Frau entgegenbringe. Immer öfter ertappe ich mich dabei, daß ich Gaby noch immer liebe, und versuche, ein harmonisches Familienleben zu führen, schon um meines Sohnes willen.

In Hannover verbringen wir 12 glückliche Tage. Oliver fühlt sich pudelwohl. In der Nähe des Hotels befindet sich ein gemütliches Bistro mit einer „Fernsehsäule". Das Bistro ist bekannt unter dem Namen „Journal". Oliver ist ganz wild auf die Mickey-Mouse-Filme. Ich liebe sein frisches Lachen. Doch am wohlsten fühlt er sich, wenn er bei mir im Bett schlafen darf. Jeden Tag sitzen Oliver und ich zusammen in der Badewanne und plantschen im Wasser, wie wir es früher immer getan hatten.

Dann, es ist der 23. Oktober – ich sitze in der Badewanne – ruft Gaby aufgeregt: „Komm mal schnell, Siegfried! Da ist was im Fernsehen, von Grenada."

Flink steige ich aus der Wanne und laufe ins Zimmer. Was ich da zu sehen und zu hören bekomme, treibt mir den Puls in die Höhe. Der Nachrichtensprecher sagt, auf der Karibikinsel Grenada sei ein Putsch ausgebrochen. Ehemalige Sinnesgenossen von Grenadas Premierminister Maurice Bishop haben diesen standrechtlich erschossen und versucht, die Regierung zu stürzen. Auf Intervention der Premierministerin der Karibikinsel Dominica bei US-Präsident Reagan seien US-Streitkräfte auf Grenada gelandet. Die Invasion der US-Truppen verlaufe planmäßig. Der Widerstand sei nur gering.

Im ersten Moment kann ich es nicht fassen, was mir da aus dem Fernseher entgegenflimmert. Maurice Bishop ermordet... Ich kannte diesen Mann persönlich. Ein fähiger und gemäßigter Politiker, dessen Lebensinhalt es gewesen war, die Wirtschaftsstruktur von Grenada auszubauen und die katastrophal hohe Arbeitslosigkeit zu beseitigen. Der

Putsch kam den Vereinigten Staaten gelegen, zumal ihnen das sozialistische System auf Grenada seit langem ein Dorn im Auge gewesen war. In ihrem Vorhof wollten sie kein zweites Kuba entstehen lassen.

## 41

Ende Oktober 1983. Mit einem Mietwagen fahren wir von Hannover über Kehl am Rhein ins Allgäu. In Kempten steigen wir im „Hotel Königshof" ab.

Gaby ist völlig deprimiert und niedergeschlagen. Sie hat mit ihrer Mutter telefoniert, erklärt sie mir. Ihre Mutter hat einen Erpresserbrief erhalten. Der Erpresser fordert eine sehr hohe Summe, ansonsten werde er Gabys Sohn Christian etwas antun. Gaby weint. Ich nehme sie in den Arm und verspreche ihr, die Sache zu regeln.

Hinter der hundsgemeinen Erpressung vermute ich meinen ehemaligen Architekten Jan Heinrich Struckenberg, den ich damals fristlos gefeuert hatte. Ihm ist eine solche Schweinerei zuzutrauen. Dieser schwerwiegende Verdacht erhärtet sich, da Strucki mir seinerzeit auf St. Lucia das Angebot gemacht hatte, ich solle seine Ehefrau aus dem Wege räumen. Doch Mord ist nicht mein Geschäft. Damit will ich nichts zu tun haben. Ich bin Bankräuber und kein Killer. Um den Beweis zu erbringen, daß Strucki hinter dieser Erpressung steckt, habe ich vor, die geforderte Summe in einem Schließfach des Stuttgarter Hauptbahnhofs zu deponieren und der Kripo einen anonymen Tip zu geben. Strucki, dieser Bastard, soll in die Falle tappen. Seine Geldgier wird ihm zum Verhängnis werden.

Das ist mein Plan. Um ihn in die Tat umzusetzen, werde ich mir die erforderliche Summe durch einen Raubüberfall beschaffen. Eigentlich wollte ich mit den Banküberfällen Schluß machen. Aber ich habe keine andere Wahl. Ich will, daß Strucki, dieser ehrlose und miese Polizeispitzel, das bekommt, was er verdient: Er soll im Gefängnis landen. Und so beschließe ich, mit einem Komplizen die Bankfiliale Riedering der Sparkasse Rosenheim zu überfallen. Diese Filiale hatte ich bereits am 5. November 1981 um etwa 210 000,- DM erleichtert.

Als Komplizen gewinne ich Günter. Er ist ein ehemaliger Angestellter. Um den Plan zu besprechen, treffen wir uns mehrmals in der Nähe von Rosenheim. Während ich die Vorbereitungen für den Banküberfall treffe, kämpfe ich oftmals mit dem Gedanken, die ganze Sache abzublasen. Ich sage mir: Schnapp dir Oliver und setz dich ab nach Paris, wie du's mit Michelle besprochen hast! Ist Gaby dir zur Seite gestanden, als du um dein Leben gekämpft hattest?

Doch ich bringe es nicht übers Herz, Gaby in dieser für sie so deprimierenden Situation im Stich zu lassen.

Montag, 21. November 1983. Kurz nach Mitternacht.

Gaby nimmt mich in die Arme und küßt mich auf den Mund. „Sei vorsichtig, Siegfried", sagt sie. Sie ist besorgt. Ihre Besorgnis ist echt und nicht gespielt.

„Du, Papa", sagt Oliver mit weinerlicher Stimme. „Ich will auch mit. Nimmst du mich mit, Papa?" Aus bittenden Augen blickt mein Sohn zu mir hoch.

„Das geht nicht, Oliver", sage ich und nehme den Buben auf den Arm. „Du darfst in meinem Bett schlafen. Und paß auf die Mama auf. Morgen früh bin ich ja wieder da."

Mir ist nicht wohl in der Haut. Es ist stets dasselbe Gefühl, wenn ich losfahre, um eine Bank auszurauben, und meinen Oliver zurücklassen muß. Ein beschissenes Gefühl, ein Gefühl, das mir an die Nieren geht. Doch heute habe ich ein ungutes Gefühl. Komisch! Am liebsten würde ich hierbleiben, hier bei Oliver und meiner Frau. Es ist ein Wahnsinn, in meinem gesundheitlich angeschlagenen Zustand einen derartigen Coup durchzuziehen. Vorsichtig lasse ich Oliver zu Boden gleiten, nehme meine Tasche auf und gehe zum Lift. In der Tasche befindet sich meine Winchester, mit der ich mir auf Martinique die verdammten Kopfgeldjäger vom Leibe gehalten hatte. Der Lift kommt. Oliver steht neben mir. Er ist barfuß und lediglich mit Unterhöschen und Unterhemdchen bekleidet.

„Papa! Gib mir noch ein Bussi", sagt Oliver mit trauriger Stimme. Ich gehe in die Hocke und küsse meinen Sohn, und dann drücke ich ihn fest an meine Brust, sehr lange, viel, viel länger als üblich, und je länger ich meinen kleinen Sohn in den Armen halte, um so elendiger wird mir zumute. Meine Augen schimmern feucht. Am liebsten würde ich mit Oliver wieder zurück ins Hotelzimmer gehen und die ganze Sache abblasen. Schweren Herzens löse ich mich aus der Umarmung meines Sohnes. Ich betrete den Lift. Bevor sich die Türe schließt, ruft Oliver mir noch zu: „Papilein. Ich warte auf dich."

Das letzte, was ich von meinem Sohn noch sehe, sind seine nackten Beinchen und das weiße Unterhöschen. Die Tür schließt sich, und mein lieber, kleiner Bub verschwindet aus meinem Blickfeld.

Auf den Tag genau werden drei Jahre und vier Monate vergehen, bis ich meinen geliebten Sohn Oliver wiedersehen werde, und zwar in der Strafanstalt Lingen I, da an der deutsch-niederländischen Grenze. Doch noch ahne ich nichts davon.

Ich starte den Wagen und fahre los. Es ist sehr neblig, und die Fahrbahn ist vereist. Ich sehe keine zehn Meter weit. Eine trostlose Nacht. Und wie ich so dahinfahre, lasse ich die vergangenen Wochen Revue passieren. Das Beisammensein mit Oliver hat mir gutgetan, und die anfänglich frostige Beziehung zwischen meiner Frau und mir wurde von Tag zu Tag herzlicher und wärmer. Darüber bin ich froh.

Stockdunkle Nacht. Es ist kalt. Gegen 4.00 Uhr dringen Günter und ich in die Bankräume ein. Wir benutzen dasselbe Fenster, durch das ich bereits vor zwei Jahren in die Bank eingedrungen bin, um die Räumlichkeiten auszuspionieren.

Beim Eintreffen der vier Bankangestellten stoßen wir zwar auf unerwartete Schwierigkeiten, doch letztendlich gelingt es, den Tresorinhalt an uns zu bringen und die Bank ungehindert zu verlassen. Doch Günter begeht einen katastrophalen und folgenschweren Fehler: Anstatt, wie es der Plan vorsieht, den ungefesselten Kassierer in den Besenschrank einzuschließen, läßt Günter den Kassierer stehen und rennt völlig kopflos hinter mir her. Der Fehler eines Vollidioten!

Schweratmend stehen wir vor unserem Pkw. Der Wagen steht abseits in einer Seitenstraße. Ich schließe die Fahrertüre auf und werfe die Tasche mit der Beute auf den Rücksitz. Ich bin innerlich völlig ruhig.

„Es hat sich doch noch gelohnt, Günter", sagte ich. Plötzlich sind da Schatten. Mein Kopf fliegt herum. Ich traue meinen Augen nicht. Das Blut gefriert mir buchstäblich in den Adern. Ich brülle Günter an: „Verdammt noch mal! Schau mal, wer da hinten steht!"

Keine 20 Meter von uns entfernt steht der Kassierer und ein Straßenpassant. „Warum hast du den Kassierer nicht im Besenschrank eingesperrt, du Blödmann, du? Das hat mir noch gefehlt. Los, nichts wie weg!"

Noch immer halte ich die Winchester in der Hand. Schieß die zwei Idioten über den Haufen, sage ich mir. Doch ich tu's nicht. Ich kann keine unschuldigen Menschen abknallen wie Hasen. Jede Sekunde zählt. Bereits vor Tagen habe ich in der Nähe von Riedering ein Waldstück ausgemacht. Es ist geplant, dort für kurze Zeit unterzutauchen, die Kleider zu wechseln und die falschen Kennzeichen auszutauschen.

Ich blicke Günter von der Seite an. Dieser Vollidiot, denke ich, und brause mit dem Auto los. Ich bin voll konzentriert und gänzlich ruhig. Keine Spur von Nervosität.

„Mensch, Günter!" sage ich trocken. „Dein Fehler kann uns das Kreuz brechen. Was ist bloß in dich gefahren? Verdammt!"

„Ich hab's vergessen. Tut mir leid. Wir schaffen's schon noch", sagt er lapidar.

„Dein Wort in Gottes Ohr. Wenn die Bullen uns am Arsch kriegen, dann weißt du wenigstens, warum. Gaby und Oliver warten auf mich. Ich könnte dich . . ."

Ich hole alles aus dem Auto heraus. Und dann sehe ich die Bullen. Keine 50 Meter von uns entfernt steht am linken Straßenrand ein Polizeiauto. Ein Streifenwagen, der zufällig des Weges kam. Kommissar Zufall hat zugeschlagen.

„Scheiße, Bullen!" raune ich Günter zu. „Wenn der Kassier unser Kennzeichen durchgegeben hat, sind wir fällig."

Schlagartig schießt ein Gedanke durch mein Gehirn: Warum habe ich das Ding nicht alleine gedreht? Verdammt! Warum nicht? Vier Banken habe ich alleine gemacht, und alles klappte wie am Schnürchen.

Wir brausen an dem Streifenwagen vorbei. Automatisch blicke ich in den Rückspiegel. Meine Befürchtungen bewahrheiten sich. Der Kassierer hat unser Kennzeichen durchgegeben. Die Bullen schalten das Blaulicht ein und jagen hinter uns her.

„Da schau mal, Günter", sage ich ruhig. „Die Ärsche sind schon hinter uns."

„Jetzt bräuchten wir ein schnelleres Auto", meint Günter, und er sagt es so, als wären wir zu einem Picknick unterwegs.

Eines wird mir sofort klar. Wir sitzen in der Falle. Die Bullen geben unsere Position per Funk durch und bauen dann eine Ringfahndung auf. Und aus einem unerklärlichen Impuls heraus fällt mir plötzlich ein, daß ich dieselbe Strecke schon mal gefahren war, und da war ich auch in Eile gewesen, an jenem 7. Juni 1979, um 2.00 Uhr morgens. Da hatte ich Gaby in die Frauenklinik nach Prien/Harras gefahren. Die Wehen hatten eingesetzt. Sieben Stunde später war mein lieber Oliver geboren worden. Doch heute fahre ich um mein Leben.

Kurz vor Prien schieße ich von der Hauptstraße, biege links ab. Der Wagen schleudert. Blitzschnell überfliege ich die Situation. Die Zufahrt Prien ist bereits abgesperrt. Da wimmelt es nur so vor Bullen. Ich hole das Letzte aus dem Auto raus, in der Hoffnung, für Sekundenbruchteile aus dem Blickfeld der uns verfolgenden Polizei zu kommen.

Günter beugt sich nach hinten und greift nach meiner Winchester. „Werd den Kerlen mal eine vor den Latz knallen", sagt er ohne Hast.

„Spinnst du!" schreie ich ihn an. „Laß die Knarre liegen. Hab noch nie auf 'nen Bullen geschossen. Halte dich lieber fest, jetzt geht's rund."

Da, rechts, eine Waldeinfahrt. Ein rascher Blick in den Rückspiegel. Der Streifenwagen ist nicht zu sehen. Ich reiße das Lenkrad herum, und gleichzeitig bremse ich mit dem linken Fuß, während ich mit dem rechten Fuß Gas gebe. Mit überhöhter Geschwindigkeit schießt der Wagen in die Waldeinfahrt. Geschafft!

„Ohh, Scheiße!" brülle ich. Vor mir, mitten auf dem Waldweg, ragt ein mächtiger, etwa einen halben Meter hoher Baumstumpf aus dem Boden. Mit voller Wucht knalle ich dagegen. Alles geht blitzschnell. Der Wagen wird hochgeschleudert, fliegt durch die Luft, und dann überschlägt er sich immer und immer wieder. Da ist ein Krachen und Splittern, in meinen Ohren dröhnt es, und mein Körper wird herumgeschleudert, ohne daß ich einen klaren Gedanken fassen kann. Plötzlich ist es still. Eine unheimliche Stille! Das Auto liegt auf dem Dach. Um mich herum nur zerfetztes und zerbeultes Blech, Scherben, Kunststoff und Schrott. Günter liegt neben mir und schaut mich an. Er schaut mich an, wie ein abgestochenes Mondkalb. Ihm fehlt nichts. Nicht eine Schramme im Gesicht. Das Glück der Doofen?

Ich brülle ihn an: „Los, Günter! Raus hier!" aber Günter rührt sich nicht. Er schaut nur blöd vor sich hin. Gehetzt suche ich die Geldtasche. Verdammt! Ich kann sie nicht sehen. Auf allen Vieren krieche ich aus dem Seitenfenster, rapple mich hoch. Was ist bloß los mit mir? Um mich herum dreht sich alles. Mein Körper ist wie gerädert. Alles schmerzt, mein linker Arm hängt leblos herab. Er hängt an meiner Schulter wie ein nasses Handtuch. Der Schmerz ist so groß, daß ich glaube, wahnsinnig zu werden. Mit aller Macht versuche ich, die Schmerzgefühle zu verdrängen. Meine Kämpfernatur und mein unbändiger Lebenswille, niemals aufzugeben, beflügeln mich, lassen mich die Schmerzen vergessen.

Mit der Rechten packe ich meinen linken, völlig kaputten Arm und renne in den winterlichen Wald hinein. Wie ein angeschossenes Tier hetze ich durch den Wald, stürze in dornige Brombeersträucher und rapple mich wieder hoch. Meine Handflächen sind gespickt mit Dornen, und mein Gesicht brennt höllisch. Mein gesamter Körper, mein gesamtes Ich brennt. Blut sickert aus den Platzwunden und rinnt mir in die Augen. Alles um mich herum scheint sich zu drehen, der Boden dreht sich und die Baumstämme drehen sich, und die Baumwipfel ganz weit droben scheinen zu schweben.

Und dann eröffnen die Bullen das Feuer. Wie von Furien gehetzt, renne ich abermals los, stürze, pralle mit dem Gesicht gegen einen Baumstamm. Im Unterbewußtsein höre ich es knacken. Mein Nasenbein bricht. Ich kämpfe mich hoch, Blut rinnt aus meiner Nase, und dann schmecke ich das Blut im Mund. Ich stürze erneut, und während ich um mein Leben renne, schießen die Bullen hinter mir her wie bei einer Treibjagd. Es ist eine Treibjagd, nur ist das Opfer kein Fuchs, sondern ein menschliches Wesen. Ich habe keine Waffe in der Hand, und trotzdem schießen sie auf mich.

Warum habe ich Günter nicht auf die gottverdammten Bullen schießen lassen, denke ich mir. Ich hetze durch den Wald, ringe nach Luft. Meine Brustwunde macht mir zu schaffen. Jeden Moment rechne ich damit, von einer Kugel getroffen zu werden und jenen schlagenden und warmen Schmerz zu verspüren, den ich so gut kenne. Doch mich trifft keine Kugel. Und während ich so dahinstolpere, sind plötzlich meine beiden Söhne da, sie sind in meinem Kopf, undeutlich vor mir. Wie eine Fata Morgana sehe ich ihre Gesichter vor mir, und dann höre ich plötzlich eine Stimme rufen. Vielmehr glaube ich eine Stimme zu hören, eine kindliche Stimme, die da ruft: „Papa! Bleib stehen, sonst schießen sie dich tot!" Es ist Olivers Stimme. Suchend blicke ich mich um. Aber da ist kein Oliver. Wie von Sinnen brülle ich in den Wald hinein: „Oliver!... Oliver! Wo bist du?"

Aber mein lieber, kleiner Oliver antwortet nicht. Er kann nicht antworten. Er ist ja nicht da. Und es ist gut so, daß er nicht da ist und nicht mit ansehen muß, in welch erbärmlichem Zustand sein Vater sich befindet. Kraftlos torkle ich dahin. Schlagartig verharre ich in meiner Bewegung. Ich stehe da wie an den Waldboden genagelt. Nebelschleier ziehen vor meinen Augen auf. Müdigkeit überkommt mich; es ist die Müdigkeit der letzten Jahre, und mit kraftloser Stimme raune ich vor mich hin: „Udo... Oliver!"

Dann sage ich nichts mehr. Ich bin leer und ausgebrannt,

und eine ungewohnte Lethargie befällt mich. Von einer unnatürlichen Macht beseelt, drehe ich mich plötzlich um und stolpere auf die Bullen zu, die auf einer Anhöhe stehen, ihre Waffen im Anschlag, und mich in Empfang nehmen. Und während sich Handschellen um meine Gelenke legen, sage ich mir, es ist besser für meine Söhne, einen Vater zu haben, der im Gefängnis einsitzt, als einen Vater, tot auf dem Friedhof.

Doch, wenn es nach mir ginge, ich wäre lieber tot. Ich habe keine Angst vor dem Tod. Zu oft habe ich ihm ins Auge geschaut. Totsein bedeutet, Frieden und Ruhe zu haben, schlafen zu können, nur schlafen, friedlich vor sich hinschlafen, nicht mehr um sein Leben rennen zu müssen. Und ich bin todmüde. Stimmen dringen an mein Ohr, doch ich nehme keine Stimmen wahr. Ich nehme überhaupt nichts mehr wahr und scheine von einer schläfrigen Gleichgültigkeit befallen zu sein.

Noch wissen die Bullen nicht, wer ihnen da ins Netz gegangen ist. Hätten sie es von Anfang an gewußt, vielleicht hätten sie mir kaltblütig in den Rücken geschossen. Sie erfahren es erst, als Günter meine Identität preisgibt. Günter hat kein Rückgrat. Er redet wie ein Wasserfall. Ich dagegen sage nichts. Weshalb auch.

Wenig später fahren mich die Bullen ins Städtische Krankenhaus Rosenheim. Ich sehe übel aus und fühle mich hundeelend. Und jetzt zeigt sich das wahre Gesicht der Polizei, vornehmlich in Gestalt von Kripohauptkommissar Schweier, der mich all die Jahre erfolglos, aber mit großem Haß, verfolgt hatte. Ich werde wie ein Massenmörder behandelt. Obwohl ich unter einem schweren Schock stehe und der behandelnde Arzt überdies eine schwere Gehirnerschütterung attestiert, werde ich von den Bullen mit Handschellen an Händen und Füßen auf die Krankentrage gefesselt. Ich werde unter Narkose gesetzt, damit mein linker Arm eingerichtet werden kann.

Als ich so auf der Bahre liege und die Narkose meine Sinne benebelt, höre ich die undeutlichen Worte einer Krankenschwester, oder ist es sogar eine Ärztin, die da sagt: „Ich mag die Scheißkerle nicht, die Banken überfallen. Verrecken sollte man sie lassen. Ein Bekannter von mir arbeitet auch in einer Bank."

Als ich aus der Narkose erwache, ist mein linker Arm von der Schulter bis hin zur Handfläche eingegipst. Ich fühle mich wie tot. Noch immer bin ich an die Trage gefesselt. Ein Arzt stellt folgende Verletzungen fest:

> Luxation des linken Ellenbogengelenkes (der Arm ist gänzlich aus dem Gelenk gerissen) – zweifache Fraktur des linken Oberarms – Nasenbeinbruch – Bluterguß beider Augen – Schnitt- und Platzwunden im Gesicht – Prellungen und Blutergüsse am gesamten Körper – Schockeinwirkung – schwere Gehirnerschütterung.

Aufgrund meiner schweren Verletzungen wäre es die unabdingbare Pflicht des Arztes, mich im Krankenhaus stationär aufzunehmen, solange ich noch unter den Einwirkungen der Narkose stehe. Selbstverständlich bewacht! Doch der behandelnde Arzt hat kein Rückgrat und verstößt eindeutig gegen den hippokratischen Eid und gegen die Menschenrechte. Ich werde behandelt wie ein wildes Tier. Wäre ich ein gottverdammter Sittenstrolch, der sich an kleinen Mädchen vergriffen hat, oder hätte ich bei meinen Banküberfällen jemals von der Schußwaffe Gebrauch gemacht, könnte ich jene miese und menschenrechtsverletzende Behandlung verstehen. Aber so?

Stets habe ich versucht, den Umständen entsprechend human vorzugehen. Es soll ja auch Kerle geben, die schießen alles über den Haufen, um an den Tresorinhalt zu kommen.

Anschließend bringen mich die Beamten der Kripo Rosenheim auf ihre Dienststelle in der Ellmaierstraße. Und abermals zeigt Kriminalhauptkommissar Schweier sein wahres Gesicht. Er schert sich nicht im mindesten um meine Rechte. Anstatt mich unverzüglich ins Gefängniskrankenhaus München-Stadelheim überstellen zu lassen, sitze ich sage und schreibe an die acht Stunden, von circa 9.30 Uhr bis annähernd 18.00 Uhr, im Kommissariat auf einem Holzstuhl. Ich komme mir vor wie ein Ausstellungsstück. Ich werde begafft wie das siebte Weltwunder. Oftmals weiß ich gar nicht, was um mich herum geschieht. Ein paarmal kippe ich fast vom Stuhl. Doch den Gefallen tue ich ihnen nicht, den gottverdammten Bullenärschen.

Ich sehe in fremde Gesichter und höre fremde Stimmen. Noch immer stehe ich unter der Einwirkung der Narkose. Die Gehirnerschütterung setzt mir schwer zu, das Sprechen fällt mir unsäglich schwer. Manchmal glaube ich, man hat mir die Zunge herausgeschnitten. Ich möchte was sagen, doch ich bringe kein Wort über meine Lippen. Mein Mund ist ausgetrocknet, aber man gibt mir nichts zu trinken. Wegen der Narkose, sagt man. Einer der Polizisten zeigt ein wenig Einsicht und bringt mir menschliches Verständnis entgegen. Ich werde den Mann nicht vergessen. Er ist, soweit ich mich entsinne, Kripohauptmeister und heißt Lippert oder so ähnlich. Er ist ein anständiger Bulle, denn nicht alle Bullen sind Scheißkerle. Er wäscht mir das blutverkrustete Gesicht, zieht die Dornen aus meinen Handflächen und reinigt meine schlimm zugerichteten Hände. Und dann gibt er mir ein bißchen zu trinken, nur soviel, um meine Lippen befeuchten zu können. Sie tun mir gut, diese paar Tropfen Wasser da auf den Lippen. Als ich in Handschellen über den Hof der Rosenheimer Polizeiinspektion geführt werde, ist bereits die Presse da. Ich werde fotografiert, obwohl die Presse auf dem abgeschirmten Polizeigelände nichts zu suchen hat. Das ist ein eklatanter Verstoß gegen die Dienstvorschriften.

Tags darauf erscheint mein Foto in Verbindung mit einem Sensationsreport in der *Münchener Abendzeitung*. Schweier läuft mit geschwellter Brust umher, auch wenn ihm nicht das geringste Verdienst an meiner Verhaftung zukommt. Ich werde ausgefragt. Nicht verhört, doch ausgefragt, ohne Rechtsanwalt. Doch ich sage nichts zur Sache. Zwei Wochen werde ich nichts zur Sache sagen, bis zu jenem Tag, an dem ich auf den „Kuhhandel" mit der Staatsanwaltschaft eingehe, damit man meine Frau, die zwischenzeitlich verhaftet wurde, nicht weiter belangt und auf freien Fuß setzt.

In den späten Abendstunden bringt mich eine Polizeieskorte von insgesamt drei Streifenwagen in die Strafanstalt München-Stadelheim. Ich habe bei Gott keinen Grund zum Grinsen. Doch jene überspitzte Vorsichtsmaßnahme amüsiert mich ungeheuerlich.

Ich bin weder ein Terrorist noch ein psychopathischer Mörder. Ich bin ein ganz stinknormaler Bankräuber, der jahrelang die Bullen zum Narren gehalten hat. Und das verzeihen sie mir nicht.

Es ist das erstemal in meinem Leben, daß sich die schweren, stählernen Gefängnistore der Strafanstalt München-Stadelheim hinter mir schließen. Ich werde auf die Krankenstation gebracht. Der Kreis hat sich geschlossen! Eine Odyssee ist zu Ende!

Kempten/Allgäu. Hotel Königshof.

Spät am Abend desselben Tages klopft es an der Tür des Hotelzimmers. „Uii, Mama", ruft Oliver fröhlich. „Der Papa kommt", und dann flitzt der Bub auf seinen rundlichen Beinchen zur Tür und öffnet sie in freudiger Erwartung. Aber da ist nicht sein Papa. Es ist die Kripo Kempten.

Im Laufe der Jahre, vornehmlich während meines Prozesses vor dem Landgericht Traunstein, werde ich von Journalisten häufig mit ein und derselben Frage bombardiert: „Herr Dennery! Warum haben Sie sich selbst belastet? Man hätte Ihnen niemals alle Banküberfälle nachweisen können."

Meine Antwort ist stets dieselbe: „Ich hab's getan aus Rücksicht auf meine Frau. Ich wollte ihr die Haft ersparen. Frauen gehen im Knast zugrunde. Und dann habe ich es getan aus Liebe zu meinem kleinen Sohn Oliver. Der Bub soll nicht ohne seine Mutter aufwachsen müssen. Es reicht schon, wenn sein Vater im Knast einsitzt. Und ich werde lange im Knast sein."

Und Sie dürfen mir schon glauben, jener Schritt, die Schlinge eigenhändig um den Hals zu legen, ist mir nicht leicht gefallen. Bei Gott! Wirklich nicht! Aber ich wäre ein gottverdammter und egoistischer Bastard und Hurensohn, hätte ich es nicht getan. Meine Söhne sind mein Leben!

Meine körperliche Konstitution hat sich gefestigt. Am 1. Februar 1984 werde ich von der Krankenabteilung der Strafanstalt München-Stadelheim in die Strafanstalt Straubing verlegt. Insider nennen das ehemalige Zuchthaus auch das *Bayerische San Quentin*. Kein Wunder, bei der oftmals menschenunwürdigen Behandlung. Die Justizverantwortlichen der Chefetage behandeln dich wie ein unmündiges Stück Dreck und treten dir in den Arsch, wo sie nur können. Jeder wird auf spezielle Weise getreten und gedemütigt gemäß des *Individuellen Behandlungsvollzugs*, um den Gefangenen zu resozialisieren, damit er nach seiner Entlassung ein Leben in sozialer Verantwortung führen kann. Daß ich nicht lache! Wie reagiert ein Hund, der jahrelang getreten wird? – Er beißt!

# 42

3. August 1984. Landgericht Traunstein, Freistaat Bayern. Ein wundervoller Sommertag. *Im Namen des Volkes* versetzt mir die *deutsche Justiz* an diesem wundervollen Sommertag einen derartig gewaltigen Fußtritt, der mich noch heute schmerzt und mir 14 Jahre Freiheitsentzug einbringt.

Ein Unrechtsurteil, wie einige Pressevertreter und eine Vielzahl von Prozeßbeobachtern meinten. Aber was soll's? Der Gerechtigkeit ist genüge getan, und wie ich zu den 14 Jahren Knast stehe und ob ich daran krepiere, dürfte die Öffentlichkeit nicht interessieren. Den Leuten ist's doch scheißegal, ob einer im Knast draufgeht. Einer weniger!

Jedenfalls ist die gutbürgerliche Gesellschaft von einem weiteren Scheißhaufen in Menschengestalt befreit, und die Banken, die ich um eine siebenstellige Summe erleichtert hatte, können nun aufatmen. Bin ja selbst schuld. Es geht doch nicht an, daß da so einer daherkommt wie ich und anstelle eines Auszahlungsbelegs den Bankangestellten die Knarre unter die Nase hält und mit dem gesamten Tresorinhalt auf Nimmerwiedersehen verschwindet.

Wir leben doch in einem Rechtsstaat, jedenfalls glauben wir, in einem Rechtsstaat zu leben. Aber mußten es gleich 14 Jahre sein? Verdammt noch mal, 14 Jahre, das ist schon verflixt lang!

# Epilog

Strafanstalt Lingen I, Juni 1992.
    Ich bin alleine. Es ist dunkel draußen, und unendliche Stille umgibt mich in meiner kleinen Gefängniszelle. Es ist jeden Tag still hier drinnen, zwei Stunden nach Mitternacht. Ich kann mal wieder keinen Schlaf finden, wie ich jede Nacht um diese Zeit keinen Schlaf finde, zumal ich versuche, meine Atemnot zu verdrängen.
    Ich steige auf meine Schlafpritsche und blicke durch das vergitterte Fenster auf den hell erleuchteten Gefängnishof. Schemenhafte Lichtkegel fallen auf die hohe und abstoßend wirkende Gefängnismauer, die mich seit vielen Jahren von der Freiheit trennt. Das steinerne Monster besteht aus roten Backsteinziegeln. Aufgerollter Nato-Stacheldraht bildet den Abschluß. Er ist messerscharf und schneidet ins Fleisch, so man dagegenstößt. Mein Blick fällt auf den Wachturm. Er ist in Dunkelheit gehüllt und wirkt wie ein mittelalterliches Bollwerk. Und dann sind da jene Geräusche, die mir seit Jahren vertraut sind. Gedämpfte Musik und das Flüstern von Stimmen dringen an mein Ohr. Plötzlich vernehme ich das Miauen eines Katers. Auf leisen Pfoten schleicht er über den gepflasterten Gefängnishof. Sechs Jahre bin ich nun schon hier in diesem Knast, neun Jahre insgesamt, und seit jenen sechs Jahren höre ich den Schrei des Katers. Wir sind Leidensgenossen, der Kater und ich. Er ist alleine und einsam, so wie ich alleine und einsam bin. Der Kater sehnt sich nach einem Weibchen, so wie ich mich nach einer einfühlsamen und zärtlichen Frau sehne.
    Ein schriller Verzweiflungsschrei schreckt mich hoch.

„Laßt mich raus hier, Ihr verdammten Bullen!" brüllt ein Gefangener über den Hof. Ich kenne diese Schreie von Mitgefangenen. Sie sind Ausdruck von Verzweiflung, Niedergeschlagenheit, Aggression und Depression, die gelegentlich in Selbstmord enden. In all den Jahren, die ich nun im Gefängnis einsitze, weiß ich von zehn Gefangenen, die sich in ihrer Zelle erhängt oder auf andere Weise umgebracht hatten, davon fünf in der Strafanstalt Lingen I. Ich würde mich niemals erhängen, denn zu sehr hänge ich an meinem beschissenen Leben, auch wenn es oftmals besser wäre, tot zu sein, als jener von Gleichgültigkeit und Bürokratismus geprägten Staatsgewalt so gnadenlos ausgeliefert zu sein, wie dies ein Gefangener ist.

Ein wachhabender Schließer des Nachtdienstes geht über den Hof. Er sieht mich am Fenster stehen, kommt auf mich zu: „Na, Herr Dennery", sagt er, „können Sie mal wieder nicht schlafen?"

Wir unterhalten uns ein wenig, dann geht er weiter und dreht seine Runden. Nachts, wenn ich nicht schlafen kann, versuche ich meist zu schreiben. Ich bin erleichtert, denn heute ist ein besonderer Tag. Vor vier Stunden habe ich mein Romanmanuskript zu Ende gebracht, eine Arbeit, die mich viele Monate in ihren Bann gezogen hatte. Täglich habe ich geschrieben, wie ein Besessener, um das zu vollenden, was Sie hier lesen. Nun ist mir wohler, wenn mich auch andererseits das schlechte Gewissen quält. Das Schreiben hat mich so in Beschlag genommen, daß ich mein Deutsch- und Englischstudium vernachlässigte. Aber was soll's! Ich habe Zeit, und Zeit ist das einzige, woran es im Knast nicht mangelt. Sie kostet nichts, die Zeit. Gelegentlich wurde ich von Leuten gefragt, ob ich von der Gefängnisleitung in meiner schriftstellerischen Tätigkeit oder meinem Universitätsstudium Unterstützung erfahren habe.

Nein, in keinster Weise! Eher das Gegenteil war der Fall gewesen. Ausländische Gefangene, die einen Deutsch-

Kursus besuchen, erfahren finanzielle Unterstützung. Aber ich bin halt mal kein Ausländer.

Den knastinternen Oberlehrer habe ich im April 1987 per schriftlichem Antrag gebeten, er möge mich mal in meiner Zelle aufsuchen. Hätte da zwecks Studium einige Fragen, auch ansonsten hätte ich ihn gerne mal gesprochen. Zwischenzeitlich sind mehr als fünf Jahre ins Land gezogen. Aber bei mir blicken hat er sich bis heute nicht lassen, der Herr Oberlehrer.

Nachdenklich geworden steige ich von der Schlafpritsche und lege eine Musikkassette ein, ein von mir aufgenommenes Medley mit Hits von Phil Collins, Rod Stewart, Peter Maffey und Joe Cocker. Ich setze den Kopfhörer auf und lege mich langausgestreckt aufs Bett. Das mache ich gerne, mich so aufs Bett zu legen und mich von meinen Lieblingssongs berieseln zu lassen, vor allem dann, wenn ich down bin. Und in letzter Zeit bin ich öfters niedergeschlagen. Das Schicksal meiner zwei Söhne setzt mir sehr zu, macht mich nachdenklich, und nachdenklich stimmt mich, wie es weitergehen soll, wenn ich eines Tages als freier Mann durchs Gefängnistor trete. Kann nur hoffen, daß nichts Unvorhergesehenes auf mich zukommt. Bisher bin ich mit allen Unwägbarkeiten im Knast fertig geworden, vor allem mit der vorherrschenden Gewalt. Schlägereien oder Angriffe konnten mir nie etwas anhaben, da ich zu kämpfen verstehe. Und die drei Messerstechereien, in die ich verwickelt gewesen war, habe ich auch heil überstanden, ohne jemals selbst zum Messer gegriffen zu haben. Und wie ich so daliege, denke ich über meine Vergangenheit nach. Haben sich deine Banküberfälle gelohnt? frage ich mich.

Wenn ich ein Fazit ziehe, dann muß ich mir eingestehen, verloren zu haben. Meine Ehe ging in die Brüche, und das Leid, das ich durch mein gesetzloses Tun meinen beiden Söhnen Udo und Oliver zufügte, ist nicht wiedergutzumachen. Ich habe ihnen den Vater genommen, und Söhne haben ein Anrecht auf ihren Vater. Ich habe nicht miterleben dürfen, wie meine Buben heranwachsen; ihre Kindheit ging mir verloren. Und deshalb habe ich verloren, schon meiner Söhne wegen. Von den Sorgen und Nöten, die ich meiner Mutter bereitete, meinen Verwandten, ganz zu schweigen. Andererseits jedoch habe ich mein Leben wiedergewonnen, ein Leben, das ich schon glaubte verloren zu haben. Meine Banküberfälle ermöglichten mir, in der Karibik leben zu dürfen, in jenem milden Klima also, das meine schwerkranke Lunge ausheilte, dem Sensenmann ein Schnippchen schlug und mir jene kraftstrotzende Vitalität und eiserne Eneregie aufs Neue schenkte, zu kämpfen, niemals aufzugeben.

Und dann frage ich mich, wie sich die Haft, das lange Eingesperrtsein, auf mich auswirkte, mich veränderte? Ich bin nicht mehr derselbe, der ich einmal gewesen war, da vor vielen Jahren. Die Einzelhaft, das Eingesperrtsein in einer Einzelzelle, hat ihre Spuren hinterlassen, sich in meine Seele eingegraben, wie ein Pflug sich in die Erde gräbt und Furchen hinterläßt, die man bei Menschen Narben nennt.

Was macht ein Mann, wenn er von einem Tag auf den anderen getrennt wird von Frau und Kind, Tag und Nacht hinter Gitter eingesperrt ist, wie ein wildes Tier? Ich habe mich der Literatur zugewandt, den Büchern, auch wenn Bücher einem Mann niemals Frau und Kinder zu ersetzen vermögen. Doch Bücher sind die beste Therapie, das zermürbende Alleinsein überwinden und erleichtern zu helfen. Du kannst mit ihnen reden. Das geschriebene Wort laut vor dich hinlesen, und sie, die Bücher, verkürzen dir das Alleinsein, denn sich mit Büchern zu beschäftigen, sie zu lesen, macht müde und schläfrig, läßt einen hinüberdämmern ins Reich der Träume. Ich habe mich daran gewöhnen müssen, an das Alleinsein mit meinen Büchern, denn eines ist mir längst bewußt geworden, mit meinen Büchern werde ich mich niemals alleine fühlen, denn sie werden mich niemals im Stich lassen, wie meine Frau mich im Stich gelassen hat.

Für Menschen in Freiheit ist es nicht nachvollziehbar, wenn einem plötzlich das Alleinsein hinter Gittern und Stacheldraht aufgezwungen wird, ein Umstand, der sich bei jedem Menschen auf andere Weise auswirkt. Manche werden verbittert und aggressiv, verrohen. Andere wiederum verfallen in Depression, lassen sich gehen und kommen unter die Räder. Sie geben sich der Homosexualität hin oder betäuben die Realität mit Drogen. Wieder andere verkaufen sich und ihren Stolz, ihren Charakter und werden zu schleimigen Speichelleckern, zu Verrätern. Andere werden hart. Ich bin noch härter geworden, als ich schon gewesen war, und, was ich niemals für möglich gehalten hätte, ich bin ruhiger, geduldiger und ausgeglichener denn je.

Und froh bin ich, daß ich mir in all den Jahren eines bewahrt habe: die Sensibilität gegenüber Kindern und Frauen. Ich sehe die Natur und das Leben mit anderen Augen. Ich sehe das grüne Gras viel grüner und satter, und die leuchtenden Blumen erscheinen mir wesentlich kräftiger und lebendiger in ihren Farben. Und dann sind da noch die Frauen, die ich nun mit anderen Augen sehe. Ich schaue sie mir genauer an, achte nicht mehr auf so Oberflächlichkeiten wie ein schönes Gesicht, denn eine wunderschöne Fratze ist nicht die Garantie weiblicher Vorzüge und Eigenschaften, nicht das, nach was ich mich sehne. Liebevoll und zärtlich soll sie sein, verläßlich und intelligent, mit der weiblichen Eigenständigkeit, sich im Leben durchzusetzen als gleichberechtigter Partner. Schön muß sie nicht sein, denn mit ausgesprochenen Schönheiten ist das Leben meist kein Leben. Ich weiß, wovon ich spreche. Hübsch soll sie sein, denn jede Frau ist in den Augen eines Mannes auf gewisse Art und Weise hübsch und begehrenswert, wenn er sich zu ihr hingezogen fühlt, sie liebt.

Und dann zwinge ich mich zu schlafen, denn morgen ist wieder Kraftsport angesagt. Ich liebe es geradezu, mit schweren Gewichten und Hanteln zu arbeiten, zumal ich im Bankdrücken, meiner Spezialdisziplin, auf sehr gute Wettkampfergebnisse zurückblicken kann und es auf eine persönliche Bestleistung von 162,5 kg gebracht habe.

Nach langem Kampf mit der Gefängnisleitung habe ich erreicht, dreimal wöchentlich für mehrere Stunden das Gefängnis verlassen zu dürfen. Ich suche ein Lingener Fitneßstudio auf. Da gehe ich gerne hin. Da kann ich meine in der Haft aufgebauten Aggressionen abtrainieren, mal andere Leute sehen, sprechen, lachen, mich mit den Mädels unterhalten, weg vom zermürbenden Knastalltag. Das ist für mich die beste Therapie. Die allerbeste Therapie jedoch wäre, endlich aus dem Gefängnis entlassen zu werden. Lange kann's nicht mehr dauern, sage ich mir. Aber da müßte die zuständige Strafvollstreckungskammer mehr Einsicht zeigen und etwas Milde walten lassen, Verständnis und Menschlichkeit zeigen.

Und dann werde ich eines Tages wieder dorthin zurückkehren, wo meine Heimat ist, denn meine Heimat ist da, wo ich mich wohl fühle, und ich fühle mich wohl auf der paradiesischen Karibikinsel St. Lucia mit jenem wundervoll milden Klima, das meiner Lunge so gut bekommt. Dort will ich leben, in meiner neuen Heimat, mit einer Frau, die mich liebt um meinetwillen.

Mit den Gedanken bei meinen Söhnen und beseelt von der Hoffnung, bald ein freier Mann zu sein, das Joch des Eingesperrtsein hinter Gittern, Beton und Stacheldraht hinter sich zu lassen, falle ich in unruhigen Schlaf und dämmere einem neuen Tag entgegen, der mich der Freiheit stetig näherbringt.

*Nach Verbüßung von annähernd zehn Jahren Haft wird Siegfried N. Dennery durch die Strafvollstreckungskammer des Landgerichts Osnabrück mit Sitz in Lingen/Ems begnadigt und am 19. März 1993 aus der Haft entlassen. Er lebt heute abwechselnd auf der Karibikinsel Saint Lucia und in Lingen im Emsland. Siegfried N. Dennery studierte in Haft Germanistik, Anglistik und Literaturwissenschaften. Er arbeitet heute als Schriftsteller und Drehbuchautor. Seine Frau Gaby verstarb 1993 an einem unheilbaren Krebsleiden.*